T0244051

CIERTAS COSAS OSCURAS

CIERTAS
COSAS
OSCURAS

Silvia Moreno-García

Traducción de Ana Cecilia Alduenda Peña

UMBRIEL

Argentina – Chile – Colombia – España
Estados Unidos – México – Perú – Uruguay

Título original: *Certain Dark Things*
Editor original: Nightfire, un sello de Macmillan Publishing Group, LLC.
Traducción: Ana Cecilia Alduenda Peña

1.ª edición: noviembre 2022

Esta es una obra de ficción. Las referencias a personas, hechos, establecimientos, organizaciones o lugares reales solo se proponen dar la impresión de autenticidad, y se usan para impulsar la narrativa de ficción. Todos los demás personajes, así como los incidentes y diálogos, son el fruto de la imaginación de la autora y no deben tomarse como reales.

ISBN: 978-84-19030-04-7
E-ISBN: 978-84-19251-52-7
Depósito legal: B-16.998-2022

Fotocomposición: Ediciones Urano, S.A.U.
Impreso por: Romanyà Valls, S.A. – Verdaguer, 1 – 08786 Capellades (Barcelona)

Impreso en España – *Printed in Spain*

Al vampiro, Germán Robles.

AGRADECIMIENTOS

Gracias a mi agente, Eddie Schneider, y a la editora que originalmente compró este manuscrito, Quressa Robinson, por ayudar a dar
vida a este libro. Gracias a Kelly Lonesome y al equipo de Nightfire,
que lo trajeron de vuelta de entre los muertos.

Gracias a David Bowles por corregir el náhuatl empleado en la
novela.

Gracias también a mi madre por dejarme ver películas de terror a
altas horas de la noche, gracias a mi bisabuela por narrarme películas
de terror, gracias a mis hijos por tener paciencia conmigo cuando escribo y me alejo.

Gracias, por último, a mi esposo, quien es mi primer lector y
para quien escribo. Él es la sal de cada plato que pruebo.

NOTA PARA MIS LECTORES

Tienes en tus manos un libro con una génesis extraña, que ha regresado de entre los muertos.

En 2011, mi cuento *A Puddle of Blood* apareció en una antología canadiense llamada *Evolve Two: Vampire Stories of the Future Undead*. Estaba protagonizado por Domingo, un recolector de basura y, Atl, una vampiresa. Había jugado con la idea de ambos personajes durante un tiempo y los reuní para este breve encuentro. Después, me interesó utilizar la historia como trampolín para una novela y escribí *Ciertas cosas oscuras*.

Crepúsculo había sido un gran éxito en 2005, pero cuando *Ciertas cosas oscuras* circuló entre los editores, el mercado ya se había desangrado. Para empeorar las cosas, era un libro extraño. Era un *noir* —lo llamo *néon-noir*— ambientado en una Ciudad de México alternativa. Los editores estaban perplejos. Encontramos a una editora joven y enérgica a la que le gustó y la novela se vendió a Thomas Dunne Books y se publicó en 2016.

Justo cuando iba a salir a la venta, hubo una reorganización y unos recortes de personal en Thomas Dunne. *Ciertas cosas oscuras* y mi otra novela que tenían contratada quedaron huérfanas. Rápidamente dejaron de estar a la venta.

Entonces el libro pareció adquirir una extraña segunda vida. Seguía apareciendo en las listas de libros recomendados. La gente me enviaba correos electrónicos cada semana preguntando dónde podían encontrar un ejemplar. Un amigo me dijo que la edición de tapa dura costaba 150 dólares en eBay. Tenía la sensación de estar presenciando el nacimiento de un libro de culto, algo de lo que se hablaría en los años venideros pero que nunca se volvería a imprimir.

Sin embargo, algo estaba sucediendo al mismo tiempo que mi libro desaparecía: el terror parecía estar recuperando popularidad. Se anunció Nightfire que era, maravilla entre maravillas, un sello de terror de una gran editorial. Y, de repente, *Ciertas cosas oscuras*, que había sido colocado discretamente en su ataúd y almacenada, volvió a la vida.

Pero también ocurrió algo más mientras escribía este libro: murió Germán Robles, a quien está dedicada esta obra. Robles interpretó al conde Karol de Lavud en un par de películas mexicanas de terror. En los años 90, estuvo actuando en la obra de teatro *La dama de negro*. Lo vi en el escenario y después conseguí su autógrafo. Robles inspiró varios personajes de mis cuentos, entre ellos el vampiro de *Stories with Happy Endings* y el vampiro Bernardino de *Ciertas cosas oscuras*.

De pequeña, pasaba mucho tiempo viendo películas mexicanas en blanco y negro. Había de todo, desde comedias hasta películas *noir*, y veía de corrido cuatro o cinco películas en un fin de semana. Me gustaban Christopher Lee, Peter Cushing y Vincent Price, pero me encantaba Robles.

Mis amigos de la escuela dicen que cuando era adolescente les decía que me iba a convertir en vampiresa. No lo recuerdo, pero me lo creo. Era una tipa rara. Ponía Bauhaus a todo volumen, llevaba a Truman Capote bajo el brazo, intentaba aprender francés por mi cuenta debido a Baudelaire y estaba enamorada de Robles. No de forma romántica, como en *Crepúsculo*, sino enamorada del mundo en blanco y negro que él habitaba. Ya no se hacen películas como entonces. Y ya no te enamoras del nitrato de plata, pero yo sí. Me encantaban los sets tan falsos de sus películas, las sombras y las tomas en las que miraba con desdén a la cámara.

Si había una celebridad a la que siempre quise conocer, era Robles.

Mi esposo vivía cerca de un café donde Robles cenaba a menudo con sus amigos. Supongo que podría haberlo esperado allí, pero eso me parecía acoso. Y no quise hacerlo porque hay una diferencia entre el actor y el personaje al que encarna. Entendí la separación.

Le dediqué el libro a Robles después de preguntarle a mi esposo si le parecía demasiado fanática. En mi mente pensé que escribiría: «A Robles, el vampiro», y cuando saliera el libro le enviaría un ejemplar por correo. Tal vez no hubiera podido leerlo (no sabía si hablaba inglés) o tal vez no le hubiera importado.

«Tiene ochenta y tantos años», le dije a mi esposo. «Debería terminar el libro rápido, ¿y si se muere?».

Y entonces, por supuesto, se murió. Antes de que saliera el libro. Solo he llorado por la muerte de un famoso. Por la de Robles.

Ciertas cosas oscuras ha vuelto y sigue dedicado a Germán Robles. Me gusta pensar que él tuvo algo que ver con su resurgimiento, ya que nunca pudo quedarse dentro de su ataúd.

Si miras al final de este libro, encontrarás nuevo contenido extra creado para esta edición. Espero que disfrutes del regreso de los vampiros.

Silvia Moreno-García
14 de agosto de 2020

CIERTAS COSAS OSCURAS

CAPÍTULO 1

Recoger basura agudiza los sentidos. Nos permite fijarnos en lo que otros no ven. Donde la mayoría de la gente veía un montón de chatarra, el trapero ve un tesoro: botellas vacías que podrían arrastrarse al centro de reciclaje, entrañas de computadoras que pueden reutilizarse, muebles en buen estado. El recolector de basura está alerta. Al fin y al cabo, esta es una profesión.

Domingo siempre estaba buscando basura y siempre estaba mirando a la gente. Era su pasatiempo; la gente, no la basura. Caminaba por Ciudad de México con su larga gabardina amarilla de plástico con una docena de bolsillos, con la cabeza agachada que levantaba para mirar a hurtadillas a un transeúnte al azar.

Domingo tiró una botella en una bolsa de plástico, luego se detuvo a observar a los clientes que comían en un restaurante. Miró a las criadas que se habían levantado al amanecer y compraban bolillos en la panadería. Vio a la gente con coches relucientes pasar a toda velocidad y a la gente sin dinero saltar a la parte trasera del autobús, colgándose con sus uñas y sus agallas a la carcasa metálica del vehículo en movimiento.

Ese día, Domingo pasó horas afuera, empujando un carrito con sus hallazgos y escuchando su reproductor de música portátil. Se hizo de noche y compró su cena en un puesto de tacos. Luego empezó a llover, así que se dirigió a la estación del metro.

Era muy aficionado al sistema del metro. Solía dormir en los vagones cuando se fue de casa por primera vez. Aquellos días habían quedado atrás. Ahora tenía un lugar adecuado para dormir y, últimamente, recogía chatarra para un importante trapero, centrándose en recolectar ropa usada elaborada con termoplásticos. Era un poco más difícil trabajar en las calles que en un gran tiradero de basura o montarse en los estruendosos camiones en los que clasificaba la basura cuando la gente salía de sus casas y entregaba a los recolectores sus bolsas de plástico. Un poco más difícil, pero no imposible, porque había pequeños contenedores públicos de basura en el centro, porque los restaurantes dejaban sus residuos en los callejones traseros y porque la gente también ensuciaba las calles, sin preocuparse por perseguir a los camiones de la basura que hacían las rondas cada dos lunes. Una persona con suficiente cerebro podía ganarse la vida en el centro, rebuscando.

Domingo no se consideraba muy inteligente, pero se las arreglaba. Estaba bien alimentado y tenía suficiente dinero para comprar fichas para los baños públicos una vez a la semana. Sentía que estaba llegando lejos, pero el entretenimiento seguía estando fuera de su alcance. Tenía sus cómics y novelas gráficas que le hacían compañía, pero la mayor parte del tiempo, cuando se aburría, observaba a las personas mientras caminaban por las líneas del metro.

Era fácil, porque pocos prestaban atención al adolescente apoyado en la pared, con la mochila colgando del hombro izquierdo. Domingo, en cambio, prestaba atención a todo. Construía vidas para los pasajeros que caminaban arrastrando los pies delante de él mientras escuchaba su música. Ese parecía un hombre que trabajaba vendiendo seguros de vida, un hombre que abría y cerraba su maletín decenas de veces durante el día, repartiendo folletos y explicaciones. Aquella era una secretaria, pero no pertenecía a una buena empresa porque sus zapatos estaban desgastados y eran baratos. Allí venía un estafador y allá iba un ama de casa con mal de amores.

A veces Domingo veía gente y cosas que daban un poco más de miedo. Había pandillas que rondaban las líneas del metro, pandillas de muchachos más o menos de su edad, con sus pantalones de mezclilla ajustados y sus gorras de béisbol, escandalosos y ruidosos y, en su mayoría, dedicados a cometer delitos menores. Miraba hacia abajo cuando esos muchachos pasaban; el pelo le caía sobre la cara y ellos no lo veían, porque nadie lo veía. Era igual que con los pasajeros habituales; Domingo se fundía con las baldosas, la suciedad, las sombras.

Después de una hora de observar a la gente, Domingo fue a ver las grandes pantallas de televisión del vestíbulo. Había seis, que mostraban diferentes programas. Se pasó quince minutos mirando los videos musicales japoneses antes de que la pantalla cambiara a las noticias.

SEIS CUERPOS DESMEMBRADOS ENCONTRADOS
EN CIUDAD JUÁREZ.
RECRUDECE LA GUERRA CONTRA LOS VAMPIROS NARCOS.

Domingo leyó lentamente el titular. Las imágenes parpadeaban en la pantalla de video de la estación. Policías. Tomas largas de los cuerpos. Las imágenes se disolvieron y luego mostraron a una hermosa mujer con una lata de refresco en las manos que le guiñó un ojo.

Domingo se apoyó en su carrito y esperó a ver si el telenoticias ampliaba la historia de la guerra contra el narcotráfico. Le gustaba el periodismo amarillista. También le gustaban las historias y los cómics sobre vampiros; le parecían exóticos. En Ciudad de México no había vampiros: su especie estaba prohibida desde hacía treinta años, desde que el antiguo Distrito Federal se había convertido en una ciudad-estado, amurallándose respecto del resto del país. Todavía no entendía qué era exactamente una ciudad-estado, pero sonaba importante y los vampiros se quedaban fuera.

La siguiente historia era la de una estrella del pop, la cantante sensación del mes, y luego hubo otro anuncio, este de una computadora

que podía llevarse en una bolsa colgada al hombro. Domingo se
enfurruñó y cambió la melodía de su reproductor de música. Miró
otra pantalla con imágenes de mariposas azules revoloteando. Domingo sacó un chocolate del bolsillo y rompió el envoltorio.

Se preguntó si no debería dirigirse a la fiesta de Quinto. Quinto
vivía cerca y, aunque rentaba un pequeño departamento, iban a hacer una fiesta durante toda la noche en la azotea, donde había mucho espacio. Pero Quinto era amigo del Chacal, y Domingo no
quería ver a ese tipo. Además, probablemente tendría que contri-
buir al presupuesto de cervezas. Era fin de mes. Domingo andaba
corto de dinero.

Una joven vestida con una chamarra de vinilo negra pasó junto
a él. Llevaba una correa con un dóberman genéticamente modificado. Tenía que ser genéticamente modificado porque era demasiado grande para ser un perro normal. El animal tenía un aspecto
malvado y un tatuaje verde bioluminiscente que le recorría el lado
izquierdo de la cabeza, el tipo de ornamento que causaba furor entre los urbanitas jóvenes que estaban en la onda. O al menos así se
lo habían comunicado a Domingo las pantallas del vestíbulo del
metro, los desfiles de moda y los telenoticias siempre dispuestos a
revelar lo que estaba de moda y lo que no. Que hubiera tatuado a su
perro le pareció chido, aunque tal vez fuera lo esperado: si tienes un
perro genéticamente modificado quieres que la gente se dé cuenta.

Domingo la reconoció. La había visto dos veces antes, caminando por el vestíbulo a altas horas de la noche, ambas veces con su
perro. La forma en que se movía con sus pesadas botas sobre las
baldosas blancas, su pelo negro con corte *bob* y una postura regia, le
hizo pensar en el agua. Como si se estuviera deslizando sobre el
agua.

Ella giró la cabeza una pequeña fracción y le lanzó una mirada. Fue solo una mirada, pero por la forma en que lo hizo Domingo se sintió como si lo hubieran empapado con un balde con hielo.
Domingo volvió a meterse un chocolate restante en el bolsillo, se

quitó los audífonos y empujó su carrito subiendo al mismo vagón del metro que ella.

Se sentó frente a la chica y pudo verla mejor. Era más o menos de su edad, con ojos oscuros y una boca gruesa y adusta. Tenía pómulos altos y rasgos afilados. En general, su rostro era imponente y aguileño. Había una cualidad asombrosa en ella, pero su belleza era más bien cortante en comparación con los rostros de las modelos que había visto en los anuncios. Y ella era una belleza, con ese pelo negro y los ojos oscuros y su postura, con tanto garbo.

Se fijó en sus guantes. Vinilo negro a juego con la chamarra. No llevaba un atuendo elaborado, pero le quedaba bien; la ropa era de buena calidad, eso sí que lo veía. El vagón del metro se detuvo y Domingo se inquietó, preguntándose a dónde se dirigiría, tratando de construir una biografía imaginaria de la chica y fracasando, distraído por su cercanía.

La joven acarició la cabeza del perro.

La estaba mirando discretamente y él sabía cómo hacerlo, así que se sorprendió un poco cuando ella se giró y le devolvió la mirada.

Domingo se quedó helado y luego tragó saliva. Encontró su lengua con algo de esfuerzo.

—Hola —dijo él, sonriendo—. ¿Qué tal te va esta noche?

Ella no le devolvió la sonrisa. Sus labios estaban apretados en una línea rígida y precisa. Domingo esperaba que no estuviera pensando en soltarle al perro por haberla mirado fijamente.

El vagón del metro estaba casi desierto y, cuando ella habló, su voz pareció resonar a su alrededor, aunque hablaba en voz muy baja.

—¿Deberías andar solo a estas horas de la noche? —preguntó.

—¿Qué quieres decir?

—¿Cuántos años tienes?

—Diecisiete —respondió él—. Es temprano. Es justo antes de medianoche.

—¿No te han puesto hora para volver a casa?

—No —se mofó—. Vivo solo.

—Ah, un hombre de mundo.

Había risa en su voz aunque no se estuviera riendo. Eso hizo que Domingo se sintiera estúpido. Se levantó, dispuesto a empujar su carrito hacia el otro lado del vagón del metro para dejarla sola. Había sido una idea terrible, en qué estaba pensando al hablar con ella.

La mirada de ella se desvió, lo esquivó y él supuso que se trataba de una despedida. Buenas noches. Vete a la mierda. Que era la única respuesta razonable de una chica así.

—Estoy buscando un amigo —dijo ella inesperadamente.

Domingo parpadeó. Asintió, vacilante.

—¿Te gustaría ser mi amigo? Puedo pagarte.

Domingo no tenía la costumbre de prostituirse. Lo había hecho una vez cuando estuvo en apuros, después de salir del círculo de niños de la calle. Los tiempos habían sido duros y uno hacía lo que podía para sobrevivir. Había pasado frío, hambre, estaba desesperado por unos pocos pesos. Ahora ya no sufría nada de eso.

—Lo siento, creo que no te estoy entendiendo —dijo—. ¿Tú...?

—Me voy a bajar en la próxima estación. ¿Quieres venir conmigo?

Domingo miró a la mujer. La había visto pasar las otras noches y nunca pensó que le hablaría. Cuando había intentado hablar con una chica en el metro el año previo, ella había retrocedido. Domingo no podía culparla. Tenía un aspecto mugriento. Y ahora esta hermosa mujer estaba charlando con él. ¿Quién era él para imaginar que una chica como aquella le iba a dar la hora?

Asintió con la cabeza. Nunca había sido un tipo con suerte, pero tal vez hoy fuera su día.

Su edificio de departamentos estaba situado a unas pocas cuadras de una concurrida intersección. Tenía un aspecto bastante deteriorado, una caja de ladrillos construida en los años 50 que no había sido modernizada. Los mosaicos que previamente habían decorado su fachada podrían haber sido verdes y vívidos al principio, pero ahora eran de un color marrón descuidado. Muchos de ellos se habían desprendido, dejando al descubierto el cemento que había debajo. El nombre del departamento estaba escrito en una placa junto a la entrada, pero alguien la había pintarrajeado.

Si bien se resistía a desprenderse de él, Domingo dejó su carrito cerca de la puerta del edificio. La gente te robaba tus cosas si no las vigilabas. Los recolectores de basura eran famosos por ello. Podías pasarte horas recogiendo botellas de vidrio solo para volver y descubrir que habían desaparecido. Por eso mantenías tus cosas cerca. Domingo no creyó apropiado preguntarle si podían llevar el carrito a su departamento, así que lo escondió detrás de la escalera y rezó para que nadie lo tirara.

Subieron las escaleras y se dio cuenta de que el edificio estaba en mejor estado por dentro; había baldosas con grietas aquí y allá, pero algunas conservaban su colorido original. Había plantas en macetas por el pasillo y notó que los departamentos estaban organizados en torno a una plaza central. Se apoyó en un barandal y se asomó hacia abajo, viendo la zona de lavado que tenía lavaderos de piedra y varios tendederos.

—Oye, no me has dicho tu nombre —dijo cuando llegaron al cuarto piso.

—Atl —respondió ella, sacando sus llaves.

—¿Es extranjero? ¿Qué significa?

—No. Es náhuatl. —Al verlo desconcertado, ella le explicó—: Ya sabes. ¿La lengua que hablan los nahuas? Bueno, lo que llaman «azteca», supongo. Significa «agua».

Ah, sí que sabía lo del azteca por haber leído los carteles que estaban alrededor del Templo Mayor, cerca de la estación de allí. Era un nombre extraño pero bonito. Le quedaba bien. Pensó que su voz sonaba como el agua, como un arroyo lleno de guijarros, aunque nunca había visto un arroyo de verdad en su vida. Todo lo que había visto eran las inundaciones periódicas en Ciudad de México durante la temporada de lluvias, cuando la basura se atasca en las alcantarillas y el agua desborda el sistema de drenaje creando pequeños ríos llenos de escombros, fruta podrida y mierda de perro. La puerta se abrió y ella encendió la luz. El departamento era pequeño y estaba vacío. Atl tenía un tapete con algunos cojines encima, pero no tenía sofá, ni televisión, ni mesa. Ni siquiera tenía un calendario en la pared. Una ventana muy grande estaba cubierta por unas cortinas chillonas hechas jirones, que estropeaban aún más el lugar.

Pensaba que las chicas tenían más interés en decorar sus departamentos. Se imaginaba agradables salas de estar con cortinas rosas y muebles bonitos. Un peluche, tal vez. Ese era el aspecto que tenían en las revistas, con habitaciones como museos. Y los anuncios, los anuncios le habían dicho que esperara colores coordinados y velas perfumadas en mesas pequeñas.

En el departamento había un fuerte olor, a animal, probablemente cortesía del perro. Tal vez tenía más de una mascota.

—No hace mucho que vives aquí, ¿verdad? —le preguntó.

Ella lo miró fijamente, y por un momento le preocupó haberla ofendido. Tal vez no tenía mucho dinero después de todo y no podía amueblar el departamento. Él no era nadie para juzgar.

—Estoy de paso. ¿Quieres té? —preguntó. Su voz transmitía una suave indiferencia.

Domingo habría preferido un refresco o una cerveza, pero la chica parecía tener clase y pensó que debía aceptar lo que ella le ofreciera.

—Claro —dijo.

Atl se quitó la chamarra y la tiró al suelo. Su blusa era de color crema pálido y dejaba al descubierto sus hombros huesudos. No se molestó en quitarse los guantes. Al mirarla, pensó en humo, en incienso y altares, y en el cuadro de una chica que había visto en un catálogo desechado de un museo.

La siguió hasta la cocina. Ella encendió una cerilla y puso la tetera en el fuego.

—Soy Domingo —le dijo.

Sus manos enguantadas se movieron con cuidado, sacando dos tazas, dos cucharitas y una caja llena de pequeños terrones de azúcar.

El perro entró a la cocina sin hacer ruido. Atl se inclinó, le susurró algo al oído y luego este salió.

Abrió una lata decorada con dibujos de azahares. Estaba llena de bolsitas de té blanco.

—Voy a pagarte cierta cantidad, solo por haber venido aquí. Si aceptas quedarte, la duplicaré —dijo.

—Escucha —dijo Domingo, frotándose la nuca—, realmente no tienes que pagarme nada. Quiero decir, eres muy guapa. Yo debería pagarte. No... este... no es que piense que trabajas en ese tipo de negocio. Aunque si lo haces, también está bien —añadió rápidamente.

—No soy lo que crees que soy.

Atl lo miró mientras sacaba dos bolsas de té y cerraba la lata. Tomó una libreta de papel rayado que estaba pegada al refrigerador. Tenía gatitos sonrientes. Sabía que no era suya; probablemente era la reliquia de un inquilino anterior. Ella no era una chica de gatitos sonrientes, eso seguro.

—No, mujer, no, no estaba diciendo, ya sabes. Por si acaso, yo...

—Soy una Tlāhuihpochtli.

No esperaba escuchar esa palabra. Domingo parpadeó.

—No puedes serlo. Eso es un tipo de vampiro, ¿no?

—Sí.

Domingo había oído hablar de los vampiros. Había visto las historias sobre ellos en la televisión. Había leído sobre ellos en viejos cómics y novelas gráficas. Nunca pensó que se encontraría con uno, no aquí.

Por primera vez, percibió cierto enrojecimiento en sus ojos, como si hubiera estado despierta durante mucho tiempo, así como unas ojeras ligeramente visibles debajo de su maquillaje.

—Ciudad de México es un territorio libre de vampiros —murmuró él.

¿Cómo había llegado a la ciudad? El departamento de higiene debería haberla atrapado. Esos Apóstoles de la Salud que se suponía que debían detener cualquier nueva enfermedad que circulara por ahí, pero que no hacían una mierda excepto acosar a la gente de los barrios pobres. ¿Qué había dicho Quinto? Algo sobre que la especie humana se estaba autodestruyendo a nivel bacteriológico pero que el departamento de higiene en México estaba demasiado ocupado multando a la gente para preocuparse. Pero habrían reparado en su presencia, ¿no? Y si no ellos, entonces la policía.

Tal vez no fuera una vampiresa. Podría ser solo una chica rica y loca jugando a disfrazarse. Pero no creía que fuera el caso. Tenía la sensación de que estaba viendo algo auténtico.

—Lo sé —dijo ella, garabateando un número en la libreta de papel y sosteniéndola para que él lo viera—. ¿Qué te parecería no tener que trabajar durante toda una semana?

Domingo se apoyó en la pared, con los brazos cruzados.

—Para mí son más bien cinco —dijo.

Debería haber estado más preocupado. No estaba seguro de si los vampiros tenían realmente poderes mentales o si simplemente se había dejado llevar por una sensación reconfortante por la apariencia de la mujer; en cualquier caso, no se sentía asustado. Se sentía un poco aturdido y nervioso, pero no había nada del verdadero miedo que debería marcar aquel momento. Era un buen momento, como aquella vez que había encontrado un par nuevo de zapatos atléticos caros en un cubo de basura, con caja y todo.

Atl asintió.

—Necesito sangre joven. Tú me servirás.

—Espera. No me voy a convertir en vampiro, ¿verdad? —preguntó, porque nunca se está demasiado seguro, y él no estaba seguro de nada. Los cómics de vampiros se contradecían.

—No —dijo ella, sonando ofendida—. Nacemos así.

—Genial.

La tetera silbó. Atl la retiró del quemador y vertió agua caliente en las dos tazas. Colocó las bolsas de té dentro y le ofreció una taza, señalando el azúcar.

—Sírvete.

Él tomó un terrón. Ella echó seis en su taza. La cuchara de Atl golpeteaba los lados de la taza mientras la revolvía.

Vampiresa. Como en *Cripta de las tinieblas*. Algo extraño y asombroso a la vez que intimidante. Era bonita. Tenía dinero. Era genial. Él no pasaba el tiempo con gente genial. No pasaba el tiempo con casi nadie.

Domingo colocó sus manos alrededor de la taza y tomó un sorbo.

—No dolerá mucho. ¿Qué te parece? —preguntó ella.

—No lo sé. Quiero decir, ¿todavía puedo... ya sabes... acostarme contigo?

Ella dejó escapar un suspiro y negó con la cabeza.

—No y no intentes nada. Cualli te arrancará la pierna de un mordisco si lo haces.

Domingo bebió otro sorbo. Estaba decepcionado. Pero luego se preguntó si no recibiría un besito como muestra de afecto. Una pequeña sonrisa. Un breve abrazo. Cualquiera de esas cosas lo haría feliz. La decepción se convirtió en esperanza. Y estaba, por supuesto, el dinero.

—¿Cómo lo hacemos? —preguntó Domingo, dejando su taza sobre la mesa.

Atl se quitó los guantes. Sus dedos eran largos y hermosos. Pero las uñas eran afiladas y negras. No era esmalte de uñas. Eran sus uñas naturales. Eran las garras de un pájaro.

Ella levantó sus largas manos y las colocó a ambos lados de su cara. Domingo pensó que su idea anterior sobre los poderes de los vampiros podría haber sido correcta porque no se sobresaltó. Se limitó a mirarla mientras su pelo se convertía en plumas y sus manos parecían crecer más, cual garras.

Ella arqueó el cuello.

—No te preocupes, esto no llevará mucho tiempo —dijo ella—. Y no te muevas.

Atl era en parte un ave de rapiña, pero él no movió ni un músculo. Ella se inclinó y sus labios rozaron su cuello. No le dolió... mucho. Fue una rápida punzada que le quemó el cuello y el cuerpo. Al cabo de unos minutos, intentó moverse mientras el dolor parecía despertar lentamente una parte de su cerebro que se había apagado, pero era demasiado tarde. Ella lo mantuvo en su sitio, con sus fuertes y malvadas garras clavándose en sus hombros.

Se volvió agradable bastante rápido. En un momento él se estremecía y al siguiente había una lenta y dulce ola que lo debilitaba. No era como beber alcohol o inhalar disolvente, aunque había probado ambas cosas y las había descartado por ser actividades inútiles. Era una neblina. La neblina que uno experimenta cuando los ojos están pesados y está a punto de dormirse, en la que las extremidades se sienten cansadas, todo el cuerpo pesa y hay una sensación suave y placentera mientras te rindes al agotamiento.

Domingo cerró los ojos. Detrás de sus párpados estallaron patrones geométricos que pasaron del amarillo al naranja y al carmesí, hasta que se volvieron negros y no hubo más que una pesada negrura profunda a su alrededor.

Sintió que se le doblaban las rodillas. La oscuridad aterciopelada lo protegía. Lo abrazaba con fuerza. Sintió que se deslizaba hacia abajo y la oscuridad le ayudó, deslizándose con él.

Permaneció un rato en esta oscuridad aterciopelada antes de caer en un sueño.

Domingo se despertó con una cobija en la mejilla. Levantó la cabeza. Seguía en la cocina de Atl, en el suelo, y la cobija lo envolvía cómodamente.

Atl estaba apoyada en el refrigerador. Tenía la taza apretada contra los labios y los ojos cerrados.

Él se limpió la boca con el dorso de la mano.

—No intentes levantarte todavía o podrías vomitar. Te ayudaré en unos minutos —dijo ella.

Domingo se tocó el cuello. Sintió un bulto, pero no parecía una herida grande. Qué bien. Medio temía que le hubiera arrancado un trozo de carne cuando lo había mordido por primera vez... o lo que fuera que hubiera hecho. Se sentía aturdido y sus extremidades estaban adormecidas. Esperó en silencio, sin saber si tenía permitido hablar.

—Siento las piernas raras —dijo por fin—. Es como si se me hubieran dormido.

—Mmm. Piensa que es un anestésico.

—¿Me va a doler después?

—No. Puede que te pique un poco el cuello, pero se te pasará en un par de días. Es como una picadura de mosquito.

—¿Siempre haces eso? —preguntó él.

—¿Qué? —respondió ella.

—¿Te transformas?

Atl abrió los ojos y asintió. Sacó un recipiente con jugo de naranja del refrigerador y llenó un vaso.

—No puedes decírselo a nadie. ¿Lo entiendes?

—No lo haría —dijo.

—Porque te haría daño si lo hicieras —dijo ella.

Su voz no contenía una amenaza evidente, pero él sabía que lo decía en serio. Se veía en su cara, que no tenía bordes desafilados. Un hombre inteligente podría haberse sentido intimidado. Él sentía curiosidad.

—¿Crees que puedes ponerte de pie? —preguntó ella.

—Sí.

Metió la mano en una alacena, tomó una caja de plástico y sacó un puñado de pastillas que tiró sobre la mesa de la cocina. Luego se volvió y lo levantó con tanta facilidad —como si fuera un muñeco de trapo— que hizo que él diera un grito ahogado.

—¿Estás bien? —le preguntó.

—Sí —dijo él.

—Tienes que comer bien. Tienes que elegir alimentos ricos en hierro. Tengo unas pastillas de suplemento de hierro para ti. Si las tomas con jugo de naranja serán más efectivas.

Lo acompañó a la mesa. Domingo tuvo que apoyarse en ella. Le temblaban las manos, pero consiguió meterse las pastillas en la boca. Se bebió todo el vaso de jugo.

Permanecieron juntos, Atl ayudándolo a mantenerse en pie, durante lo que pareció un largo rato. Sus piernas habían recuperado la sensibilidad y el ligero mareo que lo aquejaba había desaparecido.

—¿Estás listo para ir a casa? —preguntó ella.

—Sí.

Lo acompañó hasta la puerta, manteniéndola abierta para él. Domingo intentó despedirse, pero ella cerró la puerta antes de que pudiera hablar.

CAPÍTULO 2

Debería haberlo matado. Debería haberlo vaciado entero, haberle roto el cuello.

¿Y luego qué haría con un cadáver, meterlo en el refrigerador?

No tenía ni la más mínima idea sobre cómo deshacerse de un cuerpo.

Izel lo habría sabido. Ocoxochitl Izel Iztac, Primogénita, Dama de las Flores Fragantes. La brillante promesa de su clan. Todos la llamaban Izel porque era «la única», la niña preciosa. Atl había sido una consideración secundaria desde el día en que nació. Atl de los Iztac. Atl la Segunda Hija.

Atl que no podía hacer nada bien.

Ella no era Izel y no podía obsesionarse con esto. Había hecho lo que había hecho. El chico viviría. Déjalo así. Ningún asesinato. No habría sido honorable de todos modos, no era un enemigo armado, ni el miembro de un clan rival. Tal vez, considerando eso, Izel habría estado de acuerdo en que era mejor dejarlo ir.

Pero tú no tienes honor, le susurró al oído una voz molesta que sonaba como Izel. La culpa hablaba con la voz de su hermana.

Atl dejó de rascar la cabeza del perro y abrió la ventana del cuarto, dejando entrar el aire de la noche. Se sintió fuerte. Alerta. Alocada y rebosante de energía. Pensó en desplegar las alas, en escabullirse por los tejados.

Era demasiado peligroso. Todo era demasiado peligroso en esta ciudad. Echaba de menos el norte y el desierto con sus interminables cielos oscuros, la frialdad de sus noches contra su piel.

Los Tlähuihpochtin se habían desplazado por México a lo largo de los siglos, a lo largo y a lo ancho del país, inquietos, probablemente nómadas al principio. Su lugar exacto de origen era impreciso. Tal vez habían vagado por Baja California, junto al mar, pero el Bolsón de Mapimí también escondía rastros de sus antepasados. Con el tiempo habían entrado en contacto con los aztecas, mucho antes de la fundación de Tenochtitlán y del establecimiento de su imperio. Pero aunque la ciudad de los canales, con sus montañas y volcanes, había sido una cómoda morada durante algunos siglos, volvieron al desierto, regresaron al norte. Y aunque se alejaran de sus tierras ancestrales, el recuerdo de los cirios y las yucas y el cielo negro como la boca del lobo sobre la tierra árida no los abandonó. La madre de Atl nació en Sinaloa en 1895 y, aunque vivió en Ciudad de México por varias décadas, nunca olvidó el norte. Tampoco Atl, nunca, pasara lo que pasare.

Atl se sentó junto a la ventana, tratando de permanecer quieta, con su taza de té entre las manos. Tomó un sorbo e hizo una mueca. No estaba bien. Volvió a la cocina en busca de terrones de azúcar. Los encontró y descubrió que las hormigas del otro día habían vuelto y se estaban comiendo los terrones que había dejado afuera.

Aplastó a las hormigas con la palma de la mano, aunque probablemente no sirviera de nada. Si habían logrado entrar una vez, volverían a hacerlo.

Se metió dos terrones de azúcar en la boca y se preguntó qué haría con esa plaga. Repelente de hormigas. ¿Cuál era un buen repelente de hormigas? ¿Vinagre? Tal vez. Canela. No le gustaba el olor. ¿Pimienta? Creía que a las hormigas no les gustaba la pimienta. Salvo por los terrones de azúcar, algunas bebidas, sus bolsitas de té y una bolsa de comida para perros, su cocina estaba vacía.

Atl suponía que debía pasar por el supermercado para comprar pimienta. También podría comprar comida. Latas de atún y verduras. Cereales. Ella no se lo comería. Era para aparentar. En caso de que tuviera visitas, como esa noche. No era que planeara tener muchas visitas. No se alojaba en el más elegante de los edificios. Pero eso significaba más redadas del departamento de higiene. Si se producía una redada, mirarían a su alrededor para asegurarse de que no estuviera escondiendo sustancias ilícitas o para ver si podían robar algo. Podía imaginarse a un trabajador del departamento de higiene curioso revisando los cajones de la cocina y encontrándolos vacíos; eso sería un poco sospechoso. Podía imaginarse al trabajador mirándola fijamente. Una mujer joven, sola, sin identificación y sin comida. Acento del norte. Déjame comprobar... ¡caramba!, la temperatura corporal de esta mujer no está bien.

Tal vez no la identificaría como una vampiresa. Tal vez el curioso trabajador del departamento de higiene pensaría que era una drogadicta o una Croneng. Había montones de personas con la enfermedad de Croneng corriendo por ahí en estos días. Era un virus que hacía que los humanos tuvieran hemorragias nasales y les provocaba llagas, lo cual estropeaba el suministro de sangre, de modo que ahora, además de los cánceres, las enfermedades de transmisión sexual, el sida y la tuberculosis, los vampiros tenían que estar pendiente de su comida para asegurarse de que no estuviera contaminada por esta nueva enfermedad. Vomitar sangre sucia no era divertido.

Había oído que la gente culpaba a los vampiros de esto, diciendo que lo habían causado ellos, lo cual era ridículo, pero a los humanos les había dado por culpar a los vampiros de todo últimamente. En la Edad Media —cuando su especie aún estaba medio oculta tras los mitos y la superstición— algunos pensaban que los vampiros habían causado la peste. No fue así, aunque la peste bubónica sí ayudó a expandir el alcance y el poder de los Necros. Los Necros, al igual que los Nachzehrers alemanes, cuando estaban en apuros podían alimentarse de carroña, algo impensable para otros vampiros. Encontraron un abundante suministro de cadáveres en Europa mientras que otros vampiros pasaban hambre, privados de un suministro de sangre limpia. La patraña de que a los vampiros les gustaban las vírgenes núbiles tal vez se originó por la sensibilidad de los vampiros a la sangre contaminada. Si tenían una virgen en sus manos, podían evitar beber la sangre de un sifilítico. Pero como las ETS no eran las únicas enfermedades horribles que portaban los humanos, eso no proporcionaba mucha protección contra nada.

El chico había comentado su falta de muebles. Los muebles podían explicarse por una mudanza reciente, pero la falta de comida... sí, debía hacer algo al respecto.

Atl suspiró y guardó los terrones de azúcar.

Le resultaba difícil pensar en esas cosas. No estaba acostumbrada a mantener las apariencias. Nunca había tenido que hacerlo. En el norte, Atl tenía a su madre, a su hermana y a huestes de sirvientes que la cuidaban. El norte era como una gran herida que rezuma y los vampiros bebían de ella libremente. Ciudad de México... no era amigable con su especie. Pero se había quedado sin opciones.

Esto era todo. Su refugio seguro.

Sin embargo, odiaba el departamento. Odiaba el color de sus paredes y los arañazos en la mesada de la cocina, la suciedad antigua que manchaba los azulejos del baño y la forma en que sonaban las tuberías. Odiaba su olor, el olor de toda la ciudad. A suciedad. Cuando llovía, olía a basura húmeda, y llovía constantemente. El hedor era peor en el metro, pero se obligó a aguantarlo. Carecía de licencia de conducir y de identificación, de ninguna manera podía conducir. Los taxis eran una opción, pero le daba miedo subirse a un vehículo desconocido. Ahí no había lugar para huir. Era mejor hacerle frente al metro, caminar por las sucias calles con su paraguas. Y lo había encontrado *a él* en el metro, en todo caso, así que algo bueno había sacado de allí.

Domingo.

Atl volvió a preguntarse si había tomado la decisión correcta. Su instinto y su educación la obligaban a arrastrar su comida hasta su guarida, pero aún no sabía si esto era prudente, si la forma en que lo había manejado era tonta o eficiente. Y, sin embargo, ¿qué alternativa tenía? Si se hubiera alimentado en la calle, alguien podría haberla visto. Lo mismo ocurría con los moteles baratos que cobraban por horas. Demasiada gente entrometida, tanto policías como delincuentes.

Había otros problemas. Un donante dispuesto, por ejemplo. Conseguir una trabajadora sexual de la calle significaba tratar con un padrote, y Atl no quería pelearse con un bruto que pensara que estaba magullando la mercancía.

No, demasiados problemas ahí. Eso reducía las opciones. Sangre joven... Ya había encontrado dos veces a niños de la calle durmiendo en los callejones. Ambos estaban totalmente inconscientes. Se alimentaba de ellos: sin padrote, aunque temía los ojos de los vagabundos sobre ella.

Era arriesgado. Además, la sangre de los niños de la calle era amarga por las drogas baratas y el alcohol que corrían por sus venas. A Atl le daba dolor de cabeza y retortijones. Casi era peor que morirse de hambre.

Atl había decidido cambiar de táctica. Domingo parecía bastante limpio y agradable. No había signos reveladores de consumo de drogas. También olía saludable. Su sangre, cuando la probó, era cálida y dulce. La sangre vieja, la sangre enferma, la sangre drogada: eso era como darse un festín de carroña. Por fin había encontrado una comida fresca y deliciosa.

Debía hacerla durar. Debía conservar su energía. Atl tamborileó con los dedos sobre la taza de cerámica. Había mucho tiempo antes del amanecer. A diferencia de los vampiros europeos, Atl podía soportar el sol, aunque la debilitaba. Necesitaba demasiada energía para moverse por la ciudad durante el día. Debía ahorrar fuerzas. Esto significaba dormir más tiempo.

Sin embargo, el sueño tenía sus peligros. Cualli podía vigilarla, pero no era infalible. Entre quedarse despierta y desperdiciar energía o dormir y ser vulnerable, Atl eligió dormir. Cerró la ventana y deslizó la puerta del armario para abrirla. Dentro había un saco de dormir, una almohada, una cobija y trozos de papel. Había estado anidando allí. Era un gran cambio comparado con la lujosa casa de su madre, con sus artefactos aztecas y su costoso mobiliario. Todo eso había quedado atrás. Atl solo tenía su ingenio, algo de dinero y la vaga esperanza de poder encontrar a Verónica Montealbán, y no estaba muy segura de cómo lo conseguiría. Lo que tenía para guiarse eran unos cuantos papeles viejos a los que se había aferrado su madre.

Atl se metió en el armario y buscó debajo de la almohada. Miró la fotografía. Era una polaroid, con una esquina doblada. La imagen mostraba a su madre y, junto a ella, a una mujer joven con el pelo con la raya en medio. Habían pasado décadas desde que habían tomado la foto.

Verónica Montealbán era ya mucho mayor. Era muy probable que no se pareciera a la joven que estaba mirando. Puede que se hubiera ido de la ciudad. Incluso podría estar muerta. Si estaba viva, no se lo estaba poniendo fácil a Atl para que la encontrara. ¿Por qué iba a hacerlo? Pero había sido la compañera de madre, su tlapalēhuiāni, por varios años. Atl se negaba a utilizar la palabra «Renfield» para describirla; era un término muy burdo que les había endilgado la cultura pop anglosajona.

Madre hablaba de la chica humana. Había sido leal, eficiente. La Verónica adulta había contrabandeado ciertos artículos para su madre, años después de haber dejado de estar a su lado. Se podía confiar en ella, decía Madre. Si encontraba a Verónica, Atl podría hallar una manera de solucionar este lío. No podía quedarse en Ciudad de México para siempre, pero salir de sus límites significaba una muerte segura.

Guatemala. Tenía que haber una forma de entrar a Guatemala. Cruzar a Estados Unidos estaba descartado: la zona fronteriza del norte estaba demasiado militarizada. Dios, necesitaba papeles, un contrabandista, una maldita arma más potente que su navaja automática.

Bueno, tienes que dejar de engañarte, dijo aquella voz que sonaba como la de Izel. *No puedes llegar a Verónica sin Bernardino.*

Él sabría dónde encontrar a Verónica. Pero no había garantías de que pudiera confiar en él y, como era un Revenant y ese tipo particular de vampiro europeo podía engullir *a otros* vampiros, bueno... eran un poco como el coco para el vampiro promedio. También estaba la cuestión de sus costumbres. Los vampiros eran increíblemente territoriales. Usaban enviados para comunicarse. Ella no tenía ninguno y no podía imaginarse apareciendo en su casa, rompiendo el protocolo. Aunque había sido algo así como un amigo de su madre cuando ella era mucho más joven, Madre decía que se había vuelto en su contra en años posteriores. Bernardino era peligroso. Paranoico. Aun así... se habían mencionado ciertas deudas suyas, pero eran alusiones vagas. Lo único con lo que contaba Atl era el valor del nombre de su difunta madre y no estaba segura de hasta dónde podría llegar eso. Su hermana habría ido derecha a la casa de Bernardino. Atl era demasiado cobarde.

Atl colocó la fotografía bajo la almohada. Cualli gimoteó. Sabía que quería dormir a su lado, pero necesitaba que el perro la vigilara.

—Cualli, siéntate —le ordenó.

Deslizó la puerta del armario para cerrarla y luego enterró la cara contra la almohada. Atl recuperó el control de su respiración, y consiguió hacerlo lentamente. El sueño, cuando llegó, fue como sumergirse en el agua. Se hundió en la oscuridad y su respiración era tan lenta que su pecho apenas subía y bajaba.

La noche siguiente, Atl decidió ir de compras. Era una oportunidad para dar un paseo muy necesario, pero le daba miedo salir a la calle. Cada vez que se aventuraba en las calles de la ciudad, era una ocasión propicia para que un policía astuto le pidiera su identificación. Sin embargo, quedarse en el departamento podría ser igual de malo. La claustrofobia no sería productiva.

Al diablo con eso. Necesitaba estirar las piernas. No estaba hecha para la quietud. Había oído hablar de vampiros que podían enterrarse felizmente y pasar el tiempo tranquilamente en sus húmedos montículos de tierra. Pero esas eran otras especies. Atl se puso la chamarra y tomó la correa de su perro. Estaba lloviendo, solo una llovizna, así que se subió la capucha y no se molestó en usar el paraguas. El minisúper que abría toda la noche estaba a solo tres cuadras de su casa. Su letrero brillaba en naranja y luego en blanco. Le dijo a su perro que esperara afuera.

Cuando entró, un molesto timbre sonó para anunciar su llegada. Miró a su alrededor, examinando detenidamente el lugar.

Detrás del mostrador había un hombre cansado con un uniforme anaranjado, protegido por una mampara de acrílico. Estaba fascinado con una pequeña televisión y ni siquiera levantó la vista para mirarla cuando pasó. Tres adolescentes vestidos con chamarras de color neón estaban pasando el tiempo en la tienda, ocupados en charlar entre ellos. Podía oír la música de los audífonos de uno de los chicos. Heavy metal.

Odiaba esa música. No tenía ninguna... simetría.

Atl tomó una cesta de plástico. Caminó por un pasillo, mirando las etiquetas. Nunca había prestado mucha atención a la comida humana. Se preguntaba qué podría comprar. Atl tomó dos latas de frijoles y las metió en la cesta. Localizó la pimienta y compró más terrones de azúcar. Se detuvo a mirar una zona en la que había papas fritas y caramelos expuestos. Las listas de ingredientes le resultaban extrañas. No era que ella comiera esta mierda. La especie de Godoy, los malditos que se hacían llamar Necros, sí podían. No estaba segura de que la especie de Bernardino pudiera digerirlo.

Atl apretó los dientes y arrojó una bolsa de papas fritas en su cesta. Tal vez debería comprar más de esos suplementos de hierro que había comprado el otro día. No sabía si realmente funcionaban, pero, al fin y al cabo, ¿qué sabía ella? Casi nada.

No debería estar en esta situación, siendo la segunda hija y lamentablemente todavía joven. Tenía veintitrés años en una familia que podía abarcar siglos, era la niña del clan. Veintitrés años y malcriada, porque no le había importado nada que no fuera diversión y sangre. Recordaba que Izel la había regañado unos meses atrás por su falta de interés en el negocio familiar, por pasearse por la ciudad en su nueva moto. Pero a Madre no le había importado.

Atl sonrió con suficiencia. ¿Por qué iba a importarle? Madre prefería a Izel. Izel era la fuerte. Izel era la heredera. Izel lo era todo. Atl era solo el repuesto.

Ahora Izel estaba muerta. Y Atl no podía hacer nada por su cuenta.

El timbre sonó de nuevo y la sobresaltó. Dos policías entraron en el local.

La mano de Atl apretó el asa de plástico de la cesta. Maldita suerte. Se armó de valor y se dirigió hacia la parte trasera de la tienda, más cerca de los refrigeradores.

Los adolescentes se estaban riendo a carcajadas y se llevaban chocolates a la boca.

—Oye, ¿de quién ha sido la idea de estacionar un coche y ocupar dos espacios enteros en el frente, eh? —gritó uno de los policías.

Los adolescentes giraron la cabeza. Uno de ellos tropezó y tiró docenas de chocolates brillantes y coloridos en el suelo. Se desparramaron desordenadamente sobre las baldosas blancas.

Atl sintió el deseo inmediato de ponerse de rodillas y empezar a contarlas. Era un tic nervioso, algo propio de su especie. Cerró los ojos y apoyó una mano en uno de los refrigeradores.

—Son como dos minutos, hombre —dijo uno de los adolescentes.

—Dos minutos. Vale, cabrón, enséñame tu licencia. Todos ustedes, identificaciones y licencias.

Uno de los policías había encendido un cigarro. Ella lo olió como si estuviera parado a su lado. Pero no lo estaba. Él estaba al otro lado de la tienda. No estaba cerca. Todo era normal. Ella era una persona normal que salía a dar un paseo normal. Comprando víveres. La gente hacía eso.

—¿Me vas a multar? —dijo uno de los adolescentes—. ¿Lo harás?

—¿Qué te has metido, chico?

Los zapatos chirriaban en el suelo. El olor del cigarro se acercó a ella.

Un policía se dirigía hacia ella.

No le pasaría nada. Tenía un aspecto perfectamente normal. Se había alimentado recientemente. Sus ojos no estaban rojos, sus mejillas no estaban demasiado hundidas.

No le pasaría nada.

Atl bajó la mirada, observando los precios pegados en el interior del refrigerador. Sus labios se movían en silencio, gesticulando los números con la boca.

El policía se detuvo junto a ella. Ella no lo miró.

—Muéstrame tu licencia y tu identificación —dijo.

—No voy con ellos —dijo Atl—. Puedes preguntarles.

Hizo una pausa para mirarla. Su mirada se posó y se detuvo en ella.

—Oye, tú, ¿por qué me estás esposando, hijo de puta? Mi papá es abogado, ¡pendejo! —gritó uno de los adolescentes.

El policía que estaba junto a Atl giró la cabeza y le gritó al adolescente.

—¡Cállate la boca! —dijo, y luego suspiró y volvió a mirarla. Parecía cansado—. Malditos chamacos, seguro que se irán de fiesta, ¿sabes?

Ella asintió, deseando que la dejara en paz.

El policía abrió la puerta del refrigerador y sacó una bebida energética, luego volvió a la entrada de la tienda. Los adolescentes murmuraban entre sí, el que había sido esposado seguía repitiendo lo de su papá abogado. El policía que había hablado con ella les dijo que se dirigían a la estación de policía. Protestaron y entonces llegó el esperado soborno. Una vez que tuvieron su dinero, los policías le quitaron las esposas al adolescente, poniendo fin a la actuación de la noche.

El cajero, sentado detrás de la mampara, volvió a ver la televisión en cuanto los policías y los adolescentes salieron de la tienda.

Atl esperó un par de minutos, tomó una bebida energética y la echó en su cesta de la compra antes de pararse delante del cajero y meter unos cuantos billetes por debajo de la abertura de su mampara. No se molestó en esperar a que le diera el cambio.

Salió a la calle, acarició la cabeza de Cualli y miró a su alrededor. La calle estaba vacía. Estaba bien.

Pero tenía que hacer algo antes de acabar como Madre y como Izel. Ahora.

—Vamos —le dijo al perro.

CAPÍTULO 3

Rodrigo caminó más rápido, escudriñando las filas afuera de los clubes nocturnos de la Zona Rosa. Era casi medianoche, le dolía la cabeza y necesitaba un cigarro.

La culpa era del chico.

Rodrigo nunca se había sentido como un Renfield estereotípico o, como lo pronunciaban los pendejos de clase baja que no sabían hablar inglés, *Renfil*. Sí, había visto cómo los vampiros jóvenes trataban a sus asistentes y no, no todos eran amables con ellos. Pero Godoy tenía clase, hacía las cosas bien. Y sin embargo... Rodrigo era educado, refinado, eficaz, y aun así el señor Godoy sentía la necesidad imperiosa de enviar a su hijo con él, un vampiro que tenía más dientes que sentido común. Godoy confiaba en Rodrigo. Pero quizás no *tanto*.

El señor Godoy insistió en que alguien de la familia debía ir con el grupo, haciendo quedar a Rodrigo como un niño pequeño en lugar de como un hombre adulto. Y cuando las cosas se enrarecieron en Guadalajara, no dejaron atrás a Júnior. Rodrigo no había querido traer a Nicolás, El Nick, a Ciudad de México, no solo porque era un lío meter clandestinamente a un vampiro a Ciudad de México, sino también porque el pendejo le parecía insufrible.

Luego, para colmo, La Bola —que era enorme, pero no demasiado brillante, uno de los matones más jóvenes que se llevaba bien con Nick— no había vigilado al chico como le habían dicho, y ahora Nick estaba vagando por la Zona Rosa por su cuenta. Diez subespecies de vampiros y Rodrigo tenía en sus manos una de las más peligrosas. Ni qué decir que Nick era joven. Podía meterse en todo tipo de problemas. A menudo lo hacía. Pero no estaban en su territorio; las reglas del juego eran diferentes.

Rodrigo chocó con un hombre que repartía folletos anunciando «siete bailarines semivírgenes» en el escenario y lo empujó a un lado. La Zona Rosa había sido famosa como zona gay y todavía quedaban muchos clubes gay, pero desde finales de los 90 una buena parte se había transformado en la Pequeña Seúl, con una multitud de cibercafés, restaurantes y clubes dirigidos a los coreanos, que dominaban las calles alrededor de Florencia. También había algunos clubes para hombres, algunos más elegantes que otros, y muchos clubes nocturnos, tanto coreanos como mexicanos, varios de ellos adornados con la bandera del arco iris, que los identificaba como zonas que acogían a la comunidad LGTB. Estaba de moda entre ciertos heterosexuales jóvenes de Ciudad de México bailar en los clubes LGTB, aunque los coreanos no eran populares entre los forasteros.

La Zona Rosa siempre pareció un poco en decadencia; desde los años 80 fue perdiendo su lustre cuando los salones de masaje empezaron a sustituir a las galerías de arte. La gente más rica y a la moda bailaba en Polanco o Santa Fe y evitaba estos viejos clubes, que eran francamente un poco sórdidos. Pero los chicos de las colonias cercanas no conocían nada mejor, los otros clubes estaban lejos y no habrían podido entrar a El Congo aunque hubieran querido, así que hacían cola en los clubes de la Zona, donde pocos seguratas revisaban las identificaciones, alegres y listos para una noche de farra.

Los letreros de neón brillaban, parpadeando en blanco, rojo y verde. Los temas de los clubes eran desenfrenadamente diferentes. Uno apostaba por el Salvaje Oeste, otro intentaba una nave espacial, el tercero un rosa kitsch. Rodrigo cruzó una calle, esquivando a dos Cronengs que estaban pidiendo limosna. Se abrió paso a codazos entre un grupo de adolescentes.

Rodrigo finalmente lo vio. Nick estaba charlando con una chica que hacía cola en la puerta de un antro corriente llamado Bananas, con un plátano de neón resplandeciente que parpadeaba para indicar su ubicación.

—Nick —dijo Rodrigo.

El chico giró la cabeza, con cara de aburrimiento. Tenía la apariencia y la fanfarronería naturales de su tipo con la mala actitud a juego. Su ropa era impecable y cara. Llevaba lentes de sol y una sonrisa de complicidad, siempre afilada en los bordes.

Un chico guapo. Su familia era hermosa. Demasiado hermosa. Había oído hablar del extraño valle. Esa sensación que tiene la gente cuando ve rostros generados por computadora que se aproximan a los rasgos humanos realistas, aunque de forma imperfecta, lo que provoca un sentimiento profundamente arraigado de repulsión porque la ligera imperfección indica que hay algo malo. Eso es exactamente lo que inspiraban los tipos como Nick. La sensación de que algo iba muy *mal*. Era esa pequeña parte del cerebro humano tratando de advertirte, gritando «¡huye!». Pero en cuestión de una fracción de segundo, como un fotograma erróneo, te sometían el encanto y la sonrisa de los vampiros.

—Hora de irse.

Por un momento Rodrigo dudó de que Nick fuera a venir, pero entonces el chico se alejó de la muchacha y se dirigió a su lado, quitándose los lentes de sol. Dios, eran los ojos los que podían con él. Rodrigo no les tenía miedo a los vampiros. Llevaba años trabajando para ellos y —salvo un par de especies— se parecían a los humanos, al menos la mayor parte del tiempo y en su mayoría. Y la sensación, esa persistente sensación de peligro que los acompañaba, se había acostumbrado a ella. Pero los ojos, eran los ojos lo que le molestaba de los chicos como Nick, los ojos a los que nunca pudo acostumbrarse. Eran muy grandes, sus pupilas se dilataban hasta parecer que el vampiro acababa de regresar de una visita al optometrista. Era un pequeño detalle, sin duda, algo que la mayoría de la gente podría no captar, pero vaya que esos ojos con las pupilas dilatadas le daban a Rodrigo un mal presentimiento.

Se tragó su consternación, como siempre hacía, la hizo a un lado.

—¿Qué crees que estás haciendo? —preguntó Rodrigo.

—Nada —dijo Nick—. Aquí no se puede cazar.

No con las cuadrillas del departamento de higiene barriendo la ciudad. Los sobornos podían comprar casi cualquier cosa en el norte, pero esto no era el norte. Esta era la Ciudad de México de siempre, la que había caído ante los españoles pero que no se rendiría ante los vampiros. Rodrigo no tenía tiempo para enterrar un cadáver por este niño malcriado. Y si Nick no pretendía beber y matar, si lo que pretendía era beber y obtener el control de un humano —ese desagradable truco que a los Necros les gustaba hacer—, bueno, eso tampoco iba a suceder. Era demasiado arriesgado.

—¿Quién ha hablado de cazar?

—No me digas sandeces, niño bonito —dijo Rodrigo.

El cartel de neón con el plátano parpadeó de amarillo a verde y luego de nuevo a amarillo. Nick le lanzó una sonrisa que mostraba todos los dientes.

—¿Y si estuviera cazando? Esta gente no es nadie.

—Aun así esa gente puede llamar a la policía. Si tienes hambre podemos volver al departamento y abrir una de las bolsas de sangre —le recordó Rodrigo al chico.

—Beber esa sangre es como beber pipí.

—No puedo hacer nada al respecto.

—Deberíamos capturar a esa puta —dijo Nick mientras jugueteaba con sus lentes de sol, se lo pensaba y se los volvía a poner.

—Podría hacerlo si no hubieras salido del departamento sin escolta. Esto es Ciudad de México.

—No necesito escolta. Dame un cigarro —dijo Nick, chasqueando los dedos.

Maldito imbécil, pensó Rodrigo, pero sacó los cigarros. Gauloises. Nunca fumaba otra cosa. Los cigarros más ligeros, al estilo estadounidense, eran para mariquitas. O fumabas tabaco oscuro o te ibas a casa. Rodrigo fumaba tabaco oscuro y mucho.

Sacó dos cigarros y prendió una cerilla encendiendo ambos y entregándole uno a Nick. Nick dio una calada, echó un último vistazo a la fila de jóvenes y se encogió de hombros.

—Bien, volvamos al departamento —dijo Nick.

Tuvieron que caminar varias cuadras, de vuelta en dirección al Parque España. Se detuvieron en una licorería porque Nick quería alcohol. Los del tipo de Nick —Necros, aunque los bromistas los llamaban «Necros nacos», los vampiros corrientes— bebían como si estuviera pasando de moda. Algo relacionado con los endofenotipos, pero Rodrigo no era biólogo.

Fiel a su herencia, Nick metió media docena de botellas de vodka en una cesta verde. También quería absenta, pero no cualquier absenta. Absenta checa, con la fórmula original, con auténtico ajenjo. No tenían, y parecía que a Nick le iba a dar un ataque. Rodrigo lo convenció de que se llevara dos botellas de whisky y le dijo que le buscaría absenta más tarde.

Cuando entraron al departamento encontraron a La Bola comiendo pollo frito y jugando a videojuegos. Se chupó los dedos y los saludó con la mano.

—¿Dónde están Colima y Nacho? —preguntó Rodrigo nada más cerró la puerta.

—Han ido a buscar a esos primos que mencionaron. Para ayudar con el trabajo.

Rodrigo solo había traído a tres sicarios con él. Necesitaba unas cuantas manos extra para que lo ayudaran. No sería difícil reclutar a algunos pistoleros más. Nacho y Colima tenían parientes aquí, ávidos de una oportunidad, de un billete de vuelta al norte. Estos matones eran baratos y fáciles de conseguir. Podría habérsela jugado con la gente que tenía, pero Rodrigo no quería arriesgarse. Aunque Atl estaba sola, seguía siendo una vampiresa y ya les había dado batalla. Por supuesto, Rodrigo tenía a Nick, pero Nick era joven y no estaba precisamente entrenado para una tarea así. Había perdido a la chica cuando estaban en Jalisco; se le había escapado de las manos a pesar de su pose de macho. Apenas importaba cuán grandes fueran tus colmillos si tu presa podía burlarte y propinarte un buen puñetazo en la cara, rompiéndote algunos de esos afilados dientes. Él se curaba rápido: los vampiros como Nick eran como tiburones y siempre había un diente detrás del que se acababa de caer. Cuando estaban enfadados, sus fauces eran un espectáculo aterrador, pero los hechos eran los hechos. Nick había sido burlado por una chica.

—Me pregunto qué traerán —dijo Nick—. Colima y Nacho son alimañas. Me caía bien Justiniano.

—Justiniano está muerto y las alimañas cumplen su cometido.

Nick tomó una de las botellas y la abrió. Se sentó en el sofá y comenzó a beber directamente de la botella, y el vodka le goteó por la barbilla.

—Ven —dijo Rodrigo, haciendo un gesto a La Bola.

Se dirigieron de la sala de estar al estudio. Rodrigo tenía dos departamentos, uno en Sinaloa y este otro. De los dos, el de Ciudad de México era el más espléndido, aunque lo visitara poco. Tenía más estilo, más cosas, era más suyo. Era grande, con techos altos. Los muebles tenían un aspecto monocromático, todo en blanco y negro, aunque él añadía toques de color con varios cuadros de gran tamaño que colgaban de las paredes.

El estudio era muy parecido. Un enorme escritorio, un par de sillas cómodas y sus libros raros en exhibición. Los libros electrónicos podrían ser fáciles de comprar, pero Rodrigo era un coleccionista, no un consumidor. Esto, pensó, era lo que lo diferenciaba de los señores vampiros —Dios, la afrenta de estos narcotraficantes de autodenominarse «señores»—, que derrochaban su dinero sin gusto. Rodrigo tenía gusto. Tenía estilo.

No podía decir lo mismo de los demás.

—Siéntate —ordenó Rodrigo.

La Bola se sentó en una de sus sillas de cuero fino. Mientras que Rodrigo era bajo y delgado, La Bola era un hombre alto y fornido. A pesar de su diferencia de volumen, La Bola miró a Rodrigo dócilmente.

En cuanto La Bola se sentó, Rodrigo se acercó a él y le dio un puñetazo en la cara.

—Idiota, ¿no te dije que vigilaras al chico?

—¡Y lo hice, Rodrigo! Pero es el hijo del señor Godoy. No puedo simplemente...

—Enciérralo en su cuarto si es necesario. ¿Qué crees que dirá el señor Godoy si a su hijo lo recoge el departamento de higiene?

—Dijo que solo iba a coger —refunfuñó La Bola.

—Despierta, imbécil. ¿Cuánto tiempo llevas entre vampiros, eh? ¿Tres años?

La Bola levantó un par de dedos.

—Dos.

—Deberías saberlo, imbécil. Coger nunca es solamente coger. No para Nick. No debería haber convencido a tu padre para que te dejara trabajar para mí.

—Lo siento, Rodrigo.

—Solo vigílalo como es debido.

—Lo haré —murmuró La Bola mientras se frotaba la cara—. Este... Rodrigo, ¿tu contacto sabe algo de la chica?

—No —dijo Rodrigo, irritado—. Pero estuvo en Toluca. Lo he confirmado. Lo que significa que está aquí. En algún lugar.

—¡Oye, Rodrigo! ¡Quiero pizza!

Nick. Seguramente se estaba zampando su segunda botella y se moría por algo de comida grasienta.

—Ve a ocuparte de él —le dijo Rodrigo a La Bola en voz baja.

La Bola agachó la cabeza y se apresuró a volver a la sala de estar.

Rodrigo estiró los brazos y se alisó el traje, deteniéndose a comprobar sus gemelos de esmalte negro. Se miró en el gran espejo dorado de cuerpo entero que adornaba la pared sur del despacho. Pelo gris y ralo, con raya en medio. Una red de arrugas grabada en el rostro. Los dientes se le estaban volviendo amarillos lentamente. Sí, se estaba haciendo viejo. Tal vez demasiado viejo para estos juegos. Incluso un matón al servicio de vampiros merece una pensión y una jubilación tranquila.

Se iría a vivir a algún lugar soleado. En algún lugar donde nunca tuviera que ver la cara de otro chupasangre. Ya había matado suficientes para Godoy.

Solo una más, pensó. *Solo esa maldita chica. ¿Cuánto tiempo puede seguir huyendo, de todos modos?*

CAPÍTULO 4

Domingo se despertó tarde. Estiró los brazos, se incorporó apoyando los codos y tomó la linterna de manivela. Le dio cuerda y luego encendió una lámpara de aceite y una vela por si acaso.

No había electricidad en el entramado de estrechos túneles subterráneos que recorrían el centro de la ciudad, pero era un espacio gratuito donde vivir y no le importaba tener que mantener una montaña de linternas a mano. Además, Domingo no necesitaba electricidad, no cuando tenía sus cómics. Levantó la linterna y miró su pila especial de cómics de vampiros. Tenía una gran cantidad de ellos.

Domingo se quedó mirando los coloridos recuadros. Finalmente, dirigió su atención a la pared que había revestido con portadas de revistas y libros. Pasó una mano por encima de una imagen de una vampiresa con un largo vestido blanco y un bosque nebuloso detrás de ella.

Vampiros. Peligro. Aventura. Había conocido a una y era muy bonita.

Miró el montón de ropa híbrida de protección personal que estaba reuniendo para el trapero. Debería ponerse a trabajar, recolectar más ropa, llevar las botellas vacías al centro de reciclaje. Pero no lo necesitaba. Tenía dinero. Tenía toda una fortuna.

Aunque no sabía cómo gastar todo ese dinero. Tras pensarlo detenidamente, decidió que necesitaba desayunar. Salió del túnel y entró a un local de comida rápida, donde compró un combo de huevos y salchichas. No tenía el mismo sabor que sugería la foto, pero lo devoró y compró un jugo de naranja grande en un puesto de afuera. Se lo bebió en unos cuantos tragos y luego regresó a comprar una malteada.

Después, se dirigió a un cibercafé. Era uno de los grandes, con muchas filas de cabinas apretadas una junto a la otra. Cada cabina tenía una puerta con un pestillo que solo se abría si se introducían fichas en una ranura. Domingo compró un puñado de fichas a un encargado del mostrador y luego se metió en una cabina vacía.

Domingo se sentó en una silla raída de cuero falso que había sido remendada demasiadas veces. La pantalla de la computadora estaba oculta tras una mampara y tuvo que introducir más fichas en una ranura para que se abriera la mampara. Se acercó a la pantalla de la computadora y la tocó torpemente hasta que aparecieron algunas opciones. Eligió la entrada de teclado y se abrió un compartimento debajo de la pantalla. Sacó el teclado.

Los gemidos entrecortados de una mujer se colaron en el estrecho espacio de Domingo. Frunció el ceño. La mujer jadeó y volvió a gemir. El tipo del cubículo de al lado debía estar viendo porno.

Sacó sus desgastados audífonos, cuidadosamente envueltos con cinta aislante, y pulsó el botón de reproducción del equipo de música. Depeche Mode comenzó a cantar sobre un Jesús personal. Domingo no sabía mucho de música, pero cuando encontró su reproductor por primera vez estaba lleno de canciones de los 80 y había escuchado mezclas de Soda Stereo y Duran Duran con fascinación. Había preguntado a Quinto sobre las bandas, porque Quinto sabía todo tipo de cosas raras. Quinto lo había llevado a un cibercafé muy parecido al que estaba ahora. Habían descargado más canciones y Quinto había hablado de una nueva ola, pero Domingo le dijo que nunca había visto el océano.

Domingo hizo una búsqueda de la palabra «Tlāhuihpochtli». Historias sobre pandillas, asesinatos y drogas llenaron la pantalla de visualización, imágenes que se superponían rápidamente hasta formar un gran mosaico. Domingo arrastró las imágenes, pasando los dedos por la pantalla.

Se desplazó por un artículo sobre la historia de los Tlahuelpocmimi, deteniéndose a mirar las imágenes que acompañaban al texto. Eran ilustraciones en blanco y negro que parecían muy antiguas, pero no se parecían en nada a las imágenes de los vampiros europeos de las novelas gráficas. Por ejemplo, ninguno llevaba capa.

—Especie de vampiros originarios de México, con raíces que se remontan a la época de los aztecas —susurró.

El artículo tenía mucha información, pero utilizaba palabras muy rebuscadas que él no conocía, como «hematofagia», «endémico», «anticoagulantes» y «clan estratificado matrilineal». Domingo podía leer bastante bien, pero estas palabras y frases eran mucho más difíciles que las de las revistas. Dejó de leer el artículo y prefirió mirar los titulares en negrita y las coloridas imágenes de los vampiros gánsteres. Aquellos se parecían a los cómics que tenía en su casa; se sentía cómodo con esto.

Domingo abrió otra página y leyó dos veces el titular.

ASESINOS DE NIÑOS

«Los Tlahuelpocmimi tienen una dieta especial. Solo consumen sangre de los jóvenes».

La ilustración que acompañaba a la página mostraba un dibujo de tres viejas brujas acurrucadas. Una de ellas sujetaba a un bebé por el pie, colgándolo por encima de su grotesca e imposiblemente grande boca. Las otras dos se frotaban las manos, esperando su turno.

Pero no. Atl no lo había matado. Atl no era una mujer vieja y fea.

Una cuenta regresiva parpadeó en la pantalla. Si Domingo deseaba permanecer dentro de la cabina, tendría que echar más fichas en la ranura. En lugar de eso, se levantó y se fue. El encargado estaba golpeando la puerta contigua, instando al vagabundo que se había quedado dormido adentro a que se fuera.

Estaba lloviendo cuando Domingo salió. Se subió la capucha de la gabardina y caminó por la calle, con las manos en los bolsillos. Volvió a los túneles, encendió un par de velas y se dejó caer sobre su viejo colchón, pensando en Atl. Conocía a muchos pendejos. Uno no llegaba a su edad y a vivir en la calle sin toparse con algunos de ellos. Atl no le parecía una de las malas. Y era hermosa. Y hacía tiempo que no estaba con una chica.

Domingo se preguntó cómo sería salir con alguien tan hermosa y especial como Atl. En realidad nunca había salido con nadie. Había tenido cópulas apresuradas en callejones, del tipo que manejan los niños de la calle. El resto solo podía imaginarlo, como en los comerciales de vestidos de novia y esmóquines de alquiler.

Domingo se puso una mano detrás de la cabeza.

Se acordó de Belén y le quedó un sabor amargo en la boca.

A Belén le gustaba llevar el pelo trenzado con cuentas de plástico. Tenía una sonrisa de dientes separados, pero era simpática. Se acurrucaban juntos en el parque, con la cabeza de ella apoyada en el hombro de él. Luego Belén se había ido con el Chacal y Domingo no pudo ni siquiera hablar con ella después de eso.

Domingo apagó las velas, encendió su reproductor de música y los alegres ritmos de la música pop de los 80 lo arrullaron hasta quedarse dormido.

A la mañana siguiente fue a los baños públicos. Compró un billete para un baño con tina en lugar de para las duchas comunitarias y compró dos horas de baño con uso ilimitado de agua. Se aseguró de adquirir un champú y un jabón caros. También compró un kit para rasurarse.

Domingo solía llevar ropa para lavar en los baños, pero ese día no. Llenó la tina con agua caliente y se metió en ella, remojándose hasta que se le arrugaron los dedos. Se lavó el pelo con mucho champú. Dos años antes había tenido piojos. Había sido muy

molesto. Había tenido que comprar un jabón que olía mal y un pei-
ne antipiojos para deshacerse de la infestación. Hubiera sido más
fácil raparse el pelo, pero Domingo pensaba que su pelo era uno de
sus mejores rasgos.

Una vez que terminó de bañarse, salió de la tina y se enfundó
en la toalla que había traído, atándosela a la cintura. No se rasuraba
a menudo. No era que tuviera mucho vello facial, solo una barba
incipiente. Pero quería parecer bien arreglado. Se cubrió la cara con
espuma y se rasuró.

Después del baño, Domingo fue a comprar ropa. Nunca había
comprado ropa nueva en toda su vida. Cuando aún vivía en casa,
antes de que su padrastro lo echara, había disfrutado de la ropa
usada de sus hermanos mayores. En las calles, cuando lavaba los
cristales de los coches, tenía pocas posibilidades de comprar ropa
nueva. Ahora que recogía basura encontraba suficientes cosas entre los desperdicios. Zapatos, sombreros, chamarras. Si el trapero
no los quería, Domingo se los quedaba. Pero ese día tenía dinero y
se aventuró a un centro comercial.

Se probó unos pantalones de mezclilla elegantes y se miró con
curiosidad al espejo de cuerpo completo. Había visto su reflejo en el
espejo retrovisor de los coches y en los baños. Pero no así, bajo tantas luces, con tres espejos inclinados que repetían su imagen.

Domingo se observó críticamente. Tenía el pelo largo y de un
color castaño intenso y agradable. Su boca, al abrirla, revelaba unos
dientes feos y torcidos. Tenía las cejas pobladas y la nariz ancha. No
era guapo, pero pensaba que si se mantenía erguido y con la boca
cerrada tenía buen aspecto.

Decidió comprar un regalo para Atl porque una vez había visto
un anuncio de diamantes cerca de una parada de camión que le
había informado que los diamantes celebran las mejores historias
de amor. Son para siempre.

Se paseó por el departamento de joyería, mirando anillos, pendien-
tes, collares y broches. Parecían demasiado recargados, demasiado

simples, demasiado elaborados, demasiado ordinarios. Al final se decidió por un reloj. Era completamente negro, salvo por las manecillas, que eran blancas. Pidió a la encargada del mostrador que lo envolviera.

Domingo salió casi arruinado y sintiéndose muy contento, aunque solo tenía unos cuantos billetes en el bolsillo y empezaba a tener hambre.

Ya era de noche cuando llegó al edificio de departamentos de Atl. Se quedó afuera un rato, intentando descifrar cómo iba a entrar, hasta que una anciana con un perro y una bolsa de víveres le abrió la puerta principal. Él le sostuvo cortésmente la puerta y así consiguió entrar al edificio.

Miró los buzones del vestíbulo. Unos cuantos estaban etiquetados con el nombre del ocupante. Otros decían simplemente «Inquilino». En ninguno decía «Atl». Pensó que podría recordar su puerta, al igual que se había tatuado el camino hacia su edificio en la mente, y subió las escaleras hasta su piso.

Cuando llegó a su puerta, contuvo la respiración y llamó. No pudo oír nada adentro. Domingo volvió a llamar. Silencio.

Iba a llamar por tercera vez cuando la puerta se abrió de golpe. El perro le gruñó. Atl se apoyó en el marco de la puerta, frunciendo el ceño. Tenía los ojos un poco rojos, como si hubiera estado despierta durante mucho tiempo.

—Hola, Atl. ¿Qué vas a hacer esta noche? —preguntó de manera poco convincente. Había practicado su saludo. Sonaba mejor en su cabeza.

—Vete —dijo ella.

—Espera —dijo él, con las manos en alto—. Me imagino que quieres a una persona estable. Comida estable, ¿no? Y... el otro día, fue, esto... fue divertido.

—Divertido —repitió ella.

—Es que... tengo una corazonada sobre ti. Creo que podríamos ser amigos. Eso fue lo que dijiste, ¿no? Que estabas buscando un amigo.

Iba a añadir que ella parecía un poco sola y que él también lo estaba, pero ella lo miró tan fijamente que lo único que pudo hacer fue bajar la mirada a sus zapatos sabiendo que probablemente la había cagado. Debería haberle dado el regalo primero.

—No vas a recibir más dinero, ¿de acuerdo? —dijo ella—. No necesito comida ahora mismo. No tiene sentido que vengas aquí.

—Solo comes sangre joven, ¿no? —preguntó él.

—Sí, así es —dijo ella—. Antes de que lo pienses, eso no me convierte en una Lucy Westenra, ¿de acuerdo?

—¿Como en *Drácula*? Lo leí —dijo él.

También había visto una película en blanco y negro con ese tipo, Germán Robles, que no era exactamente *Drácula* pero tampoco distaba mucho de él. Debería preguntarle si había visto la película.

Ella frunció aún más el ceño. Él oyó voces en el pasillo. Venía gente caminando en su dirección.

—Entra —dijo ella, jalándolo hacia el interior rápidamente.

CAPÍTULO 5

Atl había cometido un error. El chico había encontrado el camino de vuelta. Era una muchacha tonta que moriría.

Se frotó la muñeca, nerviosa. Podía matarlo, podía meter su cuerpo en la tina. Se descompondría, pero qué pasaría si armaba un alboroto, pero qué pasaría si... qué pasaría si... Alguien venía por el pasillo y ¿si son policías? Seguro que eran policías.

Tranquila, pensó. Había logrado llegar desde Sinaloa. Había evitado a los sicarios de Godoy y engañado a todo el mundo en Guadalajara, volviendo atrás y colándose en Ciudad de México. Era joven y no estaba preparada para esto, pero no era tonta. ¿Qué era él? Nada más que un chico de la calle sin sentido común. Ella lo obligaría a irse. Si no se iba por voluntad propia, *entonces* lo mataría.

—Sí, *Drácula* —murmuró mientras cerraba la puerta.

Atl se quedó mirando a Domingo hasta que él bajó la mirada, estudiando sus zapatos. ¿Se había... bañado? Y la ropa parecía nueva. ¿Qué era esto, un extraño ritual de cortejo?

—Leí la adaptación del cómic, en realidad. Estuvo bien. Me imagino que es lo mismo que el libro, ¿no? Yo... sabes, ese artículo hablaba de vampiros y niños y sangre y había una foto de un bebé...

Ella bebía sangre de jóvenes, ¡no de bebés! De repente, Atl se sintió más ofendida por el hecho de que él pensara que ella comía bebés que preocupada porque hubiera vuelto a su departamento.

—Silencio —ordenó.

Las voces se acercaban. Oyó carcajadas, una risita. Tres, cuatro personas. Estuvieron frente a su puerta por un momento, pero siguieron caminando. No eran policías. Solo otros inquilinos.

Atl dejó escapar un suspiro y miró a Domingo, quien extendió la mano como para acariciar al perro.

—Te arrancará la mano de un mordisco —le advirtió, y Domingo se detuvo en el aire.

Izel le había regalado a Atl su primer perro. A Izel le encantaban los animales. Le gustaban sus axolotls, pero también le gustaban las serpientes y las arañas. Cuando iban en coche e Izel veía animales atropellados, solía pararse a mirarlos. A veces los enterraba en el desierto.

—¿Cómo se llama? —preguntó Domingo.

Atl se cruzó de brazos, apoyando la espalda en la puerta principal.

—Ya te he dicho que no te voy a pagar.

—Lo sé. No he venido por dinero. Tengo un regalo para ti.

Sacó una caja blanca de su gabardina. Estaba envuelta con un lazo rojo. Atl arrancó el papel. El instinto. Ese deseo innato de regalos y secretos. Una compulsión similar a la que la impulsaba a contar granos de arroz y frijoles en frascos.

Era un reloj. Atl sintió el tictac bajo sus dedos. Un sonido tan agradable y tranquilizador.

Sacudió la cabeza, levantando una ceja hacia el chico.

—¿Por qué me estás dando esto?

—Quería regalarte algo bonito. ¿Te gusta?

—Devuélvelo —dijo ella, lanzándoselo y dando vueltas lentamente por la sala de estar, como un gato salvaje inspeccionando su jaula.

—No es de plástico barato. Es bueno.

—Mira, tienes que tener claras algunas cosas, ¿de acuerdo? No estoy en Ciudad de México de vacaciones. No quieres pasar el tiempo conmigo. Créeme, es más probable que te arranque la cabeza de un mordisco a que te dé un abrazo. ¿Entendido?

Hablaba más para sí misma que para él. Él no era nadie importante. Una manchita, una nada.

—¿De verdad puedes arrancarle la cabeza a alguien? —dijo Domingo, emocionado—. ¡Eso es genial!

—Por Dios —dijo Atl, quedándose quieta y mirándolo fijamente—. ¿Eres una especie de fan?

Domingo negó con la cabeza.

—No.

—¿Por qué estás aquí?

—Pareces ser buena persona. Me gusta tu perro —dijo—. No tenía nada que hacer así que pensé venir a saludarte.

Qué idiota, pensó ella. Ni siquiera estaba allí para chantajearla, aunque no tenía pinta de chantajista. Pero tal vez ella era la más idiota porque estaba empezando a pensar, a considerar... un tlapalēhuiāni.

Tenían diferentes nombres para ellos —algunos los llamaban Renfields o «lacayos de sangre» u otros motes, pero ella pensaba que eso no les hacía justicia—, aunque las reglas eran constantes independientemente de los nombres. Sirvientes humanos, leales a un vampiro. Los pormenores podían variar, pero en general se trataba de un tipo de vasallaje que los vampiros se tomaban muy en serio. Los Renfields representaban una extensión del valor del clan del vampiro, por lo que no se podía tener un Renfield vestido de forma desaliñada o con un comportamiento deshonroso. Matar al Renfield de un vampiro era similar a herir a un miembro de la familia, y los Renfields estaban protegidos por cualquier tratado acordado entre los clanes de vampiros. Los vampiros solían conservar solo uno o dos Renfields, aunque podían emplear a muchos humanos a su servicio. O, en el caso de los Necros, podían *esclavizar* a muchos humanos y seguir manteniendo a un Renfield.

Ella nunca había tenido uno. Aún no. Todavía era una niña, destinada a vivir con su clan, a la sombra de las mujeres mayores, durante unas décadas más. Para aprender y ayudar. Todavía no era lo suficientemente mayor como para ganarse el privilegio de los tlapalēhuiānis, ni de las armas ni de las marcas de los guerreros, ni de los atavíos de un adulto.

Y sin embargo... Atl estaba sola, a la deriva. Necesitaba comida. Necesitaba ayuda.

Atl comenzó a moverse hacia la cocina. Quería una taza de té con mucho azúcar. Quería abrir las ventanas y sentir el aire nocturno contra su piel. Deseaba que él se fuera. O no. Podía olerlo. Su vida, su juventud.

—Te daré una taza de té y después te marchas, ¿de acuerdo?

—Claro. ¿Qué estabas haciendo antes de que llegara?

Atl no respondió. Puso la tetera a hervir, observando cómo el vapor subía en espirales. Tomó las tazas, las bolsitas de té y vertió el agua, y añadió tres terrones de azúcar a su té. Se sentaron a la mesa de la cocina. Él la observó con interés, como un hombre que intenta resolver un rompecabezas.

—¿Te gusta hincarle el diente a lo dulce?

Ella lo miró fijamente, frunciendo el ceño. Él negó con la cabeza.

—Lo siento —masculló—. No lo decía de broma. Solo veo vampiros en los periódicos.

—¿Quién lo hubiera imaginado?

Atl levantó su taza. Como si fuera un espejo, Domingo levantó la suya y bebió un sorbo. Los humanos daban muchas pistas físicas sobre sus pensamientos. El sudor, el ritmo cardiaco, las inflexiones. Estaba nervioso, pero no asustado.

—No intento ser molesto. Solo creo que eres interesante —dijo Domingo.

—Oh, así que solo intentas acostarte conmigo —respondió ella.

La miró por encima del borde de su taza, la mortificación hizo que le temblaran los labios.

—La verdad es que no —murmuró.

Cualli se acurrucó junto a los pies de ella mientras se terminaba el té. Los humanos tenían sus ventajas, por supuesto. Su perro era útil, le había salvado la vida antes, pero no era infalible. *Un sirviente humano.*

—Deberías quedarte con el reloj —dijo, deslizándolo hacia ella, al otro lado de la mesa. Luego salió de la cocina.

Atl parpadeó, sorprendida.

—¿A dónde vas?

—Dijiste que querías que me fuera después de que me tomara el té —dijo encogiéndose de hombros, con las manos en los bolsillos—. Me marcho.

—Te invito a cenar —dijo ella.

Sonaba como si fuera algo agradable que hacer. No es que le *interesara* realmente comer con él, pero quería causar una buena impresión. Atl necesitaba que Domingo se sintiera a gusto.

—No, yo no…

—Por favor —dijo ella, poniendo los ojos en blanco—. Como si no lo estuvieras esperando.

Él le sonrió. Atl tomó su chamarra de vinilo y la correa de Cualli.

Atl sostenía un vaso de agua en la mano y se lo bebía poco a poco, ignorando la ensalada que tenía delante, mientras Domingo devoraba un plato entero de huevos rancheros. Lo observó mientras empujaba hasta el último bocado por el plato con una tortilla, zampándose su refresco y sacando panecillos de la cesta. Era delgado como un tallo de bambú, pero pensó que, al igual que el bambú, no se rompería.

—¿No vas a comer? —le preguntó cuando se detuvo para mirarla.

Atl apoyó la barbilla en el dorso de la mano y negó con la cabeza.

—No puedo comer eso —dijo. Solo verlo comer era asqueroso. Su comida parecía totalmente grasienta. Pero pensó que lo mejor era pedir al menos una cosa.

—¿A qué te refieres con que no puedes?

—Esta basura me haría enfermar.

—Pero está muy buena —proclamó, y levantó la cesta de pan.

Atl miró el pan con desinterés. Bien podría haberle ofrecido un plato lleno de piedras.

—No importa. Mi cuerpo no puede procesarlo.

—Qué mal —dijo.

—Por otro lado, tengo una tolerancia al alcohol mucho mayor de la que tú jamás tendrás —respondió ella.

—¿Tienes resaca?

—No por beber alcohol.

—¿Por qué, entonces?

Atl miró por la ventana, asegurándose de que Cualli siguiera sentado afuera del restaurante, donde lo había dejado. No iría a ninguna parte sin que se lo ordenara, pero ella aún se ponía nerviosa cuando no estaba a su lado.

—Sangre —dijo Atl—. Drogas.

Pensó en su casa. Las fiestas. Contrataban humanos y luego bebían de ellos. Y luego bebían tequila, botellas y botellas de tequila, y siempre había un estimulante, alguna de las drogas sintéticas que los vampiros adoraban y que habrían frito la cabeza de un humano. Atl se iba de fiesta con sus primas, conducía un convertible pero también tenía dos motocicletas, besaba a hermosas vampiresas y daba puñetazos a los chicos vampiro que se pasaban de listos y no sabían jugar limpio. Las noches nunca se acababan y la sangre tampoco. Izel se quejaba de sus altas cuentas y de sus rápidos amigos, pero Atl le valía madres. Los vampiros no vivían realmente para siempre, pero ella sentía que podría hacerlo, cuando todavía existían su hogar y su clan y su juventud libre de responsabilidades.

Izel, pensó. *Izel, Madre, mis tías, mis primas.*

Domingo se inclinó hacia delante y tiró la sal. Los pequeños granos rodaron por la mesa. Atl los miró fijamente, contándolos. Si no los contaba, iba a gritar.

—¿Te importa…?

—¿Perdón? —preguntó ella finalmente, levantando los ojos hacia él y apartando los granos de sal.

—¿Te importa si pido postre?

—Vale.

El restaurante estaba casi vacío, pero la mesera estaba ocupada charlando con la cajera. Domingo levantó el brazo, intentando sin éxito atraer su atención. Normalmente, Atl no habría *querido* atraer su atención, pero cuanto antes le diera al chico su postre, antes podrían irse a casa. Había ciertos asuntos que debían discutir.

Atl decidió levantar su propia mano. La mesera los miró y sacó su libreta.

—¿Sí? —preguntó.

—Mi hermano quiere postre —dijo Atl.

—Esto… ¿me trae un banana split? —preguntó.

La mesera anotó el pedido y se fue.

Domingo parecía confundido.

—¿Por qué has dicho que soy tu hermano?

—Es una forma fácil de explicar por qué estamos juntos —dijo ella.

Atl dudaba de que alguien pudiera identificarla como su hermana mayor por su aspecto, pero su actitud era la de una mujer adulta, no la de una chica tímida en una cita.

—Tenemos la misma edad.

—Yo tengo veintitrés —dijo Atl.

—Es lo mismo.

Ella era, en esencia, tan pequeña como él, y sospechaba que Domingo podría saber más de supervivencia que ella, habiéndoselas arreglado como lo había hecho en las calles. Mimada como era, Atl tenía poco más que instinto y bravuconería. Pero se negaba a admitirlo y le parecía importante establecer una jerarquía.

—No es para nada lo mismo —se mofó Atl—. Soy mucho más madura que tú.

Domingo pareció considerar eso mientras se limpiaba la cara con una servilleta de tela.

—¿Tienes hermanos de verdad? Ya sabes, en el lugar de donde vienes.

—No —dijo ella, y no dio el nombre de Izel a sabiendas. Se alojó allí, en su garganta, como una espina.

—Yo tenía dos hermanos —dijo Domingo—. Uno de ellos era más o menos simpático, pero el otro era un pendejo.

—¿Qué pasó con ellos? ¿Murieron? —preguntó ella.

—Qué va. —El chico negó con la cabeza—. Es que hace meses que no los veo. No voy a casa muy seguido.

La mesera volvió con un banana split. Lo puso delante de Domingo. Se quedó mirando el helado por varios minutos hasta que Atl tuvo que poner los ojos en blanco.

—Se va a derretir —señaló.

—Sí... Lo sé. Es que es muy bonito. Yo no... este... yo solo veo cosas así en las revistas.

Domingo levantó una cuchara y empezó a comer con cuidado. Atl se sintió extraña al mirarlo. En casa había mucha comida para todos y Atl nunca se preguntaba de dónde vendría su próxima cena. Pero venía de chicos como este. Chicos que miraban una cereza como si fuera un rubí, como si un plátano en un plato de cristal fuera un nuevo y emocionante descubrimiento.

—¿No quieres un poco? —preguntó.

—Vomitaría toda la noche —dijo Atl.

—De acuerdo —dijo Domingo. Siguió comiendo alegremente.

La bombilla desnuda de su departamento creaba planos descarnados de luz y sombra. Le recordaba a una película expresionista alemana que había visto una vez, una escena en la que un asesino corría por los tejados. Atl se quitó la chamarra y miró por encima del hombro a Domingo, que estaba observando fijamente al perro.

—Bien —dijo—. Cualli, siéntate.

El perro se sentó obedientemente.

—Puedes acariciarlo.

Domingo se apresuró a frotar la cabeza del perro mientras Cualli soportaba las caricias con estoica indiferencia.

—Es un perro muy bonito —dijo.

—Lo sé.

Se suponía que los dóberman eran más pequeños que Cualli, pero ella siempre había querido un perro grande, aunque Izel dijera que el diminuto xoloitzcuintle era la raza que tenían los aztecas. En su mitología, acompañaba a los humanos en el trayecto al inframundo. Atl se enfurruñó y tuvo un xoloitzcuintle cuando era pequeña, pero finalmente ese perro murió y Atl se convirtió en una adolescente.

Pidió un dóberman, uno grande. Es por eso que Izel llamaba Bestia a su perro, pero Atl lo llamaba Cualli y realmente era el mejor de todos.

Domingo le rascó las orejas al perro y Cualli gimió de placer.

—¿Tienes hambre? —le preguntó Domingo.

—Tal vez —admitió ella.

—Puedes tomar un poco de mi sangre. No me importa.

Atl se llevó la mano al pecho, haciendo una pausa y considerando cuidadosamente sus opciones.

—Domingo, ¿te gustaría que fuéramos amigos?

—¿De verdad?

—Sí. Pero ser mi amigo es un poco diferente.

—Apuesto a que es diferente —dijo él, sonriendo bobamente y mostrando sus dientes chuecos.

—No, no es solo la sangre.

—¿Entonces qué?

—Es un lazo. Serías mi tlapalēhuiāni. —Se acercó a él, rozando su mano—. El derramamiento de sangre era muy importante para los aztecas, ¿lo sabías?

—No.

Probablemente no distinguía a los aztecas de los mayas. Nada de los dioses, nada de la mitología, nada de los nombres que ella había aprendido desde niña. Había vampiros en América mucho antes de que los aztecas ascendieran al poder y habían convivido con los humanos, por supuesto. Pero los Tlahuelpocmimi se habían integrado tan perfectamente con la cultura azteca que era difícil determinar quién había influido en quién, si el énfasis en la sangre y en el sacrificio había venido de la exposición a los vampiros o si los vampiros se habían inclinado hacia esta tribu porque cuadraba con su cosmovisión.

—La faz de todas las cosas terrenales en determinado momento es el sacrificio —continuó Atl—. Los códices muestran a nobles y mujeres perforando sus lenguas, labios y genitales. Sacando sangre con trozos de hueso y espinas de maguey, porque nos ofrecemos al universo y a los demás. Solo podemos pagar nuestras deudas con sangre. El regalo supremo es siempre la sangre.

Domingo parecía justificadamente intimidado mientras ella hablaba, pero Atl percibió la chispa en sus ojos, el hambre que acechaba ahí.

—La gente no es muy buena contigo, ¿verdad?

—No todo el tiempo —murmuró él.

—Los rituales de sangre son parte de una relación recíproca. ¿Sabes lo que significa «recíproca»?

Sacudió la cabeza.

—Es cuando dos personas se deben mutuamente.

Una turbia simplificación, habría dicho Izel. El vínculo con los tlapalēhuiāni era poderoso. La transferencia de sangre era simbólica, pero también servía para crear una conexión mental. Un Tlāhuihpochtli no podía comandar a un humano —los relatos de vampiros que hipnotizaban a sus víctimas se basaban en los Necros—, pero el vampiro y el humano, tras entrar en contacto con la sangre del otro, podían compartir recuerdos e incluso una burda forma de telepatía. Los parientes de Atl llamaban a esto el xiuhtlahtōlli, el discurso precioso. Como la palabra «xiuh», precioso, estaba asociada con la turquesa, los tlapalēhuiāni llevaban colgantes o brazaletes hechos con esta piedra para indicar su alto rango.

Y al igual que la turquesa era preciosa, también lo era el humano que un vampiro elegía como su tlapalēhuiāni y la elección de uno era una tarea delicada y meticulosa: no servía de nada elegir a un candidato débil o inadecuado. Al fin y al cabo, este sería el humano que protegería, representaría y asistiría al vampiro por décadas.

Por eso Izel habría advertido a Atl que no eligiera a un chico al que apenas conocía.

Pero Izel no era más que ceniza; era trozos de huesos ennegrecidos.

—Puedo cuidar de ti. Si tú cuidas de mí. Si eres leal —dijo Atl, apartando sus recelos.

—Puedo ser leal.

—Dame tu sangre y yo te daré la mía.

—¿Y entonces seremos amigos?

Atl lo tomó del brazo, levantándole la chamarra para dejar al descubierto su muñeca. Dicho sea a su favor, Domingo apenas se estremeció cuando ella se movió y presionó su boca contra su piel. Su sangre era muy dulce. Limpia y fresca, como beber de un manantial.

Ella bebió con avidez, disfrutando de cada gota. Solo habría sido mejor si hubiera tenido la oportunidad de tomarse unos cuantos vasos de tequila. Alcohol y sangre. Los había tenido en abundancia, antes de que las cosas se fueran al diablo. Ahora... ahora la sangre y solo la sangre tendría que ser suficiente. Pero no estaba tan mal, ¿verdad? Para ser una fugitiva, lo estaba haciendo bastante bien. Todo iría bien. Sobreviviría.

Domingo cerró los ojos y murmuró algo. Sintió que su cuerpo se desplomaba contra el de ella, nada más que un viejo muñeco de trapo. El corazón le revoloteó en su pecho, como un pájaro asustado. Ella lo dejó caer al suelo y se arrodilló a su lado. Atl se hizo un corte en la muñeca con una de sus uñas.

Se quedó mirando la línea contra su muñeca, la sangre rica y oscura. Esto era más que un pacto: era una verdadera conexión. Una vez que se lo diera, no podría quitárselo. Debería haber habido un proceso de selección, una ceremonia, la quema de copal. Lo estaba haciendo mal y era demasiado joven para tener un tlapalēhuiāni. Los aztecas no consideraban a un guerrero como un hombre hasta que había capturado a su primer prisionero de guerra. Su pueblo no creía que una guerrera fuera una mujer hasta que hubiera perpetrado una matanza honorable o hubiera complacido a los dioses con sus hazañas. Los jóvenes no tenían madera para ser tlapalēhuiāni.

A la mierda.

Atl presionó su muñeca contra la boca de Domingo.

—Sé mío —dijo ella.

Al principio no se tragó la sangre. Pero fue fácil obligarlo a hacerlo. Apretó la muñeca contra su boca con tal vehemencia que o tragaba o se ahogaba. El chico acabó tragando, lentamente.

—Yollo. Tonal. Nahual —dijo ella—. Los tres principios. La carne del cuerpo. El espíritu del cuerpo. El hermano animal.

El chico tembló. Ella lo abrazó como una madre abrazaría a su hijo, con la cabeza de él apretada contra el hombro de ella y la barbilla de ella apoyada en la cabeza de él. Cualli la miró fijamente y gimió.

CAPÍTULO 6

Nick ignoró el hambre persistente tanto como pudo, realmente lo hizo. Los vampiros tenían unos apetitos notablemente diferentes. La subespecie de Nick ingería comida junto con sangre. De hecho, su especie era bastante voraz. Él tenía predilección por la comida basura. Twinkies, papas fritas, refrescos, palomitas de maíz. Le ayudaban a sosegarse y le ahuyentaban el hambre. Nick comía mucho en un solo día, devoraba los totopos se comía tres bolsas de bolitas de maíz sabor a queso y se zampaba dos botellas de vodka. Lo pospuso todo lo que pudo y finalmente se dirigió a la cocina, arrastrando los pies durante todo el camino.

Cuando abrió el refrigerador y sacó las bolsas, supo que no bebería nada de la sangre que Rodrigo había conseguido. El mero hecho de olerla le daba ganas de vomitar. Olía como el plástico en el que venía. Sangre rancia. Una papilla insípida.

Para el caso podría beberse su propia orina. No era que a Rodrigo le importara. A Rodrigo le importaba un carajo lo que sintiera Nick, y de entrada no había querido ni que viniera. Sentía la desaprobación del hombre mayor en cada mirada silenciosa, en cada movimiento de su cabeza. Pero Nick tenía más derecho a estar allí que Rodrigo. Atl había matado a los suyos y no solo quería vengarse, sino que también iba a demostrar a su padre que estaba preparado para manejar los asuntos de la familia.

Por supuesto, Rodrigo no estaba de acuerdo. Rodrigo lo sabía todo.

Papá debería haberme enviado solo, pensó Nick. Estrujó la bolsa de sangre entre sus manos. La estrujó con tanta fuerza que se abrió de golpe y se derramó la sangre por el suelo, lo que provocó que le sonaran las tripas. Pero cuando la olió, seguía oliendo asquerosa.

Ya basta. Necesitaba comer. Comida de verdad, no la basura que Rodrigo metía en el refrigerador. La Bola estaba haciendo guardia y Rodrigo estaba en su estudio, pero Nick no necesitaba derribar puertas para llegar adonde quería.

Fue al cuarto de baño, cerró la puerta con llave y abrió la pequeña ventana. No habría sido lo suficientemente grande para que un hombre normal se colara por ella, pero Nick no era normal. Sus huesos crujieron y retorció sus extremidades, dislocando sus articulaciones, y se deslizó hacia afuera, resbalando por el borde de la pared como una lagartija.

Los vampiros aztecas podían volar un poco, según había oído, pero Nick era un Necros, así que lo único que podía hacer era trepar y bajar por los costados de los edificios. No era que importara. No envidiaba los poderes de los demás. La mayoría de los vampiros estaban tan inmersos en la tradición, en la pompa y las ceremonias de mierda, que olvidaban la realidad del mundo que los rodeaba. Los Necros eran pragmáticos, dispuestos a tomar la modernidad con ambas manos mientras los demás lloraban por los buenos tiempos. Los suyos eran criaturas de acción.

Por eso Rodrigo lo hacía enfadar tanto. En lugar de haber interceptado a la chica antes de que llegara a Ciudad de México, le habían perdido el rastro y ahora estaban atrapados en este ridículo lugar. A Nick le dijeron que simplemente se quedara quieto y esperara. Nick no tendría que pasar hambre si no fuera por la ineptitud de Rodrigo. Después de todo, ¿cuán difícil podía ser encontrar a una estúpida chica malcriada como ella?

Nick llegó al callejón detrás del edificio, se petó los nudillos y se alejó. La otra noche, cuando había ido a la Zona Rosa, una de las chicas de la cola del club nocturno le había hablado de un interesante antro en el que se podía entrar sin identificación. Lo encontró sin muchos problemas. La Hiena era una antigua casa porfiriana en la Condesa, pintada de azul brillante. Era uno de los establecimientos más populares de la zona, supuestamente bohemio y en realidad un poco esnob. El interior era justo lo que Nick buscaba: montones de animales disecados en las paredes y pájaros disecados colgando del techo. Cabezas de coyote, caballos sobre dos patas, un toro entero cerca de la barra. La música era *eurotrash*, con *beats* diminutos y voces oscuras. El volumen estaba alto. Alto estaba bien. Le gustaba.

Nick pidió una bebida. No se molestó en ordenar comida. No estaba allí para comer nachos caros destinados a los turistas: quería sangre. Se concentró en una chica con una diminuta minifalda rosa neón. Llevaba varias cruces de plata en el pecho. Verlas le divirtió. Pero no, ella no.

Miró a su alrededor y vio a otra. Esta llevaba un atuendo negro de encaje. Su pelo era de un color negro que hacía juego e iba demasiado pintarrajeada, su maquillaje era excesivo y se lo había aplicado toscamente. Pensó que se parecía un poco a Atl, una vaga semejanza que lo provocó, que lo hizo relamerse.

Se acercó a ella, sonriendo y preguntándole si se lo estaba pasando bien. Ella le dio una respuesta que él no captó, así que asintió y le preguntó qué estaba tomando. Ella le gritó al oído, un sonido chirriante e irritante, pero él siguió sonriendo y pidió chupitos de vodka negro para ella. Bailaron.

Tres canciones más tarde, Nick le dijo que hacía demasiado calor adentro y que había demasiado ruido, y ella aceptó con entusiasmo cuando él propuso salir un momento.

Los humanos eran tan simples, tan estúpidos, tan confiados. Como esta chica tonta, que llevaba un anillo en cada dedo, uno de ellos un anillo del humor que centelleaba en azul y luego en verde.

Se aventuraron en el callejón detrás del antro.

Ella lo besó y Nick le devolvió el beso con la indiferencia de un hombre que presiona sus labios contra un trozo de cordero. Pero a ella no le importó. No se dio cuenta. Las manos de la chica se dirigieron a su cinturón y él consideró sus opciones. A veces el sexo y la sangre se mezclaban bien. No le importaba jugar con su comida.

Nick sonrió contra su boca y se mordió la lengua, con fuerza, y luego la besó de nuevo, su sangre cubrió la boca de ella. Bastaron solo unos segundos y la chica se relajó en sus brazos.

—Quítate la blusa —le ordenó, y ella lo hizo, una muñeca obediente.

—Te llamas Atl.

—Me llamo Atl —dijo ella.

Sonaba mal. Atl tenía una voz hermosa.

—Bésame —dijo él, decidiendo que era mejor que la chica no hablara.

Ella lo hizo. Pero luego, cuando la miró, frunció el ceño. Le gustaba hacer esto. Le gustaba usar su poder para controlar a los humanos, para tenerlos en la palma de su mano. Pero Atl nunca, jamás, se sometería a él.

Al mirar a la chica, se dio cuenta de que era una imitación barata.

—Ponte de nuevo la blusa —le dijo.

Su pelo negro, ahora que lo miraba con más atención, estaba mal teñido. Sus ojos, que le habían parecido tan oscuros como los de Atl dentro del club, eran de color miel. No se parecía en nada a Atl. Solo verla le repugnaba.

—Muérdete la lengua —dijo él, y ella lo hizo. Con fuerza.

La sangre le goteó por la comisura de la boca.

Él echó la cabeza hacia atrás antes de estrellarse contra ella, y sus dientes serrados desgarraron la piel como si fuera de papel maché. Sí, también eran diferentes de los vampiros aztecas: los de su especie tenían colmillos. Tenían dientes afilados y fuertes músculos en el cuello para tirar y desgarrar la piel. La Tlāhuihpochtli tenía sus uñas y un aguijón.

Un aguijón. Nick pensaba que eso era ridículo. Él prefería colmillos fuertes para comer su carne.

Nick sorbió la sangre y dio otro mordisco a la carne de la mujer, disfrutando del sabor. Ella lloriqueó y en respuesta él la mordió más fuerte, le mordió la oreja derecha y le arrancó un pedazo. Después de eso ella no se quejó y él pudo beber sin que sus irritantes ruidos lo molestaran.

Podía oír la música que venía del antro, podía sentir sus vibraciones mientras apretaba a la mujer contra la pared. El corazón de ella latía erráticamente y abría y cerraba la boca, como un pez fuera del agua.

Era bueno volver a tener una comida adecuada; lo estaba disfrutando enormemente, pero la chica tuvo que arruinarlo al quedarse inmóvil de repente. Había muerto rápidamente, inútil en todos los sentidos.

Se limpió la boca con el dorso de la mano y luego miró a su alrededor. La música seguía sonando con fuerza. Nadie lo había visto. Arrastró a la chica detrás de un montón de cajas de madera. Encontró una cobija sucia en el suelo y la cubrió con ella.

CAPÍTULO 7

Me duele el brazo. Eso fue lo primero que pensó Domingo.

Frío. Eso fue lo segundo.

—Bebe —dijo Atl.

Era un vaso. Le estaba apretando un vaso contra sus labios y se sentía frío.

Domingo tragó.

—Abre los ojos.

Lo hizo. Ella estaba sentada a su lado, en el suelo. Domingo parpadeó. Sentía que la cabeza le iba a explotar.

—¿Ahora soy un vampiro? —preguntó.

Atl se rio.

—No seas tonto. Te dije que eso no era posible. Deberías dejar de creer las tonterías que dicen de nosotros.

Él se frotó las manos.

—Es lo que ponen en los libros —dijo. Más bien en los cómics, pero ¿cuál era la gran diferencia?

Atl resopló y le puso el vaso en los labios una vez más. Domingo tragó obedientemente.

—Los libros, claro. Toda esa basura de antes de 1967 que se quedó por ahí —dijo—. ¿Puedes sostener esto?

—Puedo intentarlo.

Domingo sostuvo firmemente el vaso con las dos manos y se lo llevó lentamente a la boca.

—¿Qué hay de 1967? —preguntó, porque no estaba seguro de la referencia.

—¿No te suena?

—No. Aunque no me iba bien en la escuela —admitió.

No había sido culpa de Domingo. La mayoría de los días su madre no le preparaba el almuerzo y era un dolor de cabeza completar su tarea con su padrastro vociferando. Sus hermanos no eran mucho mejores. Le gustaban las clases de arte y de música y la lectura, pero los maestros eran indiferentes y muchos de sus compañeros, poco amables. No le importó abandonar la escuela.

—Ese fue el año en que los humanos descubrieron que existíamos, que no éramos solo folclore y superstición. Hubo un gran pánico. Un montón de países trataron de expulsar a los vampiros. España y Portugal armaron un gran espectáculo. Así fue como terminamos con tantas variedades europeas en México.

Sí, recordaba vagamente haber oído hablar de eso, pero había ocurrido hacía mucho tiempo, antes de que él naciera. Además, a Domingo le interesaban más las historias llamativas de vampiros, que a menudo tenían que ver con armas, pandillas y drogas, pero como ahora tenía a una vampiresa de verdad hablando con él, se le ocurrió preguntar. Era un momento educativo y su maestro siempre lo había reprendido por dejar pasar esos momentos, demasiado cautivado por los cómics como para considerar que un hecho histórico aburrido tuviera algún valor. Pero quería saberlo todo sobre ella.

—¿Cómo es que no hay vampiros en Ciudad de México, entonces? —preguntó Domingo.

—Porque ustedes son unos pendejos —dijo Atl encogiéndose de hombros—. Necesitarás pastillas de hierro. Cada vez que bebemos de un humano se supone que debemos darle pastillas de hierro, órdenes de mi madre. Termínate el jugo.

Tomó otro sorbo.

—Entonces, ¿ningún tipo de vampiro puede convertir a un humano en vampiro, nunca? —preguntó.

—No. Algunos pueden hacer que te enfermes mucho y matarte si te muerden.

Domingo se quedó mirando a Atl. Ella le arrebató el vaso de las manos, riéndose de nuevo.

—No los de mi tipo —dijo mientras se levantaba y se dirigía a la cocina—. Pero los vampiros *son* una especie completamente diferente. *Homo cruentus.*

Domingo no intentó seguirla. Estaba demasiado cansado para levantarse. Se quedó sentado, con la espalda apoyada en la pared. Movió los dedos y sintió como si un centenar de hormigas le subieran por el brazo.

—Homo... ¿eres homosexual?

La risa de Atl llegó desde la cocina. Volvió con el vaso de jugo rellenado y se lo entregó.

—Mi especie es *Homo cruentus*, aunque hay diferentes subespecies. Supongo que si se quiere ser realmente preciso, se podría decir que algunos de nosotros no calificamos como miembros de una subespecie, ya que hay que poder cruzarse. —Se detuvo al notar su expresión de desconcierto—. ¿Sabes lo que son una especie y una subespecie?

—En realidad, no —dijo él.

—Es como si fuéramos diferentes tipos. Los lobos son *Canis lupus*. Son una especie. Los perros son *Canis lupus familiaris*. También hay dingos, que se llaman *Canis lupus dingo*. Son dos subespecies diferentes.

Se puso en cuclillas junto a él mientras hablaba.

Domingo asintió.

—Ahora lo entiendo. No se me daban bien las ciencias en la escuela.

—¿Cuándo dejaste de ir a la escuela?

—Hace unos cuatro años —dijo—. Me echaron de casa.

—¿Por qué?

Tomó un sorbo de jugo y se encogió de hombros.

—Antes salía mucho. Volvía a casa muy tarde por la noche. Mi padrastro dijo que si no empezaba a traer dinero y dejaba de salir con buscapleitos, me iba a echar. Una noche llegué a casa y no me dejó entrar. Había tirado mi ropa junto a la puerta, en una bolsa de basura. Eso fue todo.

—¿Qué dijo tu madre? —preguntó, con cara de sorpresa.

—En realidad no dijo mucho y, de todos modos, yo no quería volver. Mi padrastro siempre me pegaba con el cinturón. Una vez me pegó con la plancha y otra con una sartén.

El cinturón era poca cosa. Ahora bien, la plancha, esa sí que había dolido. Tuvieron que darle puntos de sutura.

—¿Y tu verdadero padre?

—Se fue hace un montón de años. No sé dónde está ahora. Tengo dos hermanos y todos tenemos diferentes papás.

Sonaba mucho peor cuando lo decía que cuando lo pensaba. Las cosas eran como eran, pero a juzgar por la forma en que ella lo miraba, tal vez había sido peor de lo que él pensaba.

—Termínatelo —dijo ella, ayudándole a inclinar el vaso.

Domingo se bebió el resto del jugo de un solo trago y se limpió la boca con el dorso de la mano. Ella le quitó el vaso.

—¿Cómo es tu madre? —preguntó.

—Está muerta —dijo Atl simplemente, haciendo girar el vaso entre sus manos y deslizando un dedo por el borde.

—Lo siento. ¿Cómo murió?

—Murió. ¿Qué más te da? —dijo ella, poniéndose de pie—. El sol saldrá pronto.

No llevaba puesto el reloj y no había ninguno en la sala de estar. Domingo no sabía cómo podía saberlo. Tal vez fuera uno de esos poderes vampíricos.

—Necesito dormir —dijo Atl.

Él quiso preguntar: «¿Puedo ver tu ataúd?», pero se detuvo a tiempo, dándose cuenta de lo estúpido que podía sonar.

—¿Me harías un favor? —preguntó ella.

—Hum. Claro.

—Necesito que vayas a buscar a alguien hoy. Es un tipo. Se llama Bernardino. Tengo su dirección pero no he podido visitarlo.

—Eso no suena muy difícil.

—Espera.

Se alejó y volvió con una pequeña bolsa de tela. Metió la mano en ella y sacó una sola cuenta de jade y la colocó en la palma de su mano.

—Ve a ver a Bernardino y dile que Atl, Hija de Centehua, necesita su ayuda. Necesito encontrar a alguien y solo él puede decirme dónde está. Dale esta pieza de jade.

—¿A quién necesitas encontrar?

—A esta persona —dijo ella.

Tomó el trozo de papel doblado de las manos de Atl y lo miró. Su letra era muy apretada y clara, no los trazos descuidados que Domingo hacía cuando se arriesgaba a escribir algo. «Verónica Montealbán», decía la nota. Debajo Atl había garabateado «Bernardino» y una dirección.

—¿Vas a ir? ¿Hoy mismo? Es muy importante. Un asunto de vida o muerte.

—Intentaré ir —dijo Domingo—. Me siento un poco cansado ahora, pero definitivamente, yo...

—Hablo en serio. Esto es importante. Puedes descansar unas horas. Hay un colchón en la recámara.

Parecía preocupada y realmente quería ayudarla. Domingo entró a la recámara arrastrando los pies. El perro caminó lentamente detrás de él. Estaba muy oscuro.

—No veo nada —murmuró.

Ella encendió la luz. No había mucho que ver. Atl sí que tenía un colchón en el centro de la habitación, pero sin sábanas. Deslizó la puerta del armario para abrirla, hurgó en su interior y le lanzó una cobija. Domingo la colocó sobre la cama y se acostó.

Atl apagó la luz. Él estaba en el borde de la cama, esperando que ella se le uniera. En lugar de eso, oyó cómo se cerraba la puerta del armario y luego nada más que un profundo silencio. Contó hasta diez en su cabeza antes de mojarse los labios y armarse de valor para hablar.

—Atl, ¿no vas a venir a la cama? —preguntó.

—No —fue la respuesta apagada.

—No tienes que dormir en el suelo. No es que vaya a intentar nada —dijo—. Si te hace sentir mejor, puedo acostarme en el suelo, no hay problema.

Ella se rio.

—Me gustan los espacios pequeños. Igual que los animales del desierto tienen sus madrigueras, yo tengo las mías.

—Oh —dijo él.

Cambió de posición y se envolvió en la cobija. Esperaba no haber sonado como un tipo asqueroso preguntando si vendría a la cama. No quería dar una impresión equivocada.

—¿Quieres oír algo interesante? Las tarántulas forran sus madrigueras con seda para estabilizar la pared. También usan una serie de trampas de seda para estar alertas ante posibles presas.

—Eso es genial. ¿Cómo lo supiste? —preguntó.

—Me lo contó mi hermana —dijo, y su voz era apenas perceptible.

Esperó a que Atl dijera algo más, pero no lo hizo. Domingo se envolvió con la cobija y se durmió. Cuando se despertó, algunos rastros tenues de luz habían comenzado a deslizarse por debajo de las cortinas. La habitación seguía a oscuras, pero podía distinguir el contorno del armario y la forma del perro de Atl que descansaba junto a él.

Ahí estaba su respuesta. Los vampiros mexicanos dormían en armarios. ¿Quién lo hubiera pensado?

Domingo salió de puntillas de la recámara y cerró la puerta en silencio tras él. El estómago le rugía. Era hora de comer. Le vendría bien un buen plato de guiso de birria. Tomó las llaves del departamento que colgaban de un gancho junto a la puerta y salió. Cuando llegó al primer descansillo de las escaleras, se puso los audífonos y pulsó *play*.

CAPÍTULO 8

La gente tenía que hacerse asesinar el sábado. Nunca el martes o el miércoles, cuando Ana Aguirre no estaba de turno? Siempre el sábado.

No debería estar de servicio los fines de semana. De hecho, Ana debería haber estado laborando en un agradable trabajo de oficina supervisando a los oficiales subalternos. Pero Castillo había bloqueado ese cambio una vez más. El muy imbécil. Si Ana Aguirre había soñado alguna vez con una verdadera carrera en los cuerpos policiales, hacía tiempo que se había truncado bajo el persistente martillo del anticuado sistema policial mexicano.

Lo peor de todo fue que cuando llegó a la escena del crimen, se arrodilló y levantó la cobija, vio que se trataba de una chica. Una chica joven con una minifalda ajustada, con la blusa empapada de sangre.

Ana miró a la chica y no pudo evitar pensar en su propia hija, Marisol, quien tenía diecisiete años. Ana seguía en esta mierda de trabajo por su hija. Pero se preocupaba. No estaba en casa lo suficiente y la ciudad tenía unas fauces hambrientas, dispuestas a tragarse a los jóvenes y a los inocentes.

Ana apuntó su linterna a la cara de la chica. Alguien había arremetido brutalmente contra el cuello, lo había desgarrado.

—Oye, ¿tienes algo para mí? —preguntó, volviéndose hacia un policía que estaba holgazaneando apoyado en la pared, fumando un cigarro.

—Lo que ves es lo que hay. Parece bien pinche extraño. Vampiro, ¿no?

Ana inclinó la cabeza. Genial. Se había ido de Zacatecas para evitar a las pandillas de vampiros. Parecían estar por todo el país, excepto en Ciudad de México. No porque fuera una ciudad-estado, autónoma en muchos aspectos. Eso era solo una demarcación geográfica. No. Ciudad de México había resistido porque era territorio de las pandillas de humanos, y esas pandillas, normalmente poco dispuestas a cooperar, habían conseguido unirse contra el único enemigo que les importaba: los chupasangres.

Sin embargo, la violencia acechaba en los límites de la ciudad, en Neza y en otras zonas. Allí, en los barrios bajos, los vampiros hacían a veces sus incursiones, intentando expandir sus feudos. Pero no lo habían conseguido. De momento.

—He llamado por teléfono y me han dicho que sabrías qué hacer —dijo el policía.

Al diablo, pensó Ana, pero sabía por qué la habían asignado a este caso. Porque ninguno de los otros quería tocarlo. Porque ella era de Zacatecas y no importaba si habías vivido seis años en Ciudad de México, seguías siendo una forastera. Porque ella venía de las tierras de las pandillas. Porque Castillo la odiaba. Porque los trabajos de mierda siempre acababan en sus manos. Porque una vez había interpuesto una denuncia por acoso sexual contra otro agente y todos se habían reído de ella, diciendo que nadie querría tocar el culo a una mujer tan fea.

—¿Cuándo la encontraste?

—Lo he reportado hace media hora. Has tardado bastante en llegar.

Ana quería darle una cachetada al mocoso. Parecía tener casi veinte años. Probablemente pensaba que era un regalo de Dios para la Secretaría de Seguridad Pública simplemente porque le habían dado una macana.

—Bueno, ¿alguien vio algo?

—Nadie vio nada —dijo.

—¿Estás seguro o solo lo estás suponiendo?

El joven le dirigió una mirada inexpresiva. Ya habían colocado la cinta amarilla en ambos extremos del callejón y los mirones observaban con curiosidad a los policías. Un par de ellos incluso levantaron sus teléfonos e intentaron tomar fotos.

Para tener un recuerdo, pensó ella con amargura. Pensó en presentar una queja sobre la actuación de ese policía, pero decidió que el papeleo no valía la pena. De todos modos, su nota acabaría en el fondo de un expediente.

—¿Tenía la cobija encima cuando la encontraste? —preguntó Ana.

—Sí.

El vampiro la había cubierto. No creía que fuera por pudor. Aunque lo que hizo fue una auténtica chapuza, probablemente había intentado retrasar el hallazgo del cadáver. Si se hubiera limitado a arrastrar el cuerpo hasta el siguiente callejón, habría encontrado un bache tan grande que probablemente habría cabido la mitad del cuerpo de la chica. No le habría costado demasiado esfuerzo.

Estúpido, pensó.

—Ve a hablar con tus amigos allá, a ver si tienen algún testigo para mí, ¿quieres? —dijo, señalando hacia un par de policías que hablaban animadamente con algunos de los curiosos.

El joven resopló, pero la obedeció. Ana se inclinó y sacó su cámara. En teoría, los forenses vendrían a fotografiar la escena del crimen, pero eso era en teoría. Muchas veces no aparecían porque tenían mucho por hacer, no eran suficientes, o no querían levantarse y arrastrar sus lamentables traseros fuera de la cama. La labor policial en México no se desarrollaba como en las películas. Casi no había trabajo de investigación. Confiaban mucho en las confesiones, y ni siquiera pestañeaban si contaminaban la escena del crimen. La evidencia física se utilizaba en el 10% de las condenas y el resto eran declaraciones juradas firmadas. Las cosas estaban cambiando, supuestamente. Ana era una de las nuevas y brillantes generaciones de detectives, una investigadora de verdad, pero eso era un montón de relaciones públicas mezcladas con solo un poco de sustancia.

Estaba cansada de este juego.

Ana tomó fotos y notas, preguntándose si debía molestarse siquiera, pero lo hizo de todos modos. Ya se había levantado, así que bien podría ponerse a trabajar. No hay razón para darle a Castillo más leña para su fuego.

—Hay una chica que dice que vio a la muchacha muerta con un tipo adentro del antro —dijo el joven policía al volver, señalando a una adolescente de pelo de punta y tacones tremendamente altos que estaba parada cerca.

—De acuerdo —dijo Ana—. Llama a los forenses a ver si se dignan a aparecerse antes de que alguien de la morgue se lleve el cuerpo, ¿quieres?

El chico parecía sumamente molesto, pero tuvo el sentido común de obedecer. Ana se dirigió hacia la joven de los tacones, sacando rápidamente su libreta y su pluma. Se suponía que tenían minitabletas normales y corrientes, pero la suya se había estropeado y nadie se había molestado en darle un reemplazo. De todos modos, Ana prefería la sensación de una pluma entre sus dedos. Era de la vieja escuela, pero fiable. Igual que un cuchillo. Los exterminadores eléctricos también iban bien contra los vampiros. Pero los cuchillos tenían su atractivo. Todavía llevaba consigo el cuchillo de plata de toda la vida.

Cortar sus cabezas y quemar los cuerpos. No hay otra manera.

—Me dicen que viste a la chica adentro —dijo Ana, y la adolescente asintió vehementemente con la cabeza.

—Ajá. Estoy segura. Estaba con un tipo súper atractivo.

—¿Qué aspecto tenía?

—Pelo rubio platino, pálido. Llevaba ropa bonita —dijo la chica.

—¿Edad? —preguntó ella, escribiendo con su taquigrafía pulcra contra las páginas amarillas de la libreta. Había tomado clases de mecanografía en la preparatoria. Una preparatoria técnica. Se había formado para ser secretaria y en lugar de ello terminó presentando una solicitud para la jefatura de policía local.

—Más o menos mi edad. No sé. ¿Diecinueve? Veinte, tal vez. Es difícil saberlo.

—¿Algo especial en él? ¿Alguna marca, tatuajes, piercings?

La chica pareció pensarlo. Se frotó los brazos y finalmente habló.

—No tenía piercings. Pero sí que recuerdo un tatuaje.

—¿Cómo era? —preguntó Ana.

—Se quitó la camiseta para bailar —dijo la chica, imitando el movimiento de un hombre que levanta los brazos—. Llevaba una camiseta sin mangas y pude ver, más o menos, parte de la nuca. Era un tiburón.

—¿Viste algo más?

—No. Estaba adentro hasta que alguien entró corriendo y dijo que la policía estaba aquí y que alguien había matado a una chica. Yo solo quería ver.

Espero que haya sido divertido, pensó Ana.

Ana llegó a casa cerca de las seis de la mañana, casi a la hora en que Marisol se despertaba para ir a la escuela. Se asomó a la habitación de su hija. La niña dormía plácidamente. Ana recordó el espectáculo de la chica muerta en el callejón y sacudió la cabeza.

Dios, un asesinato perpetrado por un vampiro. No había investigado uno de esos desde Zacatecas. Tomabas declaraciones, asentías, tal vez atrapabas a uno y luego aparecían un par de cadáveres más en otra parte de la ciudad, como setas después de la lluvia. Era el cuento de nunca acabar. Era inevitable. Eso fue lo que la llevó a Ciudad de México. Era más seguro y estaban arrancando las nuevas unidades de investigación. La reforma del sistema policial. Iba a tener la oportunidad de ser una detective «real».

No es que fuera «más real» ahora, pensó mientras entraba a su recámara y se quitaba el uniforme. Era un traje azul oscuro, ceñido al cuerpo y tejido con nanofibra que llevaba debajo de un impermeable reglamentario del mismo color. Le picaba y a menudo se rascaba el cuello.

Ana dobló la ropa con cuidado y se acostó en la cama. Se tumbó encima de la colcha y se preguntó si el médico forense recibiría el cadáver de la chica esa noche. Probablemente no. La chica no era nadie importante y Ana no tenía mucha influencia en la oficina. Si el forense examinaba a la chica y se dignaba a elaborar un informe, podría ser semanas más tarde.

No creía que Castillo esperara realmente que este crimen se resolviera, y el vampiro, muy probablemente, ya debía estar fuera de la ciudad.

Se sintió mal por la madre de la chica, que tal vez se estaría enterando del asesinato de su hija en ese momento: le había dicho al joven y hosco oficial que se encargara de ello.

Ana se preguntó qué haría si Marisol no apareciera una mañana.

No pienses eso, se reprendió a sí misma.

Ana se volvió y miró la mesa del rincón donde tenía una estatua de la Virgen de Guadalupe, junto con una imagen de plástico de San Judas Tadeo y el rosario de su madre.

México se estaba yendo al infierno. *Era* el infierno. Si tuviera dinero ya se habría largado del país. A algún lugar bonito y tranquilo, sin vampiros ni narcotraficantes. Pero no lo tenía.

Ana se llevó una mano a la frente y se preguntó a qué pandilla pertenecería el vampiro. El tiburón no le resultaba familiar. Pero las marcas de los mordiscos, sí. Podía apostar que era obra de un Necros. Había visto mordeduras como esa en Zacatecas y había aprendido a reconocer las señales delatoras de varias especies de vampiros.

El Necros, con sus fuertes mandíbulas y sus grandes y afilados dientes, era fácil de identificar. El Tlāhuihpochtli dejaba menos marcas y más pequeñas: manchas que brotaban en el cuello y las muñecas. Solo una vez se había topado con un Revenant y la había asustado muchísimo. La cosa... que tenía... era... Y la víctima. Como una momia, la carne encogida y el cuerpo retorcido. Obra del diablo.

Se apartó del altar de la Virgen y cerró los ojos, esperando un sueño reparador, pero la imagen de la chica muerta aparecía intermitentemente detrás de sus párpados, superpuesta como un negativo.

Ana se despertó demasiado cansada. Los vampiros te drenaban de una forma o de otra. Se levantó de la cama y encontró a Marisol en la cocina, friendo un huevo.

—Oye, ¿has vuelto antes de la escuela? —preguntó.

—No —dijo Marisol—. Te has levantado tarde. Se suponía que ibas a cocinar la cena.

—Ahora la preparo.

Ana extendió el brazo para abrir el refrigerador, pero Marisol negó con la cabeza. Su boca hacía esa cosa en la que no se asomaba del todo una sonrisa de satisfacción, pero era muy parecida.

—No hay verduras. No hay nada. No has ido al súper.

—No, sí que fuimos.

Ana abrió el refrigerador y se quedó mirando un solitario aguacate, un poco de perejil y un trozo grande de queso con una pizca de moho.

—Te lo he dicho —dijo Marisol. Ahora sí, con una sonrisa de satisfacción de oreja a oreja.

Ana tomó una lata de refresco light y no se molestó en servirla en un vaso: solo significaría un vaso más que lavar. Ya había una pila de platos esperando en el fregadero.

—Tengo que comprar un nuevo uniforme escolar —dijo Marisol mientras volteaba su huevo con la espátula de plástico.

—¿Qué tiene de malo tu uniforme actual? —preguntó Ana.

—No es el uniforme oficial.

Ana dio un sorbo a su refresco, sacudiendo la cabeza.

—Tiene cuadros verdes y azules en la falda y un suéter azul. ¿Cómo es que eso no es oficial?

—Sabes muy bien que las monjas quieren que lleve el que venden en la tienda de la escuela. No una copia corriente —dijo Marisol, sonando como si Ana la hubiera mandado a la escuela vestida con una bolsa de papel en lugar de con ropa de verdad.

Ana dejó la lata de refresco sobre la barra de la cocina.

—Bueno, las monjas pueden irse al carajo, Marisol, el manual de la escuela no dice que sea obligatorio que lo compremos allí.

—Los otros niños se dan cuenta de que es una imitación.

Una vez más, Ana se arrepintió de haber inscrito a Marisol en una escuela católica privada. Los gastos escolares eran escandalosos. Pero la escuela pública no era buena, con los maestros siempre en huelga y las pésimas instalaciones. Marisol necesitaba una escuela privada para tener los mejores maestros, la oportunidad de aprender un segundo idioma, hacer algo con su vida. Los empleadores anunciaban los puestos de trabajo en México especificando la edad e incluso la maldita escuela de la que tenía que haberse graduado un chico. Nada de estudiantes de la UNAM, nada de mayores de treinta y cuatro años, nada de casados, nada de hijos, enviar una fotografía e indicar la religión. En esas circunstancias de mierda tenías que tratar de darle una ventaja a tu hija o la iban a pisotear los chicos más ricos del Tec o de la Anáhuac; chicos que tenían la piel más clara, las carteras más abultadas y los apellidos correctos. No, Marisol necesitaba esa escuela. Si tan solo Ana pudiera pagarlo. El dinero escaseaba.

—Apuesto a que tampoco me vas a dejar ir a la excursión escolar a Acapulco —dijo Marisol mientras echaba el huevo en un plato y se lo daba a Ana. Luego, la chica cascó otro huevo y empezó a freírlo.

Ana se apoyó en el refrigerador y sostuvo el plato con una mano.

—No tengo dinero.

—Podrías pedírselo a papá.

Como si eso fuera a ayudar. Se suponía que Ana tenía que recibir una pensión alimenticia, pero el dinero de su exmarido era esporádico e imprevisible. Se había vuelto a casar y tenía una nueva familia; no se preocupaba por la anterior. Ana estaba agradecida por ello, ya que significaba que había dejado de fastidiarla para que se mudara de nuevo a Zacatecas para poder ver a su hija. Si empezaba a quejarse de la pensión alimenticia, podría volver a sacar el tema, un tema que Ana no tenía ganas de retomar.

—Tu padre no podrá ayudar. Esto no es una excursión. Es una fiesta presuntuosa, y no voy a pagar para que te vayas a emborrachar a una playa. Además, es el estado con mayor concentración de carteles de vampiros. Hay media docena de familias diferentes disputándose el territorio allí. De ninguna manera irás a ese nido de Necros.

—¿De verdad, Madre? Es lo mismo en todas partes.

—No. —Ana volvió a negar con la cabeza—. No es lo mismo en todas partes. En Ciudad de México no hay carteles de vampiros.

—Tú misma me has dicho que las pandillas...

—Las pandillas de humanos no van a dejarte en un callejón con la garganta desgarrada —replicó ella, golpeando su plato contra la barra de la cocina.

Marisol la miró. Ana reconoció la misma mirada desafiante que veía cada mañana en el espejo, los mismos ojos caídos y la misma boca fina. Marisol era una versión más joven de Ana, y eso la preocupaba. No quería que su hija fuera como ella, que cometiera los mismos errores estúpidos.

—Mira, Marisol, no podemos permitírnoslo. ¿De acuerdo?

Marisol asintió. Había terminado de cocinar su huevo y apagó el fogón.

—Come. Se está enfriando —murmuró su hija.

CAPÍTULO 9

L a casa estaba en la colonia Roma, adonde Domingo rara vez se aventuraba. La Roma había sido una zona elegante desde la época en que la gente se transportaba en carruajes y las damas llevaban corsé. Ya no era aristocrática —los súper ricos vivían en complejos amurallados o en las nuevas colonias de Polanco y Lomas—, pero conservaba mucha de su grandeza y tradición, exhibiendo su historia en sus amplias avenidas, sus parques, sus bulevares y una serie de elegantes casas antiguas muy europeas. Ahora se estaba convirtiendo en un paraíso para los hípsters. Los elementos mugrientos de la zona combinaban bien con las librerías, las tiendas de antigüedades, las galerías de arte, los cafés y los restaurantes con menús demasiado caros. Un *latte* siempre sabía mejor cuando podías darte una palmadita en la espalda y declararte *très chic* porque estabas comiendo un refrigerio en una carnicería convertida en un restaurante moderno, justo enfrente de una calle donde las prostitutas se ponían en fila por las noches para ejercer su oficio diario.

Era un lugar para gente mayor sofisticada y jóvenes a la moda, con magníficos árboles y mansiones descoloridas, un puesto de tacos aquí y allá para recordarte que no era la Belle Époque y que todavía estabas en Ciudad de México. No era un lugar para Domingo, quien prefería las multitudes del centro, la presión de la gente en el metro, los pasajes subterráneos y los callejones. Había demasiados guardias privados de seguridad paseando por la Roma, ansiosos por detener a un joven con una chamarra amarilla corriente. Lo miraban fijamente al pasar, pero si Domingo había aprendido una lección en su corta vida era la de seguir caminando y mirar al frente. De todos modos, los guardias privados de seguridad no podían detenerlo. Podían golpearlo si no les gustaba su aspecto, pero eso era todo.

Domingo agachó la cabeza y caminó con las manos en los bolsillos mientras comprobaba de nuevo la dirección. Tardó en encontrar la casa porque el número estaba medio oculto tras una capa de grafitis. Era una de esas viejas casonas que parecían que se mantendrían en pie por siempre, sorteando los terremotos y la contaminación. El portón —una puerta doble de hierro— estaba oxidado por el tiempo. El lugar parecía abandonado. Esto no era del todo inusual. Sí, la zona estaba ahora de moda y se había aburguesado, pero había casas por aquí y por allá que quedaron en ruinas en los años 80 y nunca se recuperaron, algunas de ellas habitadas por ocupas de clase alta —estudiantes universitarios y artistas con inclinaciones proletarias, y otras por ocupas comunes y corrientes que nunca habían leído a Marx y a los que les importaba un carajo la conversación sobre la globalización.

Se preguntó si se habría equivocado de dirección. Domingo dio un empujón de prueba al portón. Se balanceó sobre sus bisagras, emitiendo un gemido de bienvenida. Cerró el portón tras de sí y caminó por un pequeño patio interior, pasando por una fuente adornada con azulejos azules desportillados, hasta llegar a la puerta de la casa.

La puerta parecía extremadamente pesada, como la de un castillo. Bueno, como él imaginaba que sería la puerta de un castillo. Lo más cerca que había estado de uno era el Castillo de Chapultepec y estaba bastante seguro de que eso no contaba porque era un museo.

Nunca había visto una aldaba en una puerta, salvo en las películas de terror, pero allí había una, un pesado anillo de hierro, que golpeó contra la madera. Esperó, mirando la fuente, que estaba llena de agua sucia y turbia y de abundantes hojas. Junto a la fuente había varias macetas desbordadas de plantas marchitas. Un par de ellas estaban agrietadas y la tierra se había salido.

Una anciana abrió la puerta; tenía el pelo blanco recogido en un moño. Miró a Domingo entrecerrando los ojos.

—Busco a Bernardino —dijo él, metiendo la mano en el bolsillo y mostrando a la mujer la cuenta de jade que Atl le había dado—. Me envía Atl, Hija de Centehua.

La mujer asintió y lo dejó pasar.

Domingo había pasado noches durmiendo en casas viejas y abandonadas o en propiedades que llevaban más de un siglo en pie. Muchos de estos lugares eran húmedos, oscuros y desagradables. Sin embargo, mientras seguía a la anciana hacia una escalera, pensó que nunca había estado en un lugar tan frío.

No solo hacía frío, sino que también estaba sucio. Sin embargo, entre la suciedad vio cosas que parecían auténticas. Antigüedades. Cosas caras. Muebles de aspecto genial. Juegos de té en una vitrina. Pero también había mucha basura: cientos de páginas de periódicos con crucigramas resueltos, juguetes de plástico que venían gratis con la comida rápida, libros manchados de moho, relojes averiados, una televisión muy grande de otra época con una grieta que recorría la pantalla.

Una docena de muñecas estaban sentadas en una pared, alineadas con sus vestidos blancos y con sombreros de encaje a juego. Sus ojos azules, verdes y castaños parecían seguirlo mientras subía los escalones.

Había un leve olor a moho y un olor más fuerte a orina de gato.

Cuando llegaron al segundo piso, la oscuridad del pasillo lo golpeó como una ola. Redujo la velocidad, temiendo chocar con un mueble. La anciana no dijo nada. No se ofreció a encender las luces, sino que se limitó a esperar unos pasos por delante de él.

Domingo siguió caminando, cuidándose de mantener una mano en la pared por si acaso tropezaba. Llegaron a una puerta y ella la abrió. El interior estaba muy oscuro. Una oscuridad más densa que en el pasillo.

Domingo tragó saliva. Sujetó firmemente la cuenta de jade y se deslizó dentro de la habitación.

No vio nada.

—¿Quién te envía? —preguntó una voz en la oscuridad. Era una voz maravillosa, rica, fuerte, como la de un locutor de radio. Una voz muy fina que enunciaba cada palabra con un ligero acento.

Se oyó el roce de una cerilla que se encendió y luego brotó la luz. Vio una lámpara de aceite junto a la figura borrosa de un hombre sentado en un sofá. El hombre se levantó y comenzó a caminar por la habitación. Encendió otra lámpara de aceite y velas. La oscuridad empezó a desaparecer y Domingo vio más cosillas: una alfombra, dos gatos... no, tres. No, cuatro. Muchos gatos en la habitación. Unos cuadros descoloridos decoraban las paredes y unas gruesas cortinas de terciopelo ocultaban las ventanas.

—Atl —dijo Domingo—. Hija de Centehua. Ella es quien me envía.

—No conozco a Atl.

—Ella me dio algo para usted.

El hombre encendió dos velas más. Entonces, Domingo lo vio bien. El hombre estaba envuelto en una túnica carmesí raída, apoyado en un bastón. Tenía un gran bulto en la espalda. Una joroba. Su piel parecía... delgada, casi translúcida. Sus ojos, cuando miró a Domingo, eran de un amarillo horrible y tenue. Parecía viejo, bastante feo.

—Muéstramelo.

Domingo dio un paso adelante y abrió la mano, con la cuenta de jade sobre la palma. El hombre estiró sus dedos delgados y huesudos y tomó la cuenta, levantándola.

—El clan Iztac, el pueblo del colibrí de plumas blancas. Tlāhuihpochtin —dijo el hombre—. Los primeros vampiros de México, ¿lo sabías?

—Sí —respondió Domingo y, luego, antes de que pudiera detenerse volvió a hablar—. ¿Eres un Revenant?

El conocimiento de Domingo sobre los vampiros era fragmentado; los Necros eran quienes más aparecían en la cultura popular. Pero la silueta de los Revenants era distintiva, con sus columnas torcidas y, aunque solo había visto un par de dibujos de ellos, recordaba ese detalle delator.

El vampiro sonrió y se guardó la cuenta en el bolsillo.

—Sin duda. —Señaló un sillón de cuero mullido—. Por favor, siéntate.

Domingo lo hizo. Había un caballo de madera de juguete en un rincón. Vio una pila de periódicos junto a la silla del hombre y estos también tenían crucigramas resueltos. Le entraron unas ganas locas de revisarlos. Era el recolector de basura que había en él, ansioso por encontrar botellas vacías y tesoros secretos. Se calmó apoyando las manos en el regazo, tratando de evitar golpear repetidamente el suelo con los pies. Estaba nervioso.

—Pensé que no había vampiros viviendo en Ciudad de México —dijo Domingo.

—Esta casa se construyó durante el gobierno de Santa Anna, hace más de ciento cincuenta años. Era la época en que estuvieron imponiendo altos impuestos. Impuestos por los perros. Incluso impuestos por respirar. Te gravaban por el número de ventanas y puertas de tu casa. La gente tapiaba sus ventanas y sus puertas. Pero a mí no me importó. Era bueno para mí.

»Luego llegó la Revolución. Se oía el cañón en la distancia. Recuerdo el olor de los cadáveres carbonizados que se colaba por debajo de la puerta. En el 85 hubo un gran terremoto. La mitad de la Roma se cayó a pedazos. Pero no esta casa. Esta, no.

El vampiro puso las manos sobre su bastón y miró fijamente a Domingo.

—Esta es mi casa. Siempre será mi hogar. Hay demasiados ruidos afuera, demasiados coches y olores y gente, pero aquí no.

—A mí tampoco me gustaría mudarme. Tiene cosas geniales. ¿Qué es eso de ahí? —preguntó Domingo.

El vampiro lo miró por encima del hombro.

—Uno de mis fonógrafos.

—¿Qué hace?

—Reproduce música. Es muy antiguo. ¿Te gustaría escucharlo?

—Claro.

El vampiro se acercó a la máquina arrastrando los pies. Domingo pensó que el artilugio parecía una caja con una flor gigantesca o una gran trompeta que sobresalía de la parte superior. Tenía una manivela delicada que Bernardino jaló. La música comenzó a salir del fonógrafo.

Domingo escuchó con interés mientras salía y sonaba la grabación. El vampiro estaba sonriendo. Sus dientes eran amarillos y muy grandes.

—¿Ha pensado alguna vez en venderlo? —preguntó.

La sonrisa del vampiro desapareció.

—No —dijo de un modo tajante que hizo que Domingo se estremeciera.

El fonógrafo enmudeció y el vampiro volvió a sentarse. Domingo lo miró, temiendo hablar y decir algo equivocado. Un gato se frotó contra sus piernas, ronroneando, casi haciéndolo saltar de su asiento.

—Aquí, aquí —dijo el vampiro, y el gato dejó a Domingo solo y saltó al regazo del vampiro.

El vampiro apoyó su bastón en el costado de su silla y comenzó a acariciar al gato, sus finos dedos deslizándose cuidadosamente por su pelaje.

—Tu ama, ¿cómo era su nombre?

—Mi ama —repitió Domingo.

El vampiro sonrió con satisfacción, mostrándose extremadamente divertido. A Domingo no le gustaba eso. Odiaba sentirse el blanco de una broma.

—Sí. ¿Cómo se llamaba?

—Atl.

—Hermoso nombre. Hermosa chica. Debe serlo. Su madre era una belleza. Los míos, bueno, somos así —dijo el vampiro, señalándose a sí mismo—. Cifosis, la gran joroba fea. Pero tengo mis ventajas.

—Me ha enviado porque necesita encontrar a alguien. Me ha escrito el nombre.

Domingo tomó el papel arrugado y se lo dio a Bernardino. El vampiro lo miró con una indiferencia natural, asintiendo.

—Atl tiene dinero.

—Así es, ¿verdad? También tiene un grave caso de idiotez —dijo el vampiro—. No he vivido tanto tiempo para recibir un balazo por una mujer que no conozco.

—No te entiendo.

—A la persona que busca no le gustará ser encontrada. Y sabrá que fui yo quien le dio la información a Atl. Peor aún, Atl no vendría a mí a menos que estuviera en una situación extrema, sobre la que no voy a especular. Me niego a involucrarme. Díselo.

—Pero tiene que ayudarla —dijo Domingo, poniéndose en pie de un salto—. Dijo que era cuestión de vida o muerte.

—Siéntate —dijo el vampiro con ira, levantando la mano izquierda—. No tienes modales.

Domingo no sabía cómo había sucedido. En un segundo estaba de pie y al siguiente se le doblaron las rodillas y el hombre lo estaba empujando hacia la silla de cuero, presionando una mano contra su cuello. Maldita sea. Era rápido.

—No tienes ni idea de cómo ser un emisario. Ha sido bastante tonta al enviarte —dijo el vampiro—. ¿Qué creyó que iba a hacer? ¿Invitarte a tomar té y comer galletas? Esta chica debe quererte muerto.

Es mi amiga, pensó furioso.

El vampiro lo soltó y Domingo se frotó el cuello.

—Una amiga —dijo el vampiro con una risita—. Un aperitivo, tal vez. —Bernardino tomó un gato y miró a Domingo.

Domingo miró fijamente al vampiro.

—¿Acaba de leerme la mente? —preguntó, sorprendido de que el vampiro pudiera hacer eso. Parecía más imposible que lo otro que decían de los vampiros, como convertirse en murciélagos o en neblina. Bueno, tal vez en neblina no.

—Sí, te he leído la mente. Reza para que eso sea lo único que haga. Podría matarte por haber venido aquí, mocoso insolente. Podría darle una lección a esa chica estúpida que te ha enviado. ¿Qué se ha creído? ¿Quién se ha creído que es? La gente ha suplicado que les diera audiencia, ha enviado regalos y cartas apropiadas, hay protocolos y una tradición, la gente ha... —Su voz se apagó y frunció el ceño, como si se hubiera quedado sin aliento.

—Señor, realmente necesita su ayuda —susurró Domingo.

Bernardino levantó una mano desdeñosamente y se alejó. Acarició el lomo del gato y sacudió la cabeza, murmurando un par de palabras en una lengua que Domingo no entendía.

—Disculpa. El tiempo y el aislamiento hacen cosas extrañas. Por supuesto, los niveles de serotonina no ayudan —dijo el vampiro.

—¿El qué? —preguntó Domingo.

—La serotonina. Un neurotransmisor. Los niveles bajos en nuestro cerebro nos vuelven violentos, impulsivos, autodestructivos. Es peor en algunos tipos que en otros. No somos criaturas muy agradables. Eres un tonto por buscar la compañía de los vampiros. ¿Tienes idea de lo que estoy hablando?

—Los humanos tampoco son muy agradables —dijo Domingo. Pensó en el Chacal, que lo golpeaba. Domingo no quería decir que todo el mundo fuera un pendejo, pero mucha gente lo es cuando vives en la calle.

—Estás comparando peras con manzanas. La mayoría de los humanos no te miraría y se preguntaría a qué sabe tu médula ósea, ¿verdad?

Bueno, vale, sí. Tal vez. Pero no era que no fueran a matarte en las calles por tu cartera y a veces simplemente por el puro gusto. Los niños desaparecían y no los raptaban los vampiros. Quizá los vampiros fueran malos, pero otras cosas eran igual de malas. Los policías podían pasarse el fin de semana golpeándote o los padrotes podían decidir que necesitaban un cuerpo tibio nuevo. Atl no lo estaba golpeando ni lo estaba prostituyendo.

—No importa lo que ella piense de mí —dijo Domingo—. Lo que importa es que me ha enviado y necesita una respuesta, así que deje de intentar asustarme, no me voy a asustar. Entonces, ¿qué me dice?

Bernardino se rio. Por la forma en que sostenía al gato parecía que estaba cargando a un bebé. Domingo se preguntó si a los vampiros les gustarían los animales. Podría preguntarle a Atl sobre eso. Había un montón de cosas que no sabía sobre ella.

—Eres... valiente —dijo el vampiro—. Me divierte.

El rostro del vampiro tenía la frialdad de una luna otoñal, pero Domingo sintió que había pasado el examen, aunque no conociera los protocolos que tanto preocupaban a la vieja criatura.

—Lo que usted diga, siempre y cuando ayude a Atl —contestó con la terquedad que solo puede haber en la juventud, cuando un chico no tiene mejor criterio.

—Ah, Atl. Sí. Muy bien. No puedo darte las coordenadas exactas. Pero puedo darte otro nombre.

El vampiro se movió para pararse junto a las cortinas, arrancó un papel de una pila de cuadernos y garabateó en él. Le hizo un gesto a Domingo para que se acercara. Él se levantó y se dirigió al lado del vampiro.

—Elisa Carrera —dijo Bernardino en voz baja, entregándole a Domingo el trozo de papel.

El vampiro apartó la cortina, lo cual reveló una ventana tapiada con ladrillos. Sonrió. Domingo pudo ver el recorrido de las venas oscuras sobre su piel.

—Vete ya —murmuró el vampiro—. Ya hemos terminado. Estoy cansado.

Domingo se dirigió hacia la puerta. El vampiro empezó a darle vueltas a la manivela del fonógrafo del cual salían notas destempladas a borbotones. El gato maulló.

CAPÍTULO 10

Tardó un poco, pero Ana encontró lo que buscaba después de peinar la base de datos de imágenes de la policía. No estaba bien organizada, lo cual había provocado el retraso, pero no quería estampar el sello de SIN RESOLVER en este expediente sin al menos invertir un mínimo esfuerzo en la investigación.

Y ahí estaba, en la categoría de pandillas y símbolos: el tatuaje del tiburón. Pertenecía, tal y como sospechaba, a un grupo de Necros. Narcos del norte. La familia Godoy. Había oído hablar de ellos. El descubrimiento no le agradó.

La mayoría de los países había tomado medidas contra los vampiros desde los años 70, medidas que cada vez eran más hostiles. Muchos vampiros, una gran cantidad de ellos procedentes de Europa, sabiendo de qué iba esto, simplemente habían emprendido una migración masiva hacia los países que los acogerían. Países con funcionarios corruptos que expedían papeles de admisión para vampiros que deberían haber sido devueltos en el aeropuerto. Lugares donde la ciudadanía era fácil de comprar o los funcionarios de limpieza no eran demasiado estrictos si uno podía soltar la pasta necesaria. México, corrupto pero estable, libre de guerras y agitaciones políticas, era un destino favorito, aunque Brasil y Argentina también disfrutaban de una afluencia constante de vampiros.

Para cuando Ana estaba en el instituto en los años 80, las diez especies de vampiros estaban representadas en México, en distintos grados. Los más numerosos eran los Necros.

Al principio, las cosas seguían más o menos igual. Este estancamiento se interrumpió en los años 90. Llegaron más vampiros o ampliaron su base de poder, las rivalidades crecieron, las alianzas se evaporaron. En Mexicali, los vampiros chinos que habían controlado la ciudad y gran parte de Baja California por décadas se enfrentaron de repente a rivales invasores. En otros estados cercanos a la frontera, los clanes Tlahuelpocmimi, que inspiraban respeto por su mera antigüedad —se remontaban al México prehispánico—, vieron su autoridad socavada por chupasangres bien armados recién bajados del avión.

Ana recordó haber hablado con un viejo y desdentado vampiro chino quien dijo que lo que realmente había alterado el equilibrio de poder no había sido la facilidad de tránsito entre los vampiros en sí: los Necros habían cambiado el juego.

«Los Necros no tienen nada sagrado. Amenazan al tlacoqualli en monequi», dijo el viejo vampiro, utilizando una frase que los vampiros aztecas empleaban y que significaba «el medio», un estado equilibrado.

Tenía razón. Muchos de los Necros estaban rehuyendo las antiguas tradiciones, desechando conceptos como santuario o tierra sagrada. Tenía sentido. La subespecie europea era adaptable, quizás incluso a nivel biológico, y no solo a nivel temperamental. Al igual que con todos los vampiros, era difícil rastrear sus orígenes, sobre todo porque los vampiros eran reacios a hablar de cualquier cosa que tuviera que ver con ellos mismos, pero la gente sospechaba que los Necros habían surgido recientemente, quizás en la Baja Edad Media. Tal vez fueran vástagos de los Nachzehrers. Otros, sin embargo, decían que una evolución tan rápida era inverosímil y que lo más probable era que los Necros hubieran existido durante miles de años en un rincón aislado de Europa antes de expandirse por el Viejo Continente durante el siglo XIV.

Fuera cual fuere su origen, tenían dientes afilados, una aversión a la luz del sol, una agilidad sobrehumana, un apetito voraz y el deseo de ejercer el control sobre su territorio. Ninguno de estos rasgos era necesariamente único en su tipo. No. Su atributo más notable era su capacidad de propagar una extraña enfermedad. Un humano podía infectarse a través del contacto sexual o por beber la sangre del vampiro. La enfermedad mataría al humano, pero antes lo convertiría en un esclavo irracional. Si bien varios tipos de vampiros podían supuestamente influir en los pensamientos humanos, los Necros eran conocidos por su capacidad de manipular y utilizar a los humanos con los que entraban en contacto.

Ana había leído una vez sobre un protozoario llamado *toxoplasma* que hacía que los ratones infectados se acercaran a los gatos, el huésped que verdaderamente deseaba el parásito. Le parecía que los humanos que entraban en contacto con Necros sufrían una suerte similar, sus mentes y cuerpos se desintegraban lentamente hasta no ser más que cascarillas vacías. Una muerte lenta y fea.

Al menos tú moriste rápido, pensó, mirando las fotos de la adolescente masacrada. Se frotó las manos y decidió fumar fuera. Vampiros, y para colmo se trataba del clan Godoy, que no eran un asunto menor. Podría lidiar mejor con ese descubrimiento con nicotina en su sistema.

Ana bajó en el elevador, caminó una cuadra y compró un café en una cafetería que ofrecía una bebida barata en lugar de una mierda elaborada de esas de moca con caramelo y música ambiental, y luego se sentó a fumar en un rincón. Ana se palpó los bolsillos, tratando de encontrar sus cerillas. De repente recordó que las había tirado. Estaba intentando dejar de fumar, aunque nunca lo conseguía.

—¿Necesitas fuego?

Ana miró a la mujer sentada a la mesa de al lado. Llevaba un abrigo rojo y un labial también rojo, con el pelo recogido en una coleta. La mujer extendió el brazo y le entregó un pesado encendedor negro. Ana encendió su cigarro, dio una calada y le devolvió el encendedor.

—Gracias —dijo.

—De nada.

Ana bajó la mirada y se dio cuenta de que la mujer también llevaba unos tacones rojos.

—Soy Kika —dijo la mujer.

—Hola.

—Eres Ana Aguirre.

Ana se giró para mirarla, frunciendo el ceño. La mujer sonrió y se movió en su asiento, echándose hacia atrás y sacando su propio cigarro. Ana se levantó.

—No te pongas nerviosa. Termina tu café. No estoy aquí para dispararte —dijo la mujer con un gesto desdeñoso.

Ana se sentó lentamente, con los ojos fijos en Kika.

—¿De dónde me conoces? —preguntó Ana.

—Me han dicho que estás investigando la muerte de una chica.

Ana miró a la izquierda, hacia el camarero, que estaba absorto en su teléfono. Podía oír los agudos sonidos de cada notificación que recibía. *Ping. Ping. Ping.*

Sin dejar de mirar al camarero, respondió.

—Sí, ¿a ti qué te importa?

—Dicen que parece que el culpable es un vampiro.

—¿Y? —dijo Ana encogiéndose de hombros.

Kika la imitó, respondiendo mientras encogía los hombros.

—No me gustan los vampiros.

La voz de Ana carecía de toda emoción, era gris.

—¿A quién le gustan?

—Mi aversión a los vampiros es precisamente la razón por la que estoy aquí.

—¿Ah, sí?

Kika cambió de asiento, jaló una silla y se unió a Ana en su mesa. Miembro de una pandilla, muy probablemente, aunque parecía que se aventuraba a vestirse de forma poco ortodoxa. No era que Ana quisiera que fuera así, pero tal y como estaba transcurriendo la conversación, había pocas opciones que considerar, aunque una extra de película de un *remake* de *Gilda* podría encajar. Dominaba el aura de *femme fatale* a la perfección.

—Los vampiros en Ciudad de México son malos para el negocio.

—¿El negocio de quién? —preguntó Ana.

—De varias personas —respondió Kika, mirando sus uñas cuidadas. Sorpresa, estaban pintadas de rojo.

—A veces los vampiros vienen aquí —respondió Ana.

—No al centro, no.

Era cierto. Tal vez se comían a la gente que vivía en las afueras de la ciudad, en los barrios más alejados. Eran escapadas infrecuentes, obra de criaturas jóvenes e imprudentes. No se aventuraban en el corazón de la metrópolis.

—No, normalmente no.

—¿Has identificado al vampiro que anda suelto? —preguntó Kika.

—Todavía no —dijo Ana.

—Es Nick Godoy. Ha venido de la zona fronteriza. Sucedió algo grave allí y ha perseguido a una chica hasta aquí.

—¿Qué te hace estar tan segura de que este Nick Godoy hizo esto? —preguntó Ana.

—Tiene más huevos que cerebro. Dijo a cualquiera que quisiera escucharlo en Guadalajara que iba a perseguir a una Tlāhuihpochtli en Ciudad de México. Y un pajarito que estaba escuchando nos habló de él. Ahora hay una chica muerta y parece que la mató un vampiro. ¿Sabes sumar uno más uno? Es él. Y si él está aquí, ella también.

—Caso resuelto, entonces —dijo Ana—. Pero eso aún no me dice quién eres. O por qué te importa una chica desconocida muerta.

—No importa.

—Formas parte de Profundo Carmesí —dijo Ana, finalmente expresando sus pensamientos. No era que callarse fuera a hacer que la mujer desapareciera. Más vale llamar a las cosas por su nombre.

Kika sonrió alegremente, haciendo sonar sus pulseras de plata mientras golpeaba su cigarro contra el borde del cenicero. Profundo Carmesí, una de las cinco grandes pandillas de humanos que residían en Ciudad de México. La delincuencia. Inundaba el país. México se teñía de rojo. Pero Ciudad de México se había salvado de lo peor, estaba directamente bajo control humano y aquí las pandillas, los delincuentes, los padrotes, todos eran personas, no monstruos devoradores de carne. Las cabezas no rodaban en Ciudad de México porque Profundo Carmesí, los Tritones, los Maximiles, diablos, incluso los Exorcistas y los Apando, patrullaban la metrópolis tanto como los policías. En el 92, algunos vampiros habían intentado adentrarse en Ciudad de México. ¿El resultado? Quince vampiros calcinados; sus cadáveres atados fueron un recordatorio gráfico de lo que le esperaba a cualquier chupasangre que intentara pasearse por esa zona.

Pero eso no significaba que las pandillas de humanos fueran compinches de los policías.

—Sí, lo soy. Tengo amigos que quieren hablar contigo.

—Una reunión, y una mierda —dijo Ana—. Lárgate antes de que te destroce esta taza contra la cara y te estropee el maquillaje, ¿de acuerdo?

La mujer no parecía intimidada.

—Queremos a Nick y a Atl —dijo.

Ana iba a cumplir su promesa de destrozar esa taza de café, pero las palabras captaron su interés y la hicieron recapacitar.

—Habla más despacio. ¿Quién es Atl?

Kika sacó una tableta y la deslizó por la mesa. Ana miró varias fotos de una mujer joven. En una foto estaba con un dóberman, sola, y en otra con un grupo de mujeres mayores.

—Es una Tlāhuihpochtli. Los Godoy y su familia están enfrascados en una guerra sin cuartel. Facciones rivales.

—¿Y?

—Cuando los vampiros están ocupados matándose en otras partes del país, es motivo de celebración. Cuando empiezan a matar humanos en nuestras calles, es un problema. Si les das un centímetro a estos parásitos, tomarán un kilómetro entero. ¿Vampiros con rumbo a Ciudad de México como si fueran los amos y señores del lugar? Eso es malo. Eso es muy malo. Es *una falta de respeto.*

—Tengo el caso bajo control —dijo Ana, rodeando con ambas manos su taza de café.

—No tienes una mierda y lo sabes —replicó Kika—. ¿Qué vas a hacer cuando encuentres a Nick Godoy? ¿Arrestarlo y llevarlo a la jefatura de policía?

Ana suspiró y se tocó el puente de la nariz.

—Ese es el procedimiento.

—Estamos dispuestos a ofrecerte apoyo.

—Si quieres colaborar con la investigación —dijo Ana—, puedes darme la información que quieras y yo me encargaré del resto.

—Te daré lo que tenemos, pero a quien queremos es a ellos. A Nick y a Atl, y a cualquier otro pendejo del norte que haya venido con ellos a Ciudad de México.

—Para que puedas matarlos.

—Eso sería lo mejor, ¿no crees? —preguntó Kika.

—Soy detective —dijo Ana, aunque no pudo expresar ninguna convicción al hablar.

Kika levantó las comisuras de los labios, divertida.

—No puedes atraparlos sola. Morirás si lo intentas. Y sinceramente dudo de que tu jefatura vaya a enviar refuerzos.

Ana sabía que era cierto. Se había limitado a hacer lo mínimo indispensable en este caso, pero estaba segura de que, a la hora de la verdad, a Castillo no le iba a importar una mierda un vampiro que matara a donnadies. Y si le decía que esto formaba parte de algo más grande, que había miembros de dos carteles en la ciudad, se lo asignaría a otra persona. Alguien que se atribuiría el mérito.

En cualquier caso, estaba jodida. Como siempre.

—He oído que eres una buena investigadora —dijo Kika—. Pero no tienes mucho que lo demuestre, ¿verdad?

—¿Y quién sí?

—Podrías tener algo que lo demostrara. Un par de cadáveres de vampiros para tus compañeros, y quizás un poco de dinero.

Ana negó con la cabeza y apagó su cigarro.

—¿Te refieres a ayudar a una pandilla linda como la tuya?

—Me refiero a que podríamos ayudarte y tú podrías ayudarnos. Probablemente acabaríamos encontrando a esas sanguijuelas, pero nos vendrían bien la ayuda profesional y los recursos de la policía.

—Pensé que tenías amigos en mi jefatura. ¿No tienen ellos mejores recursos?

—Todo el mundo tiene una boca muy grande en tu departamento. Pero *tú* has atrapado a varios vampiros. Incluso a un Imago. Suena emocionante.

Ana se llevó la taza de café a los labios, sus manos sorprendentemente firmes mientras daba un largo sorbo. Dios, no quería pensar en ello. Cuando lo había matado, la carne se había derretido, desprendiéndose de sus huesos, y había visto su verdadero rostro. Dios mío.

—Maté a uno de esos —dijo Ana—. Pero fue hace mucho tiempo.

Fue prácticamente un accidente, pensó. *Una casualidad. Tal vez quería morir.*

—Vine a Ciudad de México para alejarme de los vampiros —dijo Ana.

—Exactamente. ¿Los quieres por ahí, comiendo más gente? Primero serán estos dos. Después, ¿quién sabe? ¿Cuatro? ¿Seis? ¿Una docena? ¿Creyendo que pueden entrar así sin más, como si esta fuera su pinche casa?

—Atrápalos tú sola, entonces —dijo Ana, retirando su silla y poniéndose de pie.

Dio un paso antes de que Kika la sujetara de la muñeca.

—Mis amigos quieren a alguien que sepa con qué está lidiando. Nunca hemos visto a una Tlāhuihpochtli —dijo, y por primera vez, el rostro de la joven se volvió pétreo.

Bueno, claro que no. No eran los vampiros más comunes, sobre todo hoy en día. Los humanos tenían la ventaja en cuanto a números, pero era fácil encontrar a los Necros y a los Nachzehrers por ahí, en parte porque las enfermedades habían diezmado un buen porcentaje de la población vampírica prehispánica unos siglos atrás. También estaba el hecho de que tanto los Necros como los Nachzehrers podían reproducirse con más facilidad que otras especies. Mientras que una Tlāhuihpochtli podía dar a luz a uno o dos hijos durante toda su vida y esta podía abarcar siglos, los Necros podían reproducirse cada pocas décadas, lo que significaba que podían tener potencialmente cuatro o incluso cinco hijos. Esto marcaba una gran diferencia una vez que uno los sumaba.

—No soy Van Helsing —dijo Ana, apartándose.

—Ni siquiera has escuchado la oferta monetaria —dijo Kika, con su voz alegre una vez más, su rostro relajado—. Mira, ¿por qué no lo consultas con la almohada? Ven a visitarnos. Mis amigos son muy ricos y tienen muchas ganas de conocerte. Deja que te ayudemos. Y… deja que me quede con esto.

Kika tomó la tableta que había dejado que Ana viera y la jaló lejos, fuera de su alcance. La mujer sacó entonces una pluma y garabateó un número de teléfono en una servilleta, y lo puso sobre la mesa, justo al lado de la mano de Ana.

Ana no dijo nada. Tomó la servilleta y se la metió en el bolsillo.

CAPÍTULO 11

Rodrigo tenía un perro que solía orinarse en sus muebles. Intentó entrenarlo, puso periódicos en el suelo de la cocina, pero de todos modos se orinaba en el sofá. Rodrigo estaba seguro de que el perro sabía dónde orinar, pero le gustaba hacerlo en el sofá para sacarlo de quicio.

Lo mismo ocurría con el chico. A lo mejor Nick era más sensato, pero simplemente había decidido ignorar por completo a Rodrigo. La pubertad. Convierte a los vampiros y a los humanos en grandes imbéciles. Aunque, a decir verdad, Nick había sido un imbécil mucho antes de ser un adolescente. Ahora, a sus veintitantos años, Nick se creía una pinche estrella de rock, con sus lentes de sol y su pelo castaño claro teñido de rubio platino, y era demasiado resentido. Tal vez si su padre lo hubiera frenado… pero no, a pesar de toda su inteligencia, el señor Godoy tendía a ser demasiado indulgente con su precioso hijo.

Rodrigo abrió la puerta sin llamar. Nick estaba tumbado en la gran cama, con trozos de papas fritas en las sábanas. Había envoltorios de caramelos tirados en el suelo. Dos botellas de refresco de un litro vacías yacían en un rincón. Cuando Rodrigo dio un paso adelante, sintió que se le pegaba un trozo de chicle en la suela del zapato.

Rodrigo cruzó la habitación y corrió las cortinas a un lado, con lo que entró la luz del día. Al principio, Nick dormía plácidamente, sin que se reflejara ningún cambio en sus rasgos. De repente, se estremeció. Nick abrió los ojos y se levantó de un salto, gritando.

—¡Cierra las cortinas!

Fotofobia. Había que adorarla. La luz del sol no convertía a los vampiros como Nick en cenizas. Una exposición breve era más una molestia que un peligro real, pero podía, como mínimo, causar ampollas. Una exposición prolongada podía provocarles quemaduras de tercer grado, las cuales, aunque no eran mortales, se curaban lentamente. Hacerles daño, francamente, era más divertido que hacer que se convirtieran en cenizas.

Rodrigo cerró las cortinas. Nick había caído al suelo y se pegó a la pared, con los ojos muy abiertos y la saliva cayéndole por la barbilla.

—Buenos días —dijo Rodrigo con indiferencia.

—¿Qué demonios crees que estás haciendo?

—Vengo a ver si quieres desayunar. ¿Tienes algo de hambre?

Nick no respondió; sus ojos se habían reducido a dos oscuras rendijas. Una erupción roja y fea estaba empezando a brotar en sus mejillas por su breve exposición al sol. Bien. Rodrigo esperaba que le salieran unas cuantas ampollas desagradables.

—Probablemente no, en vista de que ya has comido —dijo Rodrigo, poniéndose en cuclillas, con los antebrazos apoyados en las rodillas. Miró directamente al vampiro.

—No sé de qué estás hablando.

—Esto —dijo Rodrigo, sacando su celular y apretándolo contra la cara del chico.

Nick frunció el ceño mientras miraba la pantalla y comenzaba a desplazarse por la historia. Rodrigo se levantó, lo dejó leer un par de minutos y luego habló.

—Chica muerta, encontrada más allá del callejón del club nocturno. Garganta destrozada —dijo Rodrigo.

—¿A quién le importa? —espetó Nick.

—¡Mordidas de vampiro! La policía te buscará.

Nick se levantó, sus movimientos eran los de una araña, un poco erráticos por la exposición a la luz del sol. Un poco inseguros. Pero su voz era enérgica.

—No me encontrarán.

—¿Porque cubres muy bien tu rastro? Bien podrías haber grabado tu nombre en el pecho de la perra.

Rodrigo le arrebató el teléfono y se lo metió en el bolsillo de su chamarra. Nick no parecía ni un poco culpable por sus acciones. No era que esperara otra cosa de un chupasangre tan mimado.

—¿Quieres volver a casa hecho pedazos? —preguntó Rodrigo.

—Podríamos volver a casa ahora si supieras lo que estás haciendo —dijo el chico con displicencia.

Rodrigo se miró los zapatos. Los habían lustrado recientemente y prácticamente podía ver su propio reflejo, aunque la imagen estaba distorsionada, distendida, tal y como se sentía en ese instante.

—Sé lo que estoy haciendo. Tratando de no llamar la atención. Tratando de atrapar a una vampiresa sin que nadie lo sepa y sin que las autoridades descubran que estoy con otro maldito vampiro —dijo, volviendo a mirar al chico.

—Ciudad de México es como cualquier otra ciudad. Se puede sobornar a las autoridades —respondió Nick.

—A veces. Y a veces, cuando el vampiro es el hijo de un narco como tu papá, las autoridades solo quieren freírte en aceite caliente. Estamos detrás de las líneas enemigas, idiota.

—No me llames así —dijo el chico.

Se dio cuenta de que a Nick se le veían los colmillos y que sus pupilas se estaban dilatando. Estaba listo para atacar. Rodrigo tenía su pistola y más de veinte años de experiencia con chupasangres, pero las mordeduras de vampiro seguían doliendo.

—Si estás pensando en morderme, será mejor que te asegures de que esté bien muerto. Si no, vas a tener muchos problemas.

—Eres un anciano, Rodrigo. No creo que puedas hacer mucho si te arranco un trozo de carne.

—Vamos a ver si puedes —dijo él. Era mejor oponer resistencia al mocoso. Los vampiros se deleitaban con la debilidad, olfateaban al cordero cojo.

Nick gruñó, pero Rodrigo pudo ver que su impulso de atacar se estaba evaporando. El chico era estúpido, pero no *tanto*. Rodrigo no había pasado tantos años al servicio de un vampiro siendo amable. Los matones que trabajan para los vampiros no son dulces ni cariñosos. Eso sí, a Rodrigo no le gustaba ensuciarse las manos, nunca le había gustado, pero a la hora de la verdad era muy capaz de cortarle la cabeza a un pendejo con un machete.

El chico lo sabía y, si lo había olvidado, acababa de recordárselo.

—Vete a la mierda —murmuró Nick. El chico se sentó en su cama y comenzó a hurgar en ella, probablemente en busca de caramelos.

—¿De todos modos, qué has hecho hasta ahora? No sabes dónde está.

—No tengo las coordenadas de Atl *aún*. —Rodrigo recalcó esta última palabra, sintiendo que debía hacer hincapié en eso—. Es escurridiza. Pero tengo listo un equipo de personas. Podrán traerla una vez que la encontremos.

—Sigo diciendo que no necesitamos ningún estúpido equipo. Deberíamos ser capaces de atrapar a una chica.

—Ya cometimos ese error antes, ¿no?

Sonrió, recordando la mirada de Nick cuando la «chica» le propinó una buena patada. Nick era joven y se curaba rápido, pero no se podía negar que Atl había infligido un gran daño a aquel mocoso engreído. No era tan fuerte como Nick, pero lo que le faltaba en fuerza bruta parecía compensarlo en agilidad.

Rodrigo apartó una botella de refresco con la punta de su zapato y caminó alrededor de la cama, hacia la puerta.

—No importa. Deberíamos ser capaces de atraparla y matarla lo suficientemente rápido, si es que no lo jodes comiéndote chicas desconocidas.

CIERTAS COSAS OSCURAS   113

—Como sea —dijo Nick, metiéndose un chocolate en la boca.

Rodrigo sacó un cigarro y lo encendió, sintiendo su peso en los dedos. Fumó y no dijo nada durante un par de minutos, dejando que su silencio se asentara en la habitación. Nick lo miró, esperando. Rodrigo se quitó el cigarro de la boca. Un atizador al rojo vivo siempre es más frío que un atizador al rojo blanco. Cuando Rodrigo habló, no permitió que la áspera ira que lo había invadido minutos antes distorsionara su voz, sino que marcó cada frase con una ira al rojo blanco que quemaba aún más.

—Tu padre cree que estás preparado para esto. No estoy de acuerdo. No obstante, te ha encomendado una tarea. Pero también te ha encomendado a mí. A partir de ahora, exigiré total obediencia o acabarás con algo más que un sarpullido alrededor de la boca. Vuelve a dormir.

Nick lo miró fijamente e inclinó la cabeza, una serpiente momentáneamente domada. Rodrigo cerró la puerta de golpe y se quedó allí, saboreando su cigarro.

CAPÍTULO 12

Cuando Domingo regresó, ella aún no se había despertado. Su perro estaba sentado frente al armario. Levantó la cabeza y le gruñó.

—Tranquilo, Cualli —le dijo—. Solo necesito…

Pero el perro no quiso saber nada. Volvió a gruñir. Era un perro grande y muy fuerte y Domingo no quería acabar con un trozo de pierna arrancado. Se sentó en el borde de la cama durante una media hora, tratando de reunir el valor para llamar a la puerta del armario, antes de rendirse y retirarse a la cocina. Puso la tetera a hervir, se preparó un té y volvió a sentarse en la sala de estar. Estaba cansado y se quedó dormido al cabo de un rato. Soñó que estaba corriendo. Llegaba a una cerca de malla ciclónica rematada con alambre de púas y la escalaba —o la saltaba, no estaba seguro— con las manos sujetas al alambre. Las largas púas se le clavaron en la piel y la sangre le corrió por las palmas de las manos. Sin embargo, el dolor no parecía importarle.

Abrió los ojos y era de noche. Atl estaba de pie al otro lado de la habitación, mirándolo fijamente. Domingo se levantó y buscó con la mano el interruptor de la luz.

—¿Cuánto hace que has vuelto? —le preguntó ella. No la veía bien, estaba envuelta en sombras.

—Hace rato. No sabía si debía intentar despertarte. Tu perro me ha gruñido.

—¿Has hablado con él?

—Sí. No encuentro la luz...

Se acercó, tocando sin esfuerzo el interruptor. Llevaba la chamarra negra y los pantalones de mezclilla, que no eran negros, sino de un tono oscuro de gris. Monocromático, como los recuadros de las novelas gráficas. La chamarra amarilla del chico aportaba la única nota de color a la habitación.

Domingo entrecerró los ojos, adaptándose a la luz, y empezó a buscar entre su ropa. Sacó el trozo de papel que el vampiro le había entregado y lo levantó. Ella lo tomó.

—¿Esto es todo lo que te dio?

—Eso es todo.

Atl frunció el ceño. Su decepción era fácil de leer y Domingo se descubrió haciendo un gesto de dolor, tratando rápidamente de mejorar las cosas.

—Puedo volver a ir —ofreció.

—No, debería servir. Debería llevar a alguna parte —murmuró ella.

—¿Quieres té? He hecho un poco para mí. Puedo prepararte una taza.

—No.

Su perro entró a la habitación sin hacer ruido; Atl se agachó para rascarle la oreja y el dóberman miró a Domingo con sus pequeños ojos negros.

—Atl, ¿de quién huyes?

La forma en que ella lo miró, la forma en que levantó la barbilla y sus ojos se entrecerraron, le dijeron rápidamente que no debería haber preguntado.

—¿Por qué crees que estoy huyendo?

—Simplemente lo sé. Es un... no sé.

Pensó que debía mencionar el sueño, pero se calló por ahora. Podría empeorar las cosas. Ella ya parecía medio asustada.

—No voy a decírselo a nadie —dijo él en voz baja.

Atl se puso de pie y con ambas manos se echó el pelo atrás de las orejas. Sacudió la cabeza. Parecía... un poco ofendida. Pensó que no iba a decirle nada y entonces Atl se apoyó en la pared, con los brazos cruzados.

—Estoy tratando de escapar de unos narcotraficantes.

—¿No puedes llamar a la policía? —preguntó él, metiendo las manos en los bolsillos.

Tenía un paquete de chicles en alguna parte.

Ella se rio. A pesar de decir que era mayor que él y aparentemente mucho más madura, era una risa aniñada.

—¿Qué crees que harán primero? ¿Meterme en una jaula porque soy una vampiresa o porque soy narco?

—¿O sea que... *tú* vendes esas pastillas sintéticas y esas mierdas?

Pensó en las fiestas a las que había asistido y en las cosas al alcance de cualquiera. No mucho, para ser honesto. Era más probable que los niños de la calle estuvieran inhalando pegamento, disolvente y adhesivo para caucho que metiéndose cocaína. Pero de vez en cuando, acudía a una *rave* en un almacén escabroso. Allí, los chicos de clase media alta que se rociaban con pintura que brilla en la oscuridad se mezclaban con los niños de la calle y los pobres de las ciudades perdidas —los barrios más pobres entre los pobres, donde la gente vivía en casuchas hechas de lámina y cualquier cosa que pudieran encontrar—. Allí, también, a veces se encontraba un niño rico de las altas laderas de Santa Fe. Y ahí Domingo había conocido a chicos y chicas que se pasaban pastillas con nombres raros. Sueños carmesí. El caracol. Cuatro veces tres. Había probado una y no le había gustado. Lo había embotado demasiado y le había dejado la cabeza bofa. Domingo no tenía mucho más que su ingenio, así que, a su juicio, no podía jugar con eso. Y aunque pensara que podía, no tenía dinero para ello.

Sin embargo, por mucho que lo intentara, no podía imaginarse a Atl en una *rave*, con una bolsita de plástico llena de pastillas, vendiéndolas y contando el dinero antes de meterlo en el monedero que llevaba en la cintura. Parecía demasiado... ordinario para ella.

—*Yo* no vendo nada.

—No lo entiendo.

—Mi familia se dedica al tráfico de drogas. Dirigen —bueno, dirigieron— una operación ordenada durante años en el norte, suministrando drogas para los mercados de vampiros y de humanos. Muy lucrativo. Luego, hace unos años, otros grupos empezaron a instalarse en nuestra zona. Se puso... difícil.

Domingo recordó los titulares que aparecieron en los periódicos, los cintillos de noticias en movimiento en las pantallas del metro. Los vampiros narcos siempre se mataban entre sí en el norte. Eso era todo lo que se oía de ellos. Difícil. Claro.

—Bueno, hemos estado teniendo problemas con este tipo. Godoy. Uno de esos nuevos capos vampiros europeos que ha estado metiéndose en nuestras operaciones y agitando el avispero. Mi madre pensó que lo tenía bajo control... y luego la mataron.

—Santo cielo. ¿Así que te escapaste?

—Mi hermana me dijo que debía estar preparada. Miré por la ventana...

La voz de Atl se fue apagando. Se miró las manos, como si se estuviera concentrando, inspeccionándolas con detenimiento. De repente, levantó la cabeza y lo miró fijamente.

—Mataron a mi hermana, a mi familia. Fue entonces cuando hui. Ahora me darán un castigo ejemplar.

—Lo siento —dijo él—. ¿No los arrestará la policía, de todos modos?

—No lo entiendes.

Atl se bajó el cierre de la chamarra y la tiró al suelo. Luego le dio la espalda y se levantó la camiseta. Tenía un tatuaje entre los omóplatos. Parecía un pájaro con un largo pico, estilizado y extraño. Como las imágenes que había visto en su libro de historia cuando hablaban de los aztecas. Como la imagen de uno de esos códices.

—¿Qué es? —preguntó.

—El emblema de mi familia. El colibrí. No somos una pandilla de poca monta. No soy una mafiosa cualquiera. La policía no hará nada. Bueno, excepto, tal vez, matarme o encarcelarme. O encarcelarme y luego matarme.

Domingo extendió la mano izquierda, acercándose al intrincado dibujo, pero sin tocarlo. Atl se bajó la camiseta y le lanzó una mirada irascible. Él retiró la mano.

—Necesito encontrar un lugar con conexión a internet —dijo ella.

—Conozco un café donde no piden identificación —dijo él—. Eso es… este… eso es lo que quieres, ¿no?

Atl recogió su chamarra del suelo y asintió.

La llevó a la cafetería cercana a la basílica. La persona que estaba en la puerta les hizo un gesto para que entraran, tomando su dinero sin molestarse en comprobar su documentación. Incluso si alguien hubiera dicho algo, Domingo sabía que no harían falta más que unas pocas palabras para convencer a los empleados de que los dejaran usar una computadora.

—Eso ha sido fácil —dijo Atl mientras avanzaban por un estrecho pasillo, buscando una cabina vacía—. Pensé que se necesitaba una identificación para todo.

—No es nada del otro mundo. Se habla de que las identificaciones biométricas son súper necesarias y que los policías pueden pararte sin motivo para ver tus papeles, pero no hay pedo. La mayoría de las veces nadie me pide documentación. De todos modos, conozco los lugares donde nunca se molestan en preguntar.

—¿Por qué no lo hacen?

—Porque no soy importante —dijo encogiéndose de hombros—. Si fuera un superhéroe, mi poder sería la invisibilidad.

—¿Y qué hay del departamento de higiene?

—El departamento de higiene está buscando a los Cronengs. A ellos no les importo.

Domingo ni siquiera sabía por qué se molestaban en acosar a los Cronengs. No era que fueran a recibir un tratamiento médico adecuado; lo único que hacían era enviarlos a ese viejo convento de Coyoacán que habían convertido en un sanatorio de mierda y, si estaba lleno, los mandaban a Iztapalapa. Los Cronengs morían rápidamente, de todos modos. Andaban arrastrando los pies por la ciudad, con sus llagas y sus caras cansadas, mendigando monedas, y a nadie le importaba un carajo mientras no merodearan por las zonas bonitas.

—Pero los vampiros sí les importan —dijo Atl.

Domingo encontró una cabina y abrió la puerta. Era estrecha y olía a aromatizante barato, pero se apretujaron. Atl sacó el teclado y empezó a escribir.

—¿Qué estás buscando? —preguntó.

—El directorio telefónico. Mierda.

—¿Qué?

—Hay como cien Elisa Carreras.

Atl cerró la pantalla. Empezó a teclear de nuevo.

—Así está mejor —murmuró—. Solo hay una Elisa Carrera que hace traducciones.

Domingo se inclinó junto a ella, gesticulando con la boca la dirección.

—¿Cómo sabías que era traductora? —preguntó.

—Verónica Montealbán era traductora.

El monitor parpadeó, como objeto barato que era. Atl le dio un golpe con la palma de la mano y la imagen se estabilizó.

—¿Crees que se cambió el nombre?

—Sí. ¿Tienes un lápiz?

Domingo buscó en sus numerosos bolsillos y le entregó un lápiz y un trozo de papel. Atl anotó la dirección que aparecía en la pantalla y luego apagó la terminal. Apartó el teclado y abrió la puerta,

haciéndole señas a Domingo para que la siguiera. Ella se le adelan-
tó. Estaban a punto de llegar a la salida cuando alguien le tocó el
hombro a Domingo. El chico se dio la vuelta.

—¿Qué pasa, hombre? —preguntó Quinto—. Te perdiste mi
fiesta.

Era un buen tipo, Quinto. Unos cuantos años mayor que Domingo, pero aun así genial. Incluso tenía un corte de pelo genial,
rasurado a los lados y más largo en la parte superior, y llevaba un
bonito pendiente de oro.

—Oye, sí, lo sé —dijo Domingo—. Andaba corto de lana. Y he
estado ocupado.

—Qué pena. Belén estuvo allí.

Lo que significaba que el Chacal había estado allí. Lo que a su
vez significaba que a lo mejor era bueno que se hubiera perdido
todo el asunto, ya que el Chacal se la tenía jurada. No obstante, podría haber sido agradable ver a Belén.

Eh. No estaba seguro.

—Domingo.

Domingo se giró. Atl estaba parada cerca de la salida, en la
sombra. Dio un paso al frente con esa forma líquida de moverse que
poseía, elegantísima, y su rostro salió a la luz.

—Me voy —dijo ella, con las manos en los bolsillos.

—Este es mi amigo Quinto —dijo Domingo—. Esta es... este...
mi prima.

—Hola —dijo Quinto, con una sonrisa de oreja a oreja, mostrando los dientes—. ¿Cómo estás? Quinto Navarro. ¿Y tú eres?

—Su prima —respondió Atl, con el rostro serio.

Quinto se rio.

—¡Eres graciosa! Eso me gusta. Me encanta.

Quinto le sonrió. Domingo reconoció esa sonrisa. Quinto nunca
perdía una oportunidad para ligar con las chicas. Trabajaba en una
farmacia y podía conseguir fácilmente una variedad de pastillas, lo
que significaba que era popular en su barrio. También había ido a

la facultad de veterinaria durante dos años y operaba a los perros del Chacal cuando se lesionaban, lo que le daba un lustre extra. El Chacal ganaba la mayor parte de su dinero cobrando «cuotas» a los niños de la calle que lavaban los cristales en determinados cruces. Trabajabas para él y pagabas tu cuota. Si no pagabas tu cuota, el Chacal te hacía papilla a golpes y, como era un enorme gorila, a menudo con tres o cuatro gorilas a su lado, la cosa podía ponerse muy sangrienta. Así que pagabas. Pero el Chacal, que se enorgullecía de su perspicacia para los negocios y de su capacidad de diversificación, se había expandido con mucho gusto al mundo de las peleas de perros, porque era un gran aficionado a esa mierda.

—Qué ojos tienes —le dijo Quinto a Atl, y Domingo sintió como si se fundiera lentamente en las sombras, desapareciendo, mientras Quinto se centraba total y completamente en Atl.

—Vaya, gracias —dijo ella, pero su voz era indiferente.

Atl se apoyó en la pared y Quinto se inclinó un poco hacia ella. Trataba de parecer suave, haciéndole ojitos, lo que le funcionaba con las chicas que conocían. Domingo le había preguntado a Quinto cómo lo hacía y este le había dicho que era un encanto natural, momento en el que Domingo abandonó la idea de que los bombones suspiraran por él.

Atl se apartó y su expresión pasó de ser fría a ser totalmente gélida.

—Domingo, ¿nos vamos? —preguntó.

—Sí —dijo Domingo.

—Préstamelo dos segundos —dijo Quinto, guiñando un ojo a Atl y apartando al chico antes de que pudiera protestar.

—Tenemos un poco de prisa —explicó Domingo.

—No dijiste que estabas ocupado *ocupado*. ¿Quién es la chica? No me vengas con esa mierda de que es una prima. Sé que no es pariente tuya.

—Es una amiga, ¿de acuerdo? —dijo Domingo, llevándose las manos a los bolsillos y encontrando un chicle, que desenvolvió.

—Es una ricura.

Domingo refunfuñó un sonido suave que fue totalmente evasivo, y deseó que Quinto dejara de mirar a Atl como si fuera un corte de carne selecta. Lo hacía sentir avergonzado. Atl iba a pensar que los humanos de Ciudad de México eran miembros de una raza de trogloditas, que era una forma muy elegante de decir «cavernícolas» que había aprendido de una novela gráfica. Domingo no quería ser un troglodita. Simplemente sonaba desagradable.

—¿Cómo la conociste?

—Pues... paseando por el centro —dijo Domingo, metiéndose el chicle en la boca y masticando ruidosamente.

—Bueno, definitivamente deberías venir a mi próxima fiesta, ¿vale? Tráela. Me muero por acostarme con ella.

—No creo que seas su tipo —murmuró Domingo—. Nos vemos.

Caminó hacia Atl y salieron juntos del café. Afuera, un organillero estaba tocando su instrumento musical, girando una manivela y haciendo que un cilindro de metal escupiera una vieja melodía.

—Disculpa por eso —dijo Domingo—. No tenía planeado toparme con él.

—Es un pesado —dijo Atl.

Domingo masticó su chicle y la miró de reojo.

—Es buena onda. La mayoría de las veces. Una vez me prestó dinero cuando lo necesitaba, antes de que me dedicara al negocio de la basura.

Ella hizo una mueca, como si acabara de pisar algo desagradable. Domingo nunca se había avergonzado de su trabajo. Las cosas eran lo que eran y punto. Pero la expresión del rostro de Atl lo hizo sentirse... pequeño.

Domingo encontró una lata de refresco vacía y empezó a patearla por la calle.

—¿Cómo se metió tu familia en el narcotráfico? —preguntó.

—Empezaron en los años 40, con el cultivo de opio. Los estadounidenses lo querían y los sinaloenses lo cosechaban. Luego, en los 60, fue maría. Todo el mundo en los cerros la cosechaba. Pero era poca cosa. Fue en los años 70 cuando arrancó en serio. La cocaína estaba de moda. La gente ganaba mucho dinero. Al principio eran sobre todo humanos los que traficaban con cocaína, pero familias como la mía se interesaron en ello. Ahora los vampiros controlan el tráfico de drogas. Creo que el gobierno trató de limpiar Sinaloa en los años 70, pero entonces descubrimos una forma de sobrevivir, como siempre hacemos.

Atl sonrió con suficiencia y con las manos enguantadas se pasó un mechón de pelo por detrás de la oreja.

—Por supuesto, unos años más tarde, esos vampiros europeos se adentraron lentamente en nuestro territorio. Hijos de puta con botas de piel de serpiente y estúpidos sombreros de vaquero. Tipos como Godoy. Malditos Necros. ¡Colonizadores! Nada nunca es suficiente para ellos, ¡nada!

Necros. Grandes colmillos. Pálidos y flacos. Pelo en las palmas de las manos. Sonaban geniales, ya que —si creías en la televisión y demás— también solían tener ropa elegante y algún tipo de coche deportivo, lo cual era impresionante.

—Se supone que están buenos, ¿no?

—También son asquerosos —dijo Atl—. Te harán enfermar si entras en contacto con su sangre. Si te cogen, es lo mismo, conocerás la peor ETS de la historia. Literalmente te joden el cerebro.

—¿Como gonorrea o qué?

—No. Te obligan a hacer todo lo que quieren. Al final te mueres, pero no hasta que hayas acatado las órdenes de un pálido imbécil durante un tiempo muy largo. No funciona con otros vampiros, pero los humanos de verdad deberían alejarse de ellos.

—Oh —dijo Domingo. Eso no sonaba tan bien—. Bueno, al menos no puedes contagiarte. Aunque, ¿qué pasa si te comes a alguien que haya sido infectado por un Necros?

—Rechazaría la sangre. Es una regla de oro muy simple: sangre contaminada, vómito. Es como intentar tragar leche caducada.

—Qué asco.

Ahora estaban justo detrás de la antigua Basílica de Nuestra Señora de Guadalupe, donde se reunían vendedores ambulantes no autorizados para ofrecer velas, imágenes de la Virgen y trozos de hojalata con forma de brazo, corazón o pie que supuestamente curaban a los enfermos. En diciembre el lugar era simplemente imposible de recorrer, ya que cientos de personas se aglomeraban para presentar sus respetos a la Virgen. Aquella noche no estaba tan concurrida y los vendedores no tardarían en recoger sus cosas.

—Había algo escrito en internet —dijo Domingo—, algo sobre enfermedades entre vampiros. Eso significa que se enferman, ¿no? Se enferman por cosas distintas a la sangre contaminada, ¿no?

—Las enfermedades humanas no pueden matarnos, pero, por otro lado, los Necros no son humanos. En los tiempos de los aztecas, cuando los primeros Necros llegaron a nuestras costas, rápidamente propagaron enfermedades entre las poblaciones locales de vampiros. Muchos miembros de mi familia murieron simplemente por entrar en contacto con los Necros, lo cual redujo enormemente nuestra capacidad de lucha contra los invasores. Los gérmenes pueden ser mucho más efectivos que las espadas. Y luego está la cuestión de la sangre humana contaminada y las enfermedades que portaban los humanos europeos. ¿Qué podíamos comer si los humanos también estaban enfermos y muriendo?

Pateó la lata en su dirección y ella se la devolvió.

—Los Necros probablemente comieron demasiadas ratas en la Edad Media y por eso son tan mugrientos —dijo Atl—. *Nosotras* éramos guerreras.

—¿Qué clase de guerreras?

—Vigilábamos el templo de Huitzilopochtli. Éramos más bien una especie de guerreras-sacerdotisas —dijo Atl.

—¿No es eso, como... azteca?

—Sí, azteca —dijo Atl, riendo. Extendió los brazos—. Ciudad de México solía ser una ciudad de canales. La gente se desplazaba en canoas en lugar de por calles y había grandes templos en el centro. Y ahí era donde los míos solían vivir.

—Eso es genial. Ser un guerrero. Debe ser genial.

Domingo pateó la lata con demasiada fuerza. Esta se sacudió, rodó lejos de ellos y quedó bajo la mesa de un vendedor. Atl se quedó mirando.

—Sí que debe serlo —murmuró Atl.

Estaba parada frente a un puesto que vendía camisetas con la imagen de la Virgen, y él no pasó por alto la ironía de que esta fuera una vampiresa justo al lado de la basílica, justo al lado de un montón de rosarios y crucifijos y santos baratos de plástico. Ella parecía triste y él no tenía ni idea de si era por la charla sobre los suyos o tal vez porque los vampiros no se llevan bien con el catolicismo, pero quería arreglarlo.

—¿Quieres ver dónde vivo? —preguntó Domingo, y sabía que sonaba tonto, pero él no era suave como Quinto y otros tipos. Nunca sabía las palabras adecuadas ni las cosas correctas.

Atl no contestó. Seguía mirando la lata.

—Está muy cerca. Es la única razón por la que lo digo. Porque está cerca.

Unas cuantas paradas en el metro y estarían allí, en realidad no era nada. Atl finalmente levantó la cabeza para mirarlo.

—Una parada rápida —dijo.

Domingo la guio hacia el túnel, iluminando cuidadosamente el camino con su linterna. Era una caminata fácil, pero había que tener cuidado con las curvas del estrecho túnel y a veces los techos se hundían y si no te encorvabas un poco acababas con un gran chichón en la frente. Durante sus primeras semanas bajo tierra, eso era exactamente lo que había ocurrido. Ahora había mapeado los túneles y podía recorrerlos en completa oscuridad. Aun así, nunca estaba de más iluminar un poco ahí adentro, sobre todo con las ratas alrededor. Y, quién sabe, tal vez un vagabundo podría haberse colado. Domingo estaba seguro de que nadie más conocía estos túneles, pero había aprendido a tener cuidado.

—¿Qué es este lugar? —preguntó Atl, y pudo notar que estaba un poco asombrada.

Se felicitó por haber decidido cambiar de aires.

—Hay algunos túneles alrededor del centro. Alguien me dijo que los usaban los curas y las monjas o los guerrilleros, no estoy seguro.

—¿Cuándo?

—Hace mucho tiempo, no sé —dijo. Su conocimiento de estas cosas, como de tantas otras, era parcial.

Ella miró hacia el techo del túnel. El agua goteaba a su alrededor, deslizándose por pequeñas grietas. Hacía frío y estaba húmedo abajo, pero a Domingo no le importaba, se ponía o se quitaba capas según fuera necesario.

—¿Cómo lo encontraste? —preguntó.

—Estaba buscando una estación fantasma.

Atl se rio, su voz resonó a su alrededor.

—No como los fantasmas que dan miedo. En serio. Se supone que aquí abajo hay estaciones abandonadas. Hay una que usan los soldados, como una estación secreta. Y una está cerca de un lago subterráneo. Pero nunca he encontrado el lago.

Saltó sobre un charco y se dio la vuelta para ofrecer la mano a Atl, pero ella no necesitó ayuda y lo esquivó con la facilidad de una bailarina, aterrizó junto a él y le dedicó una sonrisa de satisfacción.

—Probablemente no exista —dijo ella.

—Bueno, no estoy seguro. Hay todo tipo de cosas raras debajo de la ciudad. Conozco a un tipo que dijo que una vez habían encontrado una bolsa abandonada en uno de los convoyes y que había un feto humano adentro. Y hay ratas. Hay una rata enorme que ronda cerca de La Merced. Es más grande que un perro.

—Quizá sea un perro.

—Tiene ojos amarillos y brillantes.

—Bueno, entonces, eso es una evidencia científica —dijo Atl, sonando divertida.

—Suenas realmente escéptica para ser una vampiresa.

Ella sonrió con satisfacción una vez más.

—Probablemente sea porque soy una vampiresa.

Llegaron a los aposentos de Domingo y él se apresuró a entrar, iluminando rápidamente la habitación con varias de sus linternas. Tenía muchas cosas, pero intentaba mantener el orden. Estaba su pila de ropa, una pila de plásticos, una pila de viejas piezas eléctricas. Atl se dirigió a la pared cubierta de ilustraciones de libros y revistas. Eran recortes al azar. Chicas bonitas mezcladas con dibujos divertidos. Recuadros de Tarzán suspendidos junto a una postal de un océano pintado, que era lo más cerca que Domingo había estado de una playa.

Atl se inclinó para mirar la imagen de la vampiresa con el vestido blanco y él notó que se sonrojaba, sintiéndose tonto.

—*La amante de Drácula* —dijo ella, leyendo el título en voz alta—. Qué gótico.

—Yo... yo he leído cómics sobre vampiros de ese tipo —dijo él, frotándose la nuca con la mano izquierda—. Los que se convierten en neblina. Por supuesto, tú no te conviertes en neblina.

—Nadie se convierte en neblina. Eso solo son cosas que les dicen a los niños para vender mierda.

—Suena genial —dijo Domingo—. Además de todo el harén.

Los vampiros de las historias eran extremadamente ricos. Podían vivir en castillos y tenían muchos sirvientes. Eran fascinantes. Y tenía que haber algo de cierto en las historias porque Atl sí tenía dinero y no era ni por asomo fea.

Atl se sentó en una silla de plástico y se echó hacia atrás, estiró las piernas y sus labios se curvaron en una sonrisa despectiva.

—¿Un harén?

—Los vampiros tienen un montón de chicas guapas. Drácula tiene tres, cuatro, probablemente más que eso. Lavud también tiene algunas. Tus hombres vampiro, los que son como tú, deben ser buenos con las mujeres.

—No hay hombres vampiro como *yo*. Los hombres de mi subespecie no cambian de forma, son más débiles y viven menos tiempo que las mujeres. Supongo que podríamos llamarlo un trastorno ligado al sexo.

—Oh. Pero aun así, quiero decir, ¿tienes a un hombre en casa?

—No —dijo Atl, levantando una novela gráfica y hojeándola—. Ni tampoco vampiresas.

Domingo se sintió mejor al oír eso. Por un momento había temido que hubiera un vampiro grande esperándola, con una capa. Bueno, tal vez no una capa. Una chamarra de cuero. Aunque le costaba creer que los hombres vampiro o, ya sabes, las vampiresas, no estuvieran encima de ella.

—Sí. Sé lo que es. Antes tenía novia, pero ya no —le dijo, porque supuso que eso era lo más sensato que podía decir. Intentaba asumir una actitud «distante» y «sofisticada», como decían en las revistas.

Atl estiró los brazos hacia arriba, como si quisiera alcanzar el techo, y bostezó, ladeando la cabeza.

—Oye, que quede claro: no estoy buscando novio. Y menos uno humano.

—No quería decir eso —tartamudeó Domingo.

Aunque quizá sí que había querido decir un *poco* eso.

—Por si acaso —dijo ella, mirándolo fijamente.

Un silencio incómodo se apoderó de ellos, justo cuando creía que su conversación había tomado ritmo. Domingo se mordió el labio inferior, rompiéndose la cabeza para encontrar algo que decir. Algo para que Atl echara marcha atrás, algo que fuera interesante.

Domingo quería ser interesante, pero no tenía mucho que decir. Podía hablarle de la basura, de cómo funciona el negocio de ser recolector de basura, de cómo encuentras cosas y las vendes como chatarra. Era lo único de lo que realmente sabía mucho. Eso, y los cómics. Porque sus historias sobre la estación fantasma y la rata enorme no parecían interesarle.

Quería contarle algo que no lo hiciera parecer un niño. Pero todo lo que compartía con gente como Quinto eran chistes verdes, comentarios sobre tal o cual chica sexy de cualquier programa; una charla inútil que ella seguramente desestimaría.

—¿Has matado a alguien? —espetó.

—Basta —dijo Atl, levantándose—. Bueno, ya he hecho tu visita. Debería volver a mi departamento.

—O podrías quedarte aquí —dijo Domingo—. Puedes usar mi cama.

Técnicamente era un colchón en el suelo, pero pensó que contaba como cama. Incluso tenía cobijas que hacían juego, de color verde oscuro.

—Me voy a mi casa.

—Vale —dijo Domingo—. Solo quiero tomar unos cuantos cómics y...

—Quédate aquí por ahora.

—¿Para qué? Pensaba que necesitabas mi ayuda, mi sangre.

—Y un poco de chingado espacio para respirar —dijo Atl, irritada—. Ven a buscarme cuatro horas antes de la puesta de sol, ¿de acuerdo?

La acompañó de vuelta a la entrada que habían utilizado, que conducía a un edificio abandonado. Atl se escabulló sin decir nada ni mirarlo. La vio alejarse con las manos en los bolsillos.

CAPÍTULO 13

Cuando era niña, a Ana le gustaba ver películas de vaqueros con su abuela. Había una simplicidad en ellas que la atraía: los tipos buenos ganaban. Siempre quiso ser un tipo bueno. O una tipa. Por eso ingresó al cuerpo de policía. Por desgracia, la vida real no es como en las películas. ¿Toda esa basura de Hollywood donde tienen tecnología súper avanzada y policías limpios y heroicos? No es cierto. Por supuesto, cuando se puso el uniforme por primera vez pensó que iba a limpiar mágicamente al cuerpo policial desde adentro. Esas esperanzas se habían desvanecido en Zacatecas, pero aún quedaba un tenue resquicio de heroísmo.

Ciudad de México, le habían dicho, era diferente. Estaban reformando el cuerpo de policía allí. Antes, las mujeres solo podían aspirar a ser policías de tránsito o pertenecer a las increíblemente machistas Damas Auxiliares, que se dedicaban principalmente a visitar las escuelas públicas y a contar a los niños lo divertido que era ser policía. Pero no en la *nueva* policía de Ciudad de México: iba a ser un cuerpo policial moderno y de vanguardia. Se requerirían mujeres. En especial mujeres como Ana Aguirre, una policía con sólida experiencia en Zacatecas y una carta de recomendación. *Detective* Aguirre sonaba bien. Al menos no había vampiros en Ciudad de México. Era más segura, menos violenta, y con los narcotraficantes a los que había atrapado, Ana no había hecho muchos amigos en el mundo del narco.

Resultó ser un montón de mierda. Tenían manuales impresos con terminología adecuada en función del género y demás, pero los detectives seguían llamando «maricones» a los hombres homosexuales, «perras» a las mujeres y, si violaban a una «dama», la primera pregunta era qué había hecho para incitar el crimen. Lo peor era que nadie quería a Ana allí. Castillo simplemente la detestaba. En Zacatecas, Ana había sido tolerada, si no totalmente aceptada, porque había demostrado ser útil. La mayoría de los otros policías no tenían ni idea de cómo lidiar con los vampiros y no querían aprender a hacerlo. Ana estaba dispuesta a adentrarse en los barrios con una alta concentración de vampiros, estaba dispuesta a interrogar a los sospechosos que hacían que sus colegas se orinaran encima y podía arreglárselas sola si algún puto enfermo decidía que quería darle un mordisco.

Fue su abuela quien le enseñó eso. La anciana había vivido la Revolución Mexicana y aún en su vejez era una excelente tiradora. Campesina, la abuela de Ana Aguirre había sido expuesta a mucho folclore y superstición. Parte de ello se refería a los vampiros y resultó que sus historias eran exactas. Y ocurrió que, mientras otros seres humanos en todo el mundo habían crecido aislados de estos relatos, habían olvidado la mayoría de ellos y se habían encomendado a la modernidad, la abuela de Ana Aguirre no lo había hecho y había podido prodigar sus conocimientos a su nieta.

Sin embargo, en Ciudad de México no se valoraba el conocimiento sobre los vampiros. Aquí no era más que una vieja molesta, con mechones plateados en el pelo a medida que se acercaba a los cincuenta años, alguien a quien mangonear en lugar de respetar.

Aun así, intentaba hacer lo correcto. Cuando pasó por delante de su escritorio, tiró su gabardina en la silla y se dirigió a toda prisa hacia la oficina de Castillo, saltándose su habitual cigarro. Este le hizo un gesto para que entrara; no parecía muy contento de verla.

—Muy bien, Aguirre, ¿qué quieres hoy? —le preguntó.

—Ese caso, la chica atacada por un vampiro detrás del antro —dijo ella, sin molestarse en sentarse. Sabía que iba a ser una conversación breve.

—Sí, sí. ¿Qué pasa con ella? Luna dice que probablemente sea un vampiro drogadicto que se volvió loco. ¿No tuvimos un par de esos mordiendo a un idiota en San Ángel o algún lugar así?

¿Luna? Qué sabía Luna, no podía distinguir su verga de su pulgar. Un vampiro drogadicto podría haber sido un candidato ideal en las afueras de la ciudad, no justo en medio de la Condesa. Si los humanos drogadictos eran malos, los vampiros drogadictos eran tres veces peores. Simplemente no podían controlarse. Un vampiro drogado con Lágrimas de Medusa o con la droga del día no habría pasado inadvertido.

—Creo que es un vampiro narco del norte. De hecho, dos vampiros. Necros contra Tlahuelpocmimi.

—¿Y están en Ciudad de México para qué, para ir a pasear por la Alameda y tomar un helado? —preguntó Castillo, reclinándose en su silla y entrelazando las manos.

—No lo sé.

—Bueno, ¿y qué sabes?

—Sé que hay un vampiro llamado Nick Godoy y que tiene un tatuaje igual al que tenía el chico que bailaba con la chica muerta. Si le dijeras a Mecía que me echara una mano para no estar sola en esto y tal vez si los forenses realmente procesaran la evidencia durante este siglo, tal vez...

—Aguirre, Mecía está ocupado. Hay algo más que prostitutas muertas de Santa Julia de lo que ocuparse, ¿te das cuenta?

—¿Qué más da de qué colonia era? —preguntó Ana.

Pero claro, Ana ya sabía la respuesta. Una chica muerta de un barrio peligroso que había ahorrado sus centavos para poder salir una noche en la ciudad —y que tal vez se prostituía, no solo se divertía, como dijo Castillo— no podía obtener celeridad ni mucha atención.

—Aguirre, los dos sabemos que este drogadicto se debe haber ido de aquí hace tiempo. Haz el papeleo y ciérralo, ¿de acuerdo?

Castillo tomó su minitableta, que estaba encima de una pila de carpetas, y empezó a pasar el dedo índice por ella; la reunión había concluido aparentemente. Ana se detuvo junto a la puerta y lo miró, escuálido hijo de puta con su corbata barata y su soberana indiferencia. Cerró la puerta de golpe, lo que le dio una pequeña satisfacción.

En la estación del metro Tacuba, Ana vio cómo dos docenas de policías —llamados «Robocops» porque llevaban uniformes superpesados, más propios de una vieja película de Schwarzenegger o de Stallone que de otra cosa— sacaban sus macanas y empezaban a moler a golpes a un grupo de vendedores ambulantes ilegales que vendían sus productos cerca de las escaleras. El gobierno local de la ciudad estaba tomando medidas enérgicas contra los vendedores ambulantes y los vagoneros, y esto a su vez significaba reventar cráneos. Claro, lo llamaban «reubicación», pero no implicaba eso, y de todos modos los vendedores siempre volvían. Supuso que los Robocops que golpeaban a la gente a diestra y siniestra estaban allí para ajustar cuentas o para dar una lección personal y no por asuntos oficiales, porque normalmente el método que empleaban para ahuyentar a los vendedores era lanzarles gases lacrimógenos.

Ana siguió caminando. Afuera había más vendedores establecidos en puestos que ocupaban la mayor parte de la acera. Como no tenían acceso a tomas de corriente adecuadas ni llevaban generadores, robaban energía de los postes públicos de luz. Como resultado, los postes de las esquinas estaban inclinándose precariamente hacia un lado, bajo el peso de un sinnúmero de cables, aunque nunca llegaban a caer al suelo.

La competencia en Tacuba era feroz y por la noche cada puesto parpadeaba con luces navideñas, focos, diminutos carteles de neón, la música a todo volumen y las voces elevándose. Había vendedores que ofrecían nueces y frutos secos, audífonos, lápices y rotuladores, chicles, barritas de avena. Había DVD y videojuegos ilegales para niños junto a un puesto dedicado a la pornografía dura. Era difícil caminar por Tacuba con la marejada de gente y puestos, pero Ana era alta y fuerte y se imponía incluso sin el uniforme, por lo que la mayoría de la gente se apartaba prudentemente.

Cortó por la izquierda, tomó una calle lateral y luego se metió por un callejón hasta dejar atrás el bullicio de los vendedores ambulantes y continuar por calles más tranquilas. Pasó por delante de una tienda de piñatas y una barbería hasta llegar a un pequeño edificio verde, con la pintura descarapelada y una gran pirámide de neón que indicaba que había llegado al Centro de la Fe Unificada. México seguía siendo decididamente católico y la mayoría de los fieles de Tacuba rendía culto en la anticuada parroquia San Gabriel Arcángel, un gran edificio de piedra que alguna vez sirvió de monasterio. El Centro de la Fe Unificada, sin embargo, era una de las muchas iglesias *new age* que estaban surgiendo por todo el país. Las iglesias apocalípticas y el culto a la Santísima Muerte atraían a numerosas multitudes, pero estos tugurios *new age* también tenían sus devotos.

Ana pensó en fumarse un cigarro, pero de nuevo no traía encendedor. La puerta principal decía ENPUJE [sic] PARA ABRIR y Ana lo hizo con un suspiro. El interior del templo era tan poco impresionante como el exterior. Flores de plástico y tiras de luces constituían la decoración principal, con un gran tapiz dorado que mostraba una pirámide, colgado detrás de un podio vacío. Los fieles se sentaban en sillas de plástico e inclinaban la cabeza, y por un par de altavoces se escuchaba una música con un ligero e inauténtico aire a Oriente Medio.

No había mucha gente. Ana siguió las indicaciones, encontró una puerta lateral y subió al segundo piso. Ahí la recibieron un par de hombres jóvenes de aspecto hosco con chamarras rojas, quienes la condujeron a un pasillo y a una gran sala empapelada en dorado y rojo, con una elaborada alfombra persa en el suelo y una ondulante tela roja colgando del techo. En un rincón, un viejo ventilador gemía mientras hacía girar sus aspas, cansado y descontento.

En el centro de la habitación se había colocado un sofá mullido, y una mujer vestida con una bata de terciopelo rojo estaba tumbada ahí mirando hacia el techo. Un joven estaba sentado en el suelo intentando desgranar una granada. Detrás del sofá estaba Kika, fuera de lugar con un vestido de cóctel y tacones. Había otros, por supuesto: hombres de pie en un rincón, los chicos que la habían escoltado, un tipo que se paseaba junto a las ventanas.

—Bienvenida, detective Aguirre, es muy amable de su parte pasarse por aquí con tan poca antelación. ¿Quiere tomar algo? —preguntó la mujer.

—No me quedaré mucho tiempo —respondió Ana.

La mujer se movió en el sofá y se incorporó, mirando a Ana. Parecía estar cerca de los sesenta años, pero Ana sabía que era más joven que ella. Valentina Saade había dirigido Profundo Carmesí durante casi veinte años. Había sido la novia del anterior cabrón que dirigía la organización criminal, en la época en la que esta no era realmente nada del otro mundo. Un día debió de cansarse de ser el saco de boxeo personal de alguien y le cortó la verga. Desde entonces dirigía Profundo Carmesí, probablemente porque nadie quiere meterse con una señora que está dispuesta a cortarte la verga con un cuchillo oxidado, y también porque tenía mucho sentido común. A lo mejor era un poco de ambas cosas.

—Pero al menos debes tomar una copa. —Valentina chasqueó los dedos e hizo un gesto al joven que estaba a sus pies—. Trae un par de copas y el tinto.

—No, de verdad...

—Cálmate, cariño, no estás de servicio.

Valentina sonrió, mostrando a Ana un diente de oro.

—Curiosa fachada la que tienes aquí —dijo Ana, mirando una gran pirámide de cristal que estaba junto a una ventana abierta, al lado de un par de plantas en maceta.

—Tengo muchas inquietudes espirituales. Todo el mundo las tiene. Estoy segura de que te has dado cuenta de la situación mundial. Todas las enfermedades que nos afligen: cepas de gonorrea y tuberculosis resistentes a los medicamentos, esa horrible enfermedad de Croneng, los casos de esterilidad cada vez más frecuentes, la violencia desenfrenada en las calles.

—Sí, una pena.

—Me refugio en mi fe, en esta santa morada. Excepto que recientemente he sentido que hay quienes podrían violar mi santuario: vampiros, detective Aguirre. Vampiros entre nosotros. Es una afrenta. La Condesa es mía.

Tacuba, Condesa, Popotla, Verónica Anzures: todas esas zonas eran territorio de Profundo Carmesí. Con los vampiros controlando las drogas afuera de la metrópoli, alguien tenía que proveer la mercancía dentro de la ciudad. Profundo Carmesí traficaba mucha marihuana gracias a sus excelentes sistemas hidropónicos, pero los artículos de precio más elevado eran las drogas sintéticas. Gran parte de sus ingresos también procedían de robos, secuestros y extorsiones comunes y corrientes. Las pandillas más pequeñas del metro, compuestas por adolescentes, solían estar bajo el auspicio de estos grupos criminales más grandes, aunque había algunos con espíritu emprendedor que actuaban en solitario.

—Tal y como le dije a tu amiga aquí —dijo Ana, fijando sus ojos en Kika—, me encantaría ver cualquier información que puedas tener que me ayude a resolver mi caso.

—Vamos, que no tienes un caso. No lo tenías ayer y no lo tendrás mañana, no sin nosotros. Tenemos que trabajar juntas.

El joven había vuelto con dos copas para Valentina y Ana. Ana negó con la cabeza, rechazando la bebida. Valentina no tuvo esos reparos; tomó la copa y bebió largamente. El joven se instaló de nuevo a sus pies.

—Soy policía —le dijo Ana.

—Y una buena. Kika está impresionada con tu historial en Zacatecas.

—Ocho vampiros muertos —dijo Kika, sonriéndole a Ana.

—Yo no anduve por ahí cazando vampiros. Esos vampiros murieron porque no sabían el significado de las palabras «esposas» y «arresto».

Ana siempre se había enorgullecido de ser más John Wayne que Clint Eastwood. No le encantaba disparar a gente al azar, como si estuviera eufórica por protagonizar su propio *spaghetti western*. A algunos cabrones sí que les gustaba. Se convertían en policías porque podían dar rienda suelta a su deseo de disparar a desconocidos, pero la abuela de Ana había sido muy clara: no hay que desperdiciar las balas sin ninguna necesidad.

—La cuestión es que murieron, detective. Eso es exactamente lo que quiero: vampiros muertos. Seguro que Kika le comunicó este propósito. Tenemos recursos. Tenemos armas.

Valentina le hizo una seña a Kika.

—Podríamos ofrecerte algún tipo de compensación por las molestias —dijo Kika, caminando despreocupadamente alrededor del sofá y entregándole a Ana una pequeña tarjeta.

Ana la tomó y se quedó mirando los números. La palabra «bono» estaba subrayada. Santo cielo.

—Ni siquiera tienes que matarlos. Puedes ser consultora —dijo Kika—. Sin duda el dinero más fácil que has ganado.

Ambas mujeres le sonrieron. El chico a los pies de Valentina siguió trabajando en la granada. Ana apartó la vista y fijó la mirada en la pared con un dibujo de frutas y vides.

—Las dos queremos lo mismo, detective. Queremos unas calles más seguras —dijo Valentina—. Ciudad de México es un oasis.

—¿Estás sugiriendo que te ayude a asesinar a dos personas?

—Dos criminales. Kika, ¿tienes la información?

La mujer más joven tomó una tableta y se la ofreció a Ana. Una foto de un cadáver. Ana pasó a la siguiente. Cadáveres y más cadáveres. Varios estaban carbonizados, irreconocibles. Una mujer. Salpicaduras de sangre y vísceras.

—¿Qué estoy viendo? —preguntó Ana.

—El futuro —dijo Valentina—. Ellos hicieron esto.

—¿El chico Godoy y la chica Iztac hicieron esto?

—Godoy mató a la madre de Atl Iztac. Su clan tomó represalias. Estos son los resultados. Has visto a la chica que el vampiro mató detrás del club nocturno. Ese es el comienzo. ¿Cuántos cadáveres más quieres arrastrar a tu morgue?

Ana volvió a mirar la pantalla. Bajo la presión de sus dedos, una parte de la foto que estaba mirando parecía distorsionarse. Sentía la boca seca.

—¿Qué te parece esa copa ahora, detective?

Valentina estaba jugando con el tallo de su copa, en tanto que Kika había sacado un cigarro y estaba soplando anillos de humo. Se preguntaba cómo se había involucrado esta chica con Profundo Carmesí; a Ana le parecía demasiado pueril, como una niña jugando a ser gánster.

Entonces pensó en Marisol y frunció el ceño.

Ana quería una vida mejor para las dos. Desde luego, quería que esos dos vampiros narcos salieran de las calles. No le interesaban más asesinatos al azar. Los miembros de Profundo Carmesí no eran unos santos, pero a quién pretendía engañar, tampoco era que los policías fueran mejores. A Castillo le importaba una mierda.

Al carajo.

—«Consultora» es la palabra adecuada —dijo Ana, hablando rápidamente—. No voy a traerte a esos dos. Yo vigilo, tú pones a los matones. Y necesito la mitad por adelantado, esta noche.

—Dame el número de cuenta y puedo iniciar la transferencia —dijo Valentina—. ¿O prefieres un simple maletín como en los viejos tiempos?

—Una transferencia bancaria está bien. Desde una cuenta discreta, espero.

—No se me ocurriría de otra manera. Kika, querida —dijo Valentina, levantando una mano y haciendo un lánguido movimiento.

La joven sonrió y tomó la tableta de las manos de Ana, jugueteando con la pantalla y devolviéndosela. Ana introdujo los números necesarios. Entonces la joven pulsó un botón. Así de simple estaba hecha. Ana nunca había deseado tanto un cigarro en su vida, pero al mismo tiempo se sintió casi aliviada.

—Armas, ¿has pensado en eso? —preguntó Ana.

—Lo que necesites —dijo Valentina.

—No puedes matar a un vampiro con balas. Tu mejor opción es una picana —dijo Ana.

—¿Eso funciona? —preguntó Kika, sonando interesada.

—Los aturde, claro. Los vampiros son más fuertes y ágiles que nosotros, pero son muy sensibles a ciertos estímulos. Una serie de sustancias químicas les provoca algo parecido a un shock anafiláctico. Algunos lo sufren al entrar en contacto con cosas tan inocentes como el ajo. Para el tipo de esta chica, es el nitrato de plata. Seguro que puedes conseguir dardos con eso. Los teníamos en Zacatecas.

—¿Y el chico?

—No estoy segura de que haya algo que realmente pueda derribar a un Necros con fuerza, excepto la luz del sol. Puedes ahumarlo un poco con luz ultravioleta, pero no lo matará. Las cuchillas de plata lo joderán. Las balas también pueden causarle algún daño, pero no deberías creer las mentiras que se dicen en internet. Un disparo, ya sea con una bala bendita o no, no matará a un vampiro por sí solo.

—Sabes lo que haces.

Ana pensó en los años que pasó tratando de mantener el orden en Zacatecas y en los numerosos vampiros que había encontrado. Sí, sabía lo que hacía. Tenía una fascinación morbosa por los chupasangres, sin duda.

—No cometas el error de pedir balas de plata de verdad —añadió Ana—. El plomo, recubierto de plata, servirá. La plata pura es terrible, las balas son menos precisas. Y si no puedes conseguir balas recubiertas de plata, no te preocupes demasiado. Los dardos son lo que debemos tener en la mira.

—Necesitaremos unos días —dijo Valentina.

—Bien. Mientras tanto, buscaré a sus vampiros —respondió Ana.

—Deberíamos brindar, por...

—En otro momento, gracias —respondió Ana.

Bajó las escaleras sin despedirse formalmente de Valentina. Cuando llegó a la calle se detuvo junto a la puerta principal del edificio, escuchando el zumbido del letrero de neón. El ruido de los tacones la alertó de la presencia de Kika antes de girar la cabeza.

—¿Por qué tanta prisa, detective? —preguntó la mujer, deslizándose junto a ella.

—Tengo trabajo que hacer, ¿no es así?

—Entonces necesitarás esto.

Kika le entregó un sobre grande. Ana lo abrió y vio que había fotos adentro. Fotos de Atl y de Nick. También copias de las imágenes que había visto en la tableta, el desfile de cadáveres.

—Si conseguimos algo más te avisaremos —dijo Kika—. Por ahora eso es todo, solo unas bonitas fotos y un poco de antecedentes de ambos.

—Gracias.

—Puedo pedirte un coche. Va a llover.

Podía oír la débil y fea música del interior del templo, que se filtraba hacia la calle. Ana negó con la cabeza.

—Me arriesgaré —respondió.

CAPÍTULO 14

Cualli estaba en la puerta, esperándola. Frotó la cabeza del perro y le echó comida en su plato antes de meterse a la ducha. Atl miró los azulejos del baño con asco. Había restos de moho oscuro entre ellos. Supuso que no debería quejarse. Después de todo, el edificio tenía agua corriente. No obstante, era una cosa más que despreciar de esta maldita ciudad.

Permaneció mucho tiempo bajo el chorro de agua caliente. Le recordaba un poco al temazcal, a su casa, y eso hizo que sus labios se curvaran en una sonrisa.

Atl se secó el pelo con una toalla y frotó la palma de la mano contra la superficie del espejo. Nadie podía acusar a los vampiros mexicanos de ser pálidos, pero había otras señales comunes que los identificaban. El enrojecimiento de los ojos era el más evidente. Aparecía lentamente, por falta de alimento. Un enrojecimiento al principio, y luego sus ojos se volvían más sanguinolentos hasta que estaban completamente rojos. Ojos de ratón. Ojos de Mickey, como decían de broma.

Ahora distaban de eso. Pero las ojeras habían vuelto. Movió la cabeza lentamente, intentando averiguar si parecía demasiado delgada. Pero no. Estaba bien.

Necesitaba alimentarse más a menudo. Los vampiros no podían vivir de tentempiés. Pero si se volvía demasiado codiciosa, dejaría seco a Domingo y entonces desaparecería su reserva de sangre. No era una maldita Necros que no podía controlar su apetito. Solo que... estaba acostumbrada a la indulgencia excesiva.

Pensó en la sonrisa bobalicona de Domingo y en su pelo oscuro sobre los ojos, en su cuerpo huesudo y en sus largas extremidades. Esa tonta pregunta sobre un novio...

Era ridículo —casi doloroso— ver a Domingo desviviéndose por complacerla. Dios, era tan malditamente... ñoño. Si le pusiera una pistola en la mano, probablemente mataría a alguien por ella sin chistar. Que era exactamente lo que ella necesitaba. Aun así, esto hizo que Atl sacudiera la cabeza. Hizo que le dieran ganas de gritarle, de exigirle que se espabilara. Era demasiado ingenuo, un rasgo que ella no apreciaba mucho, aunque debía admitir que su falta de astucia tenía cierto encanto.

Además, no es feo, pensó.

Su hermana se habría reído si hubiera escuchado eso. Izel decía que los humanos eran el equivalente a los neandertales comparados con los de su propia especie.

Sería como si Miranda se acostara con Calibán, caviló, e inmediatamente se arrepintió de haber pensado eso. Algunos Necros se acostaban con humanos, pero no era lo correcto. Era el equivalente al pueblerino que, carente de gusto, mastica con la boca abierta y llama a grito pelado al mesero.

Atl se preparó una taza de té y se sentó en la cocina, chupando terrones de azúcar. Se sentía sola. No quería un novio, tal y como le había dicho, porque eso sonaba estúpido y nunca había tenido uno. Cuando se acostaba con alguien era rápido y fácil, y no necesitaba que se quedaran por ahí después. Además, cualquier interés a largo plazo sería visto como favoritismo, como una forma de luchar por el poder dentro del clan. Ella no daba esa oportunidad a la gente. Sin embargo, Atl estaba acostumbrada a pertenecer a algo, a ese gran clan. Nunca estaba sola. Había un enorme hueco dentro de ella y deseaba aferrarse de verdad a algo, a alguien. Aunque fuera un humano. Siempre y cuando ese alguien fuera amable y la hiciera olvidar. Domingo sería amable, pensó. Amable y suave, y el mundo era demasiado duro.

Se imaginó a Izel susurrándole al oído. *Te has enganchado, ¿verdad? Estaría un escalón por encima de cogerse una oveja, eso seguro.*

De verdad, pensó, poniendo los ojos en blanco. *Te mueres y sigues dándome consejos en mi cabeza.*

Porque lo necesitas.

Lo que necesitaba era dormir. Un poco más e iba a empezar a alucinar que Izel estaba sentada a su lado. Las conversaciones incómodas con tus parientes fallecidos deberían reservarse para el Día de Muertos o para una noche de borrachera.

Atl sintió frío, otro efecto secundario de la falta de sangre. Se dirigió a la recámara, se puso la chamarra y tomó la cobija del suelo. Se metió en el armario, se acurrucó en el suelo y se envolvió en la cobija. El reloj de Domingo estaba en un rincón. Su suave tictac era agradable. Contó en su mente mientras la manecilla daba vueltas.

Los golpes en la puerta del armario la despertaron. Abrió la puerta y miró a Domingo, quien le esbozó una sonrisa nerviosa en la oscuridad de la habitación. Su rostro estaba medio oculto por su mata de pelo castaño.

—Ya estoy aquí.

—Bien —dijo Atl, alcanzando y tomando el reloj antes de salir del armario. Lo metió en uno de los bolsillos de su chamarra.

La habitación parecía más fría. Atl se mordió el labio, preguntándose si pronto le darían escalofríos. No quería que le dieran en la calle. La gente podría pensar que era una Croneng, supondrían que padecía esa estúpida enfermedad.

Atl se quedó junto a la ventana, tratando de ver cuánta luz había. ¿Y si posponía la visita?

—Siento lo que dije.

—¿Qué?

—Te ofendiste. Solo pregunté si habías matado a alguien porque... no sé. Es... este... el tipo de cosas que se dicen de los vampiros.

Atl miró a Domingo. Estaba nervioso. No quería que se pusiera nervioso. No quería que pensara que era peligrosa. No había cabida para la duda.

—Nunca he matado a nadie. No lastimo a la gente —dijo.

Era tan fácil mentir. Él quería creerle y sonrió alegremente cuando ella dijo eso. Se imaginó que él debía mentirse a sí mismo con bastante frecuencia. No podría ser tan bondadoso y estar tan contento si no lo hiciera. Pegaba fotos de bellas modelos, postales con palmeras y cómics de vampiros junto a su cama, y se hundía en la fantasía.

En cierto modo, lo envidiaba.

—Deberíamos irnos —dijo ella.

—Me lo estaba preguntando. ¿Podemos salir? Todavía es de día.

—Esperaba que estuviera lloviendo y poder llevar el paraguas —dijo Atl—. Me gustan más los días nublados. Puedo caminar a la luz del día, solo que es más difícil para mí.

Y requiere demasiada maldita energía, que no tengo, pensó con pesar. Deseaba poder evitar este viaje, pero necesitaba ver a Verónica en persona. No era como con Bernardino, con quien había sido buena idea enviar a Domingo. Tener un intermediario suavizaba las cosas con los vampiros. Con la mujer humana no era así.

Atl sacó sus lentes de sol y se los puso. Intentaba no ponérselos mucho, pero quizá fuera lo mejor esa tarde. Tenía la sensación de que sus ojos iban a estar completamente sanguinolentos al caer la noche.

—Vamos a pasear a Cualli.

El metro le daba migraña. Podía oler la suciedad y el sudor acumulado que se desprendían de los cuerpos de la gente. Era un miasma de proporciones repugnantes, que no se reducía en lo absoluto con colonias y perfumes baratos. El hedor del humo de los cigarros se pegaba a sus ropas y se extendía por el vagón del metro.

Domingo no olía tan mal, pero desearía que se bañara todas las mañanas, aunque supuso que sería de mala educación señalarlo.

—¿Sabes?, realmente creo que este es el perro más genial de la historia. Su pelaje es tan brillante —dijo Domingo, parlanchín como siempre. Se estaba acostumbrando a ello—. ¿Cómo conseguiste el dóberman?

—Cualli me cuida. Siempre he tenido un perro, desde pequeña.

Cuando huyó al sur, pensó en dejar al perro. Pero no podía separarse de él. Cualli era parte de su vida, su compañero constante por muchos años.

—Sabes, nunca he entendido cómo funciona eso.

Atl sujetó firmemente la correa del perro.

—¿El qué?

—Ya sabes... —Domingo se inclinó junto a su oído, susurrando—. Niños vampiros.

Ella pensó en su infancia, en su casa familiar. Las familias mexicanas solían ser extensas, con varias generaciones agrupadas, pero la familia de Atl había sido masiva. Las mujeres vivían en una casa, un complejo en realidad, y los hombres en otra situada justo enfrente. Los niños se criaban en el complejo de las mujeres, pero a los diez años se los enviaba a las habitaciones de los hombres para que aprendieran su modo de vida: agricultura, medicina, escritura en los códices tradicionales y adivinación. A las niñas se las instruía en el combate, el comercio y la política.

El padre de Atl era un talentoso adivino, podía predecir acontecimientos que ninguno de los otros hombres vislumbraba, o eso le habían dicho. Se había ido cuando era muy pequeña. Hubo un altercado: descubrieron que había estado malversando dinero, así que se marchó.

—¿Qué no entiendes de eso? —preguntó ella.

—Bueno, ¿qué comías?

—Leche. Frutas.

—¿Sangre no?

Pensó en tomarle el pelo y decirle que sí, que sangre, pero entonces podría creérselo.

—Mi dieta cambió cuando llegué a la pubertad —dijo en lugar de ello.

—¿Te dio miedo?

—¿Te asustaste cuando te empezó a crecer pelo en las axilas?

Los asientos del metro eran duros como una roca y eso, junto con los olores que la rodeaban, empeoraba el viaje. Atl se inclinó hacia delante para que su espalda no se recargara contra el asiento de plástico, y miró a Domingo.

—La verdad es que no.

—Igual para mí. Era lo que esperaba —dijo Atl.

Domingo permaneció sentado en silencio durante un par de minutos antes de volverse hacia ella y susurrarle al oído.

—¿Vas a envejecer? ¿O siempre vas a tener este aspecto?

Un hombre caminaba a lo largo de su vagón de metro vendiendo papas fritas y cacahuetes. Los vagoneros siempre trabajaban en pareja: uno vendía el producto y el otro era el vigía que, con silbidos y señales con la mano, avisaba a su compañero si se acercaba un policía. También había una mafia de poca monta operando. Un grupo específico controlaba ciertas líneas y nadie podía aparecerse e intentar vender ni una mierda si no pagaba una cuota inicial al jefe local.

El hombre de los cacahuetes miró a Atl y a Domingo, pero al ver a su dóberman siguió caminando.

—Envejeceré, pero luciré joven durante mucho tiempo —le dijo a Domingo.

—¿Cuánto tiempo?

—Fácilmente puedo seguir siendo joven por décadas y décadas. A la mayoría de nosotros nos pasa lo mismo. Cuando tenga ochenta años pareceré de cuarenta. Hay un punto en el que nuestros cuerpos se quedan quietos, parecen dejar de envejecer.

—Ese tipo que fui a ver, Bernardino, creo que tenía algo en los huesos.

—Sí, es un problema de su especie. Sus cuerpos... envejecen más rápidamente, se deforman, aunque no sé exactamente cómo sucede.

Atl tenía entendido que los Revenants podían absorber la fuerza vital de los humanos o de los vampiros y rejuvenecer sus cuerpos —incluso transferir esa energía *a* otros, como una batería andante—, pero su madre le había dado pocos detalles sobre su biología. También le había dado pocos detalles sobre Bernardino. Era una figura bastante oscura, alguien con quien su madre había tenido una disputa, uno de los miembros de su antiguo séquito. Si no hubiera tenido tanto miedo de conocerlo, de romper el protocolo, le habría gustado hacerle algunas preguntas acerca de su madre.

—Si vivo lo suficiente, acabaré teniendo mis propios problemas de salud —dijo Atl, y se rio.

—¿Qué? —preguntó Domingo.

—Nada, es que no es algo en lo que piense muy a menudo. La esperanza de vida no es muy larga para nosotros ahora mismo. Las guerras del narcotráfico nos están afectando.

Atl siempre había sabido cómo sería su vida. La mayoría de las veces consistiría en apoyar a su hermana mayor. En algún momento se casaría, probablemente con uno de sus primos segundos, para preservar el linaje familiar y fortalecer sus alianzas. Izel había hablado de Javier, que era unos años mayor que ella. Pero ese hito estaba todavía muy lejos; su madre había dicho que cualquier planificación al respecto era prematura. Sin embargo, su hermana había insistido en ello. Le preocupaba la estabilidad de su posición en Sinaloa y había dicho que tal vez Atl podría casarse y dirigirse a Encinas, hogar de la rama Tlauhyo, su clan hermano en Baja California.

En aquel momento Atl había sentido que era una forma de castigo por parte de Izel. Lo había visto como una afrenta. ¿Quién se casaba a su edad? Había que tener cincuenta o sesenta años. Su madre no había tenido a Atl hasta pasados los noventa. Si se iba a Encinas no podría hacer lo que quisiera. Ya se sentía confinada teniendo que escuchar a su hermana. Dios, ¡cómo había odiado a Izel por sugerirlo! Pero ahora Atl se había dado cuenta de que aquella sugerencia de matrimonio había sido un intento por protegerla.

Nunca vería Encinas, ni lo que quedaba de su familia. Si era que quedaban algunos. Si seguían allí, no podía arriesgarse a ponerse en contacto con ellos, nunca.

Un perro y un compañero humano, eso era lo que tenía Atl. No mucho.

—Lo siento —dijo Domingo.

—No, es lo que hay. Es la vida. Es una vida mejor que la que tienen muchas otras personas —dijo Atl mientras miraba hacia las puertas del tren y sacudía la cabeza, porque no tenía sentido llorar por estas cosas.

Las puertas del vagón del metro se abrieron. El vendedor de cacahuetes se bajó y subió más gente. El vagón estaba cada vez más lleno, pero aún no era la hora punta. Un hombre con una guitarra fue el último en subir y empezó a rasguear el instrumento, cantando un corrido popular. Ella se quedó mirando a una chica que llevaba una pulsera de cuentas amarillas, contando las cuentas en su mente. Esta compulsión de contar cosas era común en varias subespecies de vampiros, un comportamiento que reducía la ansiedad y que podía ayudar al vampiro a sobrellevar los ruidos, sonidos u olores fuertes a su alrededor. La necesidad de contar empeoraba cuando estaba cansada. No era una buena señal.

—¿…Atl?

—Sí —susurró ella, tratando de reponerse y concentrarse en él.

—Son dos paradas más. Oye, ¿estás bien? Te ves un poco rara —dijo Domingo, frunciendo el ceño.

—Estoy bien —murmuró ella.

—Te están temblando las manos.

Así era. Atl apretó una mano con la otra. El vacío en su estómago aumentaba, el dolor del hambre crecía. Debería haber traído terrones de azúcar. Le ayudaban a olvidarse del hambre. La falta de sangre reducía sus niveles de glucosa, acercándola a lo que los humanos llamaban «hipoglucemia».

Estaba empezando a perder la cabeza. Como en Guadalajara. Se había enfrentado a los hombres de Godoy y había logrado escapar, aunque sufrió algunos rasguños. Corrió. Saltó una alambrada de púas para aterrizar en un terreno abandonado donde un vagabundo dormía bajo unos periódicos. No era joven. Era un tipo viejo, con la cara arrugada. Pero tenía hambre... y lo atacó. Le rasgó y le abrió la garganta con sus garras. Unos minutos más tarde, había vomitado la sangre, un desastre pegajoso, oscuro y maloliente que había salpicado el suelo.

A duras penas había conseguido arrastrarse de vuelta a su escondite, de vuelta a Cualli. Y entonces tuvo suerte. Porque una chica regresaba a casa después de una fiesta mientras el sol bordeaba el cielo, anunciando el amanecer.

Y se había alimentado. Se había alimentado bien.

No podía hacer esa mierda en Ciudad de México. Había sido descuidada. Estúpidos asesinatos, los cuerpos como indicadores que señalaban su ubicación en neón. No hay honor en ello, tampoco. Solo furia y hambre.

—No tienes chicles, ¿verdad? —preguntó Atl.

Domingo se palpó la ropa y le entregó una tira rosa de chicle.

—¿Quieres algo más? ¿Necesitas que bajemos y vayamos a un baño?

—No —dijo Atl—. Solo necesito esto.

Concéntrate. En realidad no estaba tan mal. Es solo que era una cobarde que nunca había trabajado por una comida, nunca había pasado un día —mucho menos varios— sin comer hasta saciarse, y no sabía lo que era el hambre. Sin embargo, a nivel biológico, podía soportarlo. Su cuerpo podía soportarlo. ¿Psicológicamente? Se estaba volviendo raro.

Aunque tal vez eso no fuera tan raro. Atl nunca había esperado estar en esta situación, medio muerta de hambre, escondida en Ciudad de México. Y perdida y tan sola que la asustaba porque nunca había aprendido a estar sola.

El vagón del metro se movió bruscamente y ella se sujetó firmemente al hombro de Domingo, estabilizándose, contenta de que estuviera con ella.

Ay, por favor, dijo su hermana. ¿Te vas a desmayar en sus brazos?

—¿Cómo acabaste recogiendo basura? —le preguntó. *Definitivamente* había algunos problemas psicológicos a estas alturas, pero no quería pensar demasiado en ellos.

—Un poco por casualidad. Cuando me fui de casa, vagabundeé por la ciudad y conocí a un grupo de niños que vivían en la calle. Limpiaban los cristales de los coches en los semáforos o vendían dulces a la gente.

Le resultaba familiar. Su familia solía reclutar a niños como Domingo para sus operaciones. Les ofrecían cien pesos para que se pararan en una esquina y vigilaran, por si la policía tenía ganas de reventar uno de sus tugurios. Siempre había un joven tonto dispuesto a hacer cualquier cosa por dinero.

—Luego me harté de eso, de ellos. Fue duro durante un tiempo. Quinto me prestó dinero y eso me ayudó. Empecé a recolectar botellas porque alguien me dijo que te daban dinero por ellas en el centro de reciclaje. Y cuando estaba llevando las botellas ahí, conocí a un trapero que tiene muchos negocios. Está constantemente buscando gente que le lleve cosas. Así que empecé a llevarle cosas. Le gustan las cosas que recolecto. Dice que tengo buen ojo para ello.

—No te ofendas, pero parece un negocio de mierda —dijo ella.

—Qué va. La basura es buena. Los recolectores de basura trabajamos arduamente. Separamos la basura y encontramos tesoros.

No pagan demasiado y hay gente que gana mucho más que tú, pero no hay nadie que te golpee al terminar el día.

Estarías mejor traficando drogas en el norte, pensó Atl. *Ganarías más. Morirías más rápidamente y eso no es tan malo a veces. Aunque no es que pretenda morir rápidamente.*

—Además, el Chacal nunca me dejaba bañarme. Ahora puedo ir a los baños cuando quiera. No está ahí para decirme si puedo bañarme o si puedo leer mis cómics. Es un trabajo honorable. Y no tengo que oírle decir que soy vanidoso, estúpido y feo.

—No eres estúpido —dijo ella, pero sin ningún grado de amabilidad. Era un simple hecho.

—No tienes que decirme eso. No pasa nada. No me importa.

—No puedes ir por ahí creyendo que eres una mierda, ¿de acuerdo? He dicho que era una mierda de trabajo, no que fueras una mierda. ¿Ese tipo que dijo que eras estúpido y feo? Apostaría a que está celoso —dijo, y esta vez sí intentó imprimir una pequeña dosis de amabilidad, probablemente porque estaba cansada o, ya sabes, se estaba volviendo loca.

—Eso sería genial.

Domingo se rascó la cabeza y le sonrió, mostrándole sus dientes de conejo. Sus dientes no tenían muy buen aspecto, pero su pelo y sus ojos eran oscuros y atractivos, ambos de un agradable y rico tono marrón. A ella le gustaban las cosas bonitas y él tenía su encanto. Tuvo que admitir que una de las razones por las que se había centrado en él era porque tenía un aspecto bastante agradable cuando lo vio. Era una razón estúpida y superficial para elegir una fuente de alimento e Izel se habría burlado de ella por eso; por otro lado, ¿qué sabía ella de elegir comida? Nunca había pensado en ello, así que naturalmente supuso que si un humano tenía buen aspecto y olía bien, tendría buen sabor. Los humanos elegían la fruta así, ¿no? Querían manzanas rojas sin magulladuras ni arañazos.

Se acercaba su parada. Ella tamborileó los dedos contra su pierna mientras masticaba el chicle lentamente.

—Solo… este… para que lo sepas. Creo que eres realmente genial —dijo Domingo—. Creo que eres la persona más genial que he conocido.

—Debes tener un círculo pequeño de amistades, ¿eh? —respondió ella.

Domingo se limitó a sonreír aún más, en sincero agradecimiento.

—Tú también eres un chico genial ¿De acuerdo?

Lo era. Más o menos.

Atl tomó la correa del perro y se levantó justo cuando se detuvo el metro y se abrieron las puertas. Domingo siguió a Atl, tropezando detrás de ella.

El edificio de Elisa Carrera estaba en un buen lugar de la ciudad. No era muy ostentoso, pero sí lo suficientemente bonito como para que hubieran instalado cámaras de seguridad y hubiera un guardia en la entrada. Dos cosas que no le gustaban a Atl, pero no se podía hacer nada al respecto.

La mujer que abrió la puerta de la oficina de Elisa Carrera no se parecía mucho a la fotografía que Atl había estudiado. Su pelo había encanecido y tenía unas profundas arrugas bajo los ojos.

—¿Sí? —preguntó la mujer, mirando al perro—. Es un poco tarde. Estaba a punto de cerrar.

—Es un asunto urgente. Nos enviaron aquí —dijo Atl.

—¿Quién los envió?

—Bernardino.

El rostro de Elisa cambió. Se suavizó, como cera que se acerca a una llama, antes de endurecerse en unos rápidos segundos. Atl pensó que les cerraría la puerta en las narices y entonces ella tendría que sacar la estúpida cosa de sus bisagras, lo que armaría un escándalo, algo que realmente no quería hacer.

—No estamos aquí para hacerte daño —dijo Atl—. Solo queremos hablar.

CIERTAS COSAS OSCURAS 153

—¿Quiénes son ustedes? —preguntó Elisa, con los ojos entrecerrados.

—Soy Atl, la hija de Centehua —dijo, aunque la semejanza debería haber sido obvia. Se parecía a su madre.

—Si eso es cierto, estás muy lejos de casa.

—Es cierto. ¿Podemos entrar? —preguntó Atl.

—Sí —dijo Elisa.

La oficina era pequeña. El escritorio de Elisa ocupaba gran parte del espacio. Parecía lo suficientemente grande como para que cupieran tres personas, una gran monstruosidad de madera tallada con una silla a juego. Había fotos sosas de barcos y paisajes con las palabras RELAJACIÓN y MEDITACIÓN impresas debajo. También había un póster sobre Jesús y huellas en la arena, como si la banalidad pudiera aumentar exponencialmente.

Atl y Domingo se sentaron frente a Elisa. El perro se acurrucó a los pies de Atl y esta le acarició la cabeza.

—¿Qué quieren? —preguntó Elisa, y los miró cansinamente.

—Necesito tu ayuda —dijo Atl. No tenía sentido andarse con rodeos y no estaba interesada en una larga conversación.

—Estoy hasta la coronilla de ayudar a los de tu especie —dijo Elisa. Su certeza le pareció inapropiada a Atl.

—Mi madre está muerta —respondió.

Dicho sea a su favor, la única reacción de Elisa a ese anuncio fue un ligero temblor de las manos.

—Lo siento mucho —dijo Elisa.

—Y yo también moriré si no me ayudas. Necesito salir de México.

—Conocí a tu madre. Pero si ella se ha ido, entonces se ha ido, y también mis lazos con tu clan. —Elisa habló resueltamente, con el tono que una estricta maestra de escuela podría emplear con los niños.

—Hay gente que me está buscando. Me matarán si me encuentran —dijo Atl, deletreándolo, porque tal vez fuera necesario deletrearlo en letras muy grandes y muy carmesíes.

—Eso es muy triste, pero no puedo hacer nada.

Elisa empujó su silla hacia atrás, como si estuviera a punto de levantarse. Atl habló rápidamente, sabiendo que estaba perdiendo el interés de la mujer.

—Puedes falsificar documentos. Pasaportes, documentos de identidad. Cosas que podrían llevarme a Sudamérica. Tengo dinero —dijo, tomando el sobre que llevaba en la chamarra y dejándolo sobre el escritorio. La mujer lo miró como si acabara de desollar un animal vivo delante de ella. Cualli, intuyendo la agitación, levantó la cabeza, alerta.

—Mi hermana también dejó cuentas secretas para que yo tuviera acceso a ellas. Pero no aquí. Necesito llegar a Sudamérica y tú haces estas cosas. Ayudas a la gente a crear nuevas identidades. Puedo pagarte muy bien, mucho más que esto, si me ayudas.

—No he hecho eso en años. Ahora dirijo un negocio limpio. Una vida limpia.

—Seguro —dijo Atl rotundamente.

Atl fijó sus ojos en las manos de Elisa. Sus uñas estaban pintadas de rosa. No era una manicura barata, se había gastado dinero en ella. Pero estaba empezando a resquebrajarse. Vio pequeños sitios donde faltaba pintura. Un sitio, dos sitios, tres. Milímetros.

Atl levantó los ojos y miró fijamente a Elisa.

—Se me está acabando el tiempo.

Elisa se levantó dándoles la espalda y miró por la ventana. No estaba cediendo, aún no, pero estaba titubeando. Atl se lamió los labios. Los sentía agrietados.

—No puedo quedarme aquí mucho tiempo. México es demasiado peligroso.

—¿Qué estás haciendo aquí, de todos modos? —murmuró Elisa.

—No tenía otro lugar adonde ir. Pensé que tú y Bernardino podrían ayudarme.

—Tienes dinero en efectivo. Probablemente puedas volar al extranjero. —Elisa hizo un movimiento con la mano derecha, señalando hacia arriba.

—Sí, pero el aeropuerto tiene demasiada seguridad y demasiados escáneres. Estaría muerta antes de llegar a mi asiento. Tiene que ser por tierra.

—Entonces no entiendo por qué simplemente no intentaste cruzar la frontera norte. Hubiera sido más fácil arriesgarse con los coyotes, ¿no?

Sí, como si Atl no hubiera pensado en eso.

—Los Necros dominan el norte, así que esa es un área peligrosa. No son dueños de Guatemala. Todavía no. Habrá puestos de control, pero con los papeles adecuados puedo llegar a Sudamérica y formar un hogar allí. Es más fácil así.

—Nada es *más fácil* —dijo Elisa—. Es solo otra forma de que te maten.

—Bueno, ahora mismo no puedo volver al norte, así que la única opción es al sur. Solías ser una corredora para mi madre. Seguro que puedes anotar una carrera más.

—Que tengas buen viaje. Ya conocen la salida, ¿supongo?

Debería tener más respeto por mí, pensó Atl. *Por mi familia.* Aunque quedaba muy poco de su familia que respetar.

Elisa colocó sus cuidadas manos sobre el escritorio, entrelazándolas. Le devolvió la mirada a Atl.

—Mi madre fue tu protectora —dijo Atl en voz baja—. Te sacó de la alcantarilla. Te alojó, te alimentó, te vistió. Si las cosas fueran al revés, si fuera tu hija la que le pidiera ayuda, ella le ofrecería asistencia.

—Pagué mi deuda con tu madre. La pagué con sangre y no te debo nada. ¿Por qué no vas a molestar a Bernardino? Tal vez él pueda hacer algo.

Atl escudriñó el rostro de la mujer. Analizó la línea severa de su boca, las canas de su pelo. Elisa estaba diciendo aquellas palabras, pero no las decía *en serio*. Estaba fingiendo, y Atl sabía que las cartas estaban a su favor, que solo tenía que encontrar las palabras adecuadas.

—He venido en busca de tu ayuda. Mi madre habría... bueno, si estuviera viva, ella misma habría acudido a ti —dijo Atl—. No sabía a dónde ir y me dijo que eras la única persona en la que confiaba en el mundo entero. Confiaba plenamente en ti.

Eso no era exactamente lo que había dicho la madre de Atl. No. Había dicho que Elisa era como todos los humanos: una tonta débil, predecible y simple. Una tonta útil, a veces. Y que si las cosas empeoraban, Atl haría bien en buscarla porque no era lo suficientemente astuta como para traicionar a nadie pero sí lo suficientemente nostálgica como para recordar con cariño sus años de asistente de vampiro.

Elisa se estaba inclinando hacia delante. Su boca se abrió un poco, casi como si dudara en hacer una pregunta.

Atl bajó la mirada, centrándose en sus manos.

—Dijo que eras como una hermana para ella. Por eso he venido. —Atl escuchó el tictac de un reloj en la pared, esperando pacientemente. Elisa se movió en su asiento y suspiró. La tenía.

—Cruzar la frontera es una cosa, pero quieres ir hasta Sudamérica y estás hablando de documentos de identidad. Lo que pides no se consigue rápidamente —dijo Elisa—. Pasaportes falsos, papeles de identidad falsos, documentos biométricos de identidad... Y el coche, por supuesto. Supongo que tendré que llevarte en coche. Podría tomarme algunos días. No puedo producir estas cosas por arte de magia.

—Puedo arreglármelas para sobrevivir unos cuantos días.

—He dicho que *podría* —le advirtió Elisa—. No estoy segura de si podré hacerlo. La seguridad es cada vez más estricta. Ya nadie quiere más vampiros en su territorio. La mayoría de los gobiernos los consideran una plaga, ¿sabes? ¿Has oído cómo están lidiando con tu gente en el Reino Unido? Ahora tienen una fuerza policial dedicada a manejar a los de tu especie.

—Sí, los Van Helsings. Lo he oído. Aunque solo están en las grandes ciudades. De todos modos, nunca he tenido ganas de conocer Londres.

—Han ampliado sus facultades hace solo unas semanas.

—Llevamos mucho tiempo aquí —dijo Atl—. Estaremos aquí durante algún tiempo más.

—También los han cazado durante mucho tiempo. Por alguna razón.

Madre le había contado que, en los viejos tiempos, antes de que los europeos aparecieran en la costa de Veracruz, cuando las de su especie eran sacerdotisas, el Templo Mayor se teñía de rojo con riachuelos de sangre, ofrendas de corazones y cabezas a los dioses. Los cuerpos de las víctimas de los sacrificios caían por las escaleras del templo. La gente de abajo se apuñalaba, se agujereaba y se desangraba en sacrificio. No eran una plaga, ni alimañas, ni asesinos comunes que se escondían en las sombras. No los Tlahuelpocmimi. No su familia.

—Así que nos han cazado —respondió Atl con frialdad—. Sin embargo, a pesar de que ustedes los humanos son más numerosos, no han descubierto cómo deshacerse de nosotros.

—Uno de estos días, tal vez.

Atl decidió que no quería entablar esta conversación. No llevaría a ninguna parte y estaba cansada.

—Necesitaré dos juegos de identificaciones —dijo Atl en cambio—. Y todo lo demás, para que podamos empezar de nuevo.

—¿Él irá contigo? —Elisa señaló a Domingo, quien estaba sentado muy quieto y callado en su silla.

Atl miró al joven.

—Sí. Pero es humano.

—Se nota. ¿Tiene pasaporte? ¿Un documento de identidad actual? —preguntó Elisa—. Si estás en alguna base de datos tendré que borrarte de ahí.

—No, no tengo, señorita —dijo Domingo amablemente.

—No tiene domicilio fijo —dijo Atl.

—¿Cómo te llamas?

—Soy Domingo, señorita.

—Domingo, si te vas al sur con esta chica te podrías meter en muchos problemas.

Cuando habló, Elisa volvió a sonar como una maestra de escuela que advertía a un niño sobre los peligros de consumir drogas. Atl se mofó.

—Me gustaría conocer Guatemala. Si le parece bien —respondió Domingo.

Elisa asintió. Su expresión era escéptica. Dejó escapar un suspiro amargo.

—Pónganse contra la pared; tengo que tomarles una foto.

Atl fue la primera y abrió mucho los ojos cuando se disparó el flash. Luego fue el turno de Domingo. Elisa murmuró para sí misma y volvió a sentarse detrás de su escritorio, sacudiendo la cabeza.

—Necesito ponerme en contacto con alguien —dijo Elisa—. ¿Estarán bien hasta el próximo jueves?

—Sí —respondió Atl—. ¿A qué hora deberíamos volver?

—Aquí no. Hay un bar en la Plaza Garibaldi, el Tenampa. Nos veremos a las diez.

—Así será.

Elisa golpeó con los dedos el escritorio. Su reunión claramente había concluido y Atl empujó su silla hacia atrás.

—¿Quién la mató? —preguntó Elisa, justo cuando Atl abrió la puerta.

—Godoy —dijo.

Elisa asintió solemnemente. No preguntó nada más y Atl se dirigió al elevador, con una mano en el bolsillo y la otra sujetando la correa del perro.

En el metro pensó en los axolotls y en la cabeza de su madre, entregada en una neverita.

Escóndete, Atl. Escóndete, le susurró Izel al oído.

CAPÍTULO 15

El viaje de vuelta fue tranquilo. Atl mantuvo la cabeza agachada en el metro. A veces cerraba los ojos y Domingo creía que estaba dormida, pero un movimiento repentino la sacudía y abría los ojos. Cuando llegaron a su departamento, se dirigió directamente a la recámara, se desplomó en la cama y se apretó las manos contra la cara. Su perro entró caminando lentamente detrás de ella, tumbándose a los pies de la cama. Domingo se quedó en la puerta, sin saber si podía entrar.

—¿Estás bien? —preguntó—. ¿Quieres un poco de ese té?

Ella no respondió. Domingo puso la tetera a hervir. Encontró el azúcar, el té y tomó dos tazas. Una de ellas estaba quebrada, tenía una delgada grieta que se extendía en uno de los lados. Arrastró el pulgar sobre la grieta. Cuando el té estuvo listo, volvió a su habitación.

Se arrodilló junto a la cama, con una taza en las manos, y la miró. Con los ojos cerrados, los rasgos de Atl parecían suavizarse, como una navaja automática que aún no se ha desplegado. Supuso que *debería* tener miedo de Atl, pero no era así. El terror no existía. Así de simple. Supuso que era tonto, pero no se podía molestar en preocuparse. Al menos, todavía no.

Domingo se mordió el labio inferior, preguntándose si debía despertarla. Extendió la mano derecha y las yemas de los dedos se apoyaron en el hombro de ella.

Sintió una sacudida inmediata, como una corriente eléctrica que le recorría las venas, y algo parecido a una chispa que lo encendía por dentro. De repente, el departamento desapareció, derritiéndose bajo sus pies. Vio un paisaje desértico yermo con un cielo del azul más increíble, un azul que nunca había visto antes. Una tortuga caminaba delante de él, siguiendo lentamente una carretera que era una cinta negra, retorciéndose, girando, fundiéndose en la distancia, y él se hundió en la carretera, en la negrura derretida del pavimento. Luego estaba corriendo por una ciudad. Pasó por delante de almacenes y casuchas, por delante de un círculo de indigentes que bebían alcohol a sorbos en la oscuridad, hasta que llegó a una cerca de malla ciclónica y trepó por ella. La cerca había desaparecido y tenía una pistola en las manos, y entonces no era una pistola, sino una cabeza humana decapitada. Dejó caer la cabeza y esta rodó por el suelo, extendiendo una capa de rojo sobre las baldosas blancas. Rojos los muros y rojo el techo y roja cada partícula de todo hasta...

La mano de Atl le rodeó la muñeca, estabilizándolo, y él la miró fijamente.

—Se te va a caer la taza —dijo ella en voz baja.

Domingo parpadeó.

La taza, pensó, y al mirar hacia abajo se dio cuenta de que sí, de que estaba sosteniendo una taza.

Respiró hondo.

—Te he traído un té —dijo.

Atl se incorporó en la cama y tomó la taza de sus manos. Dio un sorbo a su té. Domingo se quedó al lado de la cama, todavía demasiado nervioso para intentar levantarse.

—Son solo recuerdos —dijo Atl.

—¿Eh?

—Recuerdos —dijo Atl—. Mis recuerdos. Eso ocurre cuando compartes tu sangre con alguien. Hay ecos, pedacitos que se quedan en tu cabeza. Cuando me tocaste... no estaba preparada para ello y los viste.

Eso es casi como un superpoder, pensó él.

—Vi una carretera —dijo, frunciendo el ceño, y ahora sí se movió, a su lado, sentado en la cama—. Y había una cabeza humana. ¿Qué era eso? ¿Era real?

—Enviaron la cabeza en la neverita —dijo ella, hablando como si le estuviera informando sobre el clima o la hora del día.

Domingo parpadeó.

—La cabeza de mi madre —dijo Atl—. Le cortaron la cabeza y la trajeron a nuestra casa en una neverita. Lo curioso de una cabeza decapitada es que parece completamente falsa. Te quedas ahí y piensas: «Esto no es real», porque sencillamente parece como de goma. Y a mi hermana también la mataron, la quemaron. —Sus ojos se fijaron en él, fríos, desagradables. Su mirada era dura, como un esmalte negro.

Domingo no supo qué responder. Tragó saliva.

—La mataron. Pero me vengué de ellos. Les di donde les duele. Hay una frase, ātl tlachinolli, «el agua que abrasa la tierra». Mi nombre significa «agua», pero también quiere decir «guerra».

Ella se rio, un breve estallido de escarnio.

—¿Qué hiciste? —preguntó él.

Ella le devolvió la taza a las manos, negando con la cabeza.

—No debería estar hablando contigo. Estoy demasiado cansada y hambrienta y no tiene ningún sentido y no deberías saber esto. No deberías escucharme.

Atl se cubrió los ojos con ambas manos. Domingo pensó que iba a llorar por la forma en que se le quebró la voz y tal vez hubiera sido mejor que lo hiciera porque él estaba aturdido, observando su repentina angustia y sin saber qué hacer. Estaba al borde de caer en pánico, pero no llegó a ese punto.

—¿Quieres sangre? —preguntó él. Su cuerpo, después de todo, era lo único que podía ofrecer.

Ella levantó la cabeza y lo miró fijamente.

—El volumen de sangre se repone en veinticuatro horas. Los glóbulos rojos necesitan alrededor de un mes para su completa reposición. ¿Lo sabías?

—No.

—No puedo beber con demasiada frecuencia, por mucho que lo desee.

—Este... no tienes muy buen aspecto.

—Es mi culpa —dijo Atl—. Soy blanda. Mimada. Mi hermana tenía razón. Ella debería estar viva. Sabría qué hacer, cómo hacerlo bien. Yo no paro de meter la pata.

—No pasa nada —dijo él, apoyando una mano en su hombro.

Atl sonrió burlonamente. Vio el blanco de sus dientes. Dientes normales. No colmillos como en los cómics. Pero sus ojos eran extraños, rojos, como si hubiera estado llorando.

—Tus ojos —dijo él—. Están...

—Ya lo noto —dijo ella. Atl se dirigió al baño; el perro la siguió, silencioso como una sombra. Se apoyó en la pila, abrió el grifo y se echó agua en la cara con ambas manos. Apoyó los labios en el grifo y bebió directamente de él. Cuando terminó, se miró al espejo con un suspiro. Se quitó la chamarra y la tiró al suelo. Siguió con la blusa y se quedó en camiseta.

—¿Te vas a bañar? ¿Me volteo? —preguntó Domingo, e inmediatamente se preguntó si era un completo pervertido por preguntar eso.

—No.

—¿No, no debo voltearme?

—No, no me voy a bañar —respondió Atl, saliendo del baño y sentándose en medio de la sala de estar, con las manos apoyadas en las rodillas—. Yo...

El perro se dirigió hacia ella, se sentó junto a su dueña y sus manos cayeron sobre su cabeza, un gesto automático. Sus labios se movieron, pero no emitió ningún sonido. El silencio pareció prolongarse durante minutos y minutos.

—Sabes, antes tenía una piscina tan grande como este departamento —dijo, arrastrando las palabras, como si hubiera estado bebiendo—. Y ahora estoy aquí. Daría lo que fuera por un ventilador.

O por una bandeja con hielo. Siento calor y frío al mismo tiempo. Maldita sea.

—Si realmente quieres un ventilador puedo conseguirte uno —dijo.

—No hace falta que me consigas nada. Tú no... —Suspiró. Sus manos se crisparon y las juntó, como si rezara—. Háblame un poco, ¿quieres?

—¿De qué quieres hablar? —preguntó él.

—Una película que hayas visto. De tu color favorito. Cualquier cosa —dijo ella, encogiéndose de hombros.

—Una vez vi *Drácula* en la televisión. En blanco y negro —dijo él, sentándose frente a ella.

Atl puso los ojos en blanco.

—Dios mío, siempre es Drácula.

—Una vez vi a Germán Robles, de verdad. Bueno, iba caminando por la calle Florencia y él estaba tomando un café en una cafetería, como todo el mundo.

—¿Quién?

Se acercó a Atl a toda prisa, contagiado por el regocijo de compartir algo nuevo con ella.

—¡Ya sabes, Germán Robles! Salía en las películas. No se veía como en las películas: era viejo, antiguo, pero lo reconocí. Tenía los mismos ojos, hacía de vampiro. Interpretó a Karol de Lavud.

—¿Hablaste con él?

—No —dijo Domingo—. Estaba empujando mi carrito de la compra y pensé que no me dejarían entrar. Ya sabes, no quedaría muy bien meter un carrito en una cafetería para saludarlo.

—Supongo que no.

—Siempre he pensado que los vampiros deberían ser como Karol de Lavud —dijo, recordando la pequeña televisión, las imágenes en blanco y negro a altas horas de la noche.

—¿Cómo es eso?

—Bueno... eh... —dijo Domingo—. Con una capa.

Atl ladeó un poco la cabeza y le dedicó una sonrisita.

—¿Una capa?

—Se ve chida.

—No, no es verdad.

Domingo se encogió de hombros. Pensaba que las imágenes de vampiros viejos eran impresionantes, con la neblina y las estrellas y la luz de la luna y la capa ondeando al viento, pero supuso que Atl podría tener razón. Después de todo, en Ciudad de México no había neblina, solo esmog, y por culpa de eso no se podía ver ninguna estrella. Era mucho menos romántico, aunque Atl de todos modos tenía mucha presencia. Incluso en camiseta y pantalones de mezclilla, sin capa a la vista, había algo casi mágico en ella. Como si no *necesitara* la neblina ni la luz de la luna: sus rasgos afilados y la negrura de su pelo eran suficientes para detener en seco a cualquier mortal.

Él se acercó, pero ella se acercó aún más, su rodilla chocando con la suya.

—¿Te gusta la música? —le preguntó Domingo, bajando la mirada, temiendo estar a punto de sonrojarse y fingiendo que jugaba con su reproductor de música.

—¿Qué tienes?

—De todo —dijo él—. Concrete Blonde. Bosé. Depeche Mode. La mayoría es material viejo, pero toma —dijo, entregándole los audífonos.

Atl tomó los audífonos con cuidado, como si no estuviera muy segura de qué hacer con ellos, y se los puso. Domingo pulsó *play*. Ella frunció el ceño, pero pronto se relajó.

—¿Te gusta? —le preguntó.

—Está bien. ¿Cómo conseguiste estas cosas?

—Por aquí y por allá. ¿Lo habías escuchado antes?

—La verdad es que no. Cuando voy a bailar no tienen este tipo de música.

—Me ayuda escuchar algo cuando estoy trabajando. Ya sabes, para mantener el ritmo. Me transporta a lugares, también.

—Eres gracioso, Domingo.

—¿En el buen o en el mal sentido? —se atrevió a preguntar, pero ella se limitó a reírse y a rozarle la pierna con los dedos durante un fugaz segundo antes de empezar a golpearse la rodilla, suavemente, siguiendo un ritmo.

—Debería irme a dormir —dijo después de un rato, quitándose los audífonos y devolviéndoselos.

—Voy a volver a mi casa —dijo él, señalando hacia la puerta principal—. Ya sabes, para darte tu espacio, tal y como te gusta.

—No —dijo ella, sorprendiéndolo con la informalidad de su tono—. Puedes quedarte. Si quieres. Ahí está la cama y puede que haya comida. No estoy segura. —Atl se dirigió a la habitación, abrió la puerta del armario y se deslizó. La cerró por dentro y el perro se sentó afuera de la puerta, dirigiendo una mirada amenazante a Domingo.

—No te preocupes, Cualli —dijo en tono apaciguador, parándose en la entrada—. No voy a hacerle daño.

Domingo entró lentamente a la recámara y se recostó en medio de la cama. Colocó las manos contra el pecho, como si estuviera muerto, como había visto hacer a los vampiros en las películas cuando dormían. Era una posición incómoda. Se puso de lado y se calzó los audífonos. La música estaba fuerte y era alegre: era música para bailar.

Se preguntó si Atl habría bailado con él. No ahora, no aquí, pero tal vez en otro lugar. Quizá si no la estuvieran persiguiendo los malos podrían haber ido a la fiesta de Quinto.

CAPÍTULO 16

Nick se pasó el paquete de sangre de una mano a la otra, sin atreverse a abrirlo. Había estado bebiendo alcohol toda la tarde para mantener el estómago a raya, pero ahora no podía negarlo. Necesitaba sangre, y lo único que había en el departamento eran los paquetes de sangre del congelador. Rodrigo y La Bola lo estaban vigilando como halcones. No había posibilidad de escaparse de nuevo.

Dios, Rodrigo. Era tan petulante, cuando no era más que un sirviente como todos los demás. Un día Nick iba a ser el jefe. Le daría una lección al viejo humano… al altanero pavo real que lo menospreciaba como si fuera escoria. Era Rodrigo quien venía de la nada, había sido un donnadie hasta que su padre lo sacó de la pocilga donde vivía.

Incluso podría morder a Rodrigo, obligarlo a beber su sangre, convertirlo en una marioneta irracional.

Decían que así no se podía transformar a otros vampiros en esclavos, que su sangre no funcionaba de esa manera. La especie de Atl, según había oído, trataba todo el asunto de compartir la sangre como un tipo de proceso reverencial y sagrado. Sandeces aztecas sobre la vida, el sacrificio, la renovación.

Nick solo pensaba que era divertido hacerse unos cuantos esclavos.

Tomó la botella de tequila y bebió un sorbo, deslizándose hacia atrás en su cama y contemplando el techo.

Atl Iztac. Si no fuera por ella, estaría disfrutando en su casa, sin necesidad de abrir paquetes de sangre y alimentarse de ellos como un bobo. Cuando la tuviera en sus manos... bueno. Estaba ansiando un poco de tortura. Si la cortaban y la rebanaban entonces sanaría y podrían cortarla y rebanarla de nuevo. Incluso podría ser divertido convertirla en una de sus putas. Bueno, esa no era probablemente la palabra correcta. Atl estaba una categoría por encima de las estúpidas chicas de bares con quienes ligaba. ¿Concubina? ¿Era esa la palabra correcta para esto? Tendría que preguntárselo a Rodrigo. Pensándolo bien, no quería preguntarle nada al viejo.

Concubina, entonces. Lo que fuera. La palabra no importaba. Lo que importaba era que Atl era igual que Rodrigo: se daba muchos aires, se creía tan superior a ellos. Los Tlahuelpocmimi no paraban de hablar de su antiguo patrimonio, de su noble linaje, de sus días de pirámides e imperios, sin molestarse en darse cuenta de que aquello era el pasado y ellos, *nosotros*, estamos ahora en el mismo maldito negocio. Este era un nuevo imperio. Y pertenecía a Nick y sus hermanos.

Había conocido a Atl una vez antes de que empezara todo este lío, cuando la situación entre sus clanes era fría pero no gélida. Había estado en la Colmena, un antro en una zona neutral, lo que significaba que no podías morder a los humanos ni llenar de balas a otros vampiros. Era un lugar agradable, con buenos tragos, seguro y acogedor, dirigido por un Nachzehrer enamorado de los años 70, por lo que la decoración era de discoteca *vintage*.

Estaba en un reservado con Justiniano, un par de primos suyos y otros parásitos cuando entró un grupo de chicas que parecían atraer mucho la atención de la gente de alrededor, provocando murmullos. Preguntó a Justiniano a qué se debía el alboroto y le dijo que eran jóvenes del clan Iztac, quienes normalmente no frecuentaban la Colmena, ya que preferían otros clubes.

—¿Y quién es esa? —preguntó, señalando a una chica que se distinguía de sus amigas por su atuendo y su actitud, vestida de blanco y con los brazos cruzados mientras observaba la escena junto a la barra.

—Atl Iztac, es la hija menor de Centehua —dijo Justiniano.

Era esa parte de la noche en la que Nick se ligaba a una chica. Le gustaban rubias y tetonas, pero esta ágil morena tenía una boca absolutamente deliciosa. Pensó en ponerle un poquito de picante.

—A la mierda—dijo Nick—. Muy bien, vamos a saludarla.

Justiniano susurró que no era una buena idea pero Nick lo hizo callar. Siguió una línea directa hacia la chica y se quitó los lentes de sol cuando llegó a ella, mostrándole su característica sonrisa.

—Hola, princesa —dijo—. ¿Cómo estás? Soy Nick.

Ella giró la cabeza y lo miró fijamente, con los labios fruncidos.

—Déjame adivinar —dijo—. Necros, ¿verdad?

—Me has pillado, princesa.

—No ha sido difícil.

El camarero dejó un chupito a su lado y ella lo levantó con una mano enguantada, pero no se lo bebió, sino que lo apretó contra el hueco de su garganta mientras miraba hacia otro lado. Qué cuello, ¿eh? Y los senos podrían ser pequeños, pero se dio cuenta de que valdrían la pena. Ella valdría la pena.

—Tengo un reservado privado aquí, ya sabes. Podríamos ir a sentarnos.

—No creo que me quede lo suficiente como para sentarme —dijo ella.

—¿La música no es de tu agrado?

—La clientela —dijo ella. Se bebió el trago y dejó el vaso vacío sobre la barra de un golpe.

De acuerdo, le gustaba un poco de mala disposición, pero no tanta. Había intentado ser amable y ella no le correspondía, y eso lo encabronaba. Las chicas no se atrevían a montar ese acto de perra con él, era Nick Godoy.

—Oye, nena, tienes unos modales pésimos —le dijo, sujetándola firmemente del brazo.

Ella se inclinó hacia adelante con la gracia de una serpiente desenrollada.

—No soy tu nena. Vete al carajo —dijo ella, apartándolo y haciendo una seña a sus amigas.

—Puta.

—Tócame otra vez y te cortaré la verga.

Nick la observó con asombro, inclinando su barbilla hacia arriba como si fuera una pinche princesa. Eso es probablemente lo que ella se pensaba que era. Una pinche princesa azteca, y lo miraba como si fuera basura.

Justiniano se apresuró a llegar a su lado.

—Esa... esa perra estirada —dijo Nick, medio riéndose—. ¿Has visto eso? ¿Quién se cree que es?

—Olvídalo —le dijo Justiniano.

Solo que él no lo había olvidado. ¿Cómo iba a hacerlo? Cada vez que escuchaba por casualidad su nombre, recordaba aquella humillación que lo había escaldado. Y cuando su padre le había dicho que Atl Iztac estaba huyendo, Nick se había mostrado encantado y deseoso de ayudar en su captura. La que la hace la paga.

Tiró el tequila, harto, y abrió el vodka en su lugar.

Después de zamparse casi la mitad de la botella, recordó que tenían instrucciones de su padre de matar a la chica. Frunció el ceño. Ni hablar. Le había tomado el gusto a la idea de quedarse con ella durante un tiempo. Nick dejó a un lado el vodka, se incorporó y miró alrededor de la cama, jalando las sábanas sucias y las almohadas. Una lata de refresco vacía rodó por el suelo. Encontró el teléfono.

Solo sonó una vez antes de que su padre contestara.

—¿Sí?

—Padre, soy yo.

—¿Qué pasa? —La voz era monótona, pétrea.

—No mucho. Rodrigo está siendo un idiota y hemos perdido a Justiniano —dijo Nick, tomando la lata de refresco y haciéndola girar en sus manos. Se recostó en la cama.

—¿Dónde estás?

—En Ciudad de México.

La voz de su padre era la misma, un tono neutro, aunque Nick podía sentir la tensión subyacente, la ira reprimida.

—¿Por qué?

—Deberías preguntárselo a Rodrigo —dijo Nick—. Atl se escapó y estamos tratando de encontrarla.

Su padre se quedó callado. Nick estiró un brazo hacia su espalda y se rascó la nuca.

—Pero no te llamaba por eso. Quiero que le digas a Rodrigo que debemos capturarla, no matarla.

—¿Por qué?

—Sería más divertido —dijo Nick, apretujando la lata de refresco y arrojándola contra la pared.

—Esto no se trata de *diversión.*

Para mí, sí, pensó Nick. Puso los ojos en blanco.

—Bueno, no creo que deba morir rápidamente. Es demasiado simple. Deberíamos darle un castigo ejemplar —respondió.

—Lo pensaré.

Y con esas palabras colgó. Nick frunció el ceño, mirando el auricular. Deseó haber conseguido algo más sólido que «lo pensaré». Realmente quería a la maldita chica.

Nick hizo una incisión en el paquete de sangre que había estado evitando y comenzó a beber. Hizo todo lo posible por fingir que estaba bebiendo la sangre de Atl, llegando incluso a cerrar los ojos y a dibujar una clara imagen mental de ella. La oscuridad de su pelo, de un color negro azulado. El rostro tan orgulloso, con una cualidad aviar, más de cuervo que de cisne. Ese rostro, arruinado bajo la arremetida de una cuchilla.

Echó la cabeza hacia atrás y desgarró el paquete de sangre, dejando que el contenido lloviera sobre su lengua.

CAPÍTULO 17

Por la mañana, Domingo consideró la posibilidad de despertar a Atl, pero luego recordó que era de día y que tal vez no sería una buena idea. En lugar de eso, se quedó en el departamento, escuchando música, hasta que le sonaron las tripas. En la cocina encontró dos latas de frijoles, pero no había abrelatas. También había una gran bolsa de comida para perro en un rincón y un tazón al lado que servía de plato de comida para Cualli. Rellenó el tazón, luego tomó las llaves de Atl y decidió comer algo afuera. Descubrió una tortería a pocas cuadras del departamento. Pidió una torta de queso y jamón y, mientras se la comía, empezó a pensar en el dinero, porque hacía varios días que no iba a trabajar y no le quedaba mucho efectivo después de haber comprado ropa nueva y el reloj. No quería ser un gorrón, que Atl pagara por todo, pero tampoco podía ir a recolectar botellas de plástico en la calle si ella lo necesitaba cerca.

Era agradable que lo necesitara; lo hacía sentir especial.

Domingo envolvió la mitad de la torta en una servilleta y se la guardó en uno de los grandes bolsillos de su chamarra para más tarde. No desperdiciaba la comida. Nunca sabía cuándo podría volver a comer.

Fue a pasar el rato delante de un puesto de periódicos, donde se detuvo a mirar los titulares y las revistas. El tipo que vendía los periódicos lo ahuyentó al cabo de un rato, diciéndole que no podía estar leyendo todo si no iba a pagar, así que Domingo caminó unas cuantas cuadras más y se puso delante de otro puesto de periódicos.

Cuando volvió al edificio, era tarde y todo el lugar rebosaba de actividad. La puerta principal estaba abierta y había mucha gente con trajes de limpieza azules y verdes en la entrada.

—¿Sabe qué pasa? —le preguntó a una anciana que estaba afuera.

—Barrido de limpieza, ¿qué te parece? —refunfuñó la mujer—. Están buscando a Cronengs, como siempre.

Domingo entró en pánico, pensando en Atl. Consiguió subir las escaleras sin correr, limitándose a mirar al suelo y rezando para que ninguno de los funcionarios del departamento de higiene lo detuviera. No lo hicieron y consiguió meter la llave en la cerradura y abrir la puerta, cerrándola inmediatamente tras de sí.

—¡Atl! —gritó, y se apresuró a ir a la recámara.

Se sintió aliviado al ver que Cualli seguía sentado frente al armario. El perro lo miró fijamente cuando se acercó, pero no gruñó, y Domingo llamó a la puerta del armario. Como Atl no respondió, abrió de golpe.

Estaba en el suelo, en un saco de dormir, con los ojos bien cerrados. Domingo dudó un segundo, recordando lo que había pasado la última vez, y le tocó la mano.

—Despierta —dijo.

Ella se volvió hacia él, con los ojos muy abiertos.

—¿Qué?

—Hay un equipo de limpieza en el edificio. Tenemos que salir.

—Maldita sea —murmuró ella. Se puso en pie de un salto y corrió hacia la sala de estar.

Recogió la blusa y la chamarra de vinilo que se había quitado, se las puso y de repente se quedó parada, muy quieta.

—¿Atl?

—Calla, los estoy oyendo —susurró ella—. Están en este piso, caminando por el pasillo. —Se dirigió rápidamente hacia la gran ventana de la sala de estar, la abrió y miró hacia arriba.

—¿Qué estás haciendo? —preguntó Domingo.

—Voy a la azotea. Cuando vengan, abre la puerta y finge que todo es normal. ¿De acuerdo? —dijo ella.

—¿Cómo vas a...?

—Solo aparenta normalidad.

Saltó por la ventana. Domingo entró en pánico y asomó la cabeza, y la vio trepando por el costado de la vieja estructura, con los hombros encorvados. Una vez más, tuvo la impresión de que era una gran ave de rapiña, aunque su forma seguía siendo humana. Pensó en esos viejos dioses con cabeza de animal que había visto una vez en un libro y ella le recordó un poco a uno de ellos. Desapareció en el tejado tan rápidamente que Domingo pensó que podría haberlo imaginado todo. Contuvo la respiración un momento y tragó saliva.

Departamento de higiene. Sí. Podía lidiar con esos tipos. Ya se las había visto con ellos antes. A veces lo molestaban cuando iba por la calle. No era gran cosa.

Domingo volvió a la recámara y sacó el saco de dormir y la cobija del armario, echándolos sobre la cama. Luego se apresuró a la cocina y colocó su torta en el refrigerador. Dejó una taza en el fregadero. Eso era lo más parecido a la normalidad que podía conseguirse en un departamento sin muebles. Domingo miró al dóberman, que lo había estado siguiendo, y esperó que no atacara a nadie.

Llamaron a la puerta y abrió.

La mujer que estaba ante él sostenía una tableta y no lo miró mientras hablaba.

—Barrido de limpieza. Agradecemos tu colaboración. Por favor, entrega tu identificación y di tu nombre.

—Soy Domingo Molina pero no tengo identificación —dijo.

—Estás obligado a portar tu identificación.

—Es que nunca he tenido una, señorita —respondió metiendo las manos en los bolsillos—. Tengo diecisiete años, si eso supone alguna diferencia.

La mujer levantó ahora la cabeza, suspiró y le dirigió una mirada irritada.

—¿Vives aquí solo?

—Solo yo y mi perro —dijo, sintiendo que el dóberman se acercaba a su lado.

La mujer miró al perro y garabateó en su tableta.

—Carlos, ¿puedes inspeccionar las habitaciones? —preguntó, dirigiéndose a un hombre que estaba de pie detrás de ella—. El portero nos dio sus notas y dice que vive una chica en este departamento. ¿Dónde está?

Domingo se apartó para dejar entrar al hombre.

—No lo sé. El tipo que me renta el departamento no dijo nada de una chica.

La mujer dejó escapar un profundo suspiro e hizo una anotación.

—No me extrañaría que estuviera mal el papeleo. De acuerdo, ¿entonces vives aquí?

—Sí. Por ahora. Ando de aquí para allá. Últimamente he estado trabajando para un trapero. Le ayudo a llevar el material, a venderlo. La ropa termoplástica es su especialidad. ¿Yo? A mí me gusta recolectar productos electrónicos. Es un buen tra...

—Dame la mano.

Domingo obedeció. La mujer presionó un plástico blanco y delgado contra su palma. Sonó un pitido.

—La temperatura es normal.

—Eso es bueno, ¿verdad?

La mujer asintió. Domingo sacó un chicle y empezó a masticarlo. El perro se quedó quieto, mirando a la trabajadora de higiene.

—Está vacío —dijo el otro trabajador de higiene, que volvía de su corto recorrido.

La mujer estaba mirando su tableta de nuevo. Al parecer, era mucho más interesante que Domingo.

—Sabes que tienes que registrarte en el puesto de salud de tu colonia, ¿verdad? Es la ley.

—Lo sé, señora, pero no tengo identificación.

—Sí, bueno, aunque seas menor de edad tienes que llenar el formulario y registrarte. Si más gente siguiera ese sencillo procedimiento no tendríamos que estar llamando a tantas puertas, tratando de encontrar Cronengs, ¿verdad?

—No, señora.

—Tu perro, ¿está mejorado?

—Sí, señora —dijo Domingo, porque no tenía sentido negarlo. El tatuaje bioluminiscente lo delataba.

—También debería estar registrado en la unidad de salud. Todas las mascotas modificadas deberían estarlo.

—Vale, no lo sabía. Lo conseguí en un refugio. Un ricachón idiota lo botó, no podía creerlo porque normalmente no podría permitirme algo tan bonito...

Los dos trabajadores de higiene parecían sumamente aburridos. La mujer lo interrumpió de nuevo y Domingo lo tomó como una buena señal. Significaba que estaba a punto de seguir adelante. Y tenía razón.

—Voy a poner un sello verde en tu puerta, lo que significa que no estás enfermo de nada y que no escondes drogas, pero tienes que visitar el puesto de salud antes de diez días, ¿de acuerdo? Además, lleva a tu perro para que puedan cargar sus datos en la computadora. Habrá una nota en el sistema y, si no lo haces, volveremos y te llevaremos allí, junto con el animal. Es mucho más fácil si simplemente vas.

—Claro.

La mujer le entregó un folleto con una dirección e información impresa y luego se despidió de él. Domingo cerró la puerta, se sentó en el suelo y esperó. Podría jurar que había tardado una eternidad y estaba a punto de correr a la azotea cuando Atl simplemente entró volando en el departamento. De acuerdo, *técnicamente* no voló, pero saltó al interior con cierta gracia y flexibilidad que definitivamente eran propias de las aves.

Atl lo miró y su rostro no era realmente humano; era la cara de un pájaro, aunque carecía de pico. En lugar de pelo tenía plumas brillantes. Sacudió la cabeza y las plumas desaparecieron, quedando solo el pelo color azabache y un rostro tan delgado y hundido que parecía verdaderamente demacrado.

—Gracias.

—De nada.

—Azúcar —dijo ella, apresurándose hacia la cocina.

—¿Quieres...?

No tuvo tiempo de preguntar más porque había tomado toda la caja con los terrones de azúcar que se había quedado en la barra de la cocina y estaba comiendo como un animal salvaje, metiéndose terrones en la boca. Cuando terminó, apoyó la espalda en el refrigerador y se rio.

—No está bien —dijo ella.

—¿El qué no está bien?

—El hambre.

—Puedes morderme. No pasa nada.

—Conservación, Domingo —dijo ella—. No puedo despilfarrar... maldita sea.

—Deberías darme solo... este... un mordisco —dijo él.

Atl parecía divertida. Le dio una palmadita en el brazo.

—Eres demasiado generoso.

—Sé lo que es tener hambre.

Lo miró de una manera extraña, como si hubiera dicho algo realmente repugnante, solo que Domingo no creía que hubiera dicho nada malo. Esperaba que no. No quería ser malo. Y entonces su cara se torció y cambió, como si estuviera herida, y desvió la mirada.

—Oye, no pasa nada —dijo—. Mira, está bien. —Le enseñó la muñeca, levantándola para ella.

Atl volvió a mirarlo, a su muñeca, y presionó lentamente sus labios contra ella. Domingo sintió que la lengua de Atl le rozaba la piel y luego percibió una sensación, como si una aguja hubiera atravesado su cuerpo. Cuando ella se apartó de él, solo un par de minutos después, Domingo vio que algo titilaba en su boca. Un tubo largo que se enrollaba.

—¿Cómo se llama eso? —dijo él, frotándose la muñeca—. En tu boca.

—Es una espiritrompa. Algunos lo llaman «aguijón». Es similar al mecanismo de alimentación de las mariposas.

—¿Así es como comen los vampiros, como si fueran mariposas?

—Mi subespecie, sí.

—¿Puedes mostrarme tu aguijón?

—¿Puedes enseñarme tu pene? —le contestó ella.

Domingo se sonrojó y agachó la cabeza.

—Lo siento. Solo tengo curiosidad. No quiero ser un imbécil —murmuró.

—Es una idiotez preguntar eso.

—No preguntaré más. —Domingo se quedó mirando las agujetas de sus zapatos. Cambió de posición y pasó la mano por la vieja barra de la cocina. Sus dedos rozaron un único terrón de azúcar que había quedado atrás y se lo entregó a Atl. Ella lo tomó con un suspiro.

—Sé que tienes curiosidad —dijo—. No es... es raro escuchar esas preguntas. Mira, puedes preguntar cosas, pero a veces no me va a gustar, ¿de acuerdo? Y no voy a responder a todo lo que preguntes.

—Está bien —dijo él—. Es que eres muy interesante. —Ella sonrió; su expresión era de diversión, quizá de aprobación, aunque él no podía saberlo con certeza.

—Bebe un poco de agua —dijo ella, tomando de repente un vaso y abriendo el grifo—. No quiero que te desmayes.

Domingo bebió el agua de un par de tragos y luego se aferró al vaso con ambas manos.

—Te ves mejor —dijo él.

Su rostro no parecía tan hueco, sus ojos no estaban tan rojos y había una vivacidad en ella.

—Me siento mejor —dijo Atl, flexionando los dedos.

Garras, pensó él. *Tiene garras*. Oscuras y afiladas y de aspecto mortal y, sin embargo, sus manos eran hermosas.

—¿Puedo preguntar algo? —dijo Domingo.

Ella inclinó la cabeza, levantando una ceja hacia él.

—¿Qué?

—¿Cómo hiciste eso? Lo del pájaro. Transformarte.

—Es natural para mí. Es como caminar. Un día simplemente aprendes a hacerlo.

—¿Duele?

—No.

Intentó imaginarse cómo sería tener plumas brotando de su cabeza, tener garras en lugar de dedos. No pudo y se quedó perplejo.

—No es *tan* extraño. No para nosotros —dijo Atl encogiéndose de hombros—. Hay algunos que pueden convertirse en... hum. «Lobos», supongo, sería la palabra correcta.

—¿Has visto a un vampiro convertirse en lobo?

— Sí, sí que lo he visto.

—Suena estupendo. Aunque sigo pensando que convertirse en neblina sería más genial. Es una pena que nadie lo haga.

—No se puede tener todo —dijo ella.

Domingo se preguntó si Atl podría volar. Se lo preguntaría en otro momento. No quería que se enfadara de nuevo.

—Lo hiciste bien, por cierto —dijo ella.

—¿Sí?

Ella le sonrió.

—Sí.

—Volverán en diez días si no voy a la unidad de salud, pero me imagino que eso no importa, ¿no? Para entonces ya nos habremos ido —dijo.

Volvieron a la sala de estar. Atl se paró junto a la ventana, mirando el cielo, y luego tiró de la cortina, bloqueando la luz.

—Saldremos cuando esté oscuro.

—¿A dónde? —preguntó él.

—Necesitamos un arma.

CAPÍTULO 18

Los bares en el corazón del centro estaban cobrando vida para cuando se bajaron en la estación en el Zócalo, esa gran plaza que había existido desde la época de los aztecas. A su alrededor se extendían casas viejas, construidas en los siglos XVIII y XIX, transformadas en restaurantes, tiendas y locales de ocio. Atl llevaba a Cualli con una correa corta mientras se movían entre la multitud de juerguistas listos para trasnochar, e incluso cuando se desplazaban a calles laterales y callejones que estaban vacíos, mantenía al perro cerca. Se sentía más segura con el dóberman a su lado.

—Creo que es por aquí —dijo Domingo, entrecerrando los ojos—. Es difícil saberlo.

—Eso dijiste dos cuadras atrás —le recordó ella.

—No, esta vez estoy seguro.

Atl le dirigió una mirada evasiva y resopló. Era difícil conseguir armas legalmente en Ciudad de México; solo había un par de tiendas autorizadas en toda la ciudad, y necesitabas una carta de la jefatura de policía local que certificara que no tenías antecedentes penales. Además, necesitabas tus documentos de identidad. Atl no tenía ninguna de las dos cosas, así que debía encontrar un proveedor ilegal. Cosa fácil si conocías a alguien, y Domingo dijo que sí. Más difícil, cuando Domingo no podía recordar dónde vivía el proveedor.

Atl nunca había tenido un deseo ardiente de poseer armas. Su hermana le había regalado una navaja automática que Atl guardaba en su chamarra, y una pistola, que había dejado atrás. Pero no había tenido mucha oportunidad de usarlas. La pistola estaba bañada en oro y tenía un grabado personalizado con florituras y colibríes. Recordó el peso del arma y cómo se sintió la primera vez que la levantó, apuntando a una pila de botellas que habían preparado para ese fin. La puntería de Atl era terrible e Izel se rio mucho a su costa, pero después de los primeros atroces tiros errados, empezó a agarrarle el truco. Aunque Atl nunca pudo manejar un arma de fuego tan bien como Izel, había logrado convertirse en una tiradora decente. Sin embargo, eso no significaba que le gustara.

—Ah, aquí —dijo Domingo, y cruzó la calle—. Este es el lugar.

Se encontraban ante la entrada de una vecindad. La pesada puerta de madera no estaba cerrada, y Domingo la empujó y entraron a un estrecho pasillo.

No era una vecindad bonita, no era uno de esos lugares que habían sido readaptados y repintados para que parecieran sitios agradables para los yuppies y los tipos bohemios después de que terminara el congelamiento de las rentas en los años 90. Las paredes de la vecindad eran de viejas piedras desnudas, agrietadas aquí y allá. Había cables que pasaban por encima de sus cabezas y a lo largo de las paredes.

Robo de electricidad, supuso ella.

El pasillo pronto se abrió a un gran patio con muchos lavaderos de piedra y tendederos para secar la ropa. Había puertas que daban acceso a departamentos cada pocos metros y una gran escalera en el otro extremo del patio. Al llegar al pie de la escalera, un grupo de chicas pasó junto a ellos; iban vestidas con sus galas para el antro, con faldas cortas y un perfume embriagador. Se rieron al ver a Domingo, susurrando algunas palabras, pero cuando sus ojos se posaron en Atl no se rieron, aparentemente intimidadas por la presencia de su perro. Las chicas se dispersaron. Domingo y Atl subieron.

A mitad de la escalera se encontraron con un gran altar de la Virgen de Guadalupe. Domingo se detuvo para presentar sus respetos e hizo la señal de la cruz. Atl se limitó a contemplar el rostro del ícono religioso. Sus familiares habían sido sacerdotes del Dios de la Guerra y, aunque ya no rendían culto de la misma manera, no tenía ningún deseo de seguir las costumbres importadas por los europeos. Santos y vírgenes y ángeles.

En el segundo piso giraron hacia la izquierda y se pararon ante una puerta. Domingo se mordió el labio.

—¿Qué? —preguntó Atl.

—Es que no me gusta estar aquí. Este tipo es amigo del Chacal.

—¿Puede conseguirme un arma?

—Sí, estoy seguro de que puede.

—No me importa si es amigo del diablo. Hagamos esto, a menos que tengas otro traficante de armas.

—No puedo decir que lo tenga —murmuró Domingo.

Domingo llamó a la puerta, lo cual creó un eco que rebotó por el pasillo.

Cuando la puerta se abrió apareció una mujer con el pelo teñido de un absurdo tono rojo cereza, que era casi un requisito para las jóvenes; se había puesto una mullida bata de baño y los miraba frunciendo el ceño.

—Es tarde —dijo—. ¿Qué quieres?

—Vengo a ver a Mario —dijo Domingo—. Soy amigo de Quinto. Me trajo aquí una vez, con Belén y otras personas.

—¡Mario! ¡Es uno de los niños de la calle que anda con Quinto! —gritó la mujer.

—Déjalo entrar —fue la respuesta.

La mujer se hizo a un lado y dejó entrar a Domingo, pero luego le hizo una mueca a Atl y señaló a Cualli.

—No puedes entrar aquí con tu animal.

—Mi animal va adonde yo voy —dijo Atl.

—Tu animal...

—¿Qué pasa? —preguntó una voz masculina, y Atl vio a un hombre fornido y pálido de pie detrás de la mujer.

—Tiene un perro. No lo quiero aquí —explicó la mujer.

—Déjala entrar a ella y al pinche perro; están aquí para hacer negocios.

La mujer puso los ojos en blanco y se pasó el pelo por detrás de los hombros. Atl entró al pequeño departamento, el hombre les hizo señas hacia una mesa y se sentaron. El hombre se sentó frente a ellos. Detrás de él vio un póster de *Rambo II* en la pared. Una gran televisión y un sofá ocupaban buena parte de la sala de estar/comedor. El resto del espacio estaba ocupado por cajas.

—Tienes que perdonar a la chica; no tiene modales. Soy Mario. ¿En qué puedo ayudarte?

—Armas —dijo Atl.

El hombre soltó una risotada.

—Esa no me la esperaba. Los chicos como ustedes suelen querer drogas.

Probablemente pensó que eran un par de tontos que se dirigían a bailar cumbias y ruidosón. En el norte lo que estaba de moda era reunirse y bailar en un matadero en donde el decorado eran los cadáveres de las vacas.

—¿Tienes? —preguntó ella.

—Claro —dijo el hombre—. ¿Algo liviano?

—No. La más potente que tengas; una .454 Casull estaría bien.

El hombre le silbó.

—Maldita sea. ¿A qué le vas a disparar? —preguntó.

—A los osos polares.

—¿Una niña pequeñita como tú contra un gran oso?

—No soy una niña —respondió escuetamente.

El hombre se rio.

—Tráeme la pistola *howdah* y una caja de balas —le dijo a la mujer.

La mujer hizo una mueca, pero volvió con una caja de balas y una caja de madera y las colocó en la mesa entre ellos. El hombre se levantó y caminó junto a Atl, levantando la tapa y entregándole el arma. Era una pistola de doble cañón de color negro brillante.

—Inspirada en los cazadores británicos que utilizaban armas como esta para cazar elefantes y tigres. Una versión moderna, pero aun así muy bonita. Iba a vendérsela a uno de mis clientes habituales, pero como tú necesitas cazar osos polares —el hombre le dedicó una sonrisa—, podrías convencerme de cambiar de opinión. Por el precio adecuado.

—Soy muy persuasiva —dijo Atl.

—¿Lo eres?

—Claro —dijo Atl, colocando un fajo de billetes sobre la mesa.

—Eso no parece muy persuasivo.

Atl añadió dos billetes al montón de dinero.

—Bueno, qué se le va a hacer. Tenías razón. ¿Te interesaría también un poco de maría?

—Estamos ocupados. Pero ha sido un placer conocerte —dijo Atl, tomando el arma y la caja de balas. No tenía ganas de una conversación trivial. Y a juzgar por la cara de la pelirroja, ella tampoco.

—Sí —dijo Domingo—. Estuvo súper bien.

Empezó a llover cuando llegaron a la calle, una llovizna que difícilmente podría considerarse lluvia, pero Domingo no paraba de subirse la capucha. Ella agradeció las gotas que salpicaban su cabeza. Se quitó la chamarra y envolvió con ella la pistola y la caja de balas.

—¿Sabes disparar? —preguntó Domingo

—Claro que sí.

—¿Has tenido muchas armas?

Pensó en Izel, con el brazo firme como el hierro mientras apuntaba. La primogénita.

Más fuerte, mejor que Atl en todo.

—La verdad es que no. Mi hermana, sí.

—Si le disparas a un vampiro, ¿puede morir?

Cruzaron la calle imprudentemente, moviéndose con rapidez.

—¿Con balas normales? No. Pero si me encuentran, serán los humanos los que vengan a por mí. Rodrigo no puede permitirse traer vampiros a la ciudad.

A menos que Nick esté con él, pensó. *Probablemente lo esté.*

Había pedido un arma poderosa por esta razón, por si acaso. Necesitaba que diera un culatazo para infligirle un daño real o sería como tirarle canicas. La última vez que se habían encontrado había tenido suerte. No sabía si le duraría mucho.

Atl frunció el ceño. No quería pensar en eso ahora. Habían contactado con éxito a Bernardino y a Elisa, habían conseguido una manera de salir de la ciudad y habían evitado a los de higiene. Hasta ahora, todo bien. No valía la pena asustarse por Nick y por Rodrigo si tal vez nunca la encontrarían.

—Cuéntame más sobre el Chacal —le pidió, porque Domingo ya había sacado a colación al tipo antes y tenía curiosidad.

—Es un tipo que organiza peleas de perros y cosas así.

—Sí, muy bien. ¿Cómo es que lo conoces?

Domingo sacó un chicle y lo masticó ruidosamente.

—Era un tipo que estaba con los niños de la calle con los que vivía, mayor. Lo llamaban «el Chacal» por su forma de reír. Tenías que hacer lo que él decía. Te daba dulces para que los vendieras y se llevaba una tajada. O te enviaba a lavar los cristales de los coches en un cruce. Cuando no me mandaba a lavar coches, me hacía ir al lugar en donde guardaba los perros que utilizaba para las peleas. Ayudaba a limpiar las jaulas.

Domingo la miró de reojo. Su voz se había apagado más y ahora era un susurro, aunque Atl podía oírlo bastante bien y verlo también en la penumbra de las calles.

—Había una chica, una niña de la calle, Belén. Las chicas jóvenes, las bonitas... él siempre iba tras ellas. Siempre intentaba acostarse con ellas. Belén, sin embargo, estaba saliendo conmigo. Ella no era... Quiero decir, no sé, no era una novia *novia*, pero era bastante parecido. Le regalaba cosas y era muy dulce con ella.

—¿Qué pasó?

—Le dije a Belén que no debía ir con el Chacal, que era desagradable. El Chacal se imaginó que yo era el que le metía ideas en la cabeza, ya sabes, que no se arrejuntaba con él por mi culpa. Así que decidió darme una lección.

Domingo respiró hondo, como si estuviera a punto de sumergirse en el agua.

—Me dijo que mis intromisiones le estaban costando momentos de diversión con Belén y que tendría que pagarle por causarle disgustos. Me dijo que yo era un maldito hablador, que le hablaba a Belén hasta por los codos y que tal vez debería darle un buen uso a mi boca. Me dijo que debía arrodillarme y besar sus zapatos. Armó un gran espectáculo, le dijo a todo el mundo que mirara mientras yo lo hacía. Dijo que haría que sus amigos me golpearan si no lo hacía. Así que lo hice. Y entonces, me dijo que le lamiera las botas. Y luego se quitó los zapatos y me dijo que le lamiera los malditos pies. Así que lo hice. No podía mirar a nadie a los ojos y sentía que Belén me miraba fijamente todo el día. Pensé en correr al metro y arrojarme a las vías.

Levantó la cabeza y miró a Atl, con los ojos muy grandes y sinceros.

—Fue entonces cuando dejé a los niños de la calle. Me fui y empecé a recolectar basura. Todo mejoró. Solo que ella no se fue conmigo. Se quedó y está con el Chacal.

—Lo siento —dijo ella.

—Está bien —dijo él con una fría firmeza que lo hacía sonar como si fuera mayor—. Las cosas cambian. Me alegro de que hayan cambiado. Además, te conocí y eres agradable.

Sus palabras estaban desprovistas de malicia o engaño y provocaron que ella hiciera una mueca, atravesando su compostura. Quería tocarlo y por eso extendió su mano, con la intención de enlazar sus dedos con los de él, pero se la arrebató en el último momento.

—Tienes un concepto demasiado bueno de mí —dijo ella—. Y creo que un día te darás cuenta de eso.

CAPÍTULO 19

Ya eran las últimas horas de la tarde cuando Ana encontró la aguja en el pajar. Había revisado cuidadosamente los últimos informes policiales y había pasado a los informes de higiene. Acababa de llegar uno nuevo, cortesía de una trabajadora quisquillosa que lo archivó deprisa.

Domingo Molina. Varón, 17 años, sin identificación, sin problemas de salud, obligado a acudir a la unidad de salud más cercana para registrarse. Tiene una mascota, un dóberman biomodificado. Tampoco está registrado, también tiene que ir a la unidad de salud para registrarlo.

Ana sacó el sobre que le había dado Kika y encontró la foto que estaba buscando. Era la chica, Atl, con su perro. Tenía un gran dóberman con una teselación de luz que le recorría el cuello. El informe hablaba de un chico, pero Ana estaba segura de que le había tocado el premio gordo.

Levantó la cabeza, miró los escritorios a su alrededor y echó un vistazo a la oficina de Castillo. La puerta estaba cerrada. Recogió rápidamente sus cosas y salió.

El taxi la dejó a la vuelta de la esquina del departamento que buscaba. Había un par de chicos parados frente a la entrada. Les enseñó la foto de Atl, pero ninguno la reconoció. Ana dio la vuelta a la cuadra, mostrando la foto a otras personas, pero se encogieron de hombros.

Se moría por un cigarro. Unas cuadras más arriba había una avenida muy transitada y encontró una tienda de conveniencia. Una vez dentro vaciló y, además de los cigarros, tomó un refresco y un Gansito. Dudaba de que tuviera un solo componente natural, pero a veces lo que una busca es algo sintético. El cajero marcó los artículos.

—Oye, ¿de casualidad has visto a esta chica? —preguntó, mostrando la foto.

El cajero se quedó mirando la foto, frunciendo el ceño.

—Sí, la he visto un par de veces. ¿Qué ha hecho?

—Es una fugitiva —dijo Ana—. ¿Cuándo fue la última vez que la viste?

—Hace unos días, creo. No se llevó el cambio. Era un billete grande.

—Gracias.

Ana salió y encendió su cigarro. Lo disfrutó durante unos minutos antes de sacar su teléfono celular y enviar un mensaje de texto.

Tomó un taxi y esperó en una cafetería con máquinas expendedoras que abría las veinticuatro horas, toda de color azul celeste: desde las mesas hasta las sillas y las máquinas que dispensaban la comida. Todo el ambiente retro estaba muy de moda estos días. Era demasiado temprano para que los que iban de antro en antro entraran a raudales, así que Ana tenía el local prácticamente para ella sola, a no ser que contara al vagabundo que dormía cerca de la entrada.

Ana introdujo su tarjeta de crédito en una ranura y pulsó la pantalla táctil. Cayó un sándwich. Se dirigió a la zona de bebidas, colocó una taza bajo un grifo y pulsó el código correcto para el café.

Se sentó en la parte de atrás y miró los ornamentados techos tallados, restos de la década de 1910. Estaban tocando música de los años 50, *Aquellos ojos verdes* del Trío Los Panchos. Un choque de estilos y épocas.

Kika entró con paso enérgico, luciendo un largo abrigo rojo y un labial a juego. Se sentó frente a Ana, apoyando los codos en la mesa de plástico. Tenía un aspecto terriblemente animado, como si acabara de tomarse dos cafés y una bebida energética mezclada con un poco de Coca para rematar.

—Esto es un poco informal —dijo Kika, mirando a su alrededor—. Podrías permitirte una cena mejor ahora que somos socias.

—Me gustan los sándwiches —respondió Ana secamente—. También tengo una pista, *socia*. Creo que he encontrado dónde se aloja.

—¿Crees o estás segura?

—Me llevaría más tiempo estar segura y supongo que te gustaría que fuera rápido. —Ana sacó su libreta, garabateó la dirección y se la mostró a Kika.

Kika asintió y sacó un cigarro.

—¿Un cigarro? —preguntó.

—Estoy bien.

Kika se encogió de hombros. Encendió su cigarro. Kika no era muy mayor. Tal vez unos veintitantos años. Atl y Nick también eran bastante jóvenes. Recordó las imágenes salvajes que había visto y se preguntó qué separaba a su propia hija, si era que había algo, de chicos como esos.

Yo soy lo que marca la diferencia, pensó. *Y me aseguraré de que nunca se enfrente a nada de esto.*

—¿Tienes alguna pista sobre Nick? —preguntó Kika. Sacó su teléfono, sus dedos volaban mientras enviaba mensajes de texto.

Ana frunció el ceño.

—No soy Dios. De entrada, tienes suerte de que la haya encontrado. Es una ciudad enorme.

—Así es —dijo Kika, deslizando su teléfono de nuevo en el bolsillo de su abrigo—. La recogeremos en unas horas. No se lo digas a tu jefe, pero estate ahí para la captura. Te avisaré exactamente a qué hora debes reunirte con nosotros.

—Soy una consultora, ¿recuerdas?

—No tendrás que mover un dedo. Solo quiero sentirme tranquila. Ninguno de los míos ha lidiado nunca con un chupasangre. Tendremos el equipo, pero nada supera la experiencia.

—No creo que sea buena idea que ande con ustedes en público —dijo Ana.

—Vamos, vamos. Ya tomaste tu sueldo.

Ana sintió que se sonrojaba al recordarlo. Sí, había tomado el dinero. Era una buena cantidad y lo necesitaba si iba a irse con su hija de Ciudad de México. Tenía muchas ganas de irse. De dejar su vida, su uniforme y este país de mierda.

—Tomé la mitad —dijo Ana, queriendo ser precisa.

—Si quieres la otra mitad deberías presentarte —dijo Kika—. No te pongas triste. Toma un cigarro. —Kika sacó su cigarrera y la abrió, ofreciéndosela a Ana.

Ana miró los cigarros, pero negó con la cabeza.

—Estoy intentando dejarlo.

—Pensaba que estarías brincando por tener otra oportunidad de matar a un par de vampiros —dijo Kika, cerrando el estuche y metiéndolo de nuevo en su bolsa—. Suena como algo que te hace circular la sangre.

—Nunca has estado cerca de ellos, ¿verdad?

—Mentiría si dijera que sí. Pero suena divertido.

—No tienes ni idea de lo que estás diciendo —murmuró Ana.

—Cuéntame entonces. —La mujer se inclinó hacia adelante, sonriendo.

—¿Contarte qué?

—Lo que se siente al matarlos.

—No lo sé. ¿Cómo es matar a la gente? —replicó Ana.

—¿Qué te hace pensar que mato gente? —preguntó Kika.

—¿Cuál es tu línea de trabajo, entonces?

Kika se encogió de hombros.

—Soy más bien una asistente personal. Mantengo el control sobre el dinero. Recluto seguridad. Recopilo activos. Sobre todo.

—¿Qué hacías antes de esto?

—¿Cómo es que estamos hablando de mí y no de ti? —preguntó Kika, riéndose—. Estás intentando darle la vuelta a la tortilla, detective, pero eres tú quien tiene una historia interesante.

—Tengo curiosidad por saber con quién estoy trabajando.

—¿Quieres decir que no me has buscado en tus bases de datos policiales?

Ana había buscado a la mujer de rojo, pero no había obtenido resultados. Podría ser que fuera nueva o que simplemente fuera inteligente. La chica sostuvo su cigarro en el aire y sopló un anillo de humo.

—Tienes un aire a Rita Hayworth —dijo Ana—. Sé que no te llamas Kika, así que ¿a quién estás imitando?

—Es un diminutivo de Francisca. Significa «mujer libre».

—Antes no eras libre.

—No del todo.

Ana dio un sorbo a su café y asintió. Desenvolvió con cuidado su sándwich y empezó a comérselo.

—Matar vampiros es difícil. Son duros, resistentes y no dudarán en arrancarte la cabeza de un mordisco. Pero eso no lo hace divertido —dijo—. Me uní a un operativo. No se suponía que fuera grande, estábamos sirviendo de apoyo a la gente de la Secretaría de la Defensa Nacional. De ahí viene la mayoría de mis muertes. No fue glamuroso. Tuvimos veintidós muertos en total, incluyendo nueve de los nuestros. Maté a tres vampiros esa noche. Me uní a un segundo operativo como apoyo unos meses después. Maté a otros dos vampiros. Y luego me harté de eso.

—¿Por qué?

—No lo sé. Pensé que Ciudad de México sería mejor. —Ana envolvió los restos de su sándwich y puso las manos encima.

Kika seguía fumando, la ceniza caía sobre la mesa.

—Aun así me gustaría matar a uno —dijo Kika, dejando caer el cigarro al suelo y aplastándolo bajo el tacón de un zapato rojo—. Duerme un poco. Nos veremos dentro de un rato.

La mujer más joven se levantó pero se detuvo un momento, frunciendo el ceño.

—¿Quién es Rita Hayworth? —preguntó.

—Era una actriz. Solía bailar —dijo Ana.

—Muy bien —dijo Kika—. Nos vemos.

Ana miró hacia abajo. El cigarro en el suelo tenía la marca del labial de Kika. Tomó su sándwich y salió de la cafetería.

Se levantó temprano e hizo un esfuerzo para cocinar huevos y quesadillas para Marisol. Su hija pareció sobresaltarse al ver a Ana en la cocina.

—Marisol, siéntate, come algo —dijo Ana, poniendo un plato en la estrecha mesa de plástico en la que siempre comían. No tenían un comedor adecuado.

—¿Pasa algo?

—No, no pasa nada —dijo Ana—. ¿Si hago el desayuno significa que tiene que pasar algo?

Marisol se encogió de hombros. Ana supuso que últimamente había escatimado en cocinar, aunque trabajaba muchas noches. Era un horario ajetreado. Se sentaron y comieron en silencio. Su hija miraba el teléfono constantemente.

—He pensado en lo de Acapulco y no creo que sea una buena idea, pero deberíamos ir a ver a tu tía pronto. Ya sabes, un viaje a Zacatecas. Y estaba pensando que tal vez, después de eso, Cuba.

—¿Cuba? —dijo Marisol, levantando la cabeza—. ¿Como unas vacaciones de verdad?

Ahí no había vampiros. Y había otros lugares. Hawái. Nueva Zelanda. Pero podrían hablar español en Cuba, el choque cultural no sería tan fuerte y el dinero rendiría mucho, mucho. Y casi cualquier lugar sería mejor que México, ¿no?

—¿Podemos permitírnoslo?

—Tengo un bono —dijo Ana—. Puse la mayor parte del dinero en la cuenta de ahorros y tengo dinero en efectivo, en la caja de puros bajo la cama, para emergencias. Así que sí, nos lo podemos permitir.

—Genial. —Marisol volvió a consultar su teléfono, pero se detuvo para esbozar una sonrisa a su madre antes de salir corriendo hacia la escuela.

Ana se sentó unos minutos más a la mesa antes de dirigirse a su recámara. La Virgen le lanzó una mirada acusadora desde su altar, pero Ana no podía permitirse sentir ningún remordimiento. Iba a capturar a un par de vampiros con la ayuda de un conocido grupo criminal y lo iba a hacer por dinero, pero al carajo, a veces hay que pecar para ganarse la entrada al paraíso. O en su caso, un par de billetes a Cuba y la promesa de una vida cómoda.

CAPÍTULO 20

C iudad de México era un lugar apocalípticamente disfuncional en el mejor de los casos, entre la contaminación, las inundaciones, los barrios bajos de hormigón que se tambalean y la ciudad hundiéndose en el lecho del lago sobre el que fue construida. Sin embargo, ese día, con el sol escondido detrás de densas nubes y la lluvia cayendo con fuerza, era un pinche infierno. Rodrigo deseaba volver a casa, al soleado y árido norte. Pero había demasiado trabajo que hacer.

Cerró las persianas y rodeó su escritorio, poniéndose delante de una estantería y mirando una foto suya de cuando era mucho más joven, sentado al volante de un convertible. Cuando empezó a trabajar en ese negocio, Rodrigo no tenía la intención de involucrarse tanto con los vampiros narcos. Simplemente le gustaban los coches. Los coches antiguos, los coches personalizados. Su hermano tenía un taller y un señor había ido un día para que le hicieran unas modificaciones a su vehículo. Entabló una conversación con Rodrigo y hablaron de coches, y el hombre preguntó si era un buen conductor. Resultó que el viejo era un Renfield que había llegado de Europa con unos cuantos chupasangres dos años antes, justo después de que los vampiros empezaran a emigrar a México en grandes cantidades.

El Reino Unido tenía restricciones contra los vampiros, pero no era el único país con una actitud rígida cuando se trataba de chupasangres. España y Portugal los habían expulsado lisa y llanamente en 1970. En Francia, Alemania e Italia tampoco les gustaban mucho, aunque no los habían expulsado. Hubo grandes enfrentamientos a finales de los años 70 y un puto caos en París en 1981. Para el año 1985, Ciudad de México pasó a ser una zona prohibida para los vampiros. También hacia 1985 Rodrigo se convirtió en un Renfield.

Rodrigo apartó los ojos de la foto y miró el número de teléfono en la libreta.

Rodrigo no tenía tantos contactos en Ciudad de México ni tanta influencia como hubiera querido, pero sí tenía gente en la que podía confiar. Hasta ahora, no habían conseguido nada. Atl se había esfumado y se había adentrado en Ciudad de México con una facilidad que él creía superior a su capacidad. Pero acababa de llegarle un chisme jugoso.

Un empleado de la Secretaría de Seguridad Pública le había informado que la persona asignada al caso de la chica que Nick había matado se llamaba Ana Aguirre. Últimamente Aguirre había estado accediendo a las bases de datos y había sacado información sobre Nick y Atl. Que la investigadora pudiera haber vinculado el asesinato a Nick no le sonaba tan descabellado, pero Atl... eso no podía ser una mera coincidencia. Esta mujer sabía *algo*.

Rodrigo marcó el número y esperó.

—¿Dígame? —dijo una mujer.

—¿Es la detective Aguirre? —preguntó.

—Sí.

—Llamo por un amigo en común. Se llama Nick Godoy. —Pudo oírla ajustando el teléfono, acercando el micrófono.

—¿Quién es usted?

—Mire, siento mucho molestarla, pero me interesa saber cómo va su investigación. Me interesa sobre todo saber por qué está investigando a Atl Iztac.

—¿Quién es usted? —volvió a preguntar.

—¿Por qué está vinculando a Nick con Atl? —replicó Rodrigo.

—¿Con quién ha estado hablando?

—Eso no importa.

Ella le colgó el teléfono. Rodrigo sonrió satisfecho.

Pensó en volver a llamarla, pero decidió que tenía cosas más importantes que hacer. El padre de Nick había enviado un mensaje de texto, quería saber cómo iba todo. Si bien Rodrigo tenía muy poco interés en hablar con su jefe, decidió que bien podría hacerlo ahora. Era mejor quitarse estas cosas de encima.

—Hola, señor Godoy, soy Rodrigo —dijo.

Rodrigo era muy educado con Godoy. Nunca le hablaba de «tú», ni siquiera después de tantos años. Cuando conoció a Godoy, tenía veinte años y se dedicaba a transportar mercancías por la frontera para pandillas de poca monta. Rodrigo era inteligente, estudioso, hablaba inglés sin acento y no tenía el aspecto de un pandillero. Godoy, un vampiro ambicioso que había sobrevivido a las dos guerras mundiales, se fijó en Rodrigo. El Renfield de Godoy se estaba volviendo decrépito y este joven era más brillante que el típico matón a sueldo. Godoy vio potencial. Rodrigo vio dinero.

—Mi niño, he estado esperando tu llamada.

Sí, Godoy siempre lo llamaba «mi niño», aunque Rodrigo ya no fuera un niño. A decir verdad, suponía que para el vampiro todo el mundo era un «niño». Godoy se acercaba a los cien años y aparentaba unos cuarenta y tantos. A veces a Rodrigo le dolía la espalda y envidiaba la juventud del vampiro. Otras veces se alegraba de envejecer y de que un día, muy pronto, se iría discretamente y se jubilaría.

—Siento haber tardado tanto. Hemos estado ocupados —explicó Rodrigo.

—Eso he oído. Nick llamó por teléfono.

—¿Ah, sí? —dijo Rodrigo. Se suponía que él era el único que se ponía en contacto con Sinaloa.

—Me dijo que estás en Ciudad de México y que perdiste a la chica.

Maldita sea. Esa no era la forma en que quería que comenzara la conversación. Rodrigo se sentó detrás de su escritorio y moduló su voz para que sonara perfectamente tranquila.

—Eso no es del todo exacto —dijo Rodrigo.

—Se supone que no debía llegar tan lejos.

—Tuvimos problemas en Guadalajara.

—No mencionaste eso la última vez que hablamos. Tampoco dijiste nada sobre visitar Ciudad de México.

Rodrigo no quería decir nada porque sabía exactamente cómo sonaría: como si la hubiera cagado. La verdad era que sí, todo había salido mal, pero había sido en gran parte por culpa de Nick. Godoy tenía un muy buen concepto de su hijo, pero el chico era bruto, impulsivo y estúpido, una combinación peligrosa.

—Sabemos que está aquí.

—¿Dónde?

—Estoy trabajando para encontrarla.

—Nick dijo que perdiste a Justiniano.

—Sí —dijo Rodrigo. Justiniano era el escolta personal del chico; no era un tipo que a Rodrigo le cayera precisamente bien, pero al menos era capaz de mantener a Nick bajo control. Bueno, hasta ahí había llegado eso.

Hubo un silencio desagradable.

—Casi siento que debería sacarte de la operación, Rodrigo. Dejar que otro limpie este desastre.

Rodrigo recordó la idea de limpieza para un vampiro. Suponía cuerpos troceados arrojados a un tanque de ácido. Rodrigo no estaba dispuesto a dejar que su carrera terminara en la deshonra con la cola entre las patas, o peor aún, como un cadáver no identificado arrojado junto a una carretera.

—Puedo hacerlo. Ha sido un poco más complicado de lo que había previsto —dijo, pensando en el festín del asesinato de Nick del otro día. Esperaba que Nick no se lo hubiera contado a su padre, aunque era probable que el chico tuviera suficiente sentido común para guardarse esos detalles.

—Complicado, sí —dijo Godoy—. Demasiado. Es una *chica*.

Bueno, pero tiene un buen par de huevos, pensó Rodrigo.

—Es la hija de Centehua. Tiene dinero y suficientes contactos para esconderse un tiempo. Pero no para siempre. Tarde o temprano alguien la va a delatar. Estoy haciendo uso de viejos contactos lo mejor que puedo. A nivel de calle, incluso policías. He hecho correr la voz y su fotografía. Alguien la descubrirá.

Antes de que salga del país, pensó. Si Atl tuviera algo de cerebro, ya estaría tratando de encontrar un billete para salir de México, aunque iba a ser difícil. Había difundido su imagen a lo largo y a lo ancho. Todos los Necros que estaban cerca de la frontera norte la estaban esperando. No podía salir en avión de Ciudad de México, y si ponía un pie en las afueras de la ciudad estaría frita. No, Atl seguía en Ciudad de México porque era el único lugar que le quedaba para esconderse. Por ahora.

—Resuelve esto. Y hazlo rápido.

—Sí, señor. Estará muerta en una semana.

—No.

—¿Perdón? —dijo Rodrigo.

—Nick tiene ganas de jugar con ella. Estoy de acuerdo. Una muerte rápida es demasiado buena para la chica. Démosle un memorable castigo ejemplar.

Rodrigo gesticuló con la boca un furioso «hijo de puta» al teléfono, pero mantuvo el tono de su voz.

—Va a ser difícil secuestrarla y arrastrarla fuera de Ciudad de México y de vuelta a casa —dijo Rodrigo.

—No me importa si tienes que romperle las extremidades para hacerlo, asegúrate de que esté viva.

Este era su castigo. No tenía sentido rechazarlo.

—Sí, señor —dijo. Rodrigo colgó, volviendo a acercarse a la estantería y pasándose una mano por su pelo ralo. Miró la foto de sí mismo y pensó en los días en que su única preocupación había sido conseguir coches bonitos y conducirlos.

CAPÍTULO 21

Soñó con su hermana, cuando eran pequeñas. Izel la estaba tomando de la mano y bajaban corriendo las escaleras para esconderse de sus primos. Atl debía tener cuatro años e Izel nueve. Eran niñas risueñas y felices. Entonces el sueño cambió e Izel se convirtió en un cadáver carbonizado, irreconocible, un bulto oscuro abandonado en el suelo. El cadáver se retorcía, abría la boca. «Nuestros corazones no quieren más que una muerte en la guerra», dijo, la misma línea que Atl había recitado una vez.

Cuando Atl despertó, un pensamiento resonaba en su cabeza: *debería haber estado con ella.* Siempre había sido una niña petulante, demasiado ocupada buscando pelea con Izel como para ayudar a la familia. No había querido ayudar en nada porque eso estropearía su vida fácil, la cargaría de responsabilidades. Malhumorada, resentida, pensó que maduraría más tarde.

Se están gestando problemas, había dicho su madre, pero Atl la desestimó. Y cuando llegaron los problemas, Atl fue estúpida y tuvo miedo.

Con la cabeza todavía nublada por el sueño, Atl entró a trompicones a la cocina y consiguió llenarse un vaso con agua.

—Hola —dijo Domingo—. ¿Cómo estás?

—Bien —murmuró ella.

Cualli también entró a la cocina. Domingo acarició la cabeza del perro.

—Le debes caer bien —dijo, mirándolos e intentando recordar si había habido alguna ocasión en la que a Cualli le cayera bien alguien aparte de ella.

—Es increíble. Nunca he tenido mascotas, ¿sabes? Me habría encantado tener un perro. Los gatos son tan...

—¿Distantes? — se aventuró Atl.

—Iba a decir «apestosos». La casa de Bernardino apesta a orina de gato, no puedes imaginártelo. Si el castillo de Drácula hubiera olido a orina de gato, te juro que no saldría en tantas películas.

Domingo le sonrió y Atl se rio. Era demasiado honesto, sin duda, y demasiado tonto, y aun así ella disfrutaba de su compañía. Por un momento las cosas se sintieron bien. Como si el desorden desbalanceado de su vida se inclinara ahora hacia la otra dirección, equilibrándose.

—Salgamos a buscar algo de comer. Para ti, quiero decir —dijo ella.

—Claro.

Tomó su chamarra, le puso la correa a Cualli y salieron. Estaba lloviendo y Atl se detuvo junto a la entrada del edificio para abrir su paraguas.

Cualli gruñó. Atl solo tuvo unas décimas de segundo como aviso, pero fue suficiente. Los vio con el rabillo del ojo. Contuvo la respiración y fingió juguetear con la correa del perro y el paraguas, mientras contaba a nueve de ellos. No llevaban uniforme. No eran policías, ni del departamento de higiene. Eran humanos. Rodrigo y Nick no estaban por ninguna parte. ¿Serían sus matones? ¿O serían los de otro? No importaba. La estaban esperando.

Atl soltó la correa, dejó caer el paraguas y exhaló.

Empujó a Domingo detrás de un coche y sacó la pistola, disparando a dos de ellos antes de que pudieran parpadear siquiera. Los demás levantaron sus armas y le devolvieron los disparos, pero el fuerte estruendo de las pistolas al disparar no retumbó en la calle. En su lugar, se oyó un zumbido bajo. Algo plateado pasó volando junto a ella. Atl saltó detrás del coche junto a Domingo, esquivando los proyectiles.

Dardos de nitrato de plata. Mierda. Hubiera preferido balas normales. Esto podría ponerse feo.

—¿Qué está pasando? —balbuceó Domingo.

—Tipos malos —dijo ella—. No te muevas. ¡Cualli! —Vio cómo el perro saltaba en dirección a uno de los hombres, derribándolo con su peso. Se oyeron gritos sobresaltados y Atl se puso de nuevo en pie, disparándole a un par de ellos mientras intentaban apartar al perro de su amigo. Falló su tercer disparo, y en su lugar le dio a un coche cuyos cristales se hicieron añicos sobre el pavimento. Los dardos pasaron zumbando y ella volvió a sentarse.

—¡Atrás! ¡También están detrás! —gritó Domingo.

Atl se giró y vio a tres hombres que venían del otro extremo de la calle. La apuntaban a ella. Voló la cabeza a uno de ellos y cruzó la calle corriendo, agachándose y apoyando la espalda en otro coche. Domingo la siguió. Era demasiado lento. Los dos hombres que la habían apuntado a ella ahora corrían en dirección a él, lo inmovilizaron en el suelo y le pusieron una brida de plástico alrededor de las muñecas. Oyó gritar a Domingo, pero ignoró el grito y miró hacia el edificio más cercano. Si era lo suficientemente rápida, podría trepar por un lado y escapar por los tejados.

Miró al otro lado de la calle y vio dos cadáveres con los cuellos desgarrados por su perro. Aún quedaban seis agresores, aunque en ese momento dos estaban ocupados con Domingo.

Cualli estaba ladrando y se estaban llevando a Domingo a rastras, mientras él pateaba y gritaba. Vio cómo intentaban meterlo en la cajuela de un coche negro. Domingo trató de sujetarse a algo y le dieron uno, dos, tres puñetazos hasta que cayó de rodillas.

Maldita sea.

Atl se levantó y le disparó a uno de ellos, pero el otro era rápido. Sintió que el dardo se hundía en su pierna y este dejó escapar un fuerte silbido. Había salido a la calle con una pistola y sin municiones, como una idiota. Se le habían acabado las balas y todavía había cinco cabrones contra ella.

A la mierda. Lo haría con las manos.

Atl dio un poderoso salto, aterrizando encima del tipo que había estado golpeando a Domingo, lo derribó y su cabeza golpeó contra el suelo. Gritó y agitó los brazos, y ella le rompió el cuello para que dejara de gritar.

Se giró hacia Domingo, que estaba tumbado en el suelo, y lo levantó.

—¿Tienes algo roto? —preguntó—. Porque puede que tengamos que correr.

—No —respondió él.

Otro dardo. Este le dio en el hombro y lo sintió mucho más que al primero; le provocó un dolor punzante que la hizo tropezar y caer. Los cuatro hombres restantes se estaban acercando y ya podía sentir los efectos del nitrato de plata en su cuerpo.

Miró hacia abajo, hacia la sangre que goteaba por su pierna, manchando sus calcetines, y ahí, junto a su zapato... llaves. No sus llaves. Las llaves del coche. Las llaves del coche en el que habían intentado meter a Domingo. Las tomó y corrió hacia el asiento del pasajero, abrió la puerta y se deslizó adentro.

—¡Entra! —gritó.

Le dispararon un tercer dardo, que rompió la ventana delantera del coche e hizo llover trozos de cristal sobre el regazo de Atl. Domingo se arrastró al asiento trasero y Cualli saltó detrás de él.

Tiró su pistola vacía e inútil en el asiento del pasajero y pisó el acelerador. Se alejó a toda velocidad, con las manos rígidas contra el volante. Un semáforo se puso en verde, se puso en rojo, pero a ella le dio igual. Amarillo, rojo, verde, siguió avanzando hasta que sintió un profundo y estremecedor dolor y tuvo que detenerse. Se vomitó encima. Una masa negra y pegajosa.

Frenó de golpe, abrió la puerta del coche y salió tambaleándose y tropezando, y de repente se oyeron los ladridos del perro y notó que alguien estaba a su lado.

—Oye —dijo Domingo—. Tienes que conducir. No sé conducir.

—Necesito dormir —dijo ella con voz ronca. Sus piernas se doblaron, pero él estaba ahí. La ayudó a ponerse de pie, le preguntó si podía dar un paso y, sorprendentemente, pudo hacerlo. Atl se arrastró hacia adelante o fue Domingo quien la arrastró, pero de alguna manera caminó.

CAPÍTULO 22

Habría sido más fácil si Domingo hubiera tenido su carrito de la compra con él. Podría haber metido a Atl en él y empujarla. En lugar de eso, se vio obligado a medio arrastrarla hasta la estación del metro. Este era su territorio y se sintió mucho más seguro una vez que habían tomado un metro. Atl se desplomó en uno de los asientos, con la cabeza apoyada en su hombro.

La mayoría de la gente ni siquiera los miraba. La ropa de Atl era oscura y no se notaba la sangre. Y aunque se notara, quizá no les hubiera importado. Se imaginó que parecían dos sucios niños de la calle con su perro. Probablemente pensarían que Atl estaba borracha o drogada. En cualquier caso, nadie les dirigió la palabra.

Bajaron del vagón de metro y las cosas iban bien hasta que Atl tuvo que subir las escaleras que llevaban al exterior de la estación. Perdió el equilibrio, lo que provocó que dos vagabundos que estaban sentados junto a las escaleras se los quedaran mirando mientras él le susurraba, rogándole que caminara a su lado. Domingo tuvo que ponerse el brazo de Atl sobre los hombros y tirar de ella para levantarla. Pronto estuvieron en los túneles y llegaron a su casa.

La bajó sobre el colchón y encendió varias linternas, luego tomó uno y lo colocó en un gancho sobre la cama.

—Tienes que sacar los dardos —dijo ella—. Mi pierna. Mi hombro. Están... eso es... nitrato de plata. Es... un shock anafiláctico.

—De acuerdo.

Le enrolló los pantalones hacia arriba y encontró el dardo del que hablaba. Estaba profundamente clavado en su carne. Cuando tiró, pareció hundirse más y Atl soltó un grito ahogado.

—Lo siento —dijo—. Es un desastre. Se ha incrustado en tu piel.

—Sácalo —ordenó ella.

—No puedo... Yo... espera. —Domingo se llevó la linterna y corrió al otro lado del recinto, abriendo y cerrando cajas hasta que encontró lo que buscaba: un par de viejos alicates. Tenía alcohol de farmacia, pero no vendas. Rompió una camiseta en tiras largas y se apresuró a volver a su lado. Cuando dejó la linterna en el suelo, las sombras de la pared parecieron inclinarse y moverse de arriba abajo.

Apretó una mano contra la pierna de ella y sujetó las pinzas con la otra, sacando una pequeña aguja metálica. Brotó sangre, tomó el alcohol para frotar y limpió la herida.

—El otro —dijo ella. Atl se quitó la chamarra y se puso de lado, de espaldas a él.

Volvió a sacar una aguja, esta vez de su hombro. Otra se le había incrustado justo encima del corazón y cuando la retiró la sangre brotó como un río y, aunque seguía presionando la camiseta contra ella, no parecía detenerse.

—Atl, ¿qué hago ahora? ¿Traigo a Elisa? ¿Te llevo con Bernardino?

—No. No puedo dejar que Elisa entre en pánico. Bernardino... él *nunca*. ¿Vale? Demasiado... imprevisible... peligroso.

—¿Quién, entonces?

—Nadie. Me pondré mejor. Necesito dormir —dijo ella, apretando la camisa contra su pecho—. Déjame dormir.

Domingo la tapó con una cobija. Se puso a hervir un poco de café en su estufa portátil y se sentó en un rincón, mordiéndose las uñas, pensando en lo que había pasado y tomando sorbos de café. Había sido tan rápido. Apenas había podido hilar dos ideas coherentes antes de que estallara el caos y unos tipos habían intentando darle una paliza.

Había sido aterrador. Sabía que Atl estaba en una situación de mierda, pero había sido una idea abstracta. Esto era real. No era algo que había leído o visto en la televisión. Esos hombres habían intentado meterlo en el maletero de un coche y quién sabe lo que habría pasado si lo hubieran conseguido.

El perro se sentó a su lado y ambos se quedaron mirando a Atl durante un buen rato. Su café se enfrió y Domingo se puso en cuclillas cerca de la cama. Apretó una mano contra su frente.

Estaba ardiendo de fiebre.

Pensó en los cómics de vampiros que había leído y en los reportajes que había visto, pero ninguno de ellos hablaba de vampiros enfermos. Vampiros muertos, sí. Muertos por una estaca en el corazón o decapitados o un montón de otras cosas. Pero vampiros enfermos... no tenía ni idea de lo que le pasaba a Atl y creía que estaba empeorando. Su piel estaba pegajosa de sudor y su respiración era muy rápida, como si acabara de correr.

Necesitaba ir a urgencias. Necesitaba a un médico. Pero si Domingo la llevaba al médico llamarían al departamento de higiene, a la policía.

Se arrodilló junto a la cama y le tocó el brazo. Se dio cuenta de que llevaba el elegante reloj que le había regalado y pasó las manos por encima de este.

Domingo tragó saliva y desabrochó el reloj, metiéndoselo en el bolsillo.

Se pasó una mano por el pelo.

—Quédate con ella —le ordenó al perro.

Eran solo las diez, temprano para una fiesta, pero las fiestas de Quinto empezaban lo más temprano posible y terminaban a altas horas de la madrugada, así que cuando Domingo entró al departamento ya se había reunido una multitud de buen tamaño. Todas las ventanas estaban abiertas para que entrara el aire nocturno. La música era fuerte y animada. Se abrió paso por la sala de estar y vio que Belén estaba sentada con el Chacal. Se subió la capucha, esperando que ninguno de los dos lo viera, y logró entrar a trompicones a la cocina, donde Quinto estaba apoyado en el fregadero, bebiendo una cerveza.

—¡Hola, has venido! —dijo Quinto, sujetándole el hombro—. ¿Tienes algo para beber? ¿Está tu amiga aquí también?

—Quinto, necesito un favor, ¿comprendes? Necesito que vengas a ayudarme con un perro herido —dijo Domingo.

—¿Un perro? ¿Ahora mismo? Hombre, estás loco. Lo examinaré mañana.

—Mira, te puedo pagar —dijo, lanzándole el reloj—. Vale mucho dinero.

Quinto inspeccionó el reloj cuidadosamente. Frunció el ceño y dirigió una mirada de sospecha a Domingo.

—¿Cómo conseguiste algo así?

Domingo se mordió el labio y negó con la cabeza.

—No importa cómo. Vamos, hombre. Por favor.

—No lo sé.

—Podemos ir en tu coche. Será rápido. Está en mi casa.

—Tal vez más tarde.

—*Ahora*, hombre —dijo, mirando a Quinto, quien era más bien de baja estatura y generalmente era reacio a enfrentarse a alguien.

—Carajo, güey. Bien, de acuerdo. Veré a tu pinche perro —dijo Quinto, zampándose su cerveza y tirando la botella al fregadero.

Tuvieron que cruzar la sala de estar para llegar a la puerta. Domingo se percató de que Belén y el Chacal lo habían visto esta vez y estaban mirando en su dirección.

—Date prisa, antes de que el Chacal decida hablar con nosotros —dijo Domingo. Nada bueno podía pasar cuando el Chacal

CIERTAS COSAS OSCURAS 209

mostraba interés por ti, y Domingo no necesitaba ninguna mierda esa noche.

Domingo empujó a Quinto hacia la puerta y bajaron corriendo las escaleras.

El coche de Quinto era un viejo Volkswagen escarabajo blanco de los años 60. Un maldito clásico, decía Quinto. En cuanto entraron al vehículo, Quinto puso la destartalada radio a todo volumen con canciones de *heavy metal* en alemán. La música estaba tan alta que no se podía mantener ninguna conversación y Domingo lo agradeció. Sin embargo, cuando llegaron a los túneles, Quinto empezó a tararear, como era su costumbre.

El tarareo cesó en cuanto entraron a la habitación y Quinto echó un vistazo a su cama, que estaba manchada con muchas pinceladas de rojo.

—¡Puta madre, hombre! ¿Qué has hecho? ¿Secuestrar y matar a una chica?

El dóberman, que dormía a los pies de su ama, levantó la cabeza cuando Quinto gritó.

—Hemos tenido un accidente. Necesito que le eches una mano.

—¿Qué pinche accidente? Santo cielo —dijo Quinto.

—Solo... ¿puedes mirarla? Tiene fiebre.

Quinto hizo una mueca, pero se sentó junto a Atl y la hizo rodar sobre su espalda. Se puso en pie de un salto en cuanto vio su cara y, francamente, Domingo no podía culparlo, porque tenía muy mal aspecto. Había tosido más sangre y su barbilla estaba manchada de negro. Sus rasgos no eran del todo humanos. Había algo de ese aspecto de ave de rapiña en ella; parecía deforme, alienígena. Le recordaba a una imagen que había visto de un animal llamado «arpía» y también a alguien llamado «Medusa», y aun así había un poco de belleza en la rareza, al igual que siempre hay cierta belleza en un animal salvaje.

—¡¿Qué demonios?! —gritó Quinto—. Ella no es... ella es... es...

—Es una vampiresa y está herida —dijo Domingo, cortándolo—. Necesito que la ayudes.

—¿Ayudarla? ¡De ninguna manera, guey! ¡De ninguna manera! —dijo Quinto, agitando las manos como un loco.

—¡Sí! Ahora mismo.

—¡Pero yo no sé nada de vampiros!

—Bueno, curas a los perros.

—¡Hice dos años en la facultad de veterinaria, güey! —dijo Quinto, levantando dos dedos para enfatizarlo—. Eso no es lo mismo que un vampiro. No. Toma de vuelta tu pinche reloj. —Quinto le lanzó el reloj.

Domingo lo atrapó y lo sujetó con fuerza. Respiró hondo.

—Si no me echas una mano, ese perro te va a matar —dijo Domingo. Se sorprendió un poco al notar lo tranquilo que sonaba.

—¿Qué?

—Es un perro de ataque —dijo Domingo—. Es un perro modificado y está hecho para matar gente y puedo hacer que te coma la cara.

—Güey, vamos —dijo Quinto, intentando reírse y consiguiendo solo una patética y asustada risa a medias—. Eso no está bien.

—Cualli —dijo Domingo y el perro gruñó, con los ojos fijos en Quinto.

—¿Hablas en serio? ¿Me matarías por una perra vampiresa?

Quinto se había portado bien con Domingo y no quería ser un cabrón, pero se obligó a asentir. Porque ella lo necesitaba. Ella dependía de él.

—Échale un vistazo.

—¡Está bien! Mantén al perro alejado.

Domingo dio un paso atrás y se sentó en el suelo. Llamó al perro y este fue hacia él, aunque lanzó una mirada cautelosa a Quinto.

Quinto tomó el pulso a Atl y se inclinó sobre ella, apartando la camiseta a la que se aferraba.

—¿Qué le ha pasado?

—Le han disparado con estos dardos, nitrato de plata. Dijo que estaba entrando en shock. Un shock ana... algo.

—¿Shock anafiláctico?

Domingo pensó que esa era la palabra.

—¿Qué es eso?

—Es una reacción alérgica.

—¿Qué hacemos?

—No estoy seguro. Mira, normalmente te diría que le pusieras una inyección de epinefrina, pero no es humana y ya debería estar muerta por el aspecto que tiene. Su corazón está latiendo como loco.

—Le he sacado los dardos pero parece que no ha servido de nada.

—Necesito más luz.

Domingo tomó una de las linternas y la levantó mientras Quinto le miraba las piernas y los brazos.

Quinto negó con la cabeza.

—Creo que hay fragmentos del dardo en el hombro. El brazo también está hinchado. Mira, no tengo equipo para tratarla aquí, ni siquiera un estetoscopio. No estoy seguro de lo que quieres que haga.

—¿Dónde tienes el equipo?

—En la perrera. Pero eso es lo que uso en los perros, güey. No puedo garantizar que ayude.

—Entonces llevémosla allí.

—¿Estás loco? Al Chacal le daría un pinche ataque si la llevara allí. Está paranoico con los perros. ¿Quieres que te rompa los brazos?

—Ya me preocuparé de eso más tarde.

—Está cubierta de sangre. Mi coche...

—Entonces la envolveremos con una cobija y su chamarra. Vamos.

Parecía que Quinto no iba a moverse ni un centímetro, pero el perro gruñó y tomó una cobija.

La ciudad se veía extraña mientras se dirigían a la perrera; estaba silenciosa y sombría, el único ruido en el coche era el vaivén de los limpiaparabrisas y el golpeteo de la lluvia. A Quinto no le hacía mucha gracia que, además de una vampiresa, le hubiera pedido que trajera al perro, pero al final se habían metido todos en el bochito y Atl estaba en el asiento trasero.

Quinto estacionó el coche detrás de la vieja fábrica que había sido readaptada para servir de perrera y arena de combate para los perros, y juntos llevaron a Atl al interior. El lugar era una gran zona de desastre, un revoltijo de cajas que ensuciaba la entrada principal. Caminaron por un estrecho pasillo que conducía a una gran sala llena de jaulas, la mayoría de ellas ocupadas por perros de aspecto triste, y siguieron adelante. Su destino era el «hospital» —así lo llamaba Quinto—, una sala equipada con varias mesas e instrumentos especiales para que Quinto pudiera curar a los perros. Quinto encendió las luces y la sala se iluminó.

—Por aquí —dijo Quinto, y bajaron a Atl a una mesa quirúrgica veterinaria con ruedas—. Dios. Bien, déjame lavarme las manos y buscar mis cosas.

Quinto fue de un lado al otro de la sala, sacando frascos de las estanterías y tomando tijeras, cuchillos y alicates. Los volcó en una mesa más pequeña y la arrastró junto a Atl, murmurando para sí mismo.

—Vale, veo a este cabrón. El proyectil, fuera lo que carajo fuera, se ha roto en fragmentos y está incrustado en su brazo y en su pierna. Puedo limpiarlo y suturarla, pero no tengo ni puta idea de si debo administrarle epinefrina.

—¿Qué quieres decir? —preguntó Domingo, observando a Quinto mientras hacía un pequeño corte en el brazo de Atl.

—Hasta donde yo sé, podría provocarle un ataque al corazón. Bien, aquí hay un fragmento. Pásame ese plato.

Domingo alargó la mano y le tendió un plato de cerámica blanca. Quinto dejó caer una esquirla metálica en él.

—Supongo que no deberías ponérsela, entonces.

—Bueno, no sé. Se le está hinchando la cara. Ha perdido un chingo de sangre. ¿Le hago una transfusión? ¿De dónde diablos saco sangre? No tengo idea de lo que estoy haciendo. Aquí hay otro fragmento.

Quinto dejó caer el fragmento en el plato y Domingo lo observó mientras sacaba varios trozos más de metal y luego suturaba y vendaba el brazo y la pierna de Atl.

Quinto seguía murmurando para sí mismo. Tomó una jeringa y miró a Domingo.

—Voy a intentar ponerle una inyección intramuscular. No sé si esto ayudará o no. —Quinto empujó el émbolo hacia abajo.

Le tomó el pulso a Atl y negó con la cabeza.

—Vamos a intentarlo de nuevo.

Quinto siguió tomándole el pulso a Atl, observándola y negando con la cabeza. —Creo que está funcionando —dijo por fin—. Mierda. Es como intentar atender a un elefante. Tiene una tonelada de adrenalina bombeando por su cuerpo y apenas se mueve.

—¿Se va a poner bien?

—No lo sé. No hay nada que pueda hacer con respecto a la sangre que ha perdido.

Domingo apartó el pelo de Atl de su rostro. Estaba empezando a cambiar, transformándose lentamente en una forma más humana.

—¿Y ahora? ¿Qué hacemos ahora? —preguntó Domingo.

—Creo que deberías dejarla dormir. Esto está muy mal. Maldita sea, ¿qué te pasa con las chicas? Primero te dan una paliza por culpa de Belén y ahora estás saliendo con un monstruo.

—No es un monstruo.

—Los vampiros… chupan la sangre de la gente, hombre. Vamos, ya lo sabes.

—No va a hacerme daño.

Quinto suspiró denotando escepticismo y se cruzó de brazos. La luz de la habitación era fuerte y dibujaba líneas muy marcadas en el rostro de Atl de tal modo que le pareció que casi podía ver cada hueso debajo de su piel.

—Me voy —dijo Quinto.

—¿Qué? ¿A dónde? No puedes dejarla sola. ¿Y si necesita ayuda en un par de horas? —protestó Domingo.

—Sí, tengo que bañarme e irme directamente a la cama.

—Quinto…

—Mira, voy a sacar el viejo catre en el que dormiste algunas veces y me haré una siesta. Si me necesita, ven a buscarme a la parte de atrás, ¿de acuerdo?

—De acuerdo. Gracias, por cierto.

Quinto no respondió. Se dirigió hacia la puerta, pero se detuvo para lanzar una última mirada a Domingo.

—Es una vampiresa. Tienes que deshacerte de ella antes de que sea demasiado tarde.

Domingo no respondió. Se agachó para recoger la chamarra de Atl que Quinto había tirado al suelo y la colocó encima de ella, jalando también la cobija en la que la habían envuelto. Supuso que debía encontrarle ropa limpia y una cobija limpia, pero no había gran cosa en la habitación y temía ir a mirar afuera y que Atl tuviera una recaída repentina mientras él no estaba. Ahora tenía mejor aspecto, pero nada garantizaba que no necesitara más atención médica.

Le dio una palmadita en la mano y acercó una silla, sentándose junto a su cabeza.

Supuso que estaba soñando, porque estaba de pie en medio del desierto y había una tortuga arrastrándose a su lado. Domingo la miró. El sol blanqueaba el desierto, el animal parecía hecho de porcelana. Se giró y vio un fuego ardiendo en la distancia. El humo ascendía, negro, manchando el cielo, pero cuando se acercó el fuego había dejado de arder y solo quedaban cenizas. Un montón de cenizas cubrían el desierto, que ahora era gris.

Y fue entonces cuando los vio, bajo la sombra de un árbol muerto: tres cuerpos. Dos adolescentes. Alguien les había infligido pequeños cortes en la cara y el cuerpo, luego les había cortado la cabeza, y las cabezas decapitadas lo miraban fijamente, con los ojos desorbitados. El tercer cuerpo era de una mujer embarazada. Un disparo le había volado la mitad de la cabeza. Su vientre era un desastre sangriento.

Sabía, en algún recoveco de su corazón, que aquello era un recuerdo real y no una pesadilla. Era un recuerdo de Atl.

Domingo abrió los ojos y levantó la mano, mirando a Atl. Respiraba lentamente, tenía los ojos cerrados y su rostro era ahora el de una joven normal. Solo una chica, dormida, pero por primera vez, Domingo sintió aprehensión y el miedo se le subía por los hombros.

Y entonces los oyó. Pasos. Varias personas.

Se giró para encontrarse cara a cara con Quinto. No estaba solo. El Chacal y dos de sus colegas estaban con él.

—Oye, cabrón —dijo el Chacal—. He venido a conocer a tu nueva novia.

—Carajo —susurró Domingo.

CAPÍTULO 23

Atl esperaba que Izel gritara. Esperaba que gimiera. Esperaba cualquier cosa menos la mirada tranquila y contenida en el rostro de su hermana, como si alguien hubiera arrastrado un borrador encima de una pizarra, limpiándola.

—¿No íbamos a hacer algo? —preguntó Atl.

—Estoy haciendo los arreglos para el funeral —dijo su hermana.

—No me refiero al funeral. Me refiero a *algo*.

Izel estaba de pie junto al gran tanque de axolotl, observando a las salamandras blancas y negras mientras nadaban hacia arriba y hacia abajo.

—Sabes, la gente tiende a centrarse en la neotenia del axolotl. Alcanza la madurez sexual sin sufrir nunca una metamorfosis. Pero su aspecto más interesante, la razón por la que siempre hemos tenido algunos como mascotas, es su capacidad de curación. Son capaces de regenerar extremidades enteras, incluso partes vitales de su cerebro. Nosotras también somos capaces de hacerlo, por supuesto. En ese sentido somos como primos.

—¿De qué demonios estás hablando? —dijo Atl.

—Creceremos de nuevo. Hemos sido dañadas, pero sanaremos.

Atl rodeó el tanque de axolotl.

—Sí y eso está bien, pero ¿qué vamos a hacer con ellos? ¿Qué haremos con Godoy? ¿Qué haremos con los cabrones…?

—No haremos nada —dijo Izel.

Atl no dijo nada, no pudo encontrar las palabras, ninguna palabra, durante un buen par de minutos.

—Madre ha sido asesinada. Nos entregaron su maldita *cabeza* —dijo Atl.

—Lo sé. Los ancianos hablaron ayer, yo soy la cihuātlahtoāni ahora. Y digo que no habrá represalias.

—¿No habrá represalias? —repitió Atl—. ¡Nos enviaron su maldita cabeza!

Ni siquiera se habían molestado en devolver los restos de sus dos primos que estaban con su madre. Se rumoreaba que habían dado de comer los cadáveres a sus perros.

Pero sí que habían escrito una nota para acompañar a la cabeza: GODOY CONTROLA ESTE PUEBLO, PERRAS.

Izel tenía las uñas apretadas contra el cristal; las golpeó una, dos, tres veces, y levantó la cabeza para mirar a su hermana. Sus ojos eran dos trozos de ónix.

—Nos enviarán más cabezas si los atacamos. Nuestras primas, nuestras tías...

—Nuetras primas, nuestras tías, quieren venganza.

—La venganza se paga muy cara.

Atl se mofó y miró fijamente a su hermana. Actuaba con tanta fuerza, tan segura de sí misma, y ahora aquí estaba, incapaz de tomar lo que debería haber sido una decisión simple.

—¿Crees que si nos quedamos aquí, con los brazos cruzados, nos dejarán en paz por arte de magia? Eliminaron a Wu el año pasado y echaron a dos de los clanes Nachzehrer. Si no oponemos resistencia ahora, seremos los siguientes.

—Probablemente pueda negociar una solución —dijo Izel.

—¿Hablarás con ellos? ¿Harás un trueque con los hombres que mataron a nuestra madre? —preguntó Atl, horrorizada—. Rompieron las reglas.

Atl se acercó más a su hermana. La rabia que sentía podría haber llenado el estúpido tanque, toda la maldita habitación, mientras que Izel parecía indiferente, como si su madre estuviera de vacaciones y todo estuviera bien.

—Estamos en una posición vulnerable. Mis recursos son limitados.

—Al diablo con tus recursos. ¿Y la familia qué? —preguntó Atl—. Nuestros corazones no quieren más que una muerte en guerra.

Era un verso de un poema que ambas habían aprendido de niñas. Pero Izel, en lugar de parecer animada por las palabras, parecía indignada.

—No te importa una mierda esta familia —dijo Izel—. Nunca te ha importado.

—Y probablemente te alegras de que mamá esté muerta para poder mangonearnos como siempre has querido —dijo Atl, elevando su voz, chillona y extraña, como si nunca la hubiera escuchado antes. Estaba al borde del pánico.

Izel la abofeteó con fuerza y su anillo cortó la boca de Atl, quien sintió el sabor de su propia sangre y miró a su hermana. Izel se volvió hacia el tanque de axolotls, mientras Atl tomaba su chamarra y salía de la habitación, bajando las escaleras a toda prisa.

Tres días después, Atl mató a dos sobrinos de Godoy y a su concubina favorita. Fue fácil. Había un par de guardaespaldas con ellos en el departamento, pero los guardias eran humanos y había antiguos códigos contra el asesinato de las esposas o concubinas de los enemigos. No esperaban a Atl, a salvo en su costoso nido. Godoy había violado esos mismos códigos cuando había matado a la madre de Atl en terreno neutral, pero aparentemente no temía ninguna represalia.

Se abalanzó sobre los guardias desde arriba, los despachó en un minuto y luego bañó a los vampiros con luz ultravioleta. Chillaron y chillaron, pero ella los ató con fuerza y les inyectó alicina. Se calmaron después de eso y prosiguió a cortarlos con facilidad. A los chicos les cortó la cabeza. Fue una tarea caótica, aunque los chicos eran pequeños —solo adolescentes— y eso ayudó. La concubina era considerablemente mayor y estaba embarazada. Atl la apuñaló en el vientre doce veces. La mujer suplicó clemencia, pero Atl tomó una de las pistolas que llevaban los guardias y le voló casi toda la cabeza a la vampiresa.

La mujer convulsionó durante un buen tiempo antes de morir. Atl observó toda la escena, impasible. Nunca había matado a un vampiro y solo le había hecho daño a un par de humanos en otra ocasión, en un antro, pero le había parecido natural y sabía que se había comportado como debía. Creía que había recuperado lo que había perdido. El deshonor. El honor.

Le dijo a Izel lo que había hecho de inmediato.

—Vendrán a por nosotras —dijo su hermana—. Vendrán a por las dos. ¿Cómo pudiste?

—La familia lo quería. Mazatl y Nahui y los demás me lo dijeron —dijo Atl.

Era cierto. No había mentido cuando dijo que sus primas y tías deseaban vengarse. Habían expresado profundas reservas hacia Izel. La prima Nahui incluso le había dicho a Atl, a bocajarro, que liderar requería ciertas habilidades e Izel podría no tenerlas. Mazatl había sacado a relucir su filiación, recordándoles a todos que Izel y Atl eran hijas de un hombre débil que había defraudado a la familia.

Atl debería haber hablado en favor de su hermana, disipando cualquier temor, pero en lugar de eso los gritos avivaron su ira. *Alguien*, decían, tenía que tomar medidas decisivas por este crimen atroz, que no solo los había deshonrado, sino que los había marcado como vulnerables e incapaces de controlar su territorio.

Tu nombre es Atl, le había dicho su prima Nahui. *¿Por qué no eres el ātl tlachinolli, el agua que abrasa la tierra? En cambio, te comportas como un suave arroyo que besa los tobillos, lamiendo los pies de Izel.*

Si Atl no oponía resistencia, la familia se vendría abajo: la cihuātlahtoāni podría ser repudiada. Atl no iba a ser marcada con semejante sello, su linaje deshonrado una y otra vez. Hizo lo que creyó correcto. Supuso, después, que tal vez Godoy había querido que ella hiciera todo eso. Que lo había dispuesto para que alguien de su clan pudiera encargarse de los asesinatos; por eso los guardias habían sido tan fáciles de despachar. Pero ¿y qué? La sangre estaba en su futuro, de una manera u otra.

—Que vengan —le dijo Atl a su hermana.

Y así lo hicieron. Embistieron con sus camiones las puertas de su casa y atravesaron la propiedad con lanzallamas en la mano. Ella observó desde su ventana, vio las lenguas de fuego arrasar el patio y escuchó los chillidos de sus primas, de los suyos.

—Escóndete —le ordenó su hermana—. ¡Escóndete, Atl! ¡Escóndete!

Y entonces, cuando debería haber tomado un cuchillo o un rifle o cualquier maldita cosa que pudiera, cuando debería haber sido la guerrera que le dictaba su linaje, corrió. Bajó a toda prisa las escaleras traseras, se dirigió a la cocina, abrió la tapa de uno de los congeladores horizontales donde se almacenaban los víveres para sus sirvientes humanos y se deslizó dentro, cerrando la puerta tras ella.

Las paredes de metal y plástico del congelador amortiguaban los sonidos, como cuando alguien nada bajo el agua.

Espacios pequeños.

Atl se quedó allí, esperando. Cuando por fin se atrevió a empujar la tapa para abrirla, se rio, pensando que si alguien la estuviera observando vería una gran parodia de una película de vampiros. En lugar de empujar la puerta de un ataúd, estaba empujando la tapa de un congelador.

Pero no había nadie observándola.

La casa estaba en silencio. Caminó lentamente por los pasillos, pisando vidrios rotos, encontrándose con cadáveres mutilados.

Varios habían sido parcialmente quemados. Reconoció a Izel por el brazalete que llevaba en el brazo. El resto era un bulto negro con una forma vagamente humana y la boca abierta en un grito eterno.

Atl se deslizó contra la pared, apoyando las manos en las rodillas. Mientras estaba allí, Cualli salió brincando de la casa. Creyó estar imaginándoselo, pero no. Era su perro. Se abrazó a él, enterrando su cara contra el cuello del dóberman.

Salió del recinto a la fresca noche del desierto al tiempo que Cualli le pisaba los talones. Caminó y tropezó con una tortuga. La miró. El espectáculo la divirtió mucho y pensó que Izel sabría de qué especie se trataba.

La vio alejarse de ella, trazando lentamente sus pasos por el desierto, aunque el desierto estaba extraño esa noche. La arena era roja bajo sus pies y la luna había desaparecido. Tosió y una sustancia negra y desagradable le brotó de la boca; se arrodilló sobre la arena: un río de bilis negra y sangre que salía a borbotones, y trató de detenerlo, pero no se detuvo. Simplemente. No. Se detuvo.

Alguien le tocó el hombro y ella se levantó, abriendo los ojos... y ya no estaba en el desierto. Estaba de cuclillas en el suelo. Atl trató de ralentizar su respiración.

Había paredes de cemento gris y una puerta de metal... no, una pared de malla ciclónica con una puerta. Frente a ella vio a un perro. No era Cualli, sino un perro callejero. Estaba en una celda, al igual que el perro de enfrente.

—Estás despierta. Dios mío, me alegro mucho de que estés despierta.

Atl parpadeó y giró la cabeza. Era Domingo quien le tocaba el hombro, quien estaba en cuclillas junto a ella. Él sonrió.

—Estoy... sí, ¿dónde estoy? —preguntó ella—. Estaba herida.

—Mi amigo Quinto te ha curado.

Atl se miró el brazo y vio el vendaje. Recordó los dardos. Si estaba despierta significaba que se los habían quitado, aunque gran parte del daño ya estaba hecho. Había tenido una sustancia nociva bombeando a través de su sistema y su cuerpo todavía estaba luchando por asimilarla.

—Por otro lado... ah... estamos en la perrera del Chacal. Es donde tiene a sus perros.

—¿Por qué?

—Cree que puede ganar dinero contigo.

Atl miró a su alrededor, al pequeño espacio en el que estaban sentados. Habían arrastrado y metido un colchón manchado y lleno de bultos. La chamarra de Atl, hecha una bola, estaba encima. También una cobija.

—No es muy bueno en lo que a hospitalidad se refiere, ¿verdad? —murmuró Atl, limpiándose la boca con el dorso de la mano y sentándose en el colchón. Flexionó los dedos con cierto esfuerzo. Se sentía lenta, cansada; el dolor irradiaba de todos los músculos de su cuerpo—. ¿Cómo va a ganar dinero a mi costa?

—Dice que la gente está buscando a un vampiro. Después de esa pelea en la calle... ellos... este... supongo que hay un precio por tu cabeza.

—Vaya, un precio —se rio Atl—. Me estoy volviendo muy popular.

A Domingo no pareció hacerle gracia su comentario. Se lamió los labios y la miró fijamente.

—¿Dónde está mi perro? —preguntó Atl.

—Lo oí hace un rato. Está cerca, pero no puedo verlo desde esta jaula —dijo Domingo.

—Más vale que no le hayan hecho daño. Les cortaré los huevos si le han hecho algo.

—Me imagino que el Chacal quiere quedarse con tu perro para las peleas. Creo que está a salvo.

—Nosotros también lo estamos. Si cree que valemos algo vivos. —Se tocó el vendaje de su hombro, lo deslizó para quitárselo y miró la herida. El brazo estaba manchado de negro por el nitrato de plata, con pinceladas violentas que salían del lugar donde el dardo había atravesado la carne. Cuando se tocó la piel, le dolió e hizo una mueca. Volvió a colocar la venda en su sitio.

—Maldita sea, tenían que usar nitrato de plata —dijo—. Tenemos que salir de aquí. Puedo derribar la puerta de una patada y saldremos corriendo —añadió.

—Probablemente no sea una buena idea.

—¿Tienes una mejor?

—No. Es solo que no creo que debas moverte mucho.

—Tonterías. —Se levantó y dio un paso hacia adelante. Un paso fue todo lo que necesitó y sintió que la bilis se acumulaba en su garganta y comenzó a toser de nuevo. Estuvo a punto de perder el equilibrio y caerse, pero Domingo se apresuró a su lado y la sostuvo.

Atl graznó y la bilis negra se derramó por su camiseta. La ayudó a volver al colchón y se sentaron uno al lado del otro.

Estaba mugrienta. Olía a sangre y a vómito. Apenas podía mantener los ojos abiertos. Empezó a toser de nuevo.

Domingo sacó un trapo de su bolsillo y se lo dio. Atl se presionó el trapo contra la boca y frunció el ceño. Finalmente, cedió la tos.

—Sí, ya te entiendo —susurró Atl, tirando el trapo al suelo. El ataque de tos le había quitado la energía y se dejó caer sobre el colchón.

Su única arma era su navaja automática y no estaba segura de tenerla todavía. Debería estar en su chamarra, pero tal vez la habían registrado en busca de armas. O tal vez no les había importado, estando ella tan débil.

Tenía, tal vez, un cuchillo. También tenía a Domingo. Aunque el chico podría estar dispuesto a protegerla, dudaba de que pudiera derribar la puerta, llevarla en brazos al exterior y burlar a la gente que los estaba reteniendo en la perrera.

—¿Tienes hambre? —preguntó Domingo—. ¿Necesitas...?

Comida. Atl no quería pensar en eso. El dolor era tan intenso en ese momento que no podía ni siquiera considerar comer. El dolor borraba cualquier otra preocupación. Pero una vez que el dolor cesara, una vez que su cuerpo comenzara a sanar en serio, el hambre llegaría con toda su fuerza. No estaba segura de lo que haría en ese momento. Recordó al anciano al que había matado en Guadalajara. Ni siquiera había sido capaz de retener su sangre y, sin embargo, lo había matado porque estaba demasiado exaltada como para preocuparse —o darse cuenta— de lo que estaba haciendo. Si eso volvía a suceder, no sabía si podría evitar hacerle daño a Domingo. O si querría hacerlo.

Si se diera el caso. No quería morir.

Es reemplazable, se dijo a sí misma.

Pero no pensaría en eso ahora. *Más tarde. Lo consideraré, más tarde.*

—Necesito alimentarme, sí. Pero ahora mismo, probablemente volvería a vomitar —dijo ella.

—¿Qué hacemos, entonces? —preguntó él.

¿Qué hacemos? Era una chica. Una chica que había jugado a asesinar pero con ello solo había conseguido que mataran a su hermana. Una niña en la que no se podía confiar para dar un buen consejo. Una niña que había salido corriendo muy entrada la noche y se había lanzado a una fuga descontrolada. Una niña que estaba enferma y cansada. Una niña que no podía fingir que era una tipa dura que podía salir intacta de esto.

Lo miró y vio que parecía realmente interesado en su respuesta, con esa mirada abierta y ansiosa que solía tener muy a menudo. Domingo era todo un *niño*. Ella podría ser una niña, pero nunca había sido lo que era *él*. Nunca sería eso.

—Esperamos —le dijo ella.

—Está bien —dijo—. Todo saldrá bien, ¿sabes? Tengo una corazonada.

Un niño dulce con una sonrisa bobalicona y el pelo en la cara y tanta *fe* en Atl o en el universo o en algo. Se preguntaba cómo se las arreglaba para seguir creyendo en algo.

—Sí —dijo ella, y su boca tenía un sabor ácido y desagradable—. Todo irá bien.

Lo mataré. Más tarde. Si es necesario, pensó. Pero no. Ella no lo
quería muerto. Apartó la mirada de él. *Por Dios, no seas estúpida.*

CAPÍTULO 24

Los perros ladraron, anunciando la llegada de varias personas. Domingo se levantó y se acercó a la puerta, nervioso. Atl también había oído el ruido y se estaba incorporando, buscando su chamarra.

Quinto apareció y esbozó una tímida sonrisa a Domingo. Llevaba una mochila, que dejó en el suelo.

—Hola, Domingo —dijo, levantando la mano derecha a modo de saludo.

—¿Hola? —preguntó Domingo, apretando las manos contra la puerta de malla ciclónica—. ¿Me encierras en esta jaula y me dices «hola»?

—Mira, güey, no me quedó otro remedio. El Chacal sentía mucha curiosidad por ti después de que fuiste a buscarme a la fiesta. Me llamó por teléfono y tuve que decírselo.

—Genial.

—Tu novia sigue viva, ¿no? —dijo Quinto—. Además, me dijiste que ibas a matarme con tu maldito perro. Lo justo es lo justo.

Domingo enroscó los dedos alrededor de la malla, mirando fijamente a Quinto. Quinto se agachó para abrir el cierre de la mochila y hurgó en ella; encontró vendas limpias, abrió el pequeño panel que utilizaban para alimentar a los perros y se las entregó a Domingo.

—Tienes que cambiarle los vendajes.

Domingo puso mala cara, pero se acercó a Atl y comenzó a vendar las heridas de nuevo. Los viejos vendajes estaban completamente sucios e inservibles, así que los dejó a un lado. Cuando Domingo terminó, Quinto volvió a hablar.

—¿Tienes sed? —preguntó Quinto, alzando una botella—. También tengo un sándwich para ti, Domingo.

—¿Y si lo has envenenado? —preguntó Domingo.

—No seas idiota.

Domingo tomó la botella y el sándwich, y volvió con Atl. Sus manos no eran lo suficientemente firmes como para sostener la botella, así que él tuvo que presionarla contra sus labios. Cuando ella terminó de beber, él bebió y dio unos pequeños mordiscos al sándwich.

—¿Con quién está negociando el Chacal? —preguntó Atl. Se sentó con la espalda apoyada en la pared y no miró a Quinto.

—No lo sé con certeza. Han corrido rumores de que había una vampiresa suelta y que algún tipo del norte estaba dispuesto a pagar por ella. Y por el perro.

—Nick —susurró Atl, y levantó la mirada hacia Quinto—. ¿Cuándo van a venir los compradores?

—No lo sé. Deberían llegar pronto. Se supone que solo debo vigilarte y asegurarme de que no te mueras antes de que lleguen.

—Qué considerado. Sabes, si me dejas ir ahora, no tendré que matarte —dijo Atl.

—Pero entonces lo mataría yo —dijo el Chacal, dando un paso adelante. Llevaba la llamativa chamarra metálica que tanto le gustaba y pantalones de chándal de color gris.

A su lado estaba Belén. Parecía totalmente conmocionada. Otros dos hombres completaban el grupo. Eran los matones habituales del Chacal y la escena que tenían delante no les parecía especialmente sorprendente.

—¿Tú eres el Chacal? —preguntó Atl.

—Has acertado —dijo el Chacal, mostrándose petulante—. Parece que soy famoso. ¿Te contó lo de aquella vez que hice que me lamiera las botas?

—Vete a la mierda —dijo Domingo.

—Fue muy divertido. Tal vez podamos divertirnos contigo también, cariño, aunque tengo que decir que no tienes muy buen aspecto. —El Chacal frunció el ceño—. Quinto, ¿qué carajo es esto? Dijeron que la querían sana y salva y se ve como una mierda. ¿Estás seguro de que no va a desplomarse y morir? Si se muere te cortaré los huevos.

—No, no pienses eso. Debería poder sobrevivir.

—Necesito sangre —les informó Atl—. Y la necesito ahora.

El Chacal le lanzó una mirada inquisitiva a Quinto.

—¿Es eso cierto?

—¡No lo sé! No soy un experto en medicina vampírica. ¿Qué se supone que debo hacer, pasarme por la Cruz Roja a por plasma? —dijo Quinto, mirando a Domingo—. Si de verdad tiene hambre ahí está Do...

Quinto se calló, pero Domingo lo entendió suficientemente. El Chacal se rio y sus hombres sonrieron.

—¿Cuánto va a pagar Nick por mí? —preguntó Atl.

El Chacal se encogió de hombros y sacó un palillo, hurgando entre sus dientes.

—Esto o lo otro. No importa.

—Yo también tengo dinero.

—No lo parece, cariño. Me quedo con el dueño del Mercedes.

—Soy Atl del clan Iztac. Deberías dejarme ir ahora. *Inmediatamente.*

El Chacal se acercó a la puerta de malla ciclónica de su celda improvisada y agitó un dedo hacia Atl.

—Perra, no vas a ir a ninguna parte y, si sabes lo que te conviene, más te vale que cierres la boca antes de que me agües la fiesta.

Se oyó un fuerte zumbido y el Chacal sacó su teléfono mientras mordía el palillo. Apretó la oreja contra el teléfono y gritó fuerte «sí», dos veces, y luego colgó.

—Ustedes, vigílenla. Tengo que ir a recibir a nuestros amigos.

El Chacal se alejó. Domingo se sentó en el colchón y colocó un brazo alrededor de los hombros de Atl. Su respiración se había acelerado de repente, como si estuviera corriendo. Empezó a toser de nuevo. Domingo tuvo que soltarla porque su cuerpo se estaba contorsionando de forma violenta. Observó cómo volvía a toser, escupiendo bilis, y luego cayó de espaldas. Su boca rebosaba sangre.

—Se está ahogando —le dijo a Quinto—. Se está ahogando con su propia sangre. —Quinto Belén y los dos hombres lo miraron con muda incomprensión. Domingo se lanzó contra la puerta de malla ciclónica, sacudiéndola con fuerza.

—¡Se va a morir! ¡Quinto, ayúdala!

Quinto sacó las llaves y, con dedos temblorosos, abrió la puerta. Belén y los dos hombres se quedaron viendo la escena que se estaba desarrollando, observando cómo Quinto arrastraba su mochila al interior de la celda y empezaba a hurgar en ella.

—¡Haz algo!

—¡Estoy tratando de encontrar la pinche epinefrina!

Quinto consiguió sacar una jeringa y la introdujo en el pecho de Atl. Ella inmediatamente se la arrancó y la clavó en el ojo de Quinto. Domingo retrocedió y perdió el equilibrio.

Atl sacó un cuchillo de entre los pliegues de su chamarra y se lo lanzó a uno de los hombres, dándole de lleno en medio de la frente. El otro hombre reaccionó rápidamente, tomó una pistola y disparó contra ella, pero la bala no la alcanzó y ella cayó sobre el pecho del hombre, rompiéndole el cuello con un movimiento limpio.

Luego se puso en pie con tal rapidez que Domingo no entendió lo que estaba pasando al principio. Belén dio un grito ahogado cuando Atl la sujetó por el cuello y lo apretó con sus largos dedos.

—¿Qué estás haciendo? —preguntó Domingo.

—Necesito sangre —dijo Atl.

—¡No le hagas daño!

Atl giró la cabeza y lo miró fijamente; su voz era firme.

—No lo haré. Trae a mi perro —dijo.

Domingo se precipitó hacia Quinto y sacó las llaves de su bolsillo. Quinto gemía de dolor, pero Domingo no tenía tiempo de ayudarlo. Se apresuró a recorrer el pasillo, mirando cada una de las puertas de malla ciclónica. Cualli estaba al final del pasillo y, cuando volvió con el perro, se encontró con que Atl tenía a Belén inmovilizada contra una pared, con la boca apretada contra el cuello de la chica. Belén le lanzó una mirada de pánico.

—¡Te he dicho que no le hicieras daño! —gritó.

Domingo jaló a Atl hacia atrás. Lo miró con su otra cara, la de pájaro, con los ojos entrecerrados como dos rendijas furiosas.

—Atl, suéltala ahora —le dijo.

Ella siseó y siguió alimentándose. Belén estaba llorando, las lágrimas le corrían por las mejillas.

Domingo tragó saliva. Se agachó y tomó la pistola que había dejado caer uno de los hombres. Le temblaban las manos. No tenía ni idea de cómo usar el arma y no quería amenazarla, pero sabía que tenía que hacerlo. Atl no era ella misma en ese momento.

—Suéltala —dijo—. Vas a matarla.

—No interfieras.

Apretó la pistola contra su espalda.

—Atl, detente. Lo digo en serio.

Atl se giró y le sujetó firmemente la cara con una mano, inclinándola un poco y ladeando a su vez su propia cabeza, para mirarlo fijamente. Sus ojos eran oscuros y duros como la obsidiana.

—¿Lo dices en serio? ¿Has apretado alguna vez un gatillo, eh?

—Atl —murmuró él—. Dijiste que no le harías daño.

—Esto no la matará.

—Bien. Suéltala ahora —dijo, y de alguna manera se las arregló para hablar con calma.

Ella pareció responder a su tono, deslizó su mano por la cara de él y la apartó.

—Muy bien —dijo Atl, se separó de la chica como si fuera un trapo mojado, y luego entró a la celda donde Quinto yacía gimoteando.

Domingo sostuvo a Belén en brazos y la abrazó mientras sollozaba. Por un momento pensó que Atl iba a matar a Quinto, pero lo único que hizo fue recoger su chamarra del lugar donde yacía sobre el colchón y ponérsela con el mayor cuidado, como si no estuviera manchada y mugrienta. Luego salió, sacó su cuchillo del cadáver donde estaba alojado y lo escondió entre los pliegues de su chamarra. Cuando levantó la cabeza para mirar a Domingo, su rostro había cambiado y parecía humano de nuevo.

—Deberías correr ahora, chica —dijo Atl.

Belén se zafó de los brazos de Domingo y, obedeciendo a Atl, corrió por el pasillo, alejándose de ellos. Conocía el edificio y Domingo confiaba en que encontraría la salida sana y salva. O se escondería hasta que fuera lo suficientemente seguro para salir.

—¿Quieres seguirla? —le preguntó Atl, con voz desafiante.

No, pensó, y otra parte de él gritó un definitivo: *Sí, quiero salir de esto*. Y se preguntó por qué lo estaba haciendo, por qué se estaba quedando con ella. La respuesta no era un pensamiento coherente, simplemente era el latido de su corazón.

Sacudió la cabeza y le ofreció la pistola que tenía en la mano. Ella se la arrebató.

—¿Conoces una salida?

—Hay una zona de carga —dijo Domingo—. Podemos salir por ahí.

Atl levantó la cabeza, como si estuviera escuchando algo.

—Están aquí. Tenemos que darnos prisa.

CAPÍTULO 25

Rodrigo dijo que tenía listo un equipo de personas, pero en opinión de Nick los siete matones que componían el equipo parecían una pinche mierda. Nick no sabía de qué alcantarilla habían salido los nuevos reclutas, pero ciertamente no se veían muy hábiles. Diablos, ninguno de ellos había conocido siquiera a un vampiro. Eran muchachos de Ciudad de México, encerrados en su ciudad de mierda desde hacía demasiado tiempo. Nick miró sus armas, esparcidas por la sala de estar, y sonrió con suficiencia.

Armas normales. Como si eso pudiera matar a uno de su especie. Nick tomó un rifle que había quedado sobre una gran mesa del comedor y lo levantó, apuntando a uno de los cuadros de Rodrigo. Rápidamente desvió su atención hacia los cuchillos, que eran más interesantes, y las porras eléctricas. Eso sí que era equipo real de caza de vampiros.

—Te he dicho que no tocases nada —dijo La Bola.

—No lo voy a romper.

—Tienes que quedarte en tu habitación.

Nick puso los ojos en blanco y resopló. La Bola era patética, tartamudeando cualquier palabra que se pusiera en la boca. A esto se reducía su guardaespaldas: a un imbécil inquieto. Nick deseó que Justiniano no hubiera muerto en Guadalajara. Era un tipo listo. El estúpido perro de la chica lo había matado. Cuando encontraran a Atl, iba a despellejar al perro ante sus propios ojos.

—Mira, Bola, o salgo de este departamento o sales en una bolsa para cadáveres.

—No seas tan melodramático —dijo Rodrigo desde atrás de él.

Nick se dio la vuelta y miró fijamente al viejo, frunciendo el ceño.

—Si quieres salir, vamos a hacer un viaje de negocios y nos vendría bien tu compañía. Puede que haya encontrado a nuestra amiga.

—¿Has encontrado a Atl?

—Puede ser. Me imagino que querrás acompañarnos para el paseo. A menos que quieras quedarte aquí y ver unos dibujos animados. El equipo está listo para partir.

Nick le hizo la peineta a Rodrigo, pero aun así lo siguió hasta el coche. La Bola y el equipo de mierda estaban justo detrás de ellos.

—¿Cuándo pensabas informarme? —preguntó Nick una vez que estuvieron dentro del coche. Nadie le había dicho nada.

—He recibido la noticia hace poco. He estado compartiendo la foto y la descripción de Atl con toda la escoria de Ciudad de México con la que he hecho negocios y al parecer nos ha tocado el premio gordo.

Rodrigo le pasó a Nick su teléfono y este miró la foto en la pantalla. No era una imagen muy buena, pero se parecía a Atl, con los ojos cerrados.

—¿Quién la tiene? —preguntó Nick.

—Un donnadie que ha tenido suerte. Está viva y malherida.

—Debería ser pan comido, entonces.

—No te pongas gallito —le advirtió Rodrigo.

Condujeron un rato y, cuando el semáforo se puso en rojo en un cruce, un chavo dio un salto hacia adelante con un trapo en la mano, dispuesto a lavarles los cristales. Nick iba a espantar al chico, pero Rodrigo le habló.

234   SILVIA MORENO-GARCÍA

—Estoy buscando al Chacal —le dijo Rodrigo al niño.

—Claro, señor —dijo el niño—. Siga conduciendo. Gire a la derecha después de cinco cuadras y vuelva a preguntar por él.

Rodrigo hizo lo que el niño le dijo y en el siguiente cruce había una niña que también estaba lavando cristales. Ella se acercó al coche y el juego se repitió. En total, tuvieron que hablar con tres niños para poder llegar a su destino final: una vieja fábrica con las ventanas del primer piso cerradas. El exterior había sido pintado y repintado con grafitis. Estacionaron los coches, y los siete matones, junto con Rodrigo, Nick y La Bola, se reunieron ante las puertas de la fábrica. A Nacho y a Colima les dijeron que se quedaran en los coches, por si acaso tenían que hacer una huida rápida.

Apenas un par de minutos después de haberse estacionado, dos adolescentes abrieron las puertas del edificio y los hicieron pasar, guiándolos a una habitación con nada más que paredes descarapeladas y unas cuantas sillas. Media docena de jóvenes, entre los que se encontraba un niño de no más de trece años, estaban sentados en las sillas, fumando cigarros y charlando entre ellos. Cuando entraron, uno de los jóvenes se levantó: era alto y fuerte, con la cabeza rapada. De cerca, Nick vio que era notablemente mayor que el resto.

El hombre les estrechó la mano.

—Soy el Chacal —anunció.

—Soy Rodrigo y este es Nick. Tenemos la recompensa.

Rodrigo sacó un maletín y lo abrió, mostrando su contenido al Chacal. Este parecía muy satisfecho y se rio. Tenía una voz desagradable, un poco aguda.

—Bien. Tengo a tu chica y a tu perro.

—Estoy impaciente por verlos a los dos —dijo Rodrigo.

—Está por aquí —dijo el Chacal, y comenzó a caminar.

Lo siguieron. Los hombres del Chacal iban charlando, mientras que Rodrigo y Nick permanecían callados. Doblaron una esquina e incluso antes de que pudiera ver nada, Nick supo que algo iba mal. Olió la sangre. El Chacal iba a abrir una puerta, pero Nick lo apartó de un empujón.

El Chacal protestó enérgicamente, pero Nick abrió la puerta de golpe y entró a un pasillo lleno de jaulas. Justo lo que pensaba. Vio a dos hombres en el suelo. Nick se giró, mirando al Chacal.

—¿Qué carajo es esto? —preguntó Nick.

—Híjole, me lleva el diablo. No pensaba que tu amiga pudiera manejar esto. No te preocupes. Intentarán salir por la plataforma de carga o por la entrada lateral —dijo el Chacal—. Podemos cortarles el paso si nos separamos.

—¡Bueno, pues vamos a cortarles el puto paso!

El Chacal gritó órdenes a dos de sus hombres a todo pulmón. Rodrigo ordenó a cuatro de sus propios matones que se fueran con los chicos del Chacal; los otros tres se quedaron con ellos.

—Muy bien, atrapémoslos —dijo el Chacal, riéndose un poco más.

Se apresuraron a volver por donde habían venido. Los matones de Rodrigo habían sacado sus pistolas y sus porras eléctricas, pero Nick no se había molestado en llevar nada. Se maldijo por ese error básico.

—Por aquí, por aquí —les instó el Chacal. Entraron a trompicones a lo que debió ser una gran zona de carga, ahora llena de cajas rotas y basura, y perfumada con el olor de la sangre. Y ahí estaba ella, matando a un hombre, uno de los chicos del Chacal que obviamente había intentado impedir su huida. También vio a un joven y al perro de Atl, aunque ambos eran insignificantes y parecían estar acobardados en un rincón. Su objetivo era la chica.

Nick dio un paso al frente, dispuesto a hacerla trizas, pero Rodrigo lo sujetó del brazo.

—¡Atrápala! ¡Date prisa! —gritó el hombre mayor. Miró al Chacal—. Ustedes también, idiotas. Si ella sale de aquí no hay pago.

El Chacal gritó unas cuantas órdenes y los tres jóvenes-adolescentes —«hombres» no era el término adecuado— que lo acompañaban se apresuraron a rodear a Atl, sin hacer preguntas. Ella apartó a uno de una patada, haciendo que se golpeara contra un montón de cajas viejas. Rodrigo, mientras tanto, seguía sujetando a Nick por el brazo.

—Suéltame —murmuró Nick.

—Ellos pueden encargarse. No es necesario que te ensucies las manos.

—No soy un niño.

—Este es su trabajo.

El Chacal estaba gritando en su teléfono, diciendo a alguien que se apresurara a la plataforma de carga, y Rodrigo se volteó para hablar con los matones.

Nick vio cómo Atl sacaba una pistola y disparaba a dos de los adolescentes que intentaban apresarla. Una vez vacía la pistola, la tiró, luego se dio la vuelta y burló a uno de los matones de Rodrigo. Al ser una Tlāhuihpochtli, Atl simplemente no poseía la fuerza superior de un Necros. Pero lo que a Atl le faltaba en fuerza, lo compensaba en velocidad. No era imposible para un humano derribarla en su estado actual, pero tampoco era tan fácil. Y el hombre que intentaba dispararle ahora estaba deplorablemente mal preparado.

Le arrancó el rifle de las manos y le voló la cabeza de un solo disparo.

Las fosas nasales de Nick se encendieron, el olor a sangre lo hizo salivar. Lo estaban haciendo mal, panda de aficionados.

—No me importa —dijo Nick, apartando a Rodrigo de un empujón—. Si quieres que algo se haga bien, tienes que hacerlo tú mismo.

—¡Nick, imbécil!

Le hizo la peineta a Rodrigo y se dirigió directamente hacia Atl, arrebatando una porra eléctrica de las manos nerviosas de uno de los matones de Rodrigo.

Hombre, se iba a divertir. Ella lo vio acercarse y sus ojos se entrecerraron en señal de reconocimiento.

Sí, perra. Soy yo otra vez.

—Hola —le dijo él—. ¿Cómo estás? Hace tiempo que no te veo, puta chupavergas.

CAPÍTULO 26

En el momento en el que Nick dio un paso al frente, Atl supo que las cosas se iban a poner caóticas. Los humanos eran una cosa. Un vampiro era otra muy distinta. No estaba en condiciones de luchar contra nadie, con solo un poco de la sangre de esa chica recorriendo su cuerpo. Atl estaba funcionando a base de adrenalina y bravuconería, y ambas se estaban evaporando rápidamente.

—Hola —le dijo él—. ¿Cómo estás? Hace tiempo que no te veo, puta chupavergas.

—Métete tu palo eléctrico por el culo —respondió ella.

Nick saltó hacia Atl, golpeando la porra eléctrica en dirección a su cabeza. Atl apenas tuvo tiempo de levantar el rifle y repeler el golpe con el arma. Nick era fuerte, muy fuerte, y sintió la fuerza de su golpe cuando la impactó con el cañón del rifle.

Divisó a un joven que se arrastraba detrás de ella y le disparó justo en el pecho, y saltó hacia atrás cuando Nick bajó la porra por segunda vez, fallando por un par de centímetros.

Siguió retrocediendo, dándose cuenta de que se estaba acercando peligrosamente a una pared, mientras Nick intentaba hacer contacto con la porra. Se precipitó hacia la izquierda, apuntó rápidamente a Nick y le disparó en el pecho, pero él siguió acercándose a ella como si no le hubiera disparado en lo absoluto.

El vampiro gruñó, abriendo la boca y mostrándole sus múltiples filas de dientes afilados como los de un tiburón. Él pasó la porra de una mano a la otra.

—¿Ya estás cansada? —preguntó.

—Todavía no —susurró ella, y saltó en el aire. Golpeó con su pie la cabeza de Nick y aterrizó detrás de él con un gruñido.

Nick se giró y le asestó un golpe, pero Atl lo esquivó y lo aporreó con la culata del rifle, dándole con toda la fuerza que tenía. El golpe fue suficiente para que Nick retrocediera tambaleándose. Atl arremetió hacia delante, dispuesta a hacerle papilla la cabeza.

Sonó un disparo, luego otro, y sintió que las balas se le clavaban en la carne. Atl siseó y se dio la vuelta para ver al Chacal parado detrás de ella. Le dio una patada, salió volando contra las cajas y el arma cayó de sus manos haciendo ruido al impactar contra el suelo. Cuando giró para mirar a Nick, este estaba a unos centímetros de ella y la porra hizo contacto con su cuello.

La descarga eléctrica fue insoportable. Todo su cuerpo vibró y sus manos se abrieron espasmódicamente. Soltó el rifle y el arma cayó al suelo.

Nick levantó la porra. Alguien le disparó a ella, para acabarla de fastidiar, y gorjeó, con la saliva y la sangre mezcladas en la boca. La escupió y sintió que la sangre le caía por la barbilla.

—¿Quién te dijo que necesitaba ayuda, idiota? —gritó Nick con rabia, volviéndose hacia quien había disparado—. ¡Alto el fuego, estoy disfrutándolo!

Atl levantó su mano con garras y asestó un golpe a la pierna de Nick. Este dio un grito y ella se incorporó de un salto, quitándole la porra eléctrica de las manos. Antes de que pudiera golpearlo con ella, Nick rugió y la embistió con tanta fuerza que pensó que le había roto la columna vertebral.

Sin aliento, quedó tendida en el suelo debajo de él. Le sujetó la cabeza con ambas manos y la golpeó contra el suelo. Ella se obligó a levantar las manos y le dio un zarpazo en la cara, tratando de lanzarse a los ojos. Él gruñó, le mordió una mano y sus colmillos dentados se clavaron en su carne. Fue como tener los dedos atrapados en una trampa para osos. Atl trató de apartarlo de un empujón, pero los dientes parecían hundirse más, hasta que finalmente consiguió golpearlo en la cabeza, momento en que él la soltó.

El pecho le ardía por el esfuerzo y entró en pánico, pensando que podría desmayarse. Seguramente él pensó lo mismo, porque le sonrió con sus dientes blancos y afilados, que formaban una sonrisa aterradora.

—¿Lista para rendirte? —le preguntó—. ¿Debo golpearte de nuevo?

—Vete al diablo —dijo ella, con el sabor de su propia sangre llenándole la boca, y tuvo que escupir de nuevo.

—Y yo que pensaba que estábamos empezando a llevarnos bien. —Nick se levantó, tomó la porra eléctrica y enseguida cayó de rodillas cuando Cualli empezó a atacarle salvajemente las piernas. Nick chilló, intentando apartar al perro de una patada.

Atl alcanzó el rifle que se le había caído y apretó el gatillo, volándole un buen trozo de la mandíbula con el disparo. El vampiro parpadeó, abrió lo que le quedaba de boca, y enormes cantidades de sangre le chorrearon por la cara. Empezó a chillar tan fuerte que ella se apretó las manos contra los oídos.

—¡Atl!

Se giró y se dio cuenta de que Domingo había conseguido abrir una de las puertas de la zona de carga levantando la cortina de acero. Atl pasó corriendo delante de Domingo, quien miraba los cuerpos destrozados esparcidos por el suelo. Lo jaló tras ella y salieron a trompicones a la calle; la lluvia caía sobre ellos mientras corrían por un callejón y el perro los perseguía.

—No, no, no —dijo Domingo cuando ella giró a la derecha—. Por aquí.

Ella lo siguió mientras corrían por una red de callejones hasta que llegaron a una cerca de malla ciclónica. Detrás había un gran terreno baldío con basura desparramada.

—Aquí —dijo Domingo, levantando una esquina de la cerca—. Sé a dónde lleva esto.

—No puedo caminar más —dijo ella. Demonios, apenas podía respirar. Cada bocanada de aire le quemaba los pulmones.

—Sí puedes. Lo harás. Vamos —dijo él, y su voz era firme, no de la forma en que normalmente hablaba, inseguro y medio temeroso. Sabía lo que estaba haciendo.

Ella quería tumbarse pero él insistía, tirando de ella. Atl pensó que nunca llegarían a la calle. La lluvia se le escurría por la espalda. Los envases de leche vacíos, de vidrio y de plástico, crujían bajo sus pies, entonando una melodía discordante. Las manos sudorosas de Domingo se mantuvieron firmes contra las suyas, obligándola a seguirlo.

Matarlo. La idea la hizo parpadear y tropezar, mientras la lluvia se deslizaba por debajo de su chamarra, por debajo de su ropa, enfriándola.

Era una buena idea. Estaba herida. Tenía hambre. Necesitaba la fuerza. La sangre.

Lo miró, miró su cara, que no reflejaba miedo. Solo preocupación. Pensó en rebanarle el cuello con sus afiladas uñas.

—Todo va bien —susurró él, tocándole la mejilla—. Quédate cerca de mí.

Ella se estremeció y se dio cuenta de que era capaz de seguirlo, aunque también estaba ese pensamiento persistente, el deseo de sangre acumulándose en su vientre hasta que finalmente se rindió, decidió «a la mierda, al carajo con él». Lo tomó del brazo y lo jaló para acercárselo y...

... y se dio cuenta de que estaban allí, en una calle, con el resplandor de los postes de luz brillando sobre ellos.

Se rio y su mano se deslizó hacia abajo, lejos de él.

Había una parada de taxis con un conductor solitario y marchito que estaba leyendo una revista, esperando pasajeros. Atl se inclinó junto a su ventanilla y apretó el cuello del hombre con una mano. El hombre dejó caer su revista y abrió la boca. No le dio oportunidad de hablar.

—Vas a llevarnos adonde te digamos o te romperé el cuello —le dijo.

El taxista soltó un débil «sí». Atl abrió la puerta trasera y Domingo y el perro se metieron. Ella los siguió, apoyando una mano junto al hombro del conductor, para asegurarse de que no se le ocurriera nada raro.

—Llévanos a la Roma —dijo Atl.

—Espera, ¿vas a ver a Bernardino? Dijiste que no acudiéramos a él —dijo Domingo.

—No estoy bien. Necesito ayuda y un lugar donde esconderme. No hay lugar más seguro que la casa de Bernardino.

—¿Cómo lo sabes?

—Si ha sobrevivido tanto tiempo en esta ciudad, entonces no es una flor delicada.

—¿Por qué no dejaste que te llevara con él desde un principio?

Atl se volvió hacia Domingo; no tenía tiempo de explicarle que los vampiros no se llevaban bien con otros clanes, que tenían impulsos territoriales y que Bernardino podía ser un as bajo la manga o bien la peor mano que le hubieran repartido.

—Es peligroso. Pero ahora todo es peligroso. Todo —dijo en cambio.

Flexionó la mano herida, observando las marcas de los mordiscos sobre esta.

Atl se apoyó en la pared mientras Domingo llamaba a la puerta. La pesada puerta se abrió, dejando ver a una anciana. No parecía muy contenta de verlos, aunque se hizo a un lado y los dejó entrar sin mediar palabra. Domingo la ayudó a subir las escaleras y fue un pequeño milagro que Atl no se diera un batacazo, teniendo en cuenta que sus piernas tenían la consistencia de la gelatina.

—¡Bernardino! —gritó Domingo.

—Has vuelto.

El pasillo estaba muy oscuro, pero Atl vio una silueta al final, una silueta que rápidamente adquirió un contorno reconocible. El vampiro, encorvado por la edad y apoyado en un bastón, la miró con un rostro carente de toda emoción.

—Tengo curiosidad por saber qué crees que estás haciendo aquí —dijo el vampiro.

—Nos han atacado —dijo Domingo—. Ha habido una gran pelea.

—Ya me he dado cuenta. Sigo sin entender qué pudo haberlos animado a visitarme.

—Estaré en deuda contigo si nos ofreces refugio —dijo Atl.

—Prefiero no hacerlo.

—Mi madre...

—Está muerta —respondió Bernardino secamente—. Será mejor que te vayas. Va en contra de las reglas que estés aquí.

¡Qué reglas! Ya no había reglas. Los Necros se habían encargado de ello. Atl cerró los ojos con fuerza. Si no, podría llorar. Sacó una mano y sujetó el brazo de Bernardino.

—Por favor, no me hagas suplicar.

Bernardino estaba encorvado, con la columna vertebral aplastada por el peso del tiempo, pero seguía siendo bastante más alto que Atl. La miró, del mismo modo que se examina a una araña antes de aplastarla.

—Me habló de ti —murmuró Atl—. Dijo que eras su amigo.

—¿No es la misma mentira que le dijiste a Elisa? —preguntó Bernardino.

—Sabes que no es una mentira.

Le levantó la barbilla, como para verla mejor. Sus ojos se entrecerraron y la soltó con un resoplido de furia.

—Te pareces a ella —murmuró, con la voz con un dejo de irritación—. Estos viejos lazos que nos unen... —Su voz se fue apagando y se perdió en sus pensamientos por un momento. Luego pareció volver a concentrarse rápidamente, con una voz desagradable—. Hueles a enferma. Ven aquí.

Atl caminó arrastrando los pies tras él a una habitación iluminada con numerosas velas. Era un estudio, con las paredes llenas de estanterías y un escritorio pegado a la pared. Encontró una silla que estaba ocupada por un gato. Ahuyentó al gato y se sentó. Tenía un dolor punzante en la mano y tuvo que morderse la lengua para no empezar a lloriquear.

Bernardino encendió una linterna y la levantó mientras se acercaba a ella.

—¿Qué te ha pasado? —preguntó el vampiro.

—Dardos de nitrato de plata. Me los han quitado, pero no estoy bien.

—Despides un hedor. El hedor de la carne que se está pudriendo. Quítate la chamarra.

Atl lo obedeció, haciendo una mueca de dolor y tirando la chamarra al suelo. Bernardino le hizo una señal a Domingo para que levantara la linterna y así lo hizo. El vampiro le quitó la venda del brazo y deslizó un dedo sobre la herida. Le sujetó la mano, que ella había apretado en un puño, y la obligó a abrirla, lo que provocó una nueva ola de dolor. Le miró la palma.

—Te han mordido.

—Sí.

—Un Necros.

—Sí.

Le soltó la mano.

—La herida está infectada. No puedes curarte bien con esto y puede extenderse rápidamente, lo cual te mataría —dijo Bernardino con una voz impasible.

—¿Infectada? —masculló Atl. Parecía que no podía dar más que respuestas entrecortadas.

—Un mordisco de un Necros, en tu estado de debilidad, es una receta segura para la muerte. ¿Entiendes?

—¿Qué podemos hacer?

—Amputar la mano y esperar que la infección no se extienda.

—Espere, ¿qué? ¿Cortarle la mano? —dijo Domingo, bajando la linterna y volviéndose hacia Bernardino—. ¡No puede hacer eso!

—Se curará. No será una pérdida permanente.

—¿A qué se refiere, podría crecerle una nueva?

—Como los axolotls —susurró Atl.

Domingo no la escuchó o no le importaron sus palabras. Habló en voz alta y se colocó entre Atl y Bernardino.

—No creo que se pueda cortar nada. Ha perdido mucha sangre. Apenas es capaz de ponerse en pie —dijo Domingo—. No puede hacerlo.

—Entonces morirá.

—No dejaré que la lastime.

—Ampútala —dijo Atl.

Domingo y Bernardino giraron la cabeza para mirarla. Ella apretó los dientes, su mano seguía con ese dolor punzante y su cuerpo se retorcía de dolor.

—Amputa —repitió.

Bernardino abrió una gran caja de caoba, sacó una bolsa de cuero negro y la colocó en el suelo, junto al escritorio. A continuación, despejó el escritorio, apartando los papeles. Acercó una pequeña mesa arrastrándola y abrió la bolsa, sacando cuchillos, una sierra, agujas de sutura y otros instrumentos quirúrgicos. Los colocó ordenadamente uno al lado del otro. Atl tragó saliva.

—No te preocupes. He hecho esto cientos de veces —dijo Bernardino, captando su mirada de preocupación—. Atendí a pacientes durante la Revolución.

—¿Eso no fue hace *cien años?* —preguntó ella.

—Ahora vuelvo. Espera aquí, no tardaré —dijo Bernardino, tomó un par de instrumentos y salió de la habitación. Efectivamente volvió enseguida, también con unos frascos en la mano; luego salió y esta vez volvió con toallas, y continuó hablando despreocupadamente, colocándolo todo sobre el escritorio—. Las herramientas están afiladas y deberías ser capaz de soportar el dolor. Eso es lo único que importa. Ven, tendrás que acostarte.

Atl se levantó y tropezó mientras caminaba hacia el escritorio. Se sentó en él y luego se recostó, apretando los labios.

—Sostén la linterna —le dijo Bernardino a Domingo.

Atl supuso que lo mejor sería cerrar los ojos, pero se dio cuenta de que era incapaz de hacer incluso aquel simple gesto. En cambio, se quedó mirando a Bernardino. Primero le frotó el brazo y la mano con lo que ella pensó que era aguarrás, y luego le pasó otra sustancia por la piel, presionando una compresa húmeda de algodón por unos minutos sobre la zona antes de retirarla. Atl supuso que estaba tratando de esterilizar la mano, pero no llevaba guantes y realmente no quería mirar de cerca sus instrumentos.

Le aplicó un torniquete para detener el flujo de sangre. Era un artilugio curioso, formado por dos placas metálicas, algo que parecía una hebilla y un tornillo.

—¿Lista? —le preguntó.

Ella asintió.

Le puso la mano alrededor del brazo y, con un cuchillo afilado, hizo unas cuantas incisiones rápidas, levantando la piel como si fuera el puño de un abrigo. Le cortó los músculos hasta llegar al hueso, cercenó nervios y, aunque ella podía soportar el dolor con mucha más eficacia que un humano, estaba aterrorizada.

Bernardino tomó la sierra y ella no quería ver aquello, no quería, y, sin embargo, vio cómo su hueso quedaba expuesto y luego vino la sierra firme y lenta. Sí que cerró los ojos cuando la sierra la atravesó, los cerró bien y se esforzó por no encogerse de dolor.

El olor de los productos químicos, de la ropa de cama limpia y de las gasas, de su propia sangre, y el dolor hicieron que le lloraran los ojos y quiso gritar. En lugar de eso, se mordió la lengua. De alguna manera, permaneció rígida como una tabla, hendida por el terror mientras los dedos de Bernardino revoloteaban sobre su piel.

Madre, hermana, pensó. *Sálvenme.* Pero ambas estaban muertas, y con su mano buena pudo sentir la dura superficie del escritorio debajo de ella y clavó sus uñas en él.

La suave caricia del hilo que se arrastraba por su carne era casi tranquilizadora después de la sierra. Hizo suturas rápidas y metódicas. *Hermana*, pensó y quiso llorar, pero se tragó el sollozo.

Bernardino le tocó la boca y ella abrió los ojos. No sabía cuánto tiempo había durado la operación. Le parecía que había sido una eternidad.

—No tengas miedo —le dijo—. Estás débil y necesitas alimento. Te alimentaré. Te dolerá.

—¿No hay otra manera? —preguntó ella, comprendiendo lo que él quería decir y sintiendo que no podría soportar más dolor. *Como una batería*, dijo su madre. *Como una carga. Tonalli, la fuerza vital.*

—Has perdido demasiada sangre —dijo Bernardino. Le lanzó una mirada a Domingo—. Tal vez quieras mirar hacia otro lado.

Atl asintió y Bernardino se inclinó, acercando su cara a la de ella hasta que su boca casi tocó la suya. Y entonces exhaló, presionando una mano contra su cuello. Atl se había mantenido quieta durante la operación, pero se sacudió violentamente cuando Bernardino la tocó. Sintió que la estaban quemando viva, era como si le echaran carbón caliente en la boca. El fuego se extendió, invadió cada poro y cada músculo de su cuerpo, y ella tembló, mitad por el miedo y mitad por la agonía, hasta que él se apartó y se interrumpió el contacto.

Atl respiró hondo y cerró los ojos.

—¡¿Qué le has hecho?! —gritó Domingo.

—Le he dado una fracción de mi vida. La he salvado.

—¿Atl?

Sintió que se estaba hundiendo en aguas heladas, el murmullo del mar invadió sus oídos y borró las voces. El frío apagaba la luz y ella respiraba lentamente y luego, con la misma rapidez, fue proyectada hacia arriba hasta la superficie. Abrió los ojos de par en par y se irguió en la mesa de golpe.

Los dos hombres la miraron fijamente y Atl les devolvió la mirada, tragando saliva e intentando recordar cómo hablar.

—Estoy bien —dijo.

—Tengo una habitación para cada uno. Hay una muda de ropa y agua caliente —dijo Bernardino—. Haré que les limpien la ropa sucia enseguida.

—Nos iremos mañana, lo prometo —dijo ella, deseando que su voz no flaqueara tanto al hablar—. Elisa me va a sacar de la ciudad.

Bernardino no respondió. Señaló una puerta y luego hizo un gesto a Domingo para que lo siguiera.

La habitación de Atl era triste y tenía un aire de abandono. Estaba repleta de baratijas y antiguos óleos. Había pequeñas muñecas de porcelana colocadas en una repisa. Sus cabezas y sus vestidos estaban cubiertos de polvo. ¿El principal ingrediente del polvo no era la piel humana? ¿Quién se lo había dicho? ¿Había sido Izel?

La ropa yacía sobre la cama de cuatro postes. El atuendo era viejo y debió estar de moda en los años cincuenta: una falda, una blusa, guantes y tacones. Pero, por otro lado, toda la casa era vieja, atrapada en el tiempo.

Atl se quitó la ropa sucia y se metió en la tina, el agua caliente le relajó el cuerpo. Tuvo cuidado de mantener el brazo herido afuera de la tina, para que el vendaje no se mojara. Fue una pequeña hazaña lavarse el pelo y el cuerpo, y cuando terminó se sentó en la tina mirando su brazo, el lugar donde había estado una mano. Finalmente tomó una toalla y se frotó vigorosamente el cuerpo. Bebió del grifo y con el agua se enjuagó la boca hasta quitarse el sabor a bilis.

Primero se puso la blusa. La falda, que tenía un patrón chillón de palmeras, resultó ser más problemática. No podía subir el cierre con una sola mano. Se miró la muñeca y el muñón vendado.

Alguien llamó a la puerta.

—¿Qué? —dijo, y se dio la vuelta.

—Disculpa. Bernardino me dijo que podrías necesitar ayuda —explicó Domingo.

—Sí —dijo ella—. Entra. Súbeme el cierre.

Domingo entró como una flecha y le subió rápidamente el cierre de la falda. Ella se puso delante de un espejo de cuerpo entero y miró su propio reflejo.

—Atl, ¿qué te ha hecho? —preguntó Domingo—. Estabas temblando. Pensaba que te había hecho daño.

—Se alimenta de forma diferente a la mía. Bernardino absorbe la vida. Supongo que es la mejor manera de decirlo —dijo ella—. Se alimenta de humanos o de vampiros, le da igual. También es capaz de infundir vida. Eso me quitó el hambre. Y me dio fuerza. En mi clan... lo llamamos «tonalli».

En la época del imperio azteca, los guerreros cortaban las cabezas de sus enemigos porque pensaban que podían despojarlos de su tonalli, esa esencia vital que residía en la cabeza. Y aquello le recordó a su madre, muerta, decapitada, y Atl tuvo que sentarse en la cama.

—¿Estás bien? ¿Segura de que no te ha hecho daño? —preguntó Domingo.

—Fue inusual e incómodo para mí, pero está bien pese a que lo que se me antoja es sangre.

Si se sentara en completo silencio, estaba segura de que podría sentir cómo sus músculos se estaban regenerando, al igual que cada una de sus cansadas células.

—No estaba mintiendo, ¿no? Volverá a crecer, ¿verdad?

—Si cortas una parte del cerebro de un axolotl, volverá a crecer —dijo ella—. No es tan difícil.

—¿Cuánto tiempo tardará?

—No lo sé. No he perdido ninguna extremidad antes. No es que en mi familia nos hayamos estado cercenando brazos y piernas solo por diversión —dijo ella, volviéndose hacia él y lanzándole una mirada venenosa—. Izel lo sabría. Pero está muerta. Ya están todos muertos. Es de lo más patético cuando lo piensas: yo soy la única que todavía sigue vivita y coleando y no debería estarlo. Soy la peor de todos.

—Lo sien...

—¡Dios, deja de disculparte! —gritó ella.

Se quedó callado, pero extendió su mano, tocándole el brazo, apretándole la mano buena.

Ella lloró. Estúpidamente, como una niña. Izel no habría llorado, pero ella no era Izel. Las lágrimas rodaron por sus mejillas, y no había llorado cuando mataron a su madre o a Izel, pero de alguna manera fue capaz de ahogarse en su autocompasión y llorar por su estúpida mano.

Domingo tiró de ella, apretándola contra él, abrazándola. Un abrazo. Un ridículo abrazo, como si eso pudiera ofrecerle algún consuelo. Pero dejó que su cabeza se apoyara en el pecho de Domingo, recostada contra su delgada estructura.

—Todo irá bien —dijo él—. No nos van a atrapar.

—¿Cómo lo sabes?

—Es una corazonada. Se me dan muy bien las corazonadas, ¿sabes?

—Ja —dijo ella.

Atl inclinó ligeramente la cabeza. Él estaba muy cerca de ella. Era tan tonto.

Y dulce. No podía pensar en nadie más dulce.

Estoy buscando a un amigo, le había dicho, y no se refería a algo como *esto* pero tal vez sí. Estaba perdida y estaba buscando a alguien a quien aferrarse.

Ella se movió, acercándose aún más, y puso sus labios contra su cuello. Él le sujetó firmemente su mano buena.

Aquella voz, aquella voz sensata que sonaba a Izel, le habló. *No lo hagas.*

Fue como si de repente se diera cuenta de que estaba bebiendo agua salada. Lo apartó de un empujón. No delicadamente. Con fuerza.

Los ojos de Domingo se abrieron de par en par. Su cara era de dolor, de confusión. Se sonrojó y se miró los pies.

Atl estaba igual de confundida, porque tan pronto como lo apartó deseó que la tocara de nuevo.

—Tú también deberías asearte —murmuró.

—Sí —dijo él—. Voy a hacerlo. Ahora vuelvo.

CAPÍTULO 27

Domingo salió de la habitación de Atl y casi chocó con la vieja criada, que parecía estar a punto para un papel de protagonista en una película de Frankenstein. Le entregó un montón de ropa y Domingo se dirigió a su habitación, la que Bernardino le había mostrado antes.

El baño era enorme, intimidante. La tina era de porcelana, aunque el tiempo había erosionado su capa exterior dejando al descubierto el interior de hierro fundido a lo largo de diferentes parches. Vio pececillos de plata revoloteando dentro, pero cuando abrió el grifo el agua estaba agradable y tibia. Agradeció el remojo y le gustó aún más la ropa que Bernardino había elegido para él. La camisa tenía botones de nácar y los pantalones eran de un bonito material negro. Se puso un chaleco encima y pensó que se veía muy refinado, y la talla no estaba tan mal.

Así sí le gustaría. Por supuesto que no le gustaría sucio y maloliente. No es de extrañar que me haya rechazado.

En la cocina encontró pan y queso, y comió tranquilamente junto al fregadero. Pero entonces, al mirar su reflejo en una olla, lo asaltó la duda.

Eso no significa que le vaya a gustar.

Llegó a la sala de estar, que estaba lúgubre, iluminada por varias velas, y se sentó en un sofá mullido. Cualli lo siguió, tumbándose a sus pies. Domingo acarició la cabeza del perro y dejó escapar un suspiro. Un gato estaba sentado en lo alto de un librero y miraba al perro con irritación.

Un gran reloj estaba apoyado en la pared de al lado, haciendo sonar un fuerte tictac. Nunca había visto un reloj así en la vida real. Tenía una caja de madera y todo. Domingo lo escuchó, siguiendo su tictac.

El tictac se prolongó un buen rato y su ritmo le dio el valor suficiente para levantarse y buscarla.

—Mala idea. Tú y Atl —dijo Bernardino—. Tu intento de romance.

Domingo levantó la cabeza y miró al vampiro, quien estaba de pie junto a la puerta, sosteniendo una lámpara de aceite entre las manos. Su aspecto era el de un vampiro que se había aventurado a salir del castillo de Drácula.

—¿Perdón? —respondió Domingo.

—No te molestes en negarlo.

Domingo se encogió de hombros, sin querer comprometerse con ninguna palabra. Bernardino puso su linterna sobre una mesa y le sonrió, aunque la sonrisa era hueca y carecía de regocijo. Era una imitación de una sonrisa. Una falsa.

—Parece que disfruta de tu compañía, puede que incluso le gustes, pero aun así, no te engañes, muchacho, esto no es una historia de amor.

Incluso con esta luz tenue sabía que el vampiro probablemente podría ver la expresión tonta de su cara, su boca abierta, la sorpresa que le hizo arder las mejillas y luego girar rápidamente la cara. Demasiado tarde, sin embargo.

Bernardino apoyó una mano contra la linterna y cuando sonrió esta vez fue diferente. Era un gesto cortante. Real y plagado de burla.

—Los vampiros somos un grupo diverso. Tantas diferencias. Sin embargo, nos une un simple hecho ineludible: somos nuestra hambre. No es ninguna sorpresa, si lo consideras. Hemos sobrevivido durante mucho tiempo contra un enemigo bastante astuto y adaptable. Los humanos son de lo más adaptables. No puedo decir lo mismo de nosotros, aunque somos persistentes. No obstante, salimos adelante a pesar de ser superados en número por los tuyos, a pesar de que los tiempos cambian demasiado rápido, gracias a esa verdad innegable. Al final, siempre somos nuestra hambre.

La mano de Bernardino, extendida contra el cristal de la linterna, generaba extrañas sombras que se proyectaban velozmente sobre las paredes.

—No entiendo lo que quiere decir —dijo Domingo.

—El hambre. Es el instinto primario, el vector que guía nuestras acciones. ¿Sabes, muchacho, lo que haría Atl si tuviera que elegir entre salvar su vida o preservar la tuya? Te mataría. El amor es una cosa extraña para nosotros. No nos deleitamos con él. Solo conocemos el hambre.

—Eso es un montón de mierda —dijo Domingo.

—¿Porque todavía no te ha matado?

Domingo entrelazó las manos y las miró fijamente. Recordó lo que Bernardino había dicho un poco antes, sobre los lazos que unen.

—Su especie ama. Usted, por ejemplo —dijo Domingo—. Debió haberse preocupado por la madre de Atl. Debió ser su amiga. ¿Por qué ayudaría a Atl si no fuera por amor? Amor por su madre, tal vez, pero amor. Sentía algo por ella.

—Estás confundiendo la amistad con el deber. Los vampiros se han regido por códigos durante siglos y siglos. Los jóvenes lo han olvidado. Olvidan las viejas reglas, desestiman nuestras costumbres. Pero yo sigo viviendo según mi código.

—¿Por qué le importa lo que siento por Atl?

—No me importa. Polillas. Llamas. Es una vieja historia. Solo estoy haciendo una observación. Algo para pasar el tiempo, se podría decir —dijo Bernardino.

Domingo se inclinó hacia delante. Bernardino quitó la mano de la linterna y las extrañas sombras desaparecieron. El vampiro inclinó la cabeza lentamente, como si tratara de verlo mejor. Domingo pudo ver las venas que recorrían el rostro de Bernardino. Su piel parecía tan fina como el ala de una libélula. Bernardino era ajeno, completamente diferente a Atl. Cuando Domingo miraba a Bernardino veía a los vampiros de las películas y las leyendas. Cuando veía a Atl solo podía ver a una chica.

—Por supuesto, ves mal —dijo Bernardino—. Los dos somos exactamente iguales.

A Domingo no le sorprendió que el vampiro hubiera vuelto a leer sus pensamientos. Se preguntó para qué servía hablar si el vampiro podía simplemente saber lo que estaba pensando, pero tal vez eso no fuera tan preciso como las palabras. Tal vez solo fuera divertido. Algo para pasar el tiempo, como había dicho Bernardino.

—Hazme la pregunta que quieras —dijo Bernardino.

Domingo frunció el ceño. Se estaba preguntando si habría alguna excepción. Si de vez en cuando los vampiros *podían* amar. Si ese amor podía extenderse a un humano o si estaba restringido a los miembros de su propia especie.

Tenía la pregunta en la punta de la lengua y, de repente, Domingo decidió que no iba a hacerla. Tenía que hablar con ella, no con ese hombre. Se levantó y pasó por delante de Bernardino.

—Ella es mi responsabilidad ahora, al menos por un tiempo —dijo Bernardino—. Ese molesto código del que te he hablado surte efecto.

Domingo se detuvo en la entrada.

—¿Qué quiere decir?

—Son las estacas y la luz del sol en las historias, ¿no? Las vulnerabilidades, las cosas que pueden hacer que muera uno de nosotros. Las estacas, la luz del sol, el ajo, esas viejas armas confiables. Pero son solo *cosas*. El problema es cuando cometes el error de olvidar el hambre. Olvidar lo que eres.

Bernardino se movió para ocupar el sofá donde Domingo había estado sentado y enredó sus largos dedos.

—Ella es joven. Es fácil olvidar si se es joven. Es fácil confundirse. Ten cuidado, Domingo. Ella te consumirá, si la dejas, pero también podrías acabar costándole la vida a Atl. No querríamos eso, ¿verdad? Quédate aquí abajo. Mantén las distancias. Déjala en paz.

El reloj comenzó a sonar, marcando la hora. Domingo tomó la linterna.

—No puedo.

Su puerta estaba abierta, pero ahora que Domingo había subido las escaleras, no podía decidir si debía entrar o alejarse. Decidió apoyarse en el marco de la puerta, mirando la cama donde ella dormía. Entendía lo que había dicho Bernardino y, sin embargo, tampoco había entendido nada. Lo único que sabía era que esa chica le gustaba y tal vez él a ella... y, sin embargo, Bernardino había dicho... y ella...

—Es muy extraño cuando me miras así —dijo ella, con los ojos cerrados.

—¿Eh? —dijo Domingo—. Estoy... estoy...

—Pasa.

—Es un poco al contrario, sabes.

Atl se movió en la cama, girándose para mirarlo.

—¿Al contrario de qué?

—De las historias de vampiros. Se supone que los humanos invitan a los vampiros a su casa, si no, no pueden entrar. Es así, pero al revés.

—Me pregunto exactamente cuántas tonterías leíste sobre los vampiros antes de conocerme —dijo ella.

Le encantaba el sonido de su voz, como el incienso. Pertenecía a vastas y elegantes habitaciones iluminadas con velas y esparcidas con pálidas y fragrantes flores.

—Bastantes —dijo Domingo. Colocó la linterna en una mesa auxiliar y se acercó a la cama, aunque se frenó en seco antes de sentarse en ella. Se limitó a quedarse a su lado con nerviosismo y mordiéndose el labio—. Probablemente la mayor parte estuviera mal, pero nunca se sabe.

—Siéntate. Me estás poniendo nerviosa —murmuró Atl.

Se sentó y trató de recordar exactamente lo que iba a decirle antes de entrar a la habitación, solo para descubrir que lo había olvidado. Si hubiera sabido poesía, habría intentado recitar a Neruda o al menos expresar, de un modo ínfimo, cómo lo conmovía, cómo deseaba poder rescatarla, besar el suelo bajo sus pies, cualquier cosa, cualquier cosa, haría cualquier cosa por esta mujer. Pero era un chico de los barrios bajos que no entendía mucho de poesía.

—Me he bañado —dijo en su lugar, de manera poco convincente. Dios, era tan soso.

—Bien —dijo Atl—. ¿Tienes una habitación o vas a quedarte con la cama? Yo pienso dormir allí.

Señaló un gran baúl situado a los pies de la cama. Domingo supuso que Atl podría caber en él, aunque no sería demasiado cómodo.

—¿Porque es un espacio pequeño?

—Sí —dijo ella.

—Supongo que es mejor que un ataúd. Menos morboso.

Ella sonrió, se acercó al borde de la cama y levantó la tapa del baúl.

—Atl, espera —dijo él, elevando una mano, como para indicarle que se quedara quieta.

—¿Qué pasa?

Pensó en lo que Bernardino había dicho sobre el hambre y también pensó en la bonita forma de la boca de ella y, aunque no recordaba del todo lo que iba a preguntar, se dio cuenta de que tenía una pregunta totalmente diferente.

—Cuando nos conocimos, dijiste que no habías matado gente. Pero has matado a un montón de gente en los últimos dos días. ¿Me mentiste?

—Pensé que te asustarías si te lo decía —respondió ella.

—Sí da miedo. Pero podrías habérmelo explicado.

—No, no podía.

—¿Por qué no?

—Por la forma en que me estás mirando.

—Solo te estoy mirando, eso es todo. No es nada raro. No cambia nada. Seguimos siendo amigos.

Atl resopló enfurruñada y se cruzó de brazos.

—¿A quién mataste?

—¿Qué te importa? Eso *no cambia* las cosas —respondió ella, burlándose de él.

—He visto cosas. De tus recuerdos. Es feo. Sé que es feo, solo estoy preguntando.

—¿Qué es lo que realmente quieres saber? —dijo ella, con una voz áspera y desagradable. No era una pregunta. Era un reto.

Se dio cuenta de que debía mantener la boca cerrada y dejarla en paz. Se dio cuenta de que Bernardino probablemente tenía razón. Domingo se acercó a ella y le rozó el brazo, buscando suavemente su atención.

—Atl, solo cuéntamelo —dijo—. ¿Por favor?

—Me verás como un monstruo.

—No.

—Por supuesto que sí. Te repugnará y me lo mereceré. Soy una cobarde indecente y una idiota.

Él alargó la mano y le tocó la mejilla y, afortunadamente, el movimiento de su mano tenía una confianza que no había creído poseer. Atl le sostuvo la mirada, pero no hizo ningún intento de alejarse ni de acercarse a él. Domingo inclinó ligeramente la cabeza y le plantó un beso en la comisura de la boca, muy breve, como el signo de interrogación al final de una frase.

Probablemente fuera injusto de su parte hacer algo así cuando ella estaba cansada y herida, pero no tenía ni idea de lo que iba a pasar al día siguiente. Todo era una locura, con gente tratando de secuestrarlos y matarlos. Dios sabía si tendría una oportunidad más tarde. Quizás a ella no le gustaría y se enfadaría con él, y no la culparía si lo hiciera.

Sin embargo, Atl no parecía enfadada. Parecía perdida, como si hubiera estado corriendo por un laberinto sinuoso y no pudiera encontrar la salida. Atl se burlaba de su ingenuidad, pero ella tampoco sabía nada.

—Maté a dos niños vampiros y a una vampiresa embarazada. Y luego, más tarde, maté a un anciano y a una mujer joven. Esos últimos dos eran humanos —dijo ella, su voz suave, como él nunca la había escuchado antes—. He matado a mucha gente y seguiré haciéndolo si es necesario.

Domingo la miró. Los ojos de Atl eran muy oscuros, llenos de algo que parecía sombrío, cercano a la resignación.

—Pero eres una buena vampiresa —soltó.

Por supuesto, no existía tal cosa y él lo sabía incluso antes de decirlo. Pero le gustaba creerlo. Le gustaba pensar que había héroes y villanos, le gustaba imaginarse a Atl como a una damisela en apuros. Le gustaba el blanco y negro de los recuadros de los cómics, las simples burbujas de diálogo sobre los personajes. Vampiros buenos. Vampiros malos. Y ella tenía que ser buena porque era atractiva y joven y su amiga. ¿No es así?

—Necesitaba matarlos. No. *Quería* hacerlo. También pensé en matarte a ti. Más de una vez. ¿Lo entiendes ahora? —preguntó ella, la suavidad de su voz volviéndose férrea—. No, claro que no lo entiendes. No puedo esperar que lo hagas.

Atl se apartó de él y cruzó la habitación para pararse junto a una ventana, aunque no podía ver nada del exterior, ya que las cortinas estaban corridas.

No supo qué decir. No era que fuera especialmente bueno con las palabras. Se quedó de pie en medio de la habitación tratando de darle sentido a todo y, aunque su cerebro había ordenado las piezas muy bien, su corazón estaba en un complicado nudo.

—Lo entiendo.

Ella suspiró con exasperación.

—Podrías irte, ¿sabes? —dijo ella, mirándolo por encima del hombro—. No te culparía si lo hicieras.

—Lo he sabido todo el tiempo.

—Tal vez deberías irte.

Hay un momento en el que un hombre puede nadar de vuelta a la orilla, pero ya lo había pasado. Solo quedaba que se lo tragara la enormidad del mar. *Cualquier cosa.* Quería que ella supiera que a él no le importaba y que le daría cualquier cosa.

—Ahora no.

—¿Por qué no? —preguntó ella, sonando exasperada.

—No espero que lo entiendas.

Ella le sostuvo la mirada por un momento y luego sonrió, solo una pequeña sonrisa, y él pensó que nunca había visto nada tan glorioso como esa sonrisa, nunca, y a quién le importaba lo demás si podía mirarla un poco más. Era una locura. Habiéndose mantenido con éxito alejado de todos los vicios, había conseguido embriagarse con ella.

CAPÍTULO 28

Rodrigo esperó un rato, pero habló cuando Nick empezó a roer la cara de un chico.

—Creo que ya es suficiente. Tenemos que irnos antes de que la policía se asome por aquí —dijo, mirando su reloj.

—¿La tienes?

—No, no la tengo —dijo Rodrigo, sabiendo que podría haber atrapado a Atl si no hubiera tenido que pararse junto a Nick para asegurarse de que el cabrón no muriera súbitamente en medio de una maldita fábrica. Pero se había parado y, para cuando salió corriendo, la chica, el chico y el perro habían desaparecido. Recorrió la fábrica con la esperanza de encontrar algún rastro de ellos. Cuando volvió al lugar donde había dejado a Nick, el sitio estaba lleno de cadáveres y el suelo estaba pegajoso de sangre. Casi se había resbalado y ahora estaba mirando a Nick mientras seguía dándose un festín con los tontos que habían estado reteniendo a Atl.

—Hemos perdido a tres hombres —dijo—. Es hora de irnos.

—¡Mírame! ¡Necesito alimentarme! —gritó Nick, levantando la cabeza.

Atl le había volado la mitad de la mandíbula y una parte de una mejilla. La carne empezaba a regenerarse, pero se veía cruda, como una pinche hamburguesa. Nick empezó a escupir dientes al suelo. Dientes y sangre.

—No es un bufé de cadáveres —dijo Rodrigo—. Tenemos que volver al departamento.

El chico al que Nick había mordido aún no estaba muerto, a pesar de que le faltaba buena parte de la cara. Gimió lastimosamente. En respuesta, Nick se agachó y lo atacó salvajemente aún más, desgarrando trozos de carne con los dientes que le quedaban. En ese momento en realidad no se estaba alimentando, solo estaba plasmando su rabia.

—Nick.

Nick se levantó de un salto y sujetó a Rodrigo por el cuello, levantándolo. Sus fosas nasales se encendieron y gruñó. Rodrigo no podía sentir el suelo bajo sus pies. Odiaba la idea de morir en medio de ese lugar asqueroso, estrangulado por ese joven vampiro, así que se armó de valor, venció al miedo y miró al chico con todo el veneno que pudo reunir.

Nick resopló y lo soltó. Rodrigo se frotó la nuca, deseando clavarle una picana a ese imbécil, aunque sabía que era imposible.

—¿Ya has terminado con tus rabietas? Entonces vámonos.

—Bien —dijo Nick.

Anatomía de los vampiros. Una de esas cosas en las que nunca esperas interesarte cuando te unes a una pandilla, cuando te conviertes en su lacayo. Aunque, a decir verdad, a Rodrigo siempre le había interesado cómo funcionaban los coches, así que no fue tan sorprendente que hubiera descubierto también cómo funcionaban los vampiros. Le había resultado útil en algunas ocasiones. Esta era una de ellas.

Nick siseó y se quejó, pero Rodrigo pudo desinfectar la herida, aplicar una pomada y poner un apósito con facilidad. Luego tuvo que arrancarle varios dientes. Era mejor así. Rápidamente le saldrían dientes nuevos. Si dejaba los dañados en su sitio, solo retrasaría el proceso. Cuando Rodrigo preparó una inyección, Nick frunció el ceño.

—¿Qué es eso?

—El analgésico. ¿Quieres sentir cómo te crecen la piel y los músculos?

—Me dará sueño —se quejó Nick.

Dios, qué llorón que era.

—Necesitas dormir.

—No *quiero*. Quiero encontrarla. La has dejado escapar.

Rodrigo no se molestó en informar a Nick que era *él* el tonto que había perdido una pelea contra la chica. Simplemente levantó la jeringa.

—¿Preferirías que te diera un besito para que mejoraras?

Se miraron fijamente.

—Hazlo —murmuró Nick. Su voz sonaba rara debido al daño que habría sufrido su cara, y Rodrigo casi quería sonreír.

Inyectó a Nick tres veces. El chico empezó a mover la cabeza después de la tercera inyección y Rodrigo llamó a La Bola. Juntos, llevaron a Nick a su cuarto.

Rodrigo tenía un dolor de cabeza tremendo. Estaba exhausto. Se sirvió un vaso de whisky, se arrastró hasta su cama y se durmió casi al instante.

Cuando se despertó, era casi de noche. Rodrigo se dirigió a la cocina para comprobar sus reservas de sangre. Solo quedaban tres bolsas. No iba a ser suficiente, no con Nick en este estado. Tomó el teléfono y marcó a un contacto suyo.

—Necesito más de la última entrega —dijo.

Hubo una pausa incómoda.

—¿Ya has visto las noticias?

—No.

—Enciende la televisión.

Rodrigo tomó el control remoto y pasó por los canales, deteniéndose en un canal de noticias. Estaban mostrando imágenes del exterior de la fábrica donde habían estado. La televisión estaba en silencio, pero las palabras ATAQUE DE VAMPIROS estaban sobrepuestas en la parte inferior de la pantalla.

—¿Qué importa eso? —preguntó Rodrigo.

—Está chungo, mano. La policía los está buscando.

—¿Qué más hay de nuevo?

—Profundo Carmesí también los está buscando. No quiero problemas.

—El precio no es un problema.

—Lo siento, mano.

Su contacto colgó. Maldita sea. Conseguir sangre sería mucho más difícil ahora. Nick se iba a despertar con apetito y lo único que tenía eran tres míseras bolsas de sangre. Por supuesto, solo tenía tres bolsas porque el maldito chamaco se las acababa como si fueran dulces.

Mierda.

Quería meterse en su coche y marcharse. Conducir hasta llegar a una playa solitaria en la costa del Pacífico. Cambiar sus trajes por camisetas y shorts. Alquilar una casa. Adoptar la vida anónima y aburrida de un anciano jubilado.

No podía.

Rodrigo respiró hondo.

Estaba acostumbrado a resolver problemas. Lo único que hacía falta era un poco de pensamiento creativo.

La mujer se hacía llamar Dulce. La encontró junto a un taller de reparación de bicicletas, con un poncho de plástico transparente que permitía a los clientes ver su ropa interior. Parecía tener unos veinticinco años. Jovial, pero no bonita. Puede que alguna vez hubiera sido atractiva, pero el tiempo y el consumo de drogas la habían dejado con un aspecto cansado y endurecido. Dulce le dijo a Rodrigo que le gustaba mucho su coche y le sugirió que fueran a un motel cercano o que lo hicieran allí mismo, en el coche. Le dijo que quería que fuera a su casa. Ella se negó, pero él le ofreció un poco más de dinero y le dijo que lo hacía como un regalo sorpresa de cumpleaños para su amigo, que se sentía un poco deprimido. Su acento era norteño y él añadió que era originario de Monterrey.

Eso pareció calmarla. En el viaje de regreso, ella expresó su pasión por las cumbias y Rodrigo le respondió en los intervalos adecuados. Una vez adentro del departamento, la condujo rápidamente a la habitación de Nick. Él estaba desparramado sobre la cama, con la cara enterrada en las almohadas, y Dulce se quedó junto a la puerta, sonriendo.

—Deja que lo despierte —le dijo Rodrigo—. Menuda sorpresa se va a llevar.

Rodrigo se puso en cuclillas al lado de la cama y susurró.

—Tengo una chica para ti —le dijo.

Nick giró la cabeza y miró fijamente a Rodrigo. Sus ojos estaban inyectados en sangre.

—Ven aquí —le dijo Rodrigo a Dulce, haciéndole un gesto—. Ven aquí y conoce a mi amigo.

Dulce dio un paso adelante, poniéndose al lado de Rodrigo. Su agradable y dulce sonrisa se desvaneció en cuanto vio a Nick. Dio un paso atrás. Nick la atrapó. Fue rápido y ella no pudo gritar. Lo único que Rodrigo oyó fue un gemido.

Salió de la habitación, sin molestarse en mirar cómo se alimentaba Nick. Se dirigió a su estudio, puso Silvio Rodríguez y escuchó las relajantes melodías. Pasó los dedos por encima de sus libros y se detuvo en una primera edición especialmente grata. Dejó que sus ojos deambularan hasta la foto en la que aparecía sentado en un convertible. Joven. Optimista. Tonto.

Se sentó detrás de su escritorio y se sirvió otro whisky, pero no se lo bebió, sino que sostuvo el vaso entre las manos.

Tres o cuatro canciones después llegaron los pasos. La puerta se abrió y Nick entró, con la cara embadurnada de carmesí y la ropa empapada de sangre. Olía a carroña. Ese profundo e incómodo hedor al que Rodrigo se había acostumbrado al trabajar para un vampiro durante tanto tiempo.

—Su sangre era poco espesa —se quejó Nick—. Dame un trago.

Nick arrebató el vaso de whisky de las manos de Rodrigo y se lo zampó.

Por supuesto. Nada de gratitud de esa generación más joven, estos niños con sus bocas como tiburones y sus apetitos viciosos. Nada en absoluto.

—Quiero a Atl. Quiero la sangre de Atl y la carne de Atl. La quiero viva durante cien días y cien noches, desollada y sangrando.

—Alguien más tiene la misma idea —dijo Rodrigo.

—¿Qué quieres decir?

—El Chacal dijo que Atl sufría de envenenamiento por nitrato de plata y que uno de sus hombres le sacó varios dardos de los brazos. ¿Quién crees que se los disparó? Nosotros, no.

—Policías —dijo Nick, frotándose el dorso de la mano contra la boca.

—No es exactamente el equipo estándar.

—Entonces, ¿quién? ¿Qué más da?

—Hay una detective que podría saberlo. Ana Aguirre.

Había estado pensando en Aguirre mientras el chico se alimentaba. Por lo que le había dicho su contacto y por las silenciosas indagaciones de Rodrigo, Ana Aguirre era de Zacatecas, donde se había ganado la reputación de asesina de vampiros, y parecía saber lo que hacía. Mientras que la mayoría de los policías pensaba que la mejor manera de enfrentarse a los vampiros era llenarlos de todo el plomo posible —y eso ayudaba, pero desperdiciaba municiones y personal—, Rodrigo miró su expediente y vio casos de vampiros que habían mordido el polvo gracias a un shock anafiláctico, una descarga eléctrica, quemaduras por rayos ultravioleta y cosas por el estilo. Era posible, pensó, que Ana Aguirre hubiera encontrado a Atl antes que Rodrigo y Nick. También era posible que tuviera conocimientos que pudieran ser útiles. Nada como una cazadora de vampiros para ayudarles a cazar a un vampiro.

—Has dicho que no fue la policía.

—Sé lo que he dicho. ¿Todavía tienes hambre? Creo que te vendría bien un tentempié.

Nick sonrió, una sonrisa espantosa y exagerada. Una sonrisa de niño encima de una máscara horrible. Le entregó a Rodrigo el vaso vacío.

—Siempre estoy dispuesto a pedir comida para llevar.

CAPÍTULO 29

Música. Atl sabía que debía descansar, conservar su energía. Sentarse y sanar. Sin embargo, la música le hacía difícil mantener los ojos cerrados. Eso y el punzante dolor de cabeza que amenazaba con partirle el cráneo en dos. Abrió la tapa del baúl y siguió la música directamente a una habitación que parecía más fría y húmeda que el resto de la casa, si eso fuera posible.

Un fonógrafo estaba sonando mientras la aguja recorría la desgastada superficie de un disco. Nunca había visto un disco de vinilo de verdad y se quedó hipnotizada mirando cómo el disco giraba y giraba.

—Se llama *Stardust* —dijo Bernardino—. La mayoría de la música suena como uñas rascando una pizarra para mis oídos, me vuelve loco. Pero esto no es como la mayoría de la música.

Estaba sentado en un sofá tapizado en brocado, con un gato atigrado en su regazo. Su ropa, al igual que el sofá, era de otra época. Era como si mantuviera a raya al siglo actual.

—Es bonita —dijo ella.

Bernardino asintió con las manos apoyadas en su bastón. Sus dedos eran largos, sus cejas se unían en el centro y era sumamente pálido; su piel le recordaba a una criatura que habita en las profundidades del mar. Nunca había tenido la oportunidad de conocer a uno de su especie. Y no era que quisiera hacerlo.

—¿Cómo murió tu madre? —preguntó.

—Decapitada. Lo hicieron los Necros. Godoy la mató.

—Tu hermana, ¿también está muerta?

Atl asintió.

—Me lo imaginaba.

—Creo que todos los demás están muertos también —murmuró.

—Probablemente, no. Los tuyos son resistentes.

Dejó suavemente al gato en el suelo y se levantó, arrastrando los pies hasta su lado. Había pilas de discos junto a la mesa y tomó uno, cambiándolo. Esta vez era una cantante que hablaba de un hombre al que amaba.

—¿Cómo tienes el brazo? —preguntó.

—Bien, supongo.

—Déjame ver.

Atl levantó el brazo y él le quitó la venda, pasando los dedos por el muñón. Atl apartó la mirada. No quería ver.

—Está sanando bien y rápido —dijo él, colocando lentamente la venda en su sitio.

—No lo suficientemente rápido para mí. Necesito mi mano.

—No hay nada que pueda hacer al respecto.

No quería parecer desagradecida, así que le esbozó una pequeña sonrisa.

—Gracias, por cierto. Por habernos ayudado.

Él le devolvió la sonrisa con un rígido asentimiento y se encorvó sobre sus discos, como si buscara algo más, aunque no hizo ningún esfuerzo por revisarlos.

—Mi madre me dijo que eras cirujano —dijo. En realidad, no tenía ni idea de por qué lo había dicho, ya que no quería iniciar una larga conversación con él. Bernardino los había ayudado, pero aún así la asustaba. Sin embargo, también había algo fascinante en él, era asombroso. No solo era un organismo diferente, sino una reliquia de otra época totalmente distinta. Como ver a un dinosaurio caminando por la Tierra.

—Durante un tiempo. Cuando era más joven. —Su boca se movía lentamente, las palabras eran parsimoniosas.

Bernardino se quedó mirando el fonógrafo, perdido en sus pensamientos. Ella no creyó que fuera a decir nada más, pero él volvió a hablar, con la voz más animada.

—Fue un trabajo interesante.

A finales del siglo XIX, durante el Porfiriato. Eso era todo lo que ella sabía. A Madre le gustaba hablar del pasado, pero no de su propio pasado. El pasado de la familia, del clan. Todo se narraba de manera colectiva.

—¿Te contó tu madre cómo nos conocimos? —preguntó.

—No.

—Fue durante la Revolución. Ella era solo unos años mayor que tú, creo. ¿O más joven? Tal vez fuera más joven. La ciudad estaba enloqueciendo. Fue cuando los soldados se levantaron en armas y Madero fue asesinado. La ciudad resonaba con el sonido de las balas; quemaban los cadáveres en medio de las calles. Tenía miedo de que me mataran y me había escondido.

—¿Qué pasó? —preguntó ella.

—Me descubrieron y logré huir, aunque me estaban alcanzando. Ya no recuerdo quiénes eran —dijo él, agitando la mano con desprecio—. Corrí hacia una calle, pensando que me atraparían y me quemarían. Y entonces llegó una jinete en un caballo a galope. «Ven, ven», gritó. Me tendió la mano y salté detrás de ella, aunque durante un buen rato no me di cuenta de que era una chica, con ese sombrero en la cabeza y la pistola en la cadera.

»Cuando estuvimos a salvo, se presentó. Al principio sospeché, pensando que tal vez me había salvado la vida solo para robarme y dejarme tirado a un lado de la carretera, pero no fue así. Como dije, era joven e ingenua, pensó que era importante hacer lo correcto, incluso si eso significaba salvar a un vampiro al que no le debía ningún tributo.

A Atl le costaba imaginar a su madre joven o ingenua. Había sido la lideresa de su clan durante casi tres décadas. Era una mujer decidida y severa, pero no la veía socializando con ese hombre, ni pasando tiempo en esta fría casa. Su madre amaba el desierto, sus días cálidos y las noches en las que podían contar las estrellas.

—La última vez que la vi fue en 1979. Sí. Había venido a Ciudad de México de visita, pero el país estaba cambiando. Los vampiros se estaban yendo. Las cosas ya no iban bien para nosotros. Ella vino aquí, a verme, y me dijo que debía ir al norte, donde las cosas estaban mejor. Por supuesto le dije que nunca dejaría mi casa. Había sido mi casa desde hacía mucho tiempo, le dije. Me dijo que acabaría muerto, como casi pasó durante la Revolución, pero no tuve miedo.

—Sabía que probablemente no la volvería a ver, así que le di un regalo. A tu madre le gustaba coleccionar artefactos aztecas, ¿verdad?

Atl recordaba la casa del norte con sus antiguas vasijas y figurillas, la fascinación de su madre por las excavaciones arqueológicas, la charla sobre los antiguos clanes, las viejas costumbres. Eso ahora había desaparecido. Destrozado, quemado.

—Había encontrado este viejo collar de jade. Muy hermoso. Una auténtica reliquia. Se lo di como regalo de despedida. Pero ella se enfadó conmigo y simplemente lo rompió. Las cuentas se esparcieron por el suelo.

Ah. Así que de ahí vino la cuenta. Su madre no había explicado nada sobre su procedencia, simplemente les dijo a Atl y a Izel que les conseguiría una reunión con Bernardino, si alguna vez necesitaban reunirse con él.

—Quizá haya mencionado aquella vez con las soldaderas —dijo, moviendo la cabeza de arriba abajo. Atl no tenía ni idea de lo que estaba hablando.

—No me contó lo que pasó durante la Revolución.

—¿Qué te contó?

—Solo que habías sido su amigo —dijo Atl—. No podía entender cómo podía decir que habías sido su amigo cuando eras de un clan diferente y además, menuda sorpresa, un Revenant. Parecía una locura.

—La mayor parte del tiempo no fuimos amigos. Aliados, tal vez, cuando las circunstancias lo exigían. La última vez que me visitó, fue el deber lo que la obligó. Un favor, se podría decir. No significa que nos hubiéramos perdonado mutuamente por nuestros respectivos pecados, pero supongo que ella pensó que me lo debía.

—¿Qué pecados? —preguntó Atl.

—Es una larga historia y se derramó mucha sangre. Pero fue hace mucho tiempo. Hace mucho, muchísimo tiempo. Olvidé partes de la historia, pero la recuerdo a ella.

El disco había dejado de girar. El silencio reinó en la habitación. Bernardino la miró fijamente.

—Tu amigo está aquí —dijo Bernardino, con los ojos aún fijos en ella.

Cierto, pudo reconocer los pasos de Domingo. Domingo se asomó a la habitación. Arrastró los pies y lanzó una tímida mirada a Atl.

—¿Estás ocupada? —preguntó el chico.

—No —dijo Atl.

Tenía plena conciencia de ella misma y de él. El hecho de que Bernardino estuviera cerca no ayudaba, ya que sus ojos se movían rápidamente como flechas entre Domingo y ella con la misma expresión que alguien podría tener al resolver un crucigrama.

—Son casi las diez. Tenemos que hablar con Elisa —dijo Atl.

—¿Quieres ir a Garibaldi? —preguntó Domingo.

—Sí, claro que sí. Tenemos una reunión con ella.

—Puedo ir yo solo —dijo Domingo—. Deberías quedarte aquí y descansar.

—Necesito hablar con ella. No puedo enviarte así nada más, como si fueras a hacer un recado.

—Pero si ya me has mandado a hacer un recado antes. Deberías...

—No voy a discutir esto contigo —dijo ella, cortándolo. Ya le dolía la cabeza y le punzaba el brazo de dolor. Tenía muchas ganas de gritarle y decirle que no había sido nombrado su caballero de brillante armadura. *Ella* decidía lo que hacían. Él era quien obedecía sus órdenes. No al revés.

—Te ves como una mierda. Apuesto a que te sientes así. No estás lo suficientemente fuerte como para andar corriendo por la ciudad —le dijo.

—Puedo soportar esto. No sé si te has dado cuen... —empezó ella, incapaz de creer que la estuviera contradiciendo.

—Iré con ustedes —dijo Bernardino, interrumpiéndola.

Atl lo miró fijamente.

—¿Vendrá? —preguntó Domingo.

—Tienes razón. Atl aún no se encuentra del todo bien. Puede que necesite mi fuerza.

Domingo miró a Atl de forma inquisitiva y ella asintió con rigidez. A pesar de sus protestas, sentía que su energía se estaba agotando y no tenía ningún deseo de pelear con *ambos* por esto, malditos sean. Pero ya tendría una charla con Domingo más tarde.

CAPÍTULO 30

Llovía a cántaros. Ana miraba por la ventana mientras los demás detectives tecleaban en sus computadoras. Varios de ellos probablemente estuvieran jugando al póker en línea o viendo porno. Dudaba de que alguno trabajara de verdad. Ana definitivamente no podía trabajar, hoy no.

Castillo la había jodido de nuevo. Ahora que el caso se había hecho grande, ella ya no era la principal detective que lo llevaba. Había pasado a manos de Luna y el tonto se dedicaba a dar entrevistas, feliz de que su nombre saliera a la luz. Típico de alguien sediento de atención.

Ana se fumó su cigarro y observó cómo caía la lluvia, tiñéndolo todo de gris. Se suponía que no podían fumar dentro del edificio, pero no importaba. Nadie hacía cumplir esa norma.

Le sonó el teléfono.

—Me parece que nos vendría bien hablar —dijo Kika. Sonaba demasiado alegre teniendo en cuenta las circunstancias.

—Estoy trabajando —murmuró Ana.

—Tómate un descanso. Hay un café de chinos a pocas cuadras de ti, el Loto Azul. ¿Lo conoces?

—He pasado por allí.

—Hasta pronto, muñeca.

Ana abrió la ventana y tiró la colilla afuera. Tomó su paraguas y caminó seis cuadras hasta llegar a la cafetería estrecha e infestada de ratas que había mencionado Kika. Tal vez había sido un «café de chinos» en los años 40, cuando este tipo de establecimientos —un cruce entre una panadería y un restaurante— proliferaban y aparecían por el centro de Ciudad de México, pero poco quedaba de su patrimonio salvo su nombre, escrito en un cartel de neón parpadeante. En el interior, unas tristes y escasas linternas de papel colgaban del techo, así como un calendario que proclamaba que era el Año de la Serpiente. Tenía la impresión de que el calendario estaba equivocado, pero no recordaba muy bien el zodiaco chino.

Kika se sentó cerca del fondo. Le sonrió y le entregó un menú que estaba doblado y manchado. El *chop suey* estaba junto a las enchiladas, una cacofonía de platos sin ton ni son.

—¿Cómo va tu día? —preguntó Kika.

—De la chingada. ¿Has visto las noticias de esta mañana?

—¿Cómo iba a perdérmelo? Las palabras «vampiro psicópata» estaban salpicadas sobre *El Universal* —dijo Kika, moviendo las manos como si estuviera sosteniendo un periódico invisible.

Sí. Eso era exactamente lo que había afirmado. La razón por la que Castillo había arrastrado a Ana a su oficina y le había gritado, culpándola del desastre. Si tan solo hubiera atrapado rápidamente al canalla vampiro, nada de esto habría sucedido. Le dijo que, obviamente, no sabía distinguir su culo de una buena pista y que ahora «ayudaría» a otro detective. También la había acusado de haber dado el chivatazo a los periodistas sobre la historia, cuando ella sabía sin duda que tenía que haber sido uno de los fotógrafos que intentaba ganar un poco de lana extra vendiendo fotos del lugar de los hechos o un pendejo como Luna. Tal vez ambos, compinchados.

—Me imagino que fue tan malo como los periódicos lo hicieron parecer —dijo Kika, mirando su propio menú, pasando un dedo por cada platillo.

—Peor. Un baño de sangre. Hubo una pelea, así que estaba la gente que murió durante esta y la gente que el vampiro mató después. Estaba hambriento y muy encabronado. Se comió la cara de un tipo.

—¿Tienes algún testigo? ¿Algo?

—Tengo un testigo, una persona que sobrevivió al desastre. Al parecer, un grupo de emprendedores encontró a Atl y, como estaba herida, consiguieron encerrarla en una celda. Estaban haciendo un trato con Nick. Él iba a recogerla. Ella se escapó, hubo una gran pelea y el resultado es que no estoy segura de si ella está muerta, él está muerto o ambos están muertos en alguna parte.

Niños. Habían encontrado a un montón de niños muertos. Y también estaban persiguiendo niños. Dos niños letales, no mucho mayores que su propia hija.

Llegó una mesera y les dirigió una mirada cansina mientras sacaba su libreta.

—Café —dijo Ana—. Y también un poco de nata.

—Cerveza y chuletas de cerdo. Y bolillos.

La mesera parecía bastante escéptica por sus elecciones.

—No creo que nuestra colaboración esté funcionando como estaba previsto —dijo Ana—. ¿Esa situación con Atl? Fue un error. Se escapó y lo único que conseguimos fue un montón de muertos en la calle. Tengo suerte de estar aquí.

—Las desviaciones inesperadas de la vida nos llevan al final a nuestro destino —declaró Kika, como si fuera una tarjeta de felicitación andante y parlante.

—Bueno, lo inesperado es que después de la masacre en esa fábrica mi jefe me ha dejado al margen. Le di las fotos de Atl y de Nick. Luna está haciendo algo con algunos puntos de control y la distribución de las imágenes. Ya no dirijo la investigación. Probablemente ahora no les sirva de nada a ustedes.

—Yo no diría eso. Nos has acercado mucho a ella. Tengo fe en ti. ¿Quieres la otra mitad del dinero, verdad?

—Quiero una noche de sueño decente, eso es lo que quiero —dijo Ana.

La mesera volvió con el café y la cerveza. Se olvidó de traer la nata y Ana se quedó mirando su bebida, irritada.

—Eres lo más parecido a una cazavampiros en esta ciudad, Ana. No tenemos a nadie más a quien acudir.

—¿Por qué no dejas que se maten entre ellos? —preguntó Ana, totalmente exhausta por la conversación—. Lo conseguirán, al final.

Ana tomó una servilleta y la dobló por la mitad, y luego en otra mitad, mientras Kika bebía su cerveza, con aspecto sereno y relajado. Si la joven alguna vez tenía un mal día, no lo demostraba.

—Ya te dije por qué. Es una falta de respeto. Si los vampiros empiezan a pensar que pueden entrar tan campantes a Ciudad de México, ¿cuánto tiempo pasará antes de que nos volvamos su tentempié y lo estropeen todo como lo hacen en el resto del país? Es una cuestión de orgullo.

—Sí, no me importa un carajo. Me preocupa que alguien piense que estoy trabajando contigo o que al menos sospeche que pasa algo.

—Te estás imaginando cosas.

—No me estoy imaginando nada. El otro día recibí una llamada telefónica, muy inquietante, preguntando por qué estaba investigando a Nick y a Atl.

Ana no le había dicho ni una sola palabra a Marisol sobre lo que estaba haciendo en su tiempo libre, pero había revisado las cerraduras de la puerta y se había asegurado de que la mirilla electrónica funcionara bien. De todos modos, Marisol tenía instrucciones estrictas de no abrir nunca la puerta cuando Ana estaba fuera, pero no estaba de más. Como precaución adicional, Ana había dispuesto que Marisol tomara el transporte escolar diario de ida y vuelta al colegio, algo que normalmente no hacía porque suponía una tarifa extra. Al tratarse de una escuela privada, el transporte escolar también llevaba a un guardia armado.

—Vamos, *sí* te importa un carajo —dijo Kika, desechando las inquietudes de Ana como si fueran basura inútil.

—Mi jefe me va a despedir si descubre que estoy trabajando contigo —replicó Ana.

—¿A quién le importa? —Kika tomó otro trago de cerveza y sonrió a Ana—. No empieces con las excusas baratas. Dentro de poco no necesitarás tu estúpido trabajo. ¿Tienes miedo?

—Da miedo cuando te estás enfrentando a vampiros. Tal vez no te importe, porque crees que esto es una parrillada para el personal, pero sé lo que son capaces de hacer.

—Si las fotos de los periódicos son correctas, yo también sé lo que son capaces de hacer. Asqueroso.

—Los periodistas lo están disfrutando —dijo Ana—. Chicas desnudas en la página tres y un tipo destripado en la portada.

—Cuando era niña, recuerdo haber leído esos viejos libros románticos. Los libros de bolsillo góticos. ¿Te acuerdas de ellos?

Ana se quedó mirando el calendario y lo que, supuso, era el carácter chino del Año de la Serpiente impreso debajo de las letras occidentales. Se acordó de los vampiros chinos con los que se había topado, cuyos músculos atrofiados daban la sensación de que siempre estaban arrastrando los pies. Los Revenants tenían problemas similares: cifosis, artritis. No como en los libros, no. Tampoco eran románticos.

—No —dijo Ana—. Pero, por otro lado, nunca he sido una ávida lectora de libros de romance.

—Bueno, en esos libros tenían castillos y vampirizaban a jóvenes vírgenes, ofreciéndoles amor eterno. La verdad, sin embargo... bueno, la verdad es más interesante. Cadáveres desfilando. Será muy divertido meterles un plomazo en el cráneo. Una estaca. Algo.

—No me interesa hablar sobre vampiros de novelas baratas —dijo Ana—. Ya me voy.

—No puedes dejarme comiendo sola.

Ana consideró quedarse un poco más. Decidió no hacerlo. De todos modos, el café tenía un aspecto terrible.

—Tengo trabajo —dijo—. Te llamaré si surge algo.

—No estás asustada, detective Aguirre —dijo Kika, levantando su botella a modo de saludo—. Estás deseosa.

Ana sacó un billete y lo dejó sobre la mesa. El camino de vuelta a la oficina la hizo pensar más en los tipos de vampiros. Osciló entre volver a citar sus características en su mente y recordar los rostros de los dos jóvenes responsables de la masacre que había estado mirando en su pantalla.

Aunque quisiera negarlo, Ana sabía que Kika tenía razón. Ana era buena en algo, y eso era lidiar con vampiros. Le fascinaban, le repelían y la obsesionaban. Le repugnaba todo este asunto, pero también necesitaba cerrar el caso. Por mucho que lo intentara, no podía hacer la vista gorda.

Y, aun así, cuando llegó a su escritorio, estaba lista para irse a casa. La oficina le destruía la vida, era el verdadero vampiro. Cinco minutos después de que se hubiera sentado, pasó otro agente.

—Oye, Aguirre, tengo un tipo que dice haber visto algo en relación con tu caso.

—Díselo a Luna. Él está a cargo —murmuró Ana.

—Como si no lo hubiera intentado. Luna no está aquí.

Probablemente se estaba tirando a su amante en un motel barato que cobraba por horas.

—¿Hablarás con el pinche tipo?

—Sí, claro. Mándamelo —dijo Ana.

Sacó la grabadora de voz y su libreta de notas. Un hombre con camisa de rayas se sentó al otro lado de su escritorio, con aspecto nervioso.

—Soy la detective Aguirre. ¿Me dicen que quiere hablar conmigo? —dijo, y ni siquiera se molestó en sonar como si estuviera interesada. Debería haber tomado el maldito café y un poco de comida.

—Era un hedor terrible, simplemente horrible. Como carne podrida —soltó—. Era ese vampiro psicópata de los periódicos.

Podía oler el alcohol incluso desde el otro lado de la mesa. Ana miró la cara del anciano y esperó que no se tratara de un alcohólico que había tenido una alucinación vívida. Los locos salían en masa cada vez que se producía un gran crimen.

—Señor. Vamos a tomarlo con más calma. ¿Dice que vio a un vampiro?

—Iban en mi coche.

—Bien. ¿Cómo entraron a su coche?

—¿Cómo cree que entraron? —farfulló el hombre—. Conduzco un taxi. Simplemente entraron. No tenía ni idea hasta que ella me sujetó por el cuello y me amenazó, y olía mal, espantoso, como a carne echada a perder. También había un chico. Y un puto perro.

Ana levantó la pluma, haciendo una pausa.

—¿Un perro?

—Sí, un perro grande. Me hicieron llevarlos de un lado a otro.

Ella se inclinó hacia delante.

—¿Recuerda a dónde los llevó?

—A la Roma.

—¿A qué lugar de la Roma?

—No lo sé. A una casa. —Sacudió la cabeza—. Estaba demasiado asustado para prestarle atención. Pero hoy mi amigo me ha dicho que ustedes dan recompensas por estas cosas. ¿Cuánto están dando?

—Señor, ¿su taxi tiene un geolocalizador? Las compañías de taxis lo utilizan hoy en día para saber dónde están los vehículos.

—No. ¿Crees que soy rico para tener un geolocalizador lujoso de mierda?

Seguro que conducía un taxi ilegal.

—No pienso nada. Es usted quien tiene que esforzarse en pensar. ¿Recuerda algo de la calle en la que los dejó? —preguntó Ana.

—Fue en la Roma. Es lo que sé.

La Roma. Había sido un gran barrio de vampiros, hace tiempo. Todos se habían ido. Pero recordaba haber oído un rumor de Archibaldo Ramos, quien había estado con el agua hasta el cuello —bueno, más de lo normal— un par de años antes, cuando lo atraparon tratando de dirigir una red de prostitución cerca de Coyoacán. Los policías no eran muy amables cuando la gente no pagaba sus sobornos y Ramos pensó que podía engañar a todo el mundo y no tener que pagar a nadie. Ramos, con quien ella ya se había reunido varias veces, sabía de su interés por los vampiros y trataba de hacer méritos obsequiándole historias de vampiros. Había mencionado a los vampiros de la Roma e insinuó que uno seguía allí. En aquel momento, Ana pensó que le estaba tomando el pelo. Ya no estaba tan segura.

—Muy bien. Tomaré nota de su declaración —dijo Ana.

—¿Y mi dinero?

—No hay dinero de recompensa.

—¡Eso es una mierda, señora! ¡Pura mentira!

Varios agentes giraron la cabeza para mirarlos. Ana podía hacer que arrestaran al tipo, pero eso estropearía su plan. Buscó en su cartera y encontró un billete.

—Toma cien y lárgate —dijo.

El tipo tomó el billete y lo arrugó, pero no dijo nada más y se fue. Ana entró a una de las bases de datos y buscó información. Luego tomó unos papeles y se acercó al agente que había enviado al taxista hacia ella.

—Voy a salir de nuevo. Si Castillo pregunta, dile que estaba enferma, ¿de acuerdo?

El oficial, que estaba ocupado explorando corbatas en internet —podía ver la página web en el monitor detrás de él—, le hizo una mueca a Ana.

—¿De repente te ha venido la regla, Aguirre?

—Creo que eres tú el que tiene síndrome premenstrual, pendejo —dijo ella.

Estaba segura de que eso iba a figurar en su expediente, bajo el epígrafe «falta de espíritu de equipo y desarrollo de habilidades de colaboración», pero le importaba un carajo.

CAPÍTULO 31

Por la noche, la Plaza Garibaldi estaba invadida de mariachis y borrachos. Los turistas aventureros paseaban por ahí, intentando ignorar a los indigentes que se reunían en los márgenes de la plaza. Era un lugar sórdido, y ningún tipo de renovación podría poner a la zona bajo el manto de la respetabilidad, aunque los planificadores de la ciudad habían hecho un intento a medias al encadenar numerosas luces verdes y rojas en los edificios en un vano intento de festividad.

Había muchos bares cerca de la plaza. El Tenampa destacaba por su fachada amarilla y su historia: se remontaba a la década de 1920 y se decía que Frida Kahlo solía pasar el tiempo allí. Era, como todo en la zona, un poco de mal gusto. El Tenampa también estaba abarrotado, aunque Domingo imaginaba que lo estaba desde hacía décadas. Tres grupos de mariachis y un conjunto de jarochos tocaban en el local, mientras los mariachis ambulantes se paseaban por las mesas en busca de clientes dispuestos a pagar por una canción.

Había hombres que se paseaban vendiendo descargas eléctricas, sosteniendo sus cajas con cables pasacorriente. Era una atracción importada del norte, de Tijuana y de Juárez, pero se había puesto de moda entre los clientes borrachos. Una variante se denominaba «ruleta mexicana»: cuatro personas se pasaban el artilugio hasta que una de ellas recibía una descarga.

Un mariachi les preguntó si querían una canción por tercera vez y Bernardino le hizo un gesto para que se fuera. El vampiro tenía un aspecto miserable, encorvado sobre una copa de mezcal, con un sombrero que le ensombrecía la cara y un grueso pañuelo alrededor del cuello, pero sin molestarse en dar un sorbo. Domingo se estaba tomando poco a poco su primera cerveza, demasiado nervioso para beber mucho. Atl, en cambio, ya se había zampado tres chupitos de tequila.

Domingo pensó que ofrecían todo un espectáculo: un viejo hosco encorvado vestido de negro; una mujer joven de ojos brillantes con el brazo en un cabestrillo; un adolescente con un chaleco elegante. Aunque, a decir verdad, todos estaban demasiado borrachos para prestarles mucha atención.

—No me lo creo —dijo Elisa cuando se acercó a su mesa, con una mochila colgada del hombro y una delicada bolsa colgando del brazo derecho—. Bernardino. Aquí. ¿No tienes aversión a la gente y al ruido... y, bueno, a todo?

—Hubiera preferido que nos reuniéramos en otro lugar, pero sí, aquí estoy —respondió él.

Elisa se quitó el abrigo.

—No pensé que te involucrarías en esto.

—Pues sí.

—¿Qué le pasó a tu brazo? —preguntó Elisa, mirando a Atl.

—Un accidente —respondió ella.

Elisa acercó una silla y se sentó. Colocó la mochila sobre la mesa. Atl abrió el cierre y encontró un sobre grande.

—Tarjetas de identificación. Cartillas de salud. Pasaportes —dijo Atl, sacando cada uno de ellos. Atl tomó una de las tarjetas de identificación y la miró, luego abrió el pasaporte—. Parecen legítimos.

—Funcionarán —dijo Elisa.

—¿Y el viaje? ¿Cuándo puedes llevarnos? —preguntó Atl, levantando una de las tarjetas y examinándola más de cerca.

Elisa dudó, deslizando su mano por la muñeca.

—Hay un problema con eso.

—¿Qué quieres decir?

—Que no los voy a llevar a ningún sitio.

—Eso no puede ser —dijo Atl, colocando los documentos sobre la mesa.

—No sé si lo saben, pero la ciudad se está saliendo de control —les dijo Elisa—. La policía encontró una fábrica abandonada llena de cadáveres y están diciendo que fueron vampiros. Han puesto puntos de control; están revisando autobuses y camiones de carga. No lo haré.

—Entonces no puedes llevarnos a Guatemala —dijo Atl.

—Es demasiado peligroso. Puedes quedarte con tu dinero. —Elisa tiró el sobre de Atl delante de ella.

—No quiero el maldito dinero —exclamó Atl, golpeando su mano sobre la mesa—. Necesito tu ayuda para cruzar la frontera. Dijiste que me sacarías de aquí.

—Dije que era complicado —respondió Elisa.

—¿No podemos tomar un autobús? —preguntó Domingo.

—Claro. Cuando lleguemos a la terminal, pediremos a los de seguridad que nos dejen subir de buena manera. Seguro que no nos interrogarán cuando vean que me falta una mano o algo así. Por Dios. —Atl tomó su chupito y se lo bebió de un trago rápido, limpiándose la boca con la manga.

—Lo siento —murmuró Domingo, frotándose la nuca.

—Ella podría quedarse contigo —dijo Elisa, dirigiéndose a Bernardino—. Las cosas se calmarán dentro de poco y será más fácil salir de la ciudad. Las carreteras deberían estar mejor.

—No puede quedarse conmigo —dijo Bernardino—. Es demasiado peligroso. Ya he tenido que enviar a mi Renfield lejos, por precaución. No puedo ser su guardaespaldas.

—¿Qué otra opción hay? —preguntó Elisa.

—Si crees que...

—No te preocupes por eso —dijo Atl, metiendo torpemente los papeles de nuevo en el sobre. Intentaba mantenerse bajo control, pero no estaba funcionando, su mano temblaba y apenas era capaz de sujetar sus documentos—. Entré a Ciudad de México y puedo salir por mi cuenta y...

—Cruzar en Ciudad Hidalgo —dijo Bernardino con indiferencia, leyendo su mente por lo que parecía—. Estará controlado por Necros —le informó el vampiro.

—El sur sigue en disputa —protestó Atl—. No está controlado por ellos.

—Después de lo que ha ocurrido recientemente, estoy seguro de que Godoy ha compartido tu imagen con todos los socios que ha podido. Estoy seguro de que incluso la ha compartido con personas que ni siquiera son sus socias. De un modo u otro, va a haber mucha gente interesada en ti. No puedes arreglártelas sola. No si Elisa tiene razón y esto ha explotado como lo ha hecho. La has cagado y la situación ha cambiado.

—¿Qué sugieres? —preguntó Atl.

—Hay viejos senderos en la selva. Caminos que solo usan los lugareños —dijo Bernardino—. Puedes llegar lejos si conoces a la persona adecuada. Yo la conozco. Puedo ayudarte a entrar a Guatemala, pero no puedo sacarte de Ciudad de México. No es que quiera hacerlo. Pero no veo otra opción en este momento.

—Me subí a un camión de carga para entrar —dijo Atl—. Podría subirme a otro.

Un grupo de mariachis había comenzado a tocar en una mesa cercana. Estaban cantando el corrido de *El caballo blanco*. La gente empezó a cantar con ellos. Atl se había servido otro chupito de tequila y había derramado gran parte de este.

—He visto cómo son los puntos de control —dijo Elisa—. No van a dejar pasar el camión sin inspeccionarlo.

—¿Y qué? Guardaremos silencio —dijo Atl con la voz entrecortada.

—¿Y si tienen escáneres térmicos? Cada autobús, cada coche, cualquier cosa con ruedas va a ser inspeccionada. Todo esto entraña muchos riesgos ahora mismo.

Atl no respondió. Se recostó en su silla y levantó la mano, cubriéndose la cara durante un minuto antes de zamparse su bebida. A Domingo se le ocurrió una idea.

—No necesitas ruedas para salir de Ciudad de México —dijo Domingo—. Puedes salir caminando.

Los tres lo miraron fijamente.

—¿Salir caminando? —dijo Atl, sonando incrédula.

—No van a tener gente en los tiradero de basura.

Atl se enderezó en su silla y levantó la barbilla.

—Continúa —dijo Bernardino.

Domingo se lamió los labios.

—El Bordo Blanco se desborda hacia el Estado de México, ¿ok? Se supone que no debería, pero así es. En teoría está el muro de contención y el canal que pasa para dividirlo perfectamente, pero no es así. Una vez que cruzas el canal del drenaje estás fuera de Ciudad de México bastante rápido. Se puede seguir desde allí. Lo único que deberíamos hacer es atravesar el tiradero de basura y cruzar el canal. Y hay una manera de hacerlo. Hay un camino.

—¿Y no habrá seguridad? —preguntó Atl.

—No. Mira, los policías no controlan los tiraderos de basura, los controla la gente de allí. Zamora es el jefe en el Bordo Blanco y he comprado basura allí para el trapero. He transportado cosas y he atravesado todo el tiradero de basura. Puedo llevarte.

Bernardino levantó las cejas y miró a Domingo, dedicándole una sonrisa.

—Has conseguido sorprenderme, chico —dijo.

Domingo sonrió. Se bebió su cerveza.

—Bueno, parece que estás en buenas manos y tienes los papeles que necesitas. No hay nada más que *yo* pueda hacer —dijo Elisa, empujando su silla hacia atrás bruscamente, como si hubiera dejado un pastel en el horno y su casa estuviera a punto de quedar reducida a cenizas—. Confío en que no volveré a encontrarme contigo.

—No —dijo Atl—. Gracias.

Elisa tomó su bolsa y su abrigo.

—Ha sido un placer verte —le dijo a Bernardino.

—Lo mismo digo —dijo Bernardino, mostrando sus dientes amarillentos, con una nota de escarnio que salpicó sus palabras.

Elisa se detuvo para inclinar la cabeza hacia Atl, en lo que a Domingo le pareció un saludo microscópico. Luego salió del local sin decir nada más.

Una mesera se acercó para preguntar si querían más bebidas. Tres mariachis se dirigían a su mesa, ávidos de clientes. Bernardino arrojó varios billetes sobre la mesa y tomó su bastón.

—Vamos. No soporto este lugar infernal. Siento que la cabeza me va a estallar —dijo Bernardino.

Domingo dio un último sorbo a su cerveza y se levantó. A pesar del bastón, Bernardino se movió con sorprendente rapidez, esquivando a los borrachos y a los meseros, dejándolos atrás en un santiamén. Una vez afuera, Atl y Domingo pudieron alcanzarlo.

—¿Quién es la persona adecuada? —preguntó Atl. Sonaba ansiosa, y la forma en que caminaba junto a Bernardino solo parecía reforzar esta impresión; algo en ella le traía a la mente a Domingo el incesante aleteo de un colibrí—. Dijiste que conocías a la persona adecuada.

—Manuel Tejera.

—¿Puede hacerme entrar a Guatemala?

—Si quiere. Y querrá después de que yo hable con él —dijo Bernardino con firmeza.

—¿Vamos a verlo ahora?

—Sí.

Atl se frenó un segundo, luego perdió el equilibrio y tropezó. Domingo la sujetó y la estabilizó. Sus ojos parecían vidriosos e hizo un gesto de dolor.

—Bernardino, no tiene muy buen aspecto. Quizá debamos hacer esto mañana. O podemos volver juntos, tú y yo, mientras Atl descansa.

—Estoy bien —dijo Atl.

—No, no lo estás —dijo Domingo—. Ni siquiera deberías estar aquí.

Esquivaron un charco de vómito justo en medio de la acera y Domingo se inclinó más cerca de ella.

—Atl...

—No puedes mandarme a casa a por un vaso de leche tibia —dijo ella, irritada.

—No estoy tratando de ser ojete, es solo que no me gusta verte sufrir —dijo él, apoyando una mano en su hombro—. Atl, puedes confiar en nosotros. Podemos hacer esto por ti.

—Decídanse y díganme si vienen o no —les advirtió Bernardino.

—He dicho que estoy bien.

Atl apartó a Domingo de un codazo y caminó junto a Bernardino. El primero los siguió con un suspiro.

El símbolo de la estación del metro La Merced era una cesta llena de manzanas, clara conmemoración de uno de los mercados más famosos —o infames— de Ciudad de México. En la época de los aztecas había albergado la Casa de los Pájaros, y tras la conquista española fue el lugar donde las autoridades determinaban los precios de los granos. Las pantallas de la estación del metro habían informado a Domingo de este hecho.

Durante el día, el mercado se extendía por decenas de cuadras en las que comerciantes, trabajadoras sexuales y compradores se pasaban el día regateando. Por la noche, los vendedores ambulantes de La Merced ya habían empacado sus mercancías. Las tiendas estaban cerradas. Pero seguía siendo un lugar animado con las prostitutas trabajando en las calles. Filas y filas de mujeres con minifaldas, tacones altos y kilos de maquillaje estaban de pie enviando mensajes de texto a sus amigos. Cuando pasaron por allí, levantaron la vista un segundo hacia ellos o les dedicaron una sonrisa carmesí.

Bernardino los condujo a las puertas de una vecindad que, como la mayoría de los edificios de este barrio, databa del siglo pasado o de hacía dos. No había timbre y Bernardino ni siquiera sacó una llave. Se limitó a empujar la puerta y esta se abrió.

El patio interior olía mucho a camarones secos y Domingo se dio cuenta, al mirar las cajas apiladas, de que era porque allí *había* bastantes camarones. La Merced pertenecía a comerciantes, y a Domingo no le sorprendió ver que alguien había decidido almacenar mercancías en el patio, lo cual obligaba a la gente a caminar alrededor de las cajas.

Los camarones le hicieron pensar en el mar, al que nunca había visto. Supuso que podría verlo ahora, con Atl.

Bernardino los condujo hasta una puerta que había sido decorada fijando en ella decenas de peluches y juguetes de plástico. Había muñecas desnudas, figuritas de plástico sin sus extremidades y un oso de peluche tuerto. Era terriblemente espeluznante e hizo que Domingo le lanzara una mirada de preocupación a Atl. Pero ella se mantuvo estoica mientras Bernardino llamaba a la puerta.

Hubo un leve movimiento de las cortinas en la ventana a la izquierda de la puerta y luego un anciano les abrió. Era un hombre gris, como si lo hubieran metido demasiadas veces dentro de la lavadora. Incluso sus labios parecían grises. Su camiseta, de un color que solo se aproximaba al blanco, estaba manchada de amarillo en el cuello.

—Creí que ya no salías de tu casa —dijo el anciano—. Pensé que te habías convertido en un viejo ermitaño común y corriente.

—Invítanos a pasar —respondió Bernardino.

—Me gusta eso de los de tu especie, Bernardino. Son educados. No rompen las ventanas ni irrumpen en una casa. Pasen, pues. Vengan.

El departamento era diminuto. La sala de estar, la cocina y el comedor estaban en un solo lugar. Una cortina con un estampado de margaritas, que colgaba sobre un trozo de cuerda, dividía el pequeño espacio. Domingo supuso que detrás de la cortina estaban tanto la cama como el baño del hombre.

—Te ves bien.

—No creo que pueda decir lo mismo —dijo Bernardino con tacto.

—Mi hígado —replicó el anciano, palmeando su vientre hinchado—. Estaré muerto el año que viene. No importa. Yo digo que ya va siendo hora. Siéntense.

Se sentaron alrededor de la mesa. Su superficie estaba cubierta con un trozo de plástico amarillo y blanco en lugar de un mantel. Había una estatua de San Judas Tadeo junto a la sal y la pimienta. En la pared, sucia por los años y manchada por la humedad, había una cruz verde con Jesús apoyado en ella. Varios muñecos habían sido clavados en la pared, como mariposas en vitrinas.

—¿Tienes nuevos Renfields?

—No. Son amigos. Más o menos. Manuel, te presento a Atl y a Domingo.

—Hola, jóvenes —dijo Manuel—. ¿Quieren café? Yo lo bebo con un poco de mezcal.

Domingo miró la camisa sucia del hombre, su pelo grasiento y negó con la cabeza, aunque no era su higiene lo que lo frenaba. Ya había bebido y no quería seguir haciéndolo; nunca había sido el mejor con el alcohol.

—No, gracias —dijo Atl.

—Como gusten. —Manuel se metió a la cocina, abrió una alacena y sacó una taza, una caja con azúcar y una cuchara.

—Necesito que hagas algo por mí. Una entrega.

—No creí que siguieras en ese negocio —dijo Manuel, dejando la taza y sentándose—. ¿Qué necesitas que entregue?

—A los chicos.

—¿A los chicos? Eso es un poco de lío, ¿no?

—Como si nunca hubieras participado en la trata de personas —se burló Bernardino.

—Por lo general intentaba meterlas a México. Tú estás diciendo lo contrario. Hay una diferencia.

—No es imposible.

—No —dijo Manuel—. Estoy un poco fuera de juego, ¿sabes?

—Ya me he dado cuenta.

Manuel sacó un par de lentes con armazón redondo del bolsillo trasero de su pantalón y se los puso, examinando a Domingo y a Atl.

—¿Puedo ver tus manos, cariño?

Atl accedió, presionando su mano buena y enguantada sobre la mesa.

Manuel se rio.

—Sé lo que significa eso. Es una vampiresa, ¿no es así? Eres de la tribu azteca.

Manuel se quitó los lentes y los usó para señalar a Bernardino.

—Esta mierda ya no es como antes. Ahora están muy paranoicos en la frontera. Y cuando menos te des cuenta, tendrán también escáneres térmicos allí.

—Lo dudo.

—Duda todo lo que quieras.

—No importa. Quiero que emplees los senderos, como solías hacer. Elisa no quiso aceptar el trabajo. Pensé que tendrías más huevos —dijo Bernardino.

—Elisa —dijo Manuel—. Esa chamaca. Buena para nada. Nunca pudo aventarse al otro lado sin estropear algo. No me sorprende.

—¿Y entonces?

—Ya te lo he dicho, el hígado me está matando —dijo el anciano, frotándose la barriga para enfatizarlo—. Quiero quedarme aquí y ver la televisión, no huir por una carretera polvorienta hacia Guatemala. ¿Qué conseguiría yo con eso? ¿Yo? ¿Dinero? Tiene poco sentido, ahora.

—Me debes un favor.

—Lo sé. —Manuel dio un sorbo a su café.

Domingo se dio cuenta de que había más juguetes en el refrigerador. Estaban por doquier, tristes y rotos, como el anciano. ¿Había sido él un Renfield? No parecía gran cosa. A Domingo le costaba imaginárselo al lado de Bernardino; el viejo vampiro tenía un aspecto aristocrático, no era del tipo que se asociaría con un vago. Domingo se dio cuenta de que él mismo tampoco parecía gran cosa. ¿Era como este tipo, solo que más joven? Era un pensamiento desagradable.

—No podemos recogerla en Ciudad de México. La están buscando. En las afueras, no muy lejos de un tiradero de basura —dijo Bernardino.

—Bordo Blanco —dijo Domingo—. Estaremos en Tenayuca y Cátedra.

—¿Cuándo? —preguntó Manuel.

—Mañana —dijo Bernardino—. A la una de la mañana.

—Mañana no puede ser, carnal. Tengo que asegurarme de que el coche funcione bien y empacar provisiones.

—Entonces la madrugada siguiente.

—Necesitaré un poco de dinero, Bernardino. Para los gastos asociados.

Bernardino puso varios billetes sobre la mesa. Manuel los tomó rápidamente, doblándolos y guardándoselos en los bolsillos.

—Deberíamos celebrar. ¿Están seguros de que no quieren un trago?

—¿Dónde está el baño? —preguntó Atl.

—Ahí mismo —dijo Manuel, señalando la cortina.

Atl se levantó. Domingo se incorporó enseguida, para ofrecerle su ayuda, pero Atl puso su mano en el hombro de Bernardino en su lugar. El vampiro se puso de pie, caminaron uno al lado del otro y apartaron la cortina. Entraron juntos al baño. Domingo oyó el clic de una cerradura. Se quedó mirando la puerta del baño golpeando nerviosamente los dedos contra la mesa.

—Tranquilo. No le hará daño —dijo Manuel.

—Lo sé.

—Tampoco se la va a coger por si acaso eso es lo que te preocupa.

—No me preocupa *eso* —dijo Domingo.

¿Qué comentario pervertido era ese? A pesar de su impresionante voz, Bernardino era un hombre encorvado de probablemente ¿setenta años? ¿Ochenta? Al menos, a juzgar por su rostro. Probablemente mucho mayor. Domingo dudaba mucho de que Atl quisiera tener algo que ver con él.

—Bueno, podría haberlo hecho, hace mucho tiempo. Tuvo amantes de todo tipo, le gustaba el pelo negro. Pero no las humanas. Ellos —dijo Manuel, haciendo un gesto dramático—, bueno, son de la misma especie. Les gusta más coger entre ellos que con nosotros. Nosotros no somos tan divertidos.

—Mira, la verdad es que no...

—¿No ha sido tuya todavía? Los vampiros jóvenes tienen menos tabúes que los vejetes. Y veo esa mirada en tus ojos. Deseas a la chica. Me doy cuenta. —El anciano se rio mostrándole los dientes separados.

Domingo sintió que se sonrojaba, mortificado por la sola idea de admitir tal cosa al anciano.

—¿Qué pedo con las muñecas y los juguetes? —preguntó Domingo, deseando cambiar de tema lo antes posible.

—Me protegen, me ayudan a mantener alejados a los fantasmas —dijo Manuel—. Tienen los ojos bien abiertos, para que nada se atreva a colarse a esta casa.

—¿De verdad cree que hay fantasmas?

—Hay fantasmas. Maté a mucha gente. Eso supone muchos fantasmas. Muchos fantasmas. Es el precio de andar con los de su especie. Sí, es el precio —dijo el hombre—. ¿Ya has matado por ella?

—No.

—Lo harás —dijo Manuel—. ¿Qué? ¿No quieres hacerlo? Claro que quieres. Matar y coger, matar y coger. Todo es lo mismo para ellos. Es lo mismo para todos nosotros, finalmente.

Domingo sujetó el San Judas Tadeo de plástico, trazando suavemente los contornos de su túnica y esforzándose por ignorar la risa del hombre.

CAPÍTULO 32

Atl apoyó la espalda en los fríos mosaicos del baño y suspiró. Bernardino la miró, frunciendo el ceño.

—El chico tenía razón. Estás débil.

Odiaba la forma en que lo decía, como una acusación.

—Estoy bien —murmuró Atl, incómoda.

—No, no lo estás —respondió Bernardino—. Te ayudaré.

Le puso una mano en el cuello y se acercó a ella. Su aliento era abrasador y de nuevo tuvo la clara sensación de que una sustancia nociva le estaba quemando el cuerpo, como si él le hubiera inyectado ácido en las venas.

La sensación desapareció y Atl sacudió la cabeza y flexionó la mano. Se sintió restablecida, llena hasta el borde. Por su parte, Bernardino parecía repentinamente más viejo, con más arrugas enterradas en la cara.

—Es la última vez que puedes esperar eso —dijo muy serio.

—Lo entiendo. —Podía sentir que las propias fibras de su cuerpo temblaban y se reacomodaban, sanando más rápido. Pero no estaba del todo bien. *Quería* sangre como un fumador podría tener antojo de un cigarro en lugar de un parche de nicotina. Aunque Bernardino alimentara a Atl, la sangre la llamaba. Era inevitable.

Atl abrió la puerta del baño y salieron.

El aire fresco era muy bienvenido, al igual que la suave llovizna que caía sobre ellos. Estaban caminando rápido y a Domingo le costaba un poco seguirles el ritmo, pero Atl no redujo la velocidad.

Cuando llegaron a la casa, ella subió rápidamente las escaleras, ignorando a Cualli, que estaba esperando junto a la puerta principal. Domingo la siguió, con la intención de convertirse en su sombra. Una vez que llegaron a su habitación, ella cerró la puerta de un golpe y lo miró fijamente, encendiendo la linterna para que él lo usara. Ella no se habría molestado en hacerlo.

—¿Atl?

—¿Qué fue eso? —preguntó ella.

—¿Qué fue qué? —dijo Domingo, con una mirada inexpresiva.

—Que le hayas dicho a Bernardino que yo estaba demasiado débil para ir a La Merced. Interferiste.

—Yo no estaba... *estás* débil —protestó—. Bernardino puede hacer su abracadabra de energía vital, pero eso no significa que te hayas curado.

—No me interesa difundir mi estado actual a todo el mundo.

—No es tan difícil de ver.

—Claro que no. No si lo gritas.

Domingo se mordió el labio, pareciendo profundamente herido. No enfadado. Solo abatido. Era irritante verlo doblarse sobre sí mismo, como una pieza de origami.

—Bernardino no es mi pariente —dijo Atl—. Solo puedes confiar en tus parientes.

—Pensaba que podías confiar en mí. Yo no te decepcionaría. ¿Y no estás confiando en Bernardino ahora mismo?

Se apartó de él. Era demasiado difícil explicar a Domingo los entresijos de la familia y los clanes, de los lazos de sangre que unen, y no se sentía con la suficiente paciencia como para empezar a esclarecérselo.

—Estoy tratando de ayudarte —dijo él, con toda la vehemencia juvenil.

—Sí, lo sé. Siempre estás intentando ayudarme —respondió ella, deseando que su voz no se le quebrara tanto.

—¿Por qué es eso tan malo?

—No tienes ni idea de lo que se siente al ser de repente completamente dependiente, al estar completamente indefensa —susurró ella. Tomó la muda de ropa que la estaba esperando sobre la cama y la levantó para que él la viera.

—Ni siquiera puedo cambiarme de ropa sin tu ayuda —dijo con poca amabilidad, aunque él no era culpable de nada más que de ser amable.

Atl tiró la ropa al suelo, con ganas de hacerla jirones. En cambio, la apartó de una patada.

—Odio necesitarte —dijo—. Eso me pasa. Lo odio, carajo.

Y la soledad. También la odiaba. Esa sensación de que ya no pertenecía a nada más grande que ella misma, la falta de familiares y compañía.

—Yo también te necesito —dijo Domingo.

Atl levantó lentamente la cabeza y se mofó de él, de la seriedad de su voz. La forma en que se acobardaba ante su ira, la mirada herida que lo invadía, eran casi contagiosas.

—No es lo mismo —respondió ella.

—Sí. *Lo sé* —dijo él, y por primera vez su voz tenía una nota diferente; dolida, sí, pero también algo decisiva.

Sus ojos la atravesaron, se metieron bajo su piel, más afilados que el cristal.

Atl se apartó y Domingo reunió el valor suficiente para jalarla hacia él. Ella apoyó la mano buena en su pecho, frunciendo el ceño.

—No quiero que te hagan daño —dijo él—. Eso es todo. Lo siento.

Ella asintió, encontró los botones de su camisa y jugueteó con el de arriba, desabrochándolo y abrochándolo de nuevo, y deslizó su dedo para tocar el hueco de su garganta. Su sangre, casi podía oírla subir al encuentro de su caricia.

—Atl —susurró él.

—¿Qué?

—¿Puedo besarte de nuevo?

—No me besaste la primera vez —respondió ella, recordando el lastimero pico que le había dado la noche anterior.

Intentó un segundo beso, este sí de verdad, aunque en realidad Domingo no era muy bueno besando. Lo único que consiguió fue separar los labios y quedarse tieso como una tabla. Ella se resistió a su beso, desafiándolo, hasta que él pareció relajarse, puso un brazo alrededor de su cintura y ella le correspondió apoyando una mano en su nuca, con los dedos enredados en su pelo.

Cuando terminó el beso, ella no se distanció, sino que su cuerpo quedó al ras del de él. Su irritación había desaparecido. Su cercanía la reconfortaba.

—Estás temblando —dijo ella, dándose cuenta de que sonaba como una acusación y sin molestarse en endulzar su voz.

—Sí, bueno, eres muy bonita —murmuró él.

Se quedaron en silencio. Ella realmente no quería que hablara, y se limitó a quedarse allí, junto a él, con la linterna cubriéndolos con un difuso halo de luz que iluminaba sus rasgos, aunque ella podría haberlo visto bastante bien sin su ayuda.

Domingo respiró hondo.

—No estaba seguro de si te gustaba —dijo.

Ella le rozó el brazo y lo miró de reojo.

—Me gustas —dijo simplemente.

No era mentira, pero no disfrutaba diciéndolo. Sonaba infantil. El tipo de cosas que las niñas podían escribir en un papel y pasar por el aula, riéndose. Algo que nunca había hecho, ni habría querido hacer, si hubiera tenido la oportunidad. Pero ahora... quería quitar el dolor, cauterizar las heridas solo con el tacto. Quería reinventarse, volver atrás y deshacer los pecados, incluso ser amada.

Por todas esas razones podía decirle algo verdadero y casi dulce. Él podría gustarle a ella, ella podría gustarle a él, y entonces el mundo dolería un poco menos.

Atl se quitó la chamarra e intentó quitarse la blusa, pero se encontró con que sus dedos solo lo hacían torpemente. Por suerte, Domingo no preguntó si podía ayudarla. En lugar de eso, le quitó la blusa de los hombros sin mediar palabra y le bajó el cierre de la falda. Los zapatos no deberían haber sido un problema, pero él hizo que ella se sentara en la cama y se los quitó de todos modos. Se las arregló para evitar mirarla todo el tiempo, sus ojos se desviaron hacia las esquinas de la habitación.

Eso la hizo sonreír.

—Quizá debería apagar la linterna —ofreció él.

—No, no deberías.

Domingo se quitó el chaleco, la camisa y el cinturón, aunque dudó ante los pantalones y los zapatos, y Atl se preguntó si se iba a meter en la cama con ellos puestos. Finalmente, apartó los zapatos de una patada, se desvistió por completo y se sentó junto a ella. Atl lo miró, primero un examen clínico de su cuello, hombros y brazos. Era larguirucho, nada más que huesos, aunque a ella eso no le disgustó. Descubrió una cicatriz en su clavícula y la tocó.

—Me gustaste desde que te vi por primera vez en el metro —susurró él—. Habría hecho cualquier cosa por conocerte. Nunca pensé que me hablarías.

Atl ladeó la cabeza. A ella también le había gustado desde el momento en que lo vio sentado en el vagón de metro, envuelto en su chamarra amarilla. Le gustaba su aspecto extremadamente inseguro de sí mismo. Le gustaba cómo le caía el pelo sobre la cara y le gustaba su sonrisa, que parecía tan honesta. Y era guapo, y ni siquiera lo sabía. Eso era encantador.

—Atl, yo...

Lo silenció con un beso, cansada de que fuera a decir alguna tontería, y lo empujó hacia la cama, apretando los labios contra su cuello, no para besarlo, sino para alimentarse. Cuando ella levantó la cabeza sí lo besó en la boca, con el dulce sabor del cobre en sus labios. Él dejó escapar su aliento en una larga y temblorosa exhalación.

CAPÍTULO 33

Un vistazo a la base de datos de la computadora le había mostrado a Ana que Archibaldo no se había metido en líos durante el último año. Cuando llamó al número de teléfono que figuraba en el expendiente, contestó su exnovia, quien, al enterarse de que una policía lo buscaba, le dijo a Ana que Archibaldo había abierto un salón de té en la calle Darwin, en los límites del lujoso Polanco. Era su más reciente fachada.

El salón de té se llamaba Safari y el exterior estaba pintado de un intenso color púrpura. El interior era pretencioso, había una piel de cebra —sin duda sintética— colgando de una pared. Largas y relucientes mesas de metal se extendían de un lado a otro del local. La encargada le dijo que había cubículos «privados» para beber en la parte de atrás y le preguntó si estaba interesada en alquilar uno.

—Sí —dijo ella—. Y por favor, dile a Archibaldo que Ana Aguirre está aquí para verlo. Estaré en la parte de atrás.

La chica la miró con escepticismo.

—El dueño no está.

Ana suspiró, sacó su placa y se la mostró.

—Díselo y dame un cubículo.

La chica rápidamente le entregó una ficha de plástico con un pavo real pintado. Ana fue al fondo y encontró un montón de puertas dispuestas a lo largo de un estrecho pasillo, cada una con un animal diferente: león, panda, mono. El pavo real estaba al final del pasillo.

La habitación tenía un diván y una variedad de cojines azules y verdes en el suelo. Habían montado la cabeza de un pavo real en la pared. Archibaldo había empapelado la habitación con pavos reales, como si el tema no estuviera lo suficientemente claro incluso para el espectador más despistado.

—¡Ana Aguirre! Tú, hermosa mujer —dijo alegremente Archibaldo al entrar a la habitación—. Te ves más joven que nunca.

—No me siento joven —dijo Ana, lanzándole una mirada despectiva. Archibaldo era un tipo diminuto, calvo, y llevaba el mismo bigote —las fotos policiales eran prueba fehaciente de ello— desde los años setenta. No tenía ningún encanto, aunque se consideraba un afable donjuán.

—Deberías haberme dicho que ibas a venir. ¿Qué té quieres tomar?

—¿Cuántas chicas tienes trabajando aquí? —preguntó, extendiendo una mano y tocando el pico del pavo real. Parecía real.

—¿Qué?

—Los dos sabemos que esto es una fachada.

—No sé a qué te refieres.

—Vamos, Archibaldo. ¿Tengo que recordarte lo que pasó la última vez que intentaste esto?

El hombrecillo sacó un pañuelo y se limpió la frente con él, mientras sus ojos recorrían velozmente la habitación.

—¿Necesitas dinero? —preguntó—. Tengo...

—Estás de suerte. Hoy es solo información.

—¿De qué tipo?

—La última vez que te vi me contaste historias sobre vampiros. Me interesa escuchar la del vampiro de la Roma. ¿Dónde vive?

—Espera —dijo Archibaldo—. Solo te lo conté porque te gusta escuchar esas cosas. Era solo una charla, para pasar el rato, ¿sabes?

—Dijiste que quedaba un vampiro en la Roma.

—¿Seguro que no quieres té? Puedo decirle a la chica que traiga té.

—Siéntate.

Archibaldo la obedeció y se sentó en el borde del diván. Ana se apoyó en la pared, encendió un cigarro y se cruzó de brazos.

—Cuéntame.

—Te dije que aún *podría* haber un vampiro en la Roma. Dios sabe que no he intentado verificarlo.

—¿Cómo se llama?

Archibaldo jugó con su pañuelo.

—Ahora que me detengo a ordenar mis pensamientos, ni siquiera recuerdo lo que te dije. Fue hace mucho tiempo y mi memoria no es muy buena.

—¿Vas a intentar eso conmigo?

—Ana, por favor, tomemos té.

—¿Quieres que te arrastre a la jefatura de policía conmigo? —preguntó Ana—. ¿Quieres que te meta un tehuacán por la nariz para que no puedas respirar? ¿Qué le añada chile para que sea más sabroso? ¿Eh? ¿Tenemos que armar toda una escena como si fuéramos putos aficionados?

A Ana nunca le había gustado amenizar un interrogatorio con tehuacanazos y golpes, pero sabía perfectamente que los demás lo hacían. Y no le importaba recordarle a Archibaldo las técnicas que se permitían sus compañeros. Entre los imbéciles del trabajo y estos putos vampiros que iban por ahí comiéndose a la gente, estaba hasta la coronilla.

—No —murmuró Archibaldo—. Te lo diré.

Se quedó callado, como si se armara de valor, y Ana se aferró a su cigarro.

—Lo conocí en los años 70. Era un Revenant. Se llama Bernardino.

Un Revenant. Bueno, eso no era exactamente lo que ella quería oír. ¿Vampiros que te pueden succionar la vida con solo tocarte? No, gracias.

—Continúa.

—Vivía en la Roma. Muchos habían abandonado, estaban abandonando, la zona para entonces. Las cosas se estaban poniendo peliagudas con la policía. Sin embargo, él no parecía preocupado. Creo que llevaba mucho tiempo viviendo en su casa y que había sido un huevón rico desde el Porfiriato. Ya sabes cómo pueden ser los vampiros. Anticuados, en especial los ancianos. Él era anticuado. No veía ningún provecho si se mudaba.

—¿Cómo lo conociste?

—Él quería gente. Ya sabes, para alimentarse. Tenía chicas que estaban dispuestas a hacer el trabajo.

—¿Viste alguna vez dónde vivía?

Archibaldo asintió.

—En Parras. Número 25. Una casa grande y antigua.

—¿Qué te hace pensar que sigue viviendo en Ciudad de México? No hemos tenido informes de vampiros durante muchos años.

—Cuando lo conocí, oí que era un pez gordo. Todavía podía mover muchos hilos. Sabía muchos secretos de un montón de gente. Creo que no se atrevían a tocarlo por eso. Tenía un chingo de dinero. No sé, era del tipo que podía quedarse y pasar inadvertido, ¿sabes? Sin hacer ningún escándalo y que todo siguiera fluyendo. —Archibaldo se lamió los labios—. Además, sé que estuvo por ahí incluso hasta los años 90.

—¿Lo viste? —preguntó Ana.

—No, no lo vi. Dejé de enviarle chicas después de un par de percances. Y el tipo me asustaba, ¿de acuerdo? Podía leer los pensamientos de alguien, y eso era demasiado perturbador para mí. Demasiado.

—¿Entonces?

—Tengo que mantenerme al tanto y saber lo que hace la competencia, ¿sabes? Tenía comprada a una de sus chicas para que me dijera qué estaba tramando mi mayor competidor de ese entonces.

Si estaba importando chicas rusas o si había estado consiguiendo chicas de Tlaxcala. Si estaba tratando de manejar un salón de masajes o...

—Ya he captado la idea. ¿Y el vampiro? —preguntó ella.

—La chica a la que le estaba pagando me dijo que ahora él era su cliente. Esto fue en el 98. No veo por qué no estaría todavía por aquí.

No, ella tampoco veía por qué no podía estar por aquí. A salvo en la Roma. Y por alguna razón, la chica vampiresa estaba con él.

Ana se detuvo en una tienda de conveniencia y compró una cajetilla de cigarros, sintiéndose culpable por hacerlo. Le había dicho a Marisol que lo dejaría, otra vez, pero eso no había durado mucho. A dos cuadras de su edificio sonó su teléfono. Pensó que podría ser Kika.

—¿Sí? —dijo.

—Me colgaste —dijo un hombre.

La gente de Godoy. Perfecto. Pensó en colgar de nuevo, pero en lugar de eso habló.

—¿Qué quieres? —preguntó.

—Sube y mataremos a tu hija. Dirígete al callejón detrás de tu edificio, ahora.

Ana sintió una tensión en las tripas. Le resultaba difícil incluso pensar con claridad, y mucho menos responder.

—Sí.

Al llegar a la entrada del callejón, los vio: un hombre mayor y uno joven. Reconoció a Nick Godoy por su foto, aunque tenía media cabeza vendada. Ahora parecía más un monstruo que un donjuán, aunque llevara lentes de sol y una sudadera con capucha para intentar ocultar el daño.

—Ana Aguirre —dijo el hombre mayor. Estaba apoyado en la pared del callejón, con los brazos cruzados—. Tenía ganas de conocerte. Soy Rodrigo. Este es Nick.

—¿Qué quieres? —preguntó ella.

—Información. Estás investigando los supuestos asesinatos perpetrados por vampiros.

—Luna está a cargo de eso. Deberías hablar con él —dijo ella, con una voz sombría. No le dio ningún indicio. No podías mostrar tus sentimientos cerca de estos cabrones.

—¿Cómo encontraste a la chica?

—No tengo ni idea de lo que estás hablando.

—Respuesta equivocada —dijo Rodrigo, rozando con una mano la solapa de su traje—. Nick.

Se abalanzó sobre ella, pero Ana tenía años de experiencia lidiando con los de su especie. Sacó su cuchillo de plata con la misma rapidez y le hizo un corte en el brazo. El chico gruñó, mostrándole una multitud de dientes. Ana volvió a cortarlo, apuntando ahora al pecho. Pensó que las probabilidades estaban a su favor, pero entonces Rodrigo habló, lento y medido.

—Suéltalo o un amigo mío va a echar abajo la puerta de tu departamento y va a golpear tanto a tu hija que necesitarán registros dentales para identificarla —dijo.

—Ustedes no...

—¿No has visto las noticias? ¿La fábrica? Sí lo haríamos. Ya no somos discretos.

Ella le creyó. El miedo que había contenido cobró efervescencia y se tejió en sus entrañas. Ana dejó caer el cuchillo.

—¡Me ha cortado! —dijo Nick, sonando indignado y, luego, sin preámbulo, le mordió el cuello.

Esto es todo. Asesinada por un niño vampiro, pensó ella. Sin embargo, el mordisco no era muy profundo y la contención fue lo que la alarmó. Entonces el chico se mordió la muñeca y ella entró en pánico, intentando darle un puñetazo. Él la sujetó con fuerza, presionando la muñeca ensangrentada contra su boca. Cuando la sangre le entró de golpe, todo pareció frenarse.

El chico se apartó y Ana sintió la picazón dentro de su cabeza, dentro de su cerebro. Maldita sea, esto no. Años en Zacatecas lidiando con chupasangres y ahora *esto*.

—Pregúntale cómo encontró a Atl —dijo Rodrigo.

—¿Cómo encontraste a Atl? —repitió Nick.

Ana habló, obligada por la sangre ajena que ahora recorría su cuerpo.

—Un informe del departamento de higiene. Mencionaba a un perro que se parecía al que ella tiene.

—¿Cómo supiste que también había que buscar a Nick?

—Profundo Carmesí, una pandilla importante. Acudieron a mí y me dijeron que querían ayuda para encontrar a Atl y a Nick. Acepté.

—¿Sabes dónde está ahora?

—Muy probablemente en la Roma. Está con un vampiro llamado Bernardino. Es un Revenant —dijo ella, con la boca abriéndose y emitiendo sonidos por su cuenta.

—Deberíamos ir allí ahora mismo —dijo el vampiro joven.

El anciano no parecía muy convencido. Negó con la cabeza.

—Es un Revenant.

—¿A quién le importa si son diez? —chilló el vampiro joven.

—Simplemente no te metes en la guarida de un vampiro si puedes evitarlo. ¿Sabe Profundo Carmesí la ubicación actual de la chica?

Ella intentó reprimir el impulso de hablar, sabiendo que era inútil y, aun así, estaba intentando luchar contra él.

—Ya lo has oído —dijo Nick, dando un paso más hacia ella. Ella pudo verse reflejada en sus lentes de sol.

—No —dijo Ana—. Iba a llamar a Kika después de fumarme un cigarro.

—Creo que debería llamar por teléfono a Profundo Carmesí y comunicarles esta novedad.

—¿Estás loco? —dijo el vampiro, volviéndose hacia el anciano, con las manos cerradas en un puño—. ¡La atraparán antes que nosotros!

—De hecho, espero que entren allí antes de que vayamos, maten a ese Revenant y la hieran, facilitando así que nos abalancemos sobre ella y la atrapemos. Tienes mucho que aprender, muchacho.

El vampiro se rio. Se quitó los lentes de sol y la miró fijamente.

—Llama por teléfono a tu contacto y diles dónde pueden encontrar a Atl —le dijo.

A Ana le temblaron las manos mientras tomaba el teléfono y pulsaba los números correctos.

CAPÍTULO 34

El sexo siempre se veía impresionante en las películas. Domingo se preguntaba cómo los actores se las arreglaban para que pareciera tan natural —incluso bonito— cuando en la vida real era sumamente caótico y él lo hacía con torpeza cuando tenía la fugaz oportunidad de acostarse con una chica. Aunque supuso que esta vez no lo había hecho tan torpemente. Bueno, esperaba que no lo hubiera hecho tan torpemente o que, al menos, no lo hubiera sido tanto como de costumbre.

Atl yacía acurrucada de lado, desnuda, de espaldas a él. Tenía un aspecto espectacular y se dio cuenta de que probablemente le había dicho demasiadas veces que era hermosa —quizás ella haya pensado que esas eran las únicas palabras que él conocía: *Dios, eres preciosa*—, pero le apetecía repetirlo.

Atl se estaba tocando el vendaje del brazo. Él apretó la cara contra su nuca. Se sentía sumamente vivo y la necesitaba lo más cerca posible de él.

—¿Tienes miedo? —preguntó Domingo—. Por lo de mañana, quiero decir.

—No —dijo Atl—. No más de lo que he tenido durante todo este viaje.

—¿A dónde vamos a ir después de llegar a Guatemala?

—A Brasil.

—No creo que allí hablen español —dijo, repentinamente preocupado.

—¿Te escapas con una vampiresa y lo que más te preocupa es que no podrás hablar el idioma?

—Supongo.

Ella se rio.

—Es una de las ventajas de tener dinero. Y tendré bastante dinero cuando esté en el extranjero y pueda acceder a todas mis cuentas. Si estas identificaciones son válidas, todo debería salir bien.

Domingo se incorporó y miró el tatuaje de su espalda. Ahora que tenía una mejor oportunidad de examinarlo, le pareció que el colibrí tenía una expresión definida y desafiante que coincidía con el propio ceño fruncido de Atl. Tocó el dibujo y sus dedos se posaron en las alas.

—¿Puedes volar? —preguntó.

—Sí. En cierto modo. Más bien... puedo planear, supongo. Puedo batir un poco las alas en el aire, aunque si me compararas con un pájaro volaría más como un pavo que como un gorrión. No es tan impresionante.

—Eso significa que tienes alas.

—Sí.

—¿Alas de murciélago o de pájaro? No de mariposa, ¿verdad? Una vez vi una foto de una señora que tenía alas de mariposa, pero creo que era un hada en algún libro infantil.

—Pájaro.

—¿Cómo es que no he visto tus alas?

—No hace falta. Es algo privado —dijo ella, sonando tímida, lo que le sorprendió.

—Me has visto desnudo —dijo él.

—Eso es diferente.

—¿Por qué?

Ella lo miró y levantó una ceja.

—Haces muchas preguntas. También me has visto *a mí* desnuda. Yo diría que esa ecuación está bien balanceada.

—No me importaría ver tus alas.

—No eres *tan* guapo —respondió ella.

Guapo. Eso le sonó muy bien, aunque ahora que lo pensaba, probablemente ella habría estado con caballeros muy bien parecidos. Vampiros, más bien. Vampiros que no tenían dientes horribles como él. Seguramente tendrían una dentadura muy buena. Si fueran a Sudamérica, o incluso más lejos, ¿pasarían el tiempo con otros vampiros? ¿Un chupasangre multimillonario con acento de Transilvania le arrebataría a Atl?

Trazó la cabeza del colibrí con las manos y le besó el omóplato.

—¿Sabes por qué es un colibrí y no un cuervo o un cisne u otra ave? —le dijo ella.

—¿Por qué?

—Huitzilopochtli, el dios azteca de la guerra, era llamado «el colibrí zurdo». Su padre era una bola de plumas.

—¿De veras?

—Sí. Su madre se tragó una bola de plumas y él salió de su vientre, completamente formado, vestido con su armadura emplumada. Había un templo dedicado a él, aquí en Ciudad de México, y mis antepasadas eran sacerdotisas-guerreras en ese templo. Las sacerdotisas eran muy valientes. Pelearon en grandes batallas. Mi familia era heroica. No como yo.

Atl se quitó la venda para mirarse el brazo. Seguía siendo un muñón, aunque la carne había cicatrizado por completo y, al mirarlo, uno podría haber imaginado que no había tenido una mano durante muchos años.

—Siento que todavía está ahí —le dijo—. Intento mover los dedos, pero no puedo.

—Si te hace sentir mejor, ese tipo que te atacó probablemente esté más madreado que tú. Y con un aspecto mucho más jodido.

Ella sonrió, aunque pronto frunció el ceño y su rostro se vació de ese regocijo.

—Supongo que realmente no quieres ver esto —murmuró, enrollando torpemente la venda.

—A ver, déjame —dijo él. Recordó lo molesta que había estado antes, enfadada por necesitar su ayuda, y se mordió el labio pensando que ella protestaría. Pero Atl no parecía molesta. Cuando terminó de vendarle el brazo de nuevo, ella le despeinó el pelo. Él giró la cabeza y la besó.

Sus intentos anteriores de besarla habían sido bastante vergonzosos, la excitación hacía que temblara y se tambaleara, pero ahora lo hizo bien, con los dedos enterrados en su pelo y la boca inclinada sobre la suya.

Quería tenerla de nuevo y creía que ella también lo deseaba, pero temía decirlo con demasiada franqueza y parecer codicioso.

—¿Los vampiros de Brasil son como tú? —preguntó, en aras de entablar una conversación y quizás encontrar una forma de indicarle su deseo de pasada. Además, sentía verdadera curiosidad.

—No, allí son principalmente Obayifo, vinieron de África en el siglo XVII. Brillan en la oscuridad. El brillo hipnotiza a sus presas, o eso he oído.

—No puede ser. Te lo estás inventando.

—¿Qué tiene de extraño? Hay peces y hongos que brillan en la oscuridad —dijo ella.

—Los peces y las hongos no son lo mismo que los vampiros.

Se sentó a su lado, pasando las uñas por su brazo. Pensó que un día, cuando tuviera la oportunidad, tendría que encontrar el cuadro de la chica que se parecía a Atl, el que había visto en un catálogo. La Virgen de algo. Se lo enseñaría.

—Tengo alas. ¿No es eso más extraño? —preguntó ella, con un dejo de burla en esa astuta lengua suya. Pero también un dejo de calidez.

—Que todavía no he visto —le recordó él.

—¿De repente eres incrédulo? —preguntó Atl, inclinándose para mirarlo.

—Bésame otra vez y te creeré.

Ella le tomó la mano y le plantó un beso en la palma. El gesto fue adorable; lo llenó de placer.

—¿Cómo es que los vampiros son tan diferentes? —le preguntó.

—Se supone que todos tenemos un ancestro común y que divergimos en un pasado lejano, y los Necros probablemente son la subespecie más joven. Sin embargo, si escuchabas las historias de mi madre, decía que fuimos creados por Huitzilopochtli y que cuando morimos nos convertimos en estrellas.

Extendió los dedos de su mano buena, trazando una línea en el aire, por encima de su cabeza, como si marcara una constelación. Sonrió por un momento, pero luego su expresión se volvió seria y dejó caer la mano, apretándola contra su propia boca. Con la misma rapidez volvió a sonreír, con la voz un poco tensa, pero apuntando a la ligereza.

—Lo primero que haremos cuando lleguemos a Brasil será visitar a un sastre y comprarte un traje. Un bonito traje gris de rayas finas será suficiente —le dijo.

—No soy un tipo de trajes.

—Te verás guapo.

—Déjame adivinar. Te gustan los hombres con traje. Apuesto a que mentiste sobre no tener novio y has tenido una docena que usan trajes de rayas finas —dijo él, guiñándole un ojo, igualando su tono alegre. Quería que fuera feliz. No quería que las sombras ni el miedo ni nada empañaran este momento.

—Me has descubierto.

—Guardaré tu secreto, o que me parta un rayo —dijo él, apretando una mano contra su pecho.

Ella lo observó, su boca se curvó en una sonrisa. Algo nuevo allí, una dulzura bailando en las comisuras de sus labios, un detalle que él no podía saber que existía.

—Te enseñaré un verdadero secreto —susurró.

Atl se incorporó y se dio la vuelta. Él observó con asombro cómo las alas empezaban a brotar de su espalda, a desplegarse, *a formarse*.

Huesos, tejidos y plumas se abrieron como un abanico. No eran alas pequeñas, ni tampoco las pequeñas alas blancas y sedosas de Cupido. Las alas eran enormes, y al verlas así se dio cuenta de por qué nunca se las había enseñado: habrían sido imposibles de ocultar bajo su ropa. También brotaban plumas de un negro brillante casi azul a lo largo de su columna vertebral y terminando en la rabadilla.

—Guau —dijo él.

—Definitivamente no de una mariposa —dijo ella, mirándolo por encima del hombro.

Él se preguntó cómo lo había hecho. Iba a lanzar una docena de preguntas, una tras otra.

Atl lo rodeó con sus brazos y luego sus alas también lo envolvieron. Él pensó que preguntaría en otro momento. En ese mismo instante retuvo su aliento en el pecho, ardiendo rápidamente, y no podría haber pronunciado una sola palabra ni aunque hubiera querido. Estaba murmurando su nombre contra su piel y suplicando algo que ni siquiera podía expresar con palabras.

Atl estaba tumbada en la cama. Sus alas habían desaparecido y se habían plegado de vuelta en su carne. Él le acarició la espalda y le vinieron a la mente imágenes nítidas y rápidas del desierto, de una tortuga, de cadáveres. Más cadáveres. Una mujer joven, arrastrada a la oscuridad.

Domingo retiró la mano, como si hubiera recibido una descarga de una toma de corriente. Recordó lo que había dicho el anciano, que pronto mataría por ella.

Dios, esperaba que no.

Dios, no importaba.

Después de un par de minutos, suavemente, se pegó al cuerpo de ella, acurrucado contra la curvatura de su espalda, y cerró los ojos.

CAPÍTULO 35

Estaban sentados juntos en la cocina y Domingo tenía apoyada la mano en la rodilla de Atl. Él estaba comiendo un sándwich y ella estaba bebiendo té. Domingo la miró, le esbozó una sonrisa y le dio un beso en la mejilla.

Atl pensó que, si alguien entraba, podría pensar que se trataba de una pareja normal y feliz. Entonces Bernardino llegó, lanzándoles una mirada cautelosa. Llevaba un maletín negro.

—Vengo a revisar cómo estás —dijo—. Quiero ver cómo está cicatrizando la carne hoy.

Salió sin decir nada más. Atl lo siguió. Domingo se levantó, como si tuviera intención de ir con ellos, pero ella le hizo un gesto para que se sentara.

Atl y Bernardino fueron al estudio, donde él desenrolló el vendaje y le miró la mano. Los huesos y los músculos estaban empezando a crecer y tenía una palma y los indicios de dos dedos. Bernardino los observó minuciosamente, le dobló los dedos, incluso le pinchó la piel con una pequeña aguja. Le aplicó un bálsamo.

—A veces la carne se tuerce y la cicatrización es mala. En tu caso no es así. Estás bien.

—Eso es un alivio.

—Ha habido un acontecimiento, ¿no? —preguntó.

Atl frunció el ceño mientras él le cambiaba el vendaje, pero no respondió.

—¿Qué diría tu madre si supiera que te acuestas con un humano?

—Está muerta, así que su opinión no importa.

Atl pensó en Izel y en lo que le había dicho sobre los humanos: neandertales. A los ojos de Bernardino, ella había dejado que un monstruo se colara entre sus piernas. Habría estado de acuerdo con él solo unos días antes.

—¿Aunque sea un Renfield?

—Como si tú nunca hubieras...

—No —dijo Bernardino, con la voz entrecortada—. Yo no juego con mi comida. Eso es para los Necros. Pensé que tenías más orgullo.

Sus palabras la abrasaron y se sintió marcada por ellas. Atl podría haberle dado una buena patada en las tripas si no necesitaran todavía su santuario. Respiró hondo y recobró la compostura, aunque no pudo evitar la rebeldía en su voz.

—No hay ninguna diferencia —dijo.

—Deberías pensar con la cabeza.

—Todavía no he perdido la cabeza por un chico.

Era solo un capricho, la alquimia del peligro y del agotamiento que de alguna manera había encendido el deseo.

—Espero cierto grado de ingenuidad de él, pero no de ti, querida. Como le expliqué a nuestro amigo en común, en última instancia somos criaturas totalmente egoístas.

—¿Qué le dijiste? —preguntó ella, con la voz casi como un siseo.

—Le dije que somos nuestra hambre. No creo que lo niegues.

Era el tipo de cosas que Izel podría haberle dicho, e Izel siempre había tenido razón.

—¿Has pensado en matarlo?

—No —dijo ella.

—Lo has hecho. En...

—No —lo cortó ella, sabiendo que le estaba leyendo la mente y que tenía mucha razón. Después de que escaparan de Nick y sus hombres, hacía apenas unos días, ella había querido hacerle daño. No le había importado, su cabeza estaba demasiado nublada por el dolor.

Bernardino se veía casi desconcertado, sus labios se curvaron en una sonrisa.

—Pues vaya con el amor joven —dijo.

Ella abrió la boca y la cerró, sin saber qué responder. O si debía intentar responder siquiera. Bernardino terminó de juguetear con la venda y le soltó la mano.

—No te compliques las cosas —dijo.

¿Por qué no?, quiso gritar, pero claro, él estaba siendo completamente razonable. Ella era la chica hormonal que no podía mantener las manos quietas.

—Bueno, te estás curando y ya he hablado contigo —dijo Bernardino—. Supongo que quieres volver a él para unas horas más de consuelo idiota e inútil antes de nuestra partida. Adelante.

Vete al infierno. Atl esperaba de verdad que Bernardino fuera capaz de leer ese pensamiento.

—¿Sabías que Brasil es el quinto país más grande del mundo? —preguntó Domingo—. Tiene una costa de 7.491 kilómetros.

Domingo había encontrado una enciclopedia por la casa y enseguida sacó la letra *B*. Procedió a recitarle datos triviales a Atl mientras estaban sentados en la cama. Él se había quitado la camisa y solo tenía puestos los pantalones, mientras que ella llevaba un camisón blanco anticuado que había encontrado en un cajón. Le llegaba por los tobillos y no pasó por alto la ironía de que se parecía al atuendo que llevaba la mujer en el libro de vampiros que había visto en donde vivía Domingo. *La amante de Drácula.* Solo que los papeles estaban invertidos, ya que ella era la vampiresa, no la chica que huía de un oscuro castillo.

—También cuenta con importantes rutas marítimas, en caso de que necesitemos salir del país —dijo ella.

—No crees que nadie nos seguirá hasta allí, ¿verdad? —preguntó él, bajando su libro.

Atl abrió los cajones y encontró una blusa y unos pantalones. Los pantalones le quedaban muy grandes, pero había un cinturón. Ya no quería el camisón. No quería parecer un chiste.

—Probablemente, no —dijo.

—Será extraño estar tan lejos de México.

—¿Te están entrando dudas? —Se quitó el camisón y se puso los pantalones. Él la miraba.

—No —dijo simplemente—. No tengo a nadie aquí.

Yo tampoco tengo a nadie, pensó ella. Por eso se había dejado arrastrar a esto. Él no la había seducido, ni remotamente, pero ella se había dejado seducir de todos modos por las ideas de comodidad y compañía. Su familia había desaparecido, su casa había sido arrasada. Debía deshacerse de su nombre, de su identidad, de su propio ser. Necesitaba un ancla, un rostro amable.

Débil, pensó. *No eres ninguna guerrera, nunca lo serás.*

—¿Estás bien? —preguntó él, rozándole la mano mientras pasaba a su lado metiéndose la blusa dentro de los pantalones.

—Estoy bien —murmuró ella.

—Siempre quise viajar a otros lugares —dijo Domingo, mientras sus manos trazaban los contornos de Brasil—. Lugares lejanos. No es que alguna vez haya podido hacer algo así. Y nunca con una chica como tú.

—Una chica como yo —repitió ella secamente.

Miró a Domingo y recordó lo que había dicho Bernardino. A pesar de su dulce sonrisa, era humano, hecho de carne y huesos frágiles. Estaba destinado a romperse como una ramita. Era carne. Nada más que carne. Y ella lo estaba ensalzando y coronando como su compañero en una retorcida parodia de la princesa y el sapo.

—¿Qué pasa? —preguntó él, notando su mirada poco amable.

—Nada.

—¿Bernardino te ha dicho algo?

Ella negó con la cabeza.

—No.

—Te ha dicho algo.

Atl atravesó la habitación con los brazos cruzados. Una muñeca de porcelana en la estantería la miraba fijamente, con rizos dorados y una sonrisa carmesí burlona.

—Se equivoca. Lo que sea que te haya dicho, se equivoca.

—Cállate —dijo ella, dándole la espalda.

Domingo se movió de la cama para pararse detrás de ella, susurrándole insistentemente al oído.

—No nos conoce. No sabe quiénes somos, así que se equivoca.

—Tú tampoco me conoces —respondió Atl.

—Entonces cuéntamelo todo y lo sabré.

Ella volvió a acercarse a la cama, se sentó a los pies y miró las sábanas. En sus muñecas, en su cuello, había dejado las débiles marcas de cuando se había alimentado de él, como hacen todos los vampiros. Pensó que él le iba a dejar una marca, por muy idiota que sonara, ya que no tenía colmillos ni aguijón. Sin embargo, estaba segura de ello, de que esa marca estaría en su piel.

Estaba callado, pero el silencio le dolía más que cualquier reproche.

Atl suspiró. Ya no tenía idea de lo que estaba haciendo. Iba a la deriva. Era fácil dejarse arrastrar por la corriente, era agradable.

—Ven aquí —dijo ella.

Domingo se estiró junto a ella en la cama y la abrazó con su afecto tranquilo y natural. Esto era lo que ella quería, que todo fuera sencillo, tranquilo, gentil, como nunca había pensado que podría ser. Tener algo *bueno* aunque no lo mereciera.

Ella recorrió los huesos de sus brazos, su caja torácica. Sabía los nombres de cada uno de ellos. Los enumeró en su cabeza. Huesos que no podían curarse como los suyos, carne que no se regeneraba. Si Nick lo hubiera mutilado, si le hubieran disparado, habría muerto en un segundo.

Y entonces, la invadió ese otro pensamiento persistente: los moretones se curan, las marcas se desvanecen del púrpura al azul y al amarillo, pero ¿qué pasa con la maldita marca que él le estaba dejando ahora mismo? ¿Cómo se puede eliminar eso? Huellas dactilares que no se pueden borrar e incisiones que no cortan los músculos ni los tejidos. ¿Cómo? No tenía ni idea.

Bernardino tenía razón. Estaba perdiendo la cabeza por un chico. Pero sería él quien perdería la vida. O ambos, dependiendo de cómo salieran las cosas.

La idea le hizo sentir frío.

Domingo había permanecido perfectamente quieto hasta ahora, pero cuando ella deslizó sus nudillos contra su clavícula, él se apoyó sobre sus codos, besándola y arrastrándola hacia abajo. La frialdad se desvaneció y ella le devolvió el beso. La abrazó de nuevo y se quedaron así, en silencio, hasta que Atl se quedó dormida.

En algún lugar de la casa, el perro ladró. Solo una vez. *Una vez. Un intruso.* Eso hizo que ella brincara del susto en la cama. Su repentino movimiento despertó a Domingo, quien se agitó y levantó la cabeza.

—¿Qué?

—Silencio —susurró ella—. Ponte la camisa.

Ahora tenía dos dedos y el indicio de un tercero. Cuando se puso la chamarra, apretó la mano contra el bolsillo donde estaba encajada la navaja automática y la sacó, entregándosela a Domingo.

—Tómala —le dijo.

—¿Qué pasa? —preguntó él.

—Hay alguien en la casa —dijo ella, poniéndose la mochila.

Domingo tomó el arma a regañadientes y ella salió de la habitación, observando el pasillo oscuro. La habitación de Bernardino estaba más allá de la escalera, pero ella no creía que estuviera allí. Pudo escuchar música en la planta baja, un viejo disco que giraba.

Cuando llegaron a la planta baja, ella los vio venir por el pasillo. Dio un salto, llegó al techo, se colgó de él como una lagartija y se escabulló.

Miró hacia abajo y vio a dos hombres que, a su vez, la miraban con expresiones de desconcierto justo antes de que ella se soltara y se abalanzara sobre ellos, cortándoles el cuello con su brazo bueno y arrebatándoles sus armas.

—Más les vale que no hayan herido a mi perro —murmuró.

Avanzaron por el pasillo y un imbécil se puso delante de Atl, intentando inmovilizarla con más de esos malditos dardos, pero ella no iba a consentirlo. Le disparó justo en el pecho y luego una segunda vez, ahora en la cabeza, porque no iba a permitir ningún accidente.

Llevaban gafas infrarrojas, pero ella podía ver en la oscuridad sin necesidad de artilugios caros. Despachó a otros dos antes de que uno de ellos lograra hacer algo inteligente. La cegó una repentina ráfaga de luz ultravioleta cuyo brillo hizo que cerrara los ojos y rodara por el suelo, y la piel empezó a picarle por todas partes.

—¡Inyéctale ese nitrato de plata, Kika! —gritó alguien.

Mierda, pensó Atl, y levantó las manos en lo que seguramente fue un intento inútil de protegerse.

—¡Déjala en paz! —gritó Domingo.

Hubo dos disparos, olor a sangre, y Atl abrió los ojos.

CAPÍTULO 36

Kika estaba cerca de Atl, lista y deseosa por clavar una dosis masiva de nitrato de plata en el pecho de la chica. Ana sintió el tirón dentro de su cabeza. Era un dolor punzante que la hizo gemir, y a través del dolor llegó la orden inconfundible.

No la quiero muerta.

Nick. Dentro de ella. Dentro de su mente. Como un parásito. Lo había sentido durante el viaje hasta aquí y había mirado fijamente a Kika, incapaz de advertirle sobre lo que había pasado. Incapaz de decirle que Nick y sus amigos habían decidido convertirlas en carne de cañón.

Durante unos segundos fue capaz de discernir los pensamientos de Nick, vagos y deformados, como si mirara una vieja televisión sintonizada en el canal equivocado, con líneas que subían y bajaban por la pantalla. Tuvo la impresión de un odio fuerte y repugnante, y luego imágenes de sangre y caos, y la chica... la chica que él buscaba. Atl. Cortada, destrozada, violada, torturada... esos eran los deseos de Nick, sus planes para la mujer. Ideas repugnantes.

Otra idea pasó velozmente por su mente. Ana vislumbró una imagen de sí misma, degollada, desangrándose. Luego, otro vago pensamiento: Marisol, también muerta. Sin cabos sueltos. Matar a la policía y a la puta hija.

Y a Atl, Atl, Atl, querida Atl. Como un mantra, el nombre danzaba en su cabeza, haciendo que Ana quisiera vomitar, los pensamientos del pinche psicótico se mezclaban con los suyos.

Quería abrir la boca. Quería gritar, pero en cambio su boca estaba firmemente cerrada.

No la quiero muerta. Dámela ahora.

Obligada por Nick, Ana levantó su pistola y disparó a Kika y a su acompañante por la espalda, y el sonido de los disparos resonó en el pasillo. El joven que estaba de pie detrás de Atl la miró fijamente, como si fuera una aparición, mientras Atl yacía de rodillas, entrecerrando los ojos, todavía cegada por la luz.

Sujétala.

Ana se preparó para obedecer la orden, pero en ese momento recibió un fuerte golpe en la cabeza y cayó al suelo con un batacazo, y el arma se le escapó de las manos. Los oyó mientras yacía a escasos centímetros del cadáver de Kika y los oídos le zumbaban por la violencia del golpe. El dolor pareció interrumpir su conexión con Nick. Sintió como si un peso repentino se hubiera deslizado fuera de su cuerpo y ahora estaba misericordiosamente sola dentro de su cabeza. Con dolor, pero sola.

—¿Estás herida? —preguntó una voz masculina, más vieja.

Ana parpadeó para enjugarse las lágrimas, tratando de enfocar sus ojos. Vio que el hombre mayor levantaba a Atl para ponerla de pie. Era muy alto y encorvado.

—Ceguera por radiación ultravioleta. Ahora lo veo todo borroso. ¿Y tú? —dijo la chica.

—Dos balas de plata en la pierna. Muy desagradable —respondió el hombre.

El joven estaba ahora tocando a Atl, una mano en su brazo, la otra en su mejilla. Su boca se estaba moviendo pero hablaba tan bajo que Ana no captó lo que decía.

—¿Has visto a mi perro? —oyó que preguntaba la vampiresa.

—Sano y salvo en la cocina —dijo el hombre mayor.

—Tenemos que ir por él y ponernos en marcha.

—¿Cómo vamos a llegar al Bordo Blanco? —dijo el joven—. No podemos simplemente llamar a un taxi.

—Robaremos un coche —dijo Atl.

Ana cerró los ojos. Los oyó alejarse. Cuando la casa quedó en silencio, se levantó y se sujetó a la pared por si acaso. Le salía sangre de uno de sus oídos. Pensó que se le había reventado. Respiró hondo.

Volvieron a oírse pasos. Diferentes.

Nick se detuvo frente a ella.

—Nos cortaron la comunicación ahí atrás. ¿Dónde está la chica?

Ana trató de apartar su mano, pero Nick ya se había cortado la muñeca de nuevo y la estaba presionando contra su boca. La sangre corrió por sus venas, el dolor se apagó y pudo oírlo dentro de ella una vez más, arañando, arañando, *arañando*, hasta que tuvo que hablar.

—Escaparon. Los dos vampiros siguen vivos. Él está herido. Ella ha sufrido algunos daños por rayos ultravioleta. Hay un joven humano con ellos y han dicho algo sobre un perro.

—Hasta aquí ha llegado tu plan, Rodrigo —dijo Nick con sorna—. ¿Sabes a dónde van?

—Se dirigen al Bordo Blanco —murmuró Ana.

—¿Dónde es eso?

—No lo sé.

—Es un tiradero de basura —dijo Rodrigo.

Ana miró el cadáver de Kika, su sangre manchaba el suelo. Kika. Que había pensado que esto era emocionante, que estaba tan deseosa. Pero la vida no es una aventura y no hay héroes, solo sobrevivientes.

CAPÍTULO 37

Corrieron por cinco cuadras antes de que un coche llegara rodando por la calle. Atl saltó sobre su capota y el conductor pisó a fondo los frenos. Rápidamente bajó de un salto, abrió la puerta y sacó al conductor, lo arrojó al suelo y ocupó el lugar al volante.

Bernardino se ubicó en el asiento delantero, mientras que Domingo se sentó en la parte trasera con el perro.

—Dime a dónde ir —dijo Atl, quitándose la mochila y lanzándosela a Domingo.

El Bordo Blanco era un gran valle de oscuridad. No había calles ni postes de luz, solo una vasta franja gris y negra interrumpida únicamente por la tenue luz que emanaba de las casuchas de los recogedores de basura que vivían allí, hurgando entre las montañas de desperdicios y seleccionando los artículos adecuados para reciclar. Computadoras descompuestas, pañales, latas de refresco, bolsas de plástico, cáscaras de naranja y cadáveres de perros formaban colinas de diferentes tamaños, algunas diminutas y otras monumentales. Un día, tal vez, convertirían este tiradero de basura en un suburbio de lujo como Santa Fe, «al estilo estadounidense», y todo el mundo sería expulsado y todo cambiaría. Ahora era difícil imaginar tal cosa. Un olor nauseabundo impregnaba el terreno, y las moscas, de un tamaño aterrador, zumbaban durante el día. También durante el día llegaban los camiones y se oía el estruendo de los tractores con sus grandes llantas de caucho, maniobrando entre la basura, aplastándola.

Por la noche solo se veía la luna llena inclinada hacia abajo, acariciando la tierra amarga. La gente que había erigido su hogar allí, con la misma basura que recolectaban, dormía o se preparaba para acostarse. El Bordo Blanco estaba silencioso, escalofriante, y Domingo deseaba poder escuchar su música, estaba muy nervioso.

—Vengan —dijo Domingo.

Los condujo al interior del tiradero de basura, a través de lo que era un camino semidecente, pero apenas habían avanzado unos cuantos metros cuando un disparo sonó en la oscuridad. La bala alcanzó a Bernardino y él gruñó, deteniendo sus pasos. Risas, detrás de ellos.

—Mierda —susurró Atl.

—Vamos, date prisa. Por allí —dijo Domingo, señalando la planta de separación, un enorme cobertizo donde los trabajadores podían examinar cuidadosamente la basura. Había sido un regalo de una fundación de beneficencia, supuestamente para facilitar la vida de los recogedores de residuos, aunque Domingo no le veía ni ton ni son a ello. Tal vez fuera más agradable revisar los desechos bajo un cobertizo durante la época de lluvias, pero era más rápido simplemente arrastrar las grandes bolsas de basura por el tiradero de basura. Había oído que en otro tiradero de basura tenían una verdadera planta de separación, con una cinta transportadora alimentada por las manos de cientos de trabajadores de la basura, pero el Bordo Blanco era más pequeño, más modesto en su finalidad.

Al menos ahora tenía un uso práctico: podían protegerse, porque Domingo dudaba de que duraran mucho tiempo a la intemperie con gente disparándoles.

Cuando se acercaron al cobertizo, Domingo vio las casuchas que había cerca de él, pequeñas moradas de cartón y lámina metálica.

—Tenemos que entrar al cobertizo —le dijo a Atl, señalándolo.

—Ve tú —dijo ella.

—¿Qué?

—Ve y escóndete —le dijo ella—. Llévate al perro contigo. Bernardino y yo podemos luchar contra ellos. Tú no puedes.

Domingo miró a Bernardino, que se movía con rapidez para un hombre que había recibido dos disparos. El vampiro mayor asintió con la cabeza.

—Mejor entra ahí —le dijo Bernardino, y cuando Domingo no se movió, añadió—: No puedo proteger a dos personas al mismo tiempo.

No quería apartarse de su lado, pero reconoció lo acertado de la sugerencia. Domingo se apresuró a pasar entre las casuchas y entrar a la penumbra del cobertizo, con Cualli justo detrás de él. Se apartó de un conjunto de carros de la compra oxidados y enredados entre sí. Casi tropezó con un gran contenedor lleno de muñecas de plástico con la cara cortada y sin extremidades ni torsos. Había más contenedores dispuestos en las paredes con recompensas similares. Se puso en cuclillas detrás de uno de ellos. El perro se escondió a su lado.

Oyó disparos afuera.

Domingo sujetó firmemente en sus manos sudorosas el cuchillo que Atl le había dado. Estaba temblando y dudaba mucho de poder usarlo, pero no sabía qué más hacer.

—¡Oye, sé que estás aquí! —gritó alguien.

Domingo no se movió. Pudo oír que alguien estaba entrando al cobertizo. La luz de una linterna rebotaba en las paredes. Se pegó más a la pared.

La linterna pasó de largo y suspiró aliviado.

... y entonces la linterna volvió, apuntando directamente a su cara.

—Te veo, chico. Levántate despacio —dijo una voz.

Domingo hizo lo que le dijo, pero al levantarse el perro gruñó y saltó sobre el hombre. El hombre soltó un fuerte grito y trató de zafarse al perro de la pierna. Era un tipo enorme y rollizo, mucho más alto que Domingo, pero parecía incapaz de lidiar con el animal, que le mordía con firmeza la carne. El hombre sacó una pistola.

El perro.

Domingo no pensó. Simplemente se movió deprisa hacia delante, clavando el cuchillo en la espalda del hombre con todas sus fuerzas. El hombre no cayó, ni siquiera parecía estar muy malherido, simplemente se giró apuntando con la pistola. El perro saltó y le mordió la mano. El hombre volvió a gritar, dio un paso atrás, perdió el equilibrio y se desplomó. El perro fue entonces tras su garganta, desgarrándola con sus poderosas mandíbulas.

El hombre gorjeó, incapaz de gritar por tercera vez.

Domingo se quedó de pie, mirando el espectáculo, viendo cómo el hombre se retorcía y luego se quedaba quieto de repente. El perro seguía mordiéndolo y podía oírlo masticar.

—Cualli, basta —dijo.

El perro se detuvo y se retiró del hombre muerto. Domingo se arrodilló y le miró la cara. No se asustó, pero había un nudo dentro de él que lo agobiaba. Domingo cerró los ojos pero no sirvió de nada, así que los volvió a abrir.

Tragó saliva y volteó el cadáver. Domingo sacó el cuchillo y lo volvió a meter en su bolsillo. Lo golpeó una repentina oleada de asco. Pensó en el anciano de La Merced y en los muñecos que guardaba para alejar a los fantasmas de las personas que había matado. Pero no había tiempo para el asco ni para pensamientos estúpidos.

Volvió a mirar el cadáver a sus pies y Cualli levantó la cabeza y gruñó.

Una bala alcanzó al perro. Cualli gimió y se apartó antes de colapsar en el suelo sucio.

Domingo apenas pudo tomar aliento antes de sentir el cañón de una pistola clavado en su espalda.

—Te necesitan afuera —dijo una mujer—. Vamos.

CAPÍTULO 38

Nick se arrancó la venda de la mejilla, irritado por el modo en que le picaba, y se rascó la piel nueva mientras recorría las casuchas. Humanos asustados se asomaban por las puertas y ventanas improvisadas, y se escondían rápidamente cuando pasaba a su lado.

Vio una figura que corría con un perro. El amigo humano de Atl. Nadie iba a salir de este lugar, ni el perro, ni ese chico, ni Atl.

—Tráelo de vuelta aquí. Vivo —le dijo a La Bola, y este asintió, corriendo torpemente hacia un cobertizo. Miró a Ana—. Ve con él.

Nunca había confiado en la eficacia de los amigos de Rodrigo y no iba a empezar a hacerlo ahora. Ana solo era una marioneta de carne, pero era su marioneta de carne, bajo su control.

—Ustedes cuatro, también quiero viva a esa chica —les dijo a los otros.

—Podría ser más fácil liquidarla aquí —respondió Rodrigo con sequedad.

—Eso no es lo que quiere mi padre, ¿verdad? Y definitivamente no es lo que *yo* quiero.

No. Quería que muriera muy lentamente. Quería que Atl disfrutara del mismo dolor que lo afligía a él conforme sus músculos se estiraban e intentaban llegar a su forma adecuada.

—Como quieras —dijo Rodrigo.

Resopló. Se separaron: Nick y dos de los hombres fueron en una dirección y Rodrigo se llevó a los demás.

Los hombres atravesaron el tiradero de basura dando fuertes pisotones y alzando sus linternas mientras Nick buscaba a la chica en la oscuridad. Los cristales rotos crujían al paso de sus zapatos. El abrumador olor a comida podrida le llenaba las fosas nasales y Nick deseaba tener un maldito pañuelo. Y su ropa... su ropa y sus zapatos sin duda se arruinarían. No podría volver a ponerse esto, no después de haber pasado por semejante lugar de mierda.

Eso era otro elemento que añadir a la lista de pecados de Atl. Lo había arrastrado desde su casa a lo largo del país hasta Ciudad de México y a un pinche tiradero de basura. Lo había insultado, lo había pateado, había tratado de volarle la cabeza. Esa perra tenía una cuenta pendiente de un kilómetro de largo y Nick se la iba a cobrar.

De repente oyó tres disparos en rápida sucesión, seguidos del grito desgarrador de Rodrigo.

Nick se dio la vuelta y corrió hacia el lugar de donde habían provenido los gritos y los disparos, y los dos hombres se apresuraron a seguirlo. Llegaron a tiempo para ver a un vampiro que cubría lo que antes había sido Rodrigo y ahora era un costal de carne flácida y huesos.

Se estaba alimentando.

Nick retrocedió horrorizado y luego se quedó quieto. Llevaba una porra eléctrica consigo, pero se le había olvidado cómo blandir el arma, demasiado asqueado para comprender lo que estaba sucediendo. Sus hombres parecían igualmente sorprendidos, les temblaban las manos.

Respiró hondo.

—Mátenlo —les dijo a los hombres.

Lo miraron fijamente, totalmente horrorizados.

Nick les mostró los colmillos.

—Vayan, ahora, o les sacaré los ojos —ordenó Nick.

Los hombres aún se veían aterrorizados, pero obedecieron. Llevaban escopetas de acción de bomba y cañón corto, y las balas estaban recubiertas de plata, pero aunque lo acribillaron a balazos, el Revenant no pareció preocuparse demasiado, sino que se lanzó velozmente hacia adelante y apretó la mano contra la cara de uno de ellos. El hombre empezó a convulsionar y Nick observó con una fascinación enfermiza cómo todo el cuerpo de la víctima se encogía rápidamente; la piel se volvía amarilla y arrugada a medida que la vida le era drenada.

El otro hombre había perdido la compostura y había comenzado a disparar sin ninguna delicadeza, tanto a su amigo que se retorcía como al vampiro. El vampiro soltó al hombre que tenía firmemente sujetado y saltó sobre el tonto de la escopeta; le arrancó el arma de las manos para luego empujarlo contra el suelo y ponerse en cuclillas sobre él.

Nick, que se había estado conteniendo, se pegó a la pared de una triste casucha, se agachó en el suelo y tomó un largo y oxidado trozo de metal —quizás alguna vez parte de una cerca— que se estaba utilizando para sostener un tendedero. Lo sacó jalándolo y caminó detrás del vampiro. La criatura estaba demasiado ocupada alimentándose como para darse cuenta de su llegada. Clavó el trozo de metal en la espalda del vampiro, inmovilizándolo como si fuera una mariposa, encima del matón muerto.

—Una estaca a través de tu jodido corazón —dijo Nick, sintiéndose extremadamente consumado mientras lo hacía.

Un gemido ahogado hizo que Nick volteara. Rodrigo, ahora más parecido a una momia de Guanajuato que a una persona real, seguía vivo. Abría y cerraba la boca, sus manos arañaban la tierra.

—Ja —dijo Nick, mirando al viejo que lo había fastidiado durante tantos años—. Mírate.

Rodrigo gimió. Nick levantó el pie y lo estrelló contra la cabeza de Rodrigo. El cráneo se quebró como una taza de té de porcelana, los trozos de hueso se desparramaron y saltaron por los aires.

—Idiota —susurró.

El aire de la noche se sentía bien contra la cara de Nick y sonrió burlonamente.

Entonces vino Ana. No estaba sola. El adolescente estaba con ella, con los ojos muy abiertos por el miedo.

—Buen trabajo —dijo Nick, aplaudiendo—. ¿Y La Bola?

—Muerto.

—Hasta aquí ha llegado —dijo Nick. Puede que su padre lamentara la pérdida de Rodrigo y La Bola, pero Nick consideraba esto una gran victoria para él. Padre lo miraría con un respeto recién ganado después de ese día. Después de que le llevara a la chica.

—¿Eres su Renfield o qué? —le preguntó al chico.

El chico no contestó, pero la forma en que sus ojos se desviaron velozmente le dijo que tenía razón. ¿Por qué, si no, estaría arrastrando Atl a un humano con ella?

Echó la cabeza hacia atrás y gritó.

—¡Atl! Sal, perra. ¡Tengo a tu amigo!

Nick apretó la cara del joven entre sus manos y la inclinó, mirándola pensativamente.

—Dile algo a la dama —ordenó Nick.

Cuando el chico no respondió, Nick suspiró, tomó la picana eléctrica que llevaba atada a la espalda y la sacó, bajando el voltaje y presionándola contra el pecho del humano. El chico chilló como un cerdo.

—¡Oink, oink! ¡Voy a freírlo y a exprimirle los sesos si no das la cara, Atl! ¡A la de tres!

CAPÍTULO 39

Atl no tenía ni idea de a dónde se dirigía, solo que tenía que correr. *Escóndete, Atl. Escóndete.* Este mantra, que había estado siguiendo durante semanas, la consoló. Se le daba bien correr.

Y entonces oyó la voz fuerte y clara a través del campo de basura.

—¡Atl! Sal, perra. ¡Tengo a tu amigo!

Se detuvo, mirando hacia atrás. ¿Una treta? Domingo tenía al perro y ahí atrás estaba Bernardino.

Entonces oyó a Domingo gritar, un chillido que rasgó la oscuridad.

—¡Oink, oink! ¡Voy a freírlo y a exprimirle los sesos si no das la cara, Atl! ¡A la de tres!

—Imbécil —susurró ella.

No podía retroceder. Recordó la noche en que Izel había muerto, la espera dentro del congelador, sus esfuerzos desesperados por eludir a los hombres de Godoy después de eso. Había llegado demasiado lejos para dejarse capturar.

—A la una.

No había salvado a Izel. Domingo no era nada. Un niño de los barrios bajos con solo la más tenue conexión con ella. Podría ser reemplazado fácilmente.

—A las dos.

No era una guerrera. No era valiente. Ella no era nada de lo que decían de sus ancestros. Ni siquiera era nada parecido a las fantasías de vampiros que soltaba Domingo, imaginando poderosas criaturas que vagaban por la noche.

—A las tres.

Ella no iba...

—¡Estoy aquí! —gritó—. ¡Espera!

... a dejarlo atrás.

Volvió a caminar por donde había venido, en dirección a las casuchas. El miedo la hizo tropezar, pero a la mierda, a la mierda.

No seas estúpida, dijo Izel en su cabeza.

Estás muerta, respondió ella.

Tú también lo estarás. Pronto. Déjalo morir, mejor él que tú.

Somos guerreras, ¿recuerdas? Luchemos por algo que valga la pena para variar, le dijo a Izel.

Y el murmullo de Izel, de duda, se despejó de su cabeza justo en el momento en que se paró detrás de las casuchas.

Nick tenía una mano en el hombro de Domingo, manteniéndolo en su sitio. En la otra mano sostenía una picana eléctrica. Los acompañaba una mujer.

A un par de metros detrás del trío había cadáveres esparcidos por el suelo. Humanos, pero también Bernardino, empalado en un largo tubo de metal.

—Gracias —dijo Nick—. Estaba pensando que tendría que perseguirte. Se está volviendo muy aburrido.

—No es necesario.

—Me alegra oír eso.

—Puedes dejarlo ir —le dijo a Nick.

—¿Puedo? —preguntó Nick. Su cara era una parodia de rostro humano y su sonrisa estaba llena de despiadado regocijo—. Tal vez sería más divertido torturarlos a los dos.

—Déjalo ir.

—Me parece que no —dijo el vampiro.

Hubo un destello de metal y Domingo clavó la navaja automática en el estómago de Nick. Nick dejó de sujetar a Domingo y miró hacia abajo, más sorprendido que enfadado. No parecía capaz de procesar la idea de que un chico humano acabara de hundirle un cuchillo en el vientre. Atl tampoco lo creía, pero entonces Nick rugió y no hubo tiempo para pensar y ella se abalanzó sobre él, sacando el cuchillo y clavándolo en el ojo izquierdo de Nick.

La mujer la arrastró hacia atrás. Atl sintió la presión de la pistola a su lado y luego oyó el disparo, y sintió el dolor cuando la bala —de plata, maldita sea— se alojó en su cuerpo. Golpeó con el codo la caja torácica de la mujer con tal fuerza que estaba segura de haberle roto un par de huesos.

Bien, pensó. Rozó su costado con los dedos y los clavó en la herida, sus uñas desgarraron y agrandaron el agujero hasta que pudo sacar la bala y arrojarla lejos, agitada, mirando al suelo.

Levantó la cabeza justo a tiempo para recibir una rápida patada de lleno en la cara, cortesía de Nick.

—¡Perra! —le gritó. Se puso encima de ella, la sangre le caía por la cara. La pateó de nuevo y ella cayó de espaldas, impulsándose sobre sus codos.

La golpeó con la picana eléctrica. La carga la hizo convulsionar y sus piernas se agitaron en el aire. La golpeó de nuevo, esta vez en el estómago, y ella escupió sangre.

—Apuesto a que no te ha gustado, ¿eh? —dijo—. Oye, ¿qué tal si probamos esto contigo?

Se sacó el cuchillo del ojo, girando la cabeza al hacerlo, y le mostró los dientes. Cuando desprendió el cuchillo, lo clavó de golpe en el estómago de Atl y luego lo volvió a sacar.

—Apuesto a que deseas que todo termine, pequeña —gruñó—. Eso no va a suceder.

Atl rodó sobre sí misma, levantándose trabajosamente, con la mano presionada contra el estómago. El sitio donde el cuchillo la había cortado se sentía caliente.

—¿Te estás rindiendo?

Atl entrecerró los ojos mientras hablaba. Pensó en Izel, en la tortuga, en el olor de los cadáveres ardiendo, y levantó la cabeza. Nick se acercaba a ella y no podía reunir fuerzas para defenderse.

—No —dijo ella.

Nick intentó golpearla con la picana eléctrica. Atl consiguió esquivar el golpe más por instinto que por una intención real, pero el esfuerzo la hizo jadear. El dolor en su estómago era muy fuerte. No podía mantenerse erguida. Nick intentó golpearla de nuevo, y cuando retrocedió perdió el equilibrio.

Entonces vio que Domingo se dirigía a toda prisa hacia ellos, llevando el largo trozo de metal oxidado que había empalado a Bernardino. Domingo lo blandió con toda su fuerza, como un bate. Golpeó a Nick en la cabeza. El crujido del hueso lo hizo parpadear.

Domingo soltó la barra de metal y miró a Atl fijamente.

Nick se levantó. Le estaba saliendo mucha sangre de la cabeza. Abrió la boca, mostrándole los dientes a Atl, y se volvió hacia Domingo con un grito que no dejaba duda de su intención.

Iba a matar a Domingo.

Atl saltó en el aire, desplegando sus alas, rasgando su chamarra durante el proceso. Se abalanzó sobre Nick y aterrizó en su espalda. Trató de quitársela de encima, pero ella le clavó las uñas en la cara, batió las alas y lo levantó por los aires. Solo unos pocos metros —unos pocos metros fue todo lo que *pudo* conseguir— pero hizo que Domingo ganara el tiempo suficiente para escabullirse.

Nick intentó morderla, su boca mascaba el aire. Ella lo soltó y él cayó al suelo, desparramado como una marioneta. Atl aterrizó junto a él, apoyó una mano en el suelo e hizo una mueca de dolor; el dolor en su cuerpo era un carbón caliente y cegador.

Realmente no debería haber hecho eso.

Nick se levantó con los pies temblorosos. Su rostro estaba aún más despedazado que antes, un revoltijo de inquietante carmesí.

Pero los dientes seguían afilados y deseosos y sus fauces se abrieron, listas para darle un mordisco. Nick se acercó arrastrando los pies.

—Iba a llevarte viva, pero he cambiado de opinión —dijo.

Atl retrajo sus alas.

Ana gimió. El dolor era insoportable. No podía respirar bien. Estaba mareada. Y, sin embargo, estaba agradecida. El dolor era tan fuerte que, de repente, lo dejó todo claro. El peso que la había estado sofocando —el control mental del joven vampiro— se había esfumado. Un alivio temporal, lo sabía.

Pero ya basta, pensó.

Observó a Nick mientras caminaba hacia la chica. Él había sufrido mucho daño, pero no se detendría.

Cabrón, pensó. Le temblaban las manos.

Por el rabillo del ojo notó un movimiento, una sombra que se desplegaba. No le prestó atención, sino que se centró en Nick.

Pensó en las lecciones de su abuela. La forma de sujetar el arma, cómo alinear el blanco, cómo apretar el gatillo. Respira, Ana, respira. Pensó en ella misma más joven, pegada a la televisión, viendo el emocionante final de la película de medianoche. El tipo bueno siempre tenía tiempo de efectuar un último y decisivo disparo.

Pero Ana estaba herida. No estaba en una película y no podía mantener las manos firmes, el arma parecía resbalarle de la mano. Por un momento pensó en quedarse tumbada ahí y dejar que esto terminara sin su intervención, sin preocuparse por lo que le ocurriera a ese maldito vampiro cabrón. Pero no podía. No cuando había visto lo que tenía planeado.

Inhaló.

Ana hizo lo que pudo, apuntó y logró darle a Nick en el pecho. El vampiro siseó y la miró por encima del hombro.

—Mujer estúpida —gruñó, y ella volvió a sentir su control sobre ella.

Apretó la pistola contra su propio pecho y su dedo encontró lentamente el gatillo aunque no quería hacerlo. El arma se disparó y ella rodó sobre su costado.

Mientras agonizaba y la conexión con el vampiro se rompía para siempre, sonrió.

Porque ahora podía ver la sombra. Tenía contornos, un rostro, y en la forma de ese rostro y en los contornos de ese cuerpo demacrado reconoció a un vampiro, que avanzaba arrastrando los pies.

Revenant, pensó.

Nick miró fijamente a Atl de nuevo, con los ojos tan rojos como la sangre que lo cubría. Detrás de él notó que una figura se levantaba lentamente y avanzaba despacio hacia ellos.

Bernardino. Pero Nick estaba demasiado ocupado mirando a la mujer humana como para fijarse en él y ahora estaba demasiado ocupado mirando a Atl.

Atl se lamió los labios y se quedó quieta.

—Te ves bastante dañado —dijo—. Creía que los de tu especie eran fuertes.

—Cállate —dijo Nick.

—Claro que no eres realmente un Necros adulto, ¿verdad? Solo eres un niño jugando a ser un narco.

—Mira quién habla —dijo Nick.

—Soy mejor que tú.

—Te mostraré...

—Ponme a prueba, cabrón —dijo, y su atención se centró únicamente en ella, y Atl, a su vez, lo miró fijamente.

Se abalanzó sobre ella, doblándola bajo su peso. Atl le rasgó el cuello con las uñas mientras él abría la boca, listo para morderle un trozo de la mejilla. Ella hizo acopio de las fuerzas que le quedaban y clavó las uñas más profundamente, ensartándolo en su sitio, a centímetros de ella. Él abría y cerraba la boca, intentando morderle la cara, y ella lo sujetaba; era como apartar un tanque blindado. Los brazos de Atl temblaban y Nick la hacía bajar con más fuerza.

Empezó a sentirse mareada y no creía poder mantenerlo a raya por más tiempo.

Entonces Bernardino se inclinó y colocó ambas manos alrededor de la cabeza de Nick. El joven vampiro abrió la boca, probablemente para gritar o para intentar morder a la persona que lo sujetaba, pero no consiguió ninguna de las dos cosas, ya que Atl le clavó las uñas en la mandíbula, impidiéndole girar la cabeza.

Luego Nick trató de empujarse hacia arriba para alejarse de ella, pero Atl lo tomó por los hombros y lo sujetó con fuerza, en un simulacro de abrazo para evitar que escapara de las manos del Revenant. Nick tembló, su boca se aflojó y ella vio cómo sus ojos se apagaban y se hundían en su cabeza; se le cayó el pelo, incluso sus dientes empezaron a salirse de su boca, y sus uñas se deslizaron de sus dedos.

Finalmente, Atl logró quitarse de encima al vampiro escabulléndose con un brazo apretado contra su vientre. Él se deslizó por el suelo, reptó como si sus huesos se hubieran derretido, y Bernardino se inclinó sobre él, cubriéndolo por completo, como una sombra.

Cuando Bernardino terminó de alimentarse, Nick no era más que una carcasa vacía, mientras que el rostro de Bernardino parecía menos arrugado y su pelo estaba casi desprovisto de cualquier cana, puesto que había recobrado su negro lustroso. Sin embargo, seguía encorvado y con un aspecto inquietante. Ciertas cosas no cambiarían.

Bernardino se acercó a ella y Atl reconoció el peligroso brillo de sus ojos.

Somos nuestra hambre, pensó ella. Bernardino aún estaba debilitado. Necesitaba más vida. ¿Qué mejor vida que la de un vampiro? Precisamente por eso temían a los de su especie, por eso ella había dudado en reunirse con él aquella primera vez, por eso había enviado a Domingo en su lugar, pensando que, si se disgustaba, Bernardino se comería a su mensajero en lugar de a ella.

Irónico.

—No me enfrentaré a ti —dijo, y se levantó con la cabeza en alto—. Pero no le hagas daño a Domingo.

—Eso es muy considerado de tu parte —dijo él—. Estúpido, pero considerado.

Bernardino avanzó hacia ella, poniendo una mano en su cuello, inclinándose por encima. Atl no se resistió.

—Pensé que no perdías la cabeza por los chicos —le dijo Bernardino.

—No la pierdo. —Atl cerró los ojos y acogió su muerte con tres palabras. En lugar de la succión de vida que había esperado, sintió el familiar zumbido de energía mientras él la estabilizaba, le insuflaba vida. El corte en su estómago comenzó a suturarse solo y ella dejó escapar un silbido bajo, abriendo de nuevo los ojos.

Bernardino se tambaleó hacia atrás, más viejo otra vez, con el pelo encanecido, y le sonrió.

—¿Atl? ¿Estás bien? —oyó decir a Domingo.

Domingo corrió hacia Atl. Ella sintió un beso en la frente y luego unos brazos que la rodeaban. Miró a Bernardino.

Sí que has perdido la cabeza, le dijeron los ojos de Bernardino. Ella no podía negarlo. Él la había advertido.

Podía oler la sangre de los humanos muertos, la sangre de Nick, su propia sangre.

—Estoy bien —dijo, devolviendo la mirada a Bernardino.

Miró a Domingo. Parecía cansado, pero seguía siendo como una moneda recién acuñada y ella supo que lo único que podría darle era esto. El aroma de la sangre y la muerte. Nada nuevo ni limpio. Y a él no le importaría.

El sacrificio. La faz de todas las cosas terrenales en cierto punto es el sacrificio. Ella nunca había sabido lo que realmente significaba, repitiendo como un loro las palabras de otros, y ahora lo entendía.

—¿Y tú, Bernardino? ¿Estás bien? —preguntó Domingo.

—Estoy bien.

—Te debo una —dijo Atl, mirando al vampiro—. No lo olvidaré.

—Tienen una cita —les dijo Bernardino.

Ella deseaba agradecerle más, pero él ya estaba arrastrándose de vuelta a la entrada del tiradero de basura, caminando junto a las casuchas, sumiéndose en la noche.

Comenzaron a caminar en dirección contraria.

—¿Dónde está Cualli?

—La mujer le disparó —dijo él—. Creo... lo siento, debe estar muerto.

Ella quiso, por un segundo, ver el cadáver del pobre animal y luego supo que no podría.

—Vámonos —dijo ella.

Pasaron junto a la mujer, que tenía los ojos abiertos y la cabeza en un ángulo extraño. También muerta. Como el perro. No le produjo ningún placer y miró hacia otro lado, hacia la oscuridad.

—Ahora solo somos nosotros dos —murmuró Domingo mientras recogía la mochila que se le había caído a Atl durante la pelea.

CAPÍTULO 40

S e toparon con la carretera, el mar de basura ya estaba detrás de ellos. Avanzaron lentamente. El canal de aguas mansas que habían cruzado, lleno de suciedad, corría paralelo a ellos. Todavía no había luces, solo la luna, firme, iluminando su camino hasta que llegaron a un puente y allí, por fin, las luces de la calle.

Fue una larga caminata, eterna. Vieron una tienda de conveniencia solitaria entre una multitud de edificios grises y cuadrados. Y frente a la tienda estaba estacionado un coche maltrecho, con las ventanillas subidas y Manuel al volante.

Atl tomó la mochila que colgaba del hombro de Domingo y abrió el cierre, toqueteando los documentos que había adentro. Sacó un sobre y lo metió en su chamarra y luego cerró la mochila.

—He dejado dinero en efectivo ahí —dijo—. También hay un nuevo documento de identidad para ti. En un par de meses visita a Elisa y pídele acceso a una cuenta. Ella tendrá una para ti. Será mi regalo de despedida. Tendrás una buena vida.

Domingo oyó las palabras, pero eran como un eco, tenues, distantes. Las palabras no podían ser reales.

—Espera, ¿qué estás diciendo? —preguntó.

—Te dejo aquí. Sigo adelante por mi cuenta.

—Estás bromeando.

Ella negó con la cabeza.

—No puedes. ¿Por qué dices algo así? —balbuceó él—. ¿Por qué bromeas de ese modo?

—Hablo en serio. Vas a estar bien. Hay dinero ahí y habrá más en la cuenta.

Domingo dejó caer la mochila a sus pies. No sabía si podía hablar, su respiración parecía quemarle los pulmones y apenas podía recordar cómo pronunciar una frase coherente.

—No —dijo, y le sujetó con fuerza los brazos—. No, lo prometiste. Tienes que llevarme contigo. Hablamos de Sudamérica. Lo primero que haremos cuando lleguemos a Brasil será que me comprarás un traje y cenaremos en Río. ¡No puedes dejarme!

—¿Quién te crees que eres para exigirme algo? —espetó ella—. Suéltame o te romperé el brazo.

—Pues rómpemelo —respondió él, aferrándose más a ella.

Atl lo empujó y Domingo perdió el equilibrio y cayó al suelo. Quedó tendido en medio del camino, mirándola. Un grillo cantaba cerca. La noche parecía vastísima, como el recuadro entintado de un cómic, amenazando con tragárselo entero.

—¿Por qué haces esto? —le preguntó. Se le había secado la boca.

—Me retrasarías.

—¡No lo haría!

—Ya no te necesito.

Sus palabras le atravesaron los músculos y los huesos. Domingo sintió que los ojos le escocían por las lágrimas, pero no lloró. Se levantó, escudriñando su rostro febrilmente.

Atl apartó rápidamente la mirada y cerró los ojos.

—Mírame —dijo él, y su voz sonó áspera y ajena—. No seas cobarde y mírame.

Atl abrió los ojos y miró fijamente a Domingo. Él le devolvió la mirada. Quería tocarla. Quería besarla y con sus besos disipar cualquier duda, pero cuando se acercó a ella, Atl retrocedió tres pasos.

—Eres un lastre. He cometido errores por tu culpa y ya no me los puedo permitir. Harás que me maten o yo haré que te maten. Te estoy haciendo un favor. Eres demasiado joven para morir, particularmente por mí.

—Tal vez no me importe si muero. Dijiste que me llevarías contigo —le dijo de nuevo, atrapado en una espiral.

Giró la cabeza, mirando el camino que habían seguido, y luego miró en dirección contraria al coche que la estaba esperando.

—Te voy a contar un hecho vampírico, Domingo. El último para tu libro de recortes —dijo Atl, con voz lánguida—. Siempre mentimos.

Pateó la mochila hacia él y se enderezó la chamarra.

Su rostro estaba impasible.

—Te amo —susurró él. Como el tonto que era, el tonto que había sido desde el principio, corriendo locamente tras esta chica.

Un largo silencio se extendió entre ellos. Ella le sostuvo la cara con una mano y lo besó tan brevemente que Domingo apenas sintió sus labios sobre los suyos, la sombra de un beso. Se inclinó hacia abajo y presionó su frente contra la de ella.

Atl dio un paso atrás. Domingo quería seguirla desesperadamente, pero se las arregló para no moverse de su sitio mientras ella caminaba en dirección al coche, con las manos en los bolsillos.

—¿Atl...?

Ella giró la cabeza una fracción de centímetro y, sus ojos muy oscuros, como pozas de tinta, lo silenciaron. No pronunció ni una sola palabra. En sus ojos leyó la respuesta a la pregunta que ella no le había permitido formular.

Nunca nadie lo había mirado así. Como si él fuera cada estrella que brillaba sobre ellos esa noche y el suelo bajo sus pies, y cada otra frase ridícula que se encontraba en los libros que nunca había creído que pudiera ser cierta. Y supo que ella se odiaba a sí misma en ese momento y supo que lo amaba precisamente porque no dijo ni una sola palabra.

El coche se alejó a toda velocidad y su mirada se quedó con él mientras volvía a caminar lentamente por el tiradero de basura.

Cuando pasó junto al cobertizo escuchó un suave quejido. Domingo se detuvo en la puerta del edificio y entró.

¡El perro estaba vivo! Yacía detrás de un montón de bolsas de plástico. Domingo apartó las bolsas de una patada y Cualli lo miró fijamente. El chico volvió a la entrada, tiró de uno de los carritos de la compra hasta que se zafó de los demás y lo hizo rodar junto al perro. Colocó al perro adentro del carro.

Parecía confundido. Domingo le acarició la cabeza.

—Todo irá bien —le dijo con dulzura—. Hoy estás de suerte.

Su reproductor aún funcionaba, así que lo encendió y sacó sus audífonos. Hizo rodar su carro, alejándose.

EPÍLOGO

Domingo soñó con ella unos días después, en las largas horas que preceden al amanecer, con el perro acurrucado a su lado. Soñó que ella se bajaba de un coche, al final de un camino polvoriento. Sacaba una brújula de su bolsillo y sostenía un machete en la otra mano. Su mano. Estaba bien y entera. Ella estaba bien.

Atl se adentró en la selva, los árboles se elevaban muy por encima de su cabeza. Había muchos ruidos: el tenue piar de los pájaros, los rugidos de los monos aulladores, el zumbido de los insectos, el golpeteo de la lluvia deslizándose por las hojas y los troncos de los árboles. La lluvia retumbaba asemejándose al sonido constante de tambores.

—Atl —dijo.

Atravesó la selva con su machete que se balanceaba para adelante y para atrás, abriéndose camino. Se detuvo un momento y levantó la cabeza como si alguien la hubiera llamado por su nombre. Sonrió. Casi de inmediato reanudó la marcha, internándose en la interminable vegetación de la selva.

El parloteo de los pájaros se extendió, como si le estuvieran dando la bienvenida a la chica.

En sueños, Domingo también sonrió.

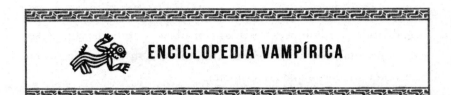

ENCICLOPEDIA VAMPÍRICA

CLANES DE VAMPIROS. LOS EZZOHQUEH

La palabra azteca para designar a los vampiros es «ezzohqueh», los «sedientos de sangre», pero los vampiros no son exclusivos de las Américas. Existen diez subespecies de vampiros hoy en día, aunque si se creen ciertos rumores, podría haber una o dos subespecies secretas de vampiros que han eludido ser detectados. No todas las culturas humanas encontraron vampiros a lo largo de la historia, aunque los aviones y los barcos modernos les han facilitado la migración.

Los vampiros comparten amplias similitudes. Son territoriales, jerárquicos, tienen tendencia a mostrar un comportamiento ritualista, violento y volátil, y su principal fuente de alimento son los humanos. Se organizan en torno a clanes muy unidos. (Ver *Revenant* e *Imago* para las únicas excepciones). Si bien los vampiros pueden poseer una variedad de poderes y habilidades que eclipsan a los de los humanos, estos últimos los superan en número, un hecho que puede ponerlos en una posición precaria. Los humanos también son más adaptables y creativos que los vampiros, que son poco flexibles. Los vampiros han patrocinado o admirado la obra de grandes inventores, pintores y poetas, pero todos ellos han sido invariablemente humanos. Esto, sin embargo, puede ser un tabú cultural más que una cualidad biológicamente determinada. El énfasis vampírico en la tradición, por ejemplo, puede desalentar expresiones más subversivas.

Algunos clanes pueden evitar la ropa y los vestidos modernos y vivir como si todavía estuvieran en otro siglo. Como resultado, al entrar a una morada de vampiros, uno puede encontrarse de repente hablando con hombres vestidos con librea y mujeres con corsé. En las últimas décadas muchos vampiros se han visto insertos en un mundo moderno que no les gusta.

Los vampiros no son inmortales, aunque pueden tener una vida mucho más larga que la de los humanos normales. Los Revenants y los Imago son particularmente longevos, aunque otros vampiros susurran que pueden empezar a confundirse en su vejez y desarrollar un tipo de demencia.

A pesar de los estereotipos difundidos por los medios populares de comunicación, no todos los vampiros son ricos y aristocráticos. Algunas familias de vampiros han logrado amasar una riqueza considerable, pero las constantes luchas internas han llevado a que numerosos clanes de vampiros también hayan caído en desgracia y perdido recursos. Otros nunca lograron reunir recursos debido a la naturaleza altamente estratificada de la cultura vampírica.

ASANBOSAM

Originarios de África Occidental. Los Asanbosam tienen dientes muy afilados y originalmente habitaban en árboles, algo que se puede determinar fácilmente mirando sus pies con largas garras. Son capaces de cambiar de forma, y cuando lo hacen se asemejan a murciélagos gigantes. En esta forma tienen la capacidad de volar.

IMAGO

Los orígenes de los Imago y los detalles sobre ellos siguen siendo confusos. Probablemente sean egipcios. Pueden adoptar la apariencia de cualquier humano o vampiro con el que entren en contacto, ocultando su verdadera forma, que es más parecida a la de un murciélago que a la de un humano. Sin embargo, el verdadero rostro de un Imago será visible si se toma una fotografía o si se mira su reflejo. Al igual que los Revenants, son criaturas solitarias y prefieren mantenerse alejados de otros vampiros. Su nombre deriva del hecho de que a lo largo de su vida periódicamente se «envuelven en un capullo» para rejuvenecer, un proceso que requiere una vasta «alimentación». Les gusta cavar su madriguera y dormir en la tierra.

JIANGSHI

Originarios de China. Popularmente llamados vampiros «saltarines», los Jiangshi deben su nombre a sus extremidades artríticas que les dificultan caminar o correr. Su movilidad disminuye a medida que envejecen. Los Jiangshi dependen de sus altamente desarrollados poderes telepáticos de sugestión para su sustento. Ellos pueden «sugerir» que un humano les ofrezca su propia sangre voluntariamente o controlarlos induciendo un estado similar a un trance. Un Jiangshi adulto puede mantener a docenas de humanos bajo sus poderes de sugestión, manejándolos cual titiriteros de una manera más refinada que los Necros. Los Jiangshi también pueden transferir su conciencia a recipientes humanos e interactuar con el mundo exterior mientras permanecen en sus aposentos. Los Jiangshi pueden tolerar la luz del sol, pero para llevar a cabo sus manipulaciones telepáticas deben permanecer en una habitación oscura, por lo que prefieren pasarse la vida en habitaciones interiores, a menudo bajo tierra. El pelo de un Jiangshi generalmente es blanco, incluso a una edad temprana, un sello distintivo que los hace fáciles de reconocer, aunque pueden usar pelucas o teñirse el pelo.

NACHZEHRER

Una subespecie europea, probablemente de origen teutónico. Los Nachzehrers se asemejan mucho a los Necros, ya que poseen su resistencia y su capacidad de alimentarse de casi cualquier fuente de sangre. Muestran una preferencia por la carroña en lugar de por humanos vivos, un rasgo que los diferencia de otros vampiros que desprecian la sangre «fría». Al igual que el Tlāhuihpochtli o el Wendigo, el Nachzehrer cambia de forma. Puede aparecer en forma de lobo. Son hirsutos, y los hombres suelen llevar barba y el pelo largo.

NECROS

Esta variedad de vampiro centroeuropeo es la que más se asemeja al vampiro que puede encontrarse en los medios tradicionales de comunicación, ya que tiene dientes afilados, piel pálida y una fuerte aversión a la luz del sol. Se organizan en torno a una estructura de clan patriarcal. Son muy ágiles y pueden dislocarse las extremidades para entrar a lugares de difícil acceso, por ejemplo, para acceder a una casa. Los Necros son vampiros muy fuertes y resistentes. A diferencia de otros vampiros, pueden consumir cualquier tipo de sangre, incluso si proviene de un humano enfermo. También disfrutan de la comida humana y del alcohol, que no puede ser ingerido por varias subespecies de vampiros. El contacto sexual o sanguíneo con un Necros hará que un humano quede bajo su influencia, lo que les permite manipular las acciones del humano. A diferencia de los otros vampiros que se aferran a la tradición, la generación más joven de Necros es audaz y atrevida, y hace caso omiso de muchos de los antiguos preceptos.

OBAYIFO

Originarios de África occidental. Brillan en la oscuridad, y esta propiedad podría serles útil para orientarse, para cazar a sus presas y para atraerlas, ya que se dice que su resplandor es hipnótico, lo cual atrae a los humanos hacia ellos. Los Obayifo pueden ocultar su resplandor manipulando la percepción de quienes los rodean, al igual que ciertos organismos marinos despliegan colgajos de piel para ocultar los puntos resplandecientes. No son tan resistentes físicamente como los Necros y otras subespecies, por lo que son más vulnerables a los ataques. Duermen en aguas poco profundas.

PISHACHA

Originarios de la India. Son flacos y adustos, tienen garras y dientes afilados y son completamente nocturnos. Los Pishacha, como los Imago, son capaces de alterar su forma y adoptar la apariencia de otros. También pueden volverse «invisibles» camuflándose. Pueden ser identificados por sus ojos rojos, los cuales, independientemente de la forma que adopten, siguen siendo visibles, aunque los vampiros modernos y espabilados pueden utilizar lentes de contacto o lentes de sol para disimularlo. Se dice que viven cerca de los cementerios y que cavan su madriguera bajo tierra.

REVENANT

A diferencia de otros vampiros, los Revenants tienden a vivir en soledad. Los hombres son particularmente propensos a vivir solos. Mientras que otras subespecies de vampiros pueden interactuar debido al comercio o a la guerra, todos los vampiros temen al Revenant por su particular mecanismo de alimentación. Los Revenants se alimentan absorbiendo la fuerza vital de las criaturas que los rodean, generalmente humanos, pero pueden alimentarse de vampiros. Los Revenants son capaces de leer la mente de los demás. A diferencia de la leve telepatía que muestran otros vampiros, sus poderes de lectura de la mente pueden ser bastante refinados, lo cual los hace un enemigo insólito. Sin embargo, los Revenants padecen una serie de dolencias físicas. Suelen desarrollar problemas óseos, lo que les da su distintiva «joroba», y pueden padecer de una menor capacidad pulmonar —la falta de volumen de la voz de los Revenants indica ciertamente que están sin aliento. Los Revenants también son muy sensibles a la luz, al sonido y a los olores. Los Revenants tienen una vida extremadamente larga, aunque a menudo es difícil calcular su edad porque pueden «rejuvenecer» después de alimentarse, mostrando una piel sin líneas ni manchas. Sin embargo, por mucho que un Revenant rejuvenezca, nunca podrá enderezar sus huesos o disminuir por completo las otras dolencias físicas que lo aquejan y que aumentan a medida que envejece. Los Revenants probablemente se hayan originado en Rusia.

TLĀHUIHPOCHTLI

Plural, Tlāhuihpochtin. Originarios de México. El nombre «Tlāhuihpochtin» se aplica solo a las mujeres de esta subespecie. Los hombres no pueden cambiar de forma y tienen una vida más corta. Se les denomina «Ichtacāini». Estos vampiros siguen una estructura de clan matriarcal. Solo pueden consumir la sangre de humanos jóvenes y, como otras subespecies de vampiros, son alérgicos a la plata y al ajo. Las mujeres son capaces de desplegar unas alas y volar, un detalle que podría haber dado lugar a las leyendas americanas de brujas voladoras que se beben la sangre de los bebés. Pueden caminar a la luz del día pero son más fuertes por la noche. Son muy reservados y prefieren revelar pocos detalles sobre su existencia o sus prácticas, aunque se sabe que hablan náhuatl y que guardan en mucha estima varias tradiciones aztecas antiguas, incluido el arte de la guerra. Antes de la llegada de los españoles a México, los Tlāhuihpochtin eran una casta alta de sacerdotes y sacerdotisas, que se vestían con plumas de aves y llevaban collares de jade. Su carne era considerada sagrada y eran una manifestación terrenal del dios de la guerra. Permanecían célibes mientras servían en el templo, pero cuando concluían sus deberes religiosos, que generalmente abarcaban dos décadas, se casaban y podían engendrar hijos. Estos vampiros mexicanos llegaron a las Filipinas durante el periodo colonial español, lo cual dio lugar a las historias de la manananggal, supuestamente una bruja voladora que chupa la sangre de humanos.

WENDIGO

Originarios de Canadá. Subespecie voraz que prefiere los climas fríos. Muy altos, con una piel helada al tacto. Están activos durante el invierno y duermen durante los meses más cálidos. Tienen garras afiladas y se dice que sus ojos brillan en la oscuridad. Se decía que vivían en cuevas o en montículos antes de la llegada de los europeos, pero el Wendigo moderno ha tenido que adaptarse a la presencia de nuevos humanos y de nuevos vampiros, al igual que los Tlāhuihpochtin. No obstante, siguen siendo muy rurales. Las ciudades con el mayor número de Wendigo son Winnipeg, Toronto y Montreal. Vancouver es demasiado cálida para ellos, y está dominada por los Jiangshi chinos. Pueden cambiar de forma, adquiriendo las características de un oso feroz. En esta forma son muy fuertes, pero en su forma natural están considerablemente debilitados. Su altura hace que llamen la atención, por lo que no pueden hacerse pasar fácilmente por humanos.

SALUD DE LOS VAMPIROS

Las enfermedades humanas no afectan a los vampiros, aunque un vampiro se mantendrá alejado de los humanos con mala salud porque invariablemente vomitarán y rechazarán la sangre contaminada. Gracias a sus sentidos más avanzados, normalmente pueden identificar si un humano está enfermo y evitarlo como fuente de alimento. Sin embargo, existen dolencias que aquejan a los vampiros y que pueden enfermarlos si se exponen a ellas.

Los vampiros sanan más rápido que los humanos y pueden tolerar muy bien el dolor. Algunos vampiros pueden incluso regenerar miembros. Esto significa que la forma más efectiva de matar a los vampiros no es usando la mítica estaca que atraviesa el corazón, sino quemándolos o cortándoles la cabeza. Los vampiros son muy sensibles a ciertos desencadenantes como la plata, el ajo y la luz del sol, que pueden incapacitarlos mucho más fácilmente que si se emplea una bala normal.

Los vampiros pueden ser identificados rápidamente mirando su sangre, que contiene un mayor contenido de hierro que la sangre humana, lo que permite una rápida coagulación. La sangre de los vampiros tiene una coloración más oscura que la de los humanos.

A pesar de lo que cuentan las leyendas, los humanos no pueden convertirse en vampiros si beben sangre de vampiro.

ENFERMEDAD DE CRONENG

Enfermedad que hace que los humanos sufran hemorragias por la nariz, les produce llagas y se transmite a través de los fluidos corporales (saliva, sudor, semen, sangre, etc.).

Los vampiros son muy sensibles a la sangre enferma y aborrecen la enfermedad de Croneng porque estropea su suministro de alimento. Ni siquiera un Nachzehrer se alimentará de alguien que

padezca Croneng. Las leyendas urbanas cuentan que el mal de Croneng es una enfermedad de diseño creada para exterminar a los
vampiros, pero no funcionó como era su intención. Otras leyendas
urbanas indican lo contrario: que los vampiros contagiaron a los
humanos esta enfermedad.

RELACIONES ENTRE VAMPIROS

Las prácticas sexuales de los vampiros varían mucho según su subespecie. La idea de Drácula y sus «novias» se basa probablemente
en las prácticas sexuales de los Necros: el Necro varón sí tiene varias parejas. Pero esto dista de ser una práctica universal. El Imago
y el Revenant son solitarios, y un varón no suele cohabitar con una
mujer.

Los vampiros siguen estrictas reglas y tradiciones de acuerdo
con su clan, y muchas de ellas podrían parecer anticuadas a los humanos modernos. Por ejemplo, muchos vampiros siguen elaborados
procesos de cortejo. Los vampiros a menudo se casan para fortalecer
las alianzas, para solidificar su lugar en una jerarquía y por varias
otras razones prácticas. Los matrimonios de conveniencia son comunes.

La bisexualidad y la homosexualidad se dan entre los clanes de
vampiros, aunque en contextos específicos y a veces ritualizados.
Por ejemplo, aunque los aztecas ejecutaban a los homosexuales y a las
lesbianas, el lesbianismo estaba permitido entre los Tlāhuihpochtin.
En la actualidad, una Tlāhuihpochtli de alto rango elegirá a un
varón apropiado y de igual rango como su consorte. Se espera que
ella se aparee solo con este varón, pero puede tener amantes feme-
ninas.

Debido a que los vampiros son menos fértiles que los humanos,
se fomenta la reproducción, e incluso se la exige, particularmente
entre las clases de alto rango.

Los vampiros —excepto los Necros y los Nachzehrers— rechazan a los humanos como pareja sexual. Los vampiros rara vez se interesan en las relaciones sexuales con vampiros de una subespecie diferente. Algunas subespecies de vampiros, como los Imago, llegan a fomentar el incesto entre su clan en lugar de mezclarse con extraños. Los vampiros no consideran a los humanos como compañeros sexuales viables, lo cual es lógico ya que no pueden reproducirse con ellos y no les proporcionan ninguna ventaja sociopolítica.

RENFIELD

Jerga; se refiere al compañero humano de un vampiro. Cualquier vampiro de alto rango tiene un compañero humano que puede llevar a cabo tareas por él, como vigilar la guarida del vampiro durante el día. El vampiro generalmente trata bien a su asistente.

Los Renfields no deben confundirse con las «marionetas» creadas por los Necros, seres humanos doblegados a su voluntad mediante el contacto sexual o sanguíneo. Los Renfields también se diferencian de los avatares o caparazones humanos de los Jiangshi. Los Renfields conservan su autonomía, pero eligen servir a los vampiros. La mayoría de los vampiros puede mantener un vínculo telepático leve y no invasivo con su Renfield.

Una importante tarea que realizan los Renfields es la de servir como emisarios. Los victorianos tenían tarjetas de visita; los vampiros tienen Renfields.

TLAPALĒHUIĀNI

El/La compañero(a) humano(a) de un vampiro. (Ver *Renfield* para más detalles).

XI UHTLAHTÖLLI

Palabra utilizada por los Tlāhuihpochtin que significa «discurso precioso». Es el burdo vínculo telepático que une a un humano con ciertos vampiros. Otros vampiros lo denominan de modo distinto, como «nota azul» o «resonancia».

RELIGIÓN VAMPÍRICA

No existe una única religión vampírica. Originalmente, los vampiros seguían tradiciones paganas, pero hoy en día casi todos los Necros siguen la fe cristiana, aunque en una forma modificada, y otros grupos han hecho lo propio al adoptar diferentes religiones. No obstante, muchos vampiros todavía respetan las tradiciones paganas. Los Tlāhuihpochtin continúan celebrando festividades aztecas y orando a las deidades aztecas, aunque no lo hagan de la misma manera que sus ancestros. El dios más importante de su panteón es Huitzilopochtli, una deidad de la guerra, el sol y los sacrificios humanos. Al igual que en los viejos días, se hieren la piel y ofrecen su sangre a los dioses o participan en combates rituales. En cambio, los Wendigo practican una religión animista y chamánica.

LOS VAMPIROS EN LA ERA MODERNA

Durante la mayor parte de la historia de la humanidad, los vampiros fueron considerados mitos y leyendas nebulosas, y su existencia permanecía sin confirmar. Los avances tecnológicos, sin embargo, obligaron a los vampiros a salir de las sombras. En 1967, un grupo de trabajo conjunto organizado por los gobiernos de Estados Unidos y Gran Bretaña reveló al mundo la existencia de cinco subespecies de vampiros. Se utilizaron microscopios, rayos X y otros avances médicos modernos para identificarlas, y más tarde sirvieron para revelar la existencia de las otras cinco especies.

El descubrimiento de que los vampiros eran reales provocó diversas reacciones por parte de los gobiernos de todo el mundo. Algunos países, como España y Portugal, los deportaron. La mayoría de los países adoptó una política de «zona libre de vampiros» o una política de «zona ocupada por vampiros». Un país partidario de la política de zona libre de vampiros designará barrios o ciudades enteras como prohibidos para los vampiros. Ciudad de México, Viena y Praga son tres grandes zonas libres de vampiros. Por otro lado, la zona ocupada por vampiros los limita a determinados barrios o ciudades de los cuales no pueden salir sin pases especiales. El Reino Unido, Francia y Alemania siguen esta política.

La mayoría de los gobiernos rastrea a los vampiros, les exige documentos especiales de identificación y solicita que se mantengan en contacto regularmente con un departamento de higiene. Algunos gobiernos han establecido políticas muy restrictivas que prohíben a los vampiros trabajar en ciertas ocupaciones, como los cuerpos policiales o la medicina. El prejuicio contra los vampiros ha generado resentimiento en varias ciudades. Los enfrentamientos entre vampiros y humanos no eran infrecuentes en Europa y Estados Unidos en la década de 1970. En 1981, los vampiros liderados por Pierre Antoine Bellamy asesinaron a más de dos docenas de policías parisinos y declararon que un «nuevo orden mundial» estaba cerca. Asesinatos similares se repitieron en Londres y en Nueva York. Finalmente, los ancianos de los clanes de vampiros más prominentes firmaron los actuales tratados con los humanos que establecen derechos y restricciones para los vampiros.

No a todos los vampiros les ha ido mal en las dos últimas décadas. Los vampiros mexicanos se enfrentan a relativamente pocas restricciones, aunque varios de ellos han adquirido sus posiciones prominentes a través de la formación de carteles.

PROFUNDO CARMESÍ

Uno de los grandes grupos del crimen organizado compuesto por humanos en Ciudad de México. No emprenden negocios con vampiros y los consideran un azote. Sus miembros usan ropa roja y/o tienen tatuajes rojos.

RASGOS NATURALES: UNA ENTREVISTA

CON SILVIA MORENO-GARCÍA

Por Molly Tanzer

La autora de novelas de terror Silvia Moreno-García cuenta con un auténtico conjunto de obras: complejo, misterioso y lleno de sorpresas y cicatrices. Ya sea al ganar el World Fantasy Award por la edición de la primera antología de ficción de terror lovecraftiana escrita exclusivamente por mujeres o al escribir novelas góticas tan evocadoras que Hulu no las dejó escapar tras irrumpir en la lista de superventas de *The New York Times*, la señora Moreno-García hace fluir la sangre a sus lectores. Hace poco tuve el privilegio de hablar con ella sobre su inspiración y el proceso creativo detrás de esta novela.

Empecemos con la pregunta más importante. La aritmomanía era una afección común tan interesante que usted se la adjudicó a todos los vampiros, ¿por qué se decidió por eso?

El folclore de los vampiros está lleno de detalles que hoy en día parecen tontos y anticuados. Es irrisorio pensar que se podía detener a un vampiro arrojándole una bolsa de arroz, pero pensé que de hecho tendría mucho sentido que los vampiros tendieran a ser obsesivo-compulsivos. Bernardino es un acaparador, lo cual también me pareció un rasgo natural.

Su amor por el crimen y el género *noir* brilla en muchos elementos de *Ciertas cosas oscuras*, pero especialmente en la idea de la ciudad como personaje. ¿En qué se inspiró para esta versión de Ciudad de México?

Ciudad de México es muy interesante. En primer lugar, porque es enorme. Hay nueve millones de habitantes en la ciudad propiamente dicha, pero se ha extendido fuera de esos límites, por lo que no se puede ver dónde empieza y dónde termina. Imaginarla como algo amurallado e independiente es una idea descabellada, pero también tiene sentido porque se siente como su propia naturaleza. Y si nos remontamos a unos cuantos siglos atrás, realmente había una frontera muy clara entre el exterior y el interior de la ciudad porque estaba construida sobre un lago y bordeada por agua. Por tanto, parte de la historia de la ciudad me ayudó a proyectar el «qué pasaría si».

Otra cosa que me inspiró fueron las películas mexicanas de cine *noir*, que suelen ser un poco diferentes del cine *noir* estadounidense porque a menudo tratan de las diferencias de clase y la desigualdad económica. Las películas de cabareteras y rumberas, por ejemplo, son una combinación que es en parte musical, en parte melodrama y en parte *noir*. Es difícil de explicar, pero hay una textura encantadora en algunas de estas películas y especialmente en sus *femme fatales* (mujeres fatales), que me hizo querer crear una *femme fatale* que fuera literalmente una devoradora en lugar de las metafóricas devoradoras de hombres como María Félix o Ninón Sevilla, quienes aparecen en varios *noirs*. Y en estos *noirs*, la ciudad simplemente tiene un aspecto increíble. Todo son sombras, iluminación lúgubre y humo. Cuando estaba hablando de esta reedición, el editor me preguntó qué quería ver en la portada y le dije que quería que tuviera un aspecto «néon-noir».

Parece que la vida de Domingo en la calle lo preparó para convertirse en ayudante de una vampiresa; de hecho, gran parte

del libro toca el tema de cómo los depredadores, al igual que los vampiros, pueden aprovecharse de la naturaleza cíclica de la pobreza y de la capacidad de la gente para hacer que las cosas parezcan normales. ¿En qué se inspiró para hacer de eso un tema tan importante?

Mi barrio en Ciudad de México era una especie de combinación extraña. No era una zona conflictiva. Pero cerca de mi casa había un salón de billar al que iba y estaba lleno de humo y de hombres jóvenes bebiendo. Y conocí a algunos niños de la calle que vivían cerca. Yo tenía una familia y estaba bien, pero conocí a gente muy vulnerable y es muy duro vivir así, porque la gente vive solo para el día a día. No puedes hacer planes para el futuro. Así que en cierto modo tomas lo que puedes y sigues adelante.

Quería que Domingo fuera un personaje que tomara malas decisiones, pero que en realidad tuviera una buena razón para ello. Porque, quiero decir, ¿por qué no te convertirías en el ayudante de una vampiresa si esa fuera tu mejor opción? Atl puede ser mala, loca y peligrosa de conocer, pero parece una gran opción para Domingo.

***Ciertas cosas oscuras* parece explícitamente una novela de vampiros poscolonial; la colonización de México por parte de los vampiros está ligada al colonialismo histórico tanto temáticamente como en términos de sus efectos sobre el mundo de la novela. Háblenos un poco de su idea de utilizar a los vampiros como un prisma para enfocarse en el colonialismo.**

Quería tocar el tema de la clase, no realmente el colonialismo, pero se coló en el libro sin ser invitado, de modo que hay vampiros europeos frente a vampiros mexicanos locales, y es como si un equilibrio natural se hubiera alterado violentamente. Y luego, por supuesto, algo que sucedió fue que he estado tras la idea del colonialismo y lo que sucede a su paso a través de varios otros libros, incluyendo *Gótico*. Es algo que vuelve una y otra vez.

Me gustó la idea de que el caos sea el resultado de la perturbación del ecosistema vampírico que usted tocó un poco al invocar las plagas traídas a las Américas por las potencias coloniales europeas. Creo que es fascinante que el punto de vista colonial se haya «filtrado». ¿Ha ocurrido eso antes, con alguno de sus otros proyectos?

Sí. Los escritores siempre están entablando conversaciones con su subconsciente. A veces te das cuenta pronto de que eso es lo que está pasando, otras veces tardas en percatarte. El diálogo inteligente con tu subconsciente es, por supuesto, la mejor receta para el éxito, pero a veces es un diálogo desordenado.

Las palabras en náhuatl ocupan un lugar destacado en *Ciertas cosas oscuras*. ¿Ayudó la lengua a crear algunos elementos de la novela?

Atl, la protagonista de la novela, es una Tlāhuihpochtli. Una Tlāhuihpochtli es una criatura del centro de México que pertenece a la tradición de las brujas en Latinoamérica y el Caribe. Mi bisabuela hablaba de brujas que amenazaban el campo, lanzaban hechizos a los hombres y provocaban el caos. La Tlāhuihpochtli es un tipo de bruja capaz de transformarse en un animal, a menudo un pavo. Bebe la sangre de niños pequeños durante la noche. Puede brillar en la noche (mi bisabuela hablaba de bolas de fuego en los árboles que cacareaban). Una Tlāhuihpochtli nace con esta condición, que se manifiesta cuando llega a la adolescencia. El mal es, pues, un don genético o una dolencia genética.

Al trasplantar esa idea del folclore a una novela moderna, hice cambios. Y al hacer cambios, traté de crear una mitología que tuviera algún sentido, así que superpuse ciertos conceptos prehispánicos en el libro y empezó a aparecer el náhuatl.

Hablemos de la sensualidad por un momento. La sensualidad en *Ciertas cosas oscuras* **está mezclada con la incomodidad y el miedo, lo que me gusta. Pero en realidad quiero preguntarle por las escenas sexis de revelación de alas en otros medios. Son las mejores, ¿no? Mi favorita cuando era adolescente era la de un extraño anime de los 90 llamado** *Vision of Escaflowne.* **¿Cuál es la suya?**

No recuerdo haber visto *Escaflowne*, pero en los 80 *Las alas del deseo* tenía estos ángeles con gabardinas, y en un momento dado se veían sus alas. Era solo brevemente, y la película es hermosa y tranquila, y pasa del maravilloso blanco y negro al color. *La profecía* se estrenó en 1995 y es una película imperfecta con algunos momentos perfectos, y algunos de los momentos perfectos tienen que ver con ángeles que se posan como pájaros sobre las sillas. Cuando Christopher Walken se mueve, recuerda a un pájaro. Tiene mucho sentido, solía ser un bailarín profesional, así que tiene esta gran cualidad física. Estoy bastante segura de que *Constantine* se inspiró en esa película y también tiene un gran momento alado con Tilda Swinton. Así que... sí. ¡Gente con alas! Probablemente no se utiliza lo suficiente en la literatura hoy en día.

¿Qué cree que ha cambiado en el ámbito del terror desde la publicación inicial de *Ciertas cosas oscuras?* **¿Qué ha permanecido igual?**

Dios, parece que han cambiado muchas cosas. Durante décadas, desde los años 90, el terror ha sido un género marginal. Tuvimos la gran implosión del género con la desaparición del sello Dell Abyss, y el terror se convirtió en una categoría que nadie quería publicar, así que una de dos: o la gente cambió de género y se dedicó a la escritura de crímenes o se fue a las editoriales pequeñas. Ahora, de repente, existe Tor Nightfire, varios libros de terror se están vendiendo bien e incluso los vampiros —que me dijeron que habían muerto por toda la eternidad— están apareciendo, como se puede ver en esta reedición.

¿Cuál es el libro más terrorífico que ha leído recientemente?

Estoy escribiendo esto en 2020 y ¡ha sido un año realmente bueno para el terror! *El único indio bueno*, de Stephen Graham Jones, fue realmente genial y muy espeluznante en ocasiones, y logra sentirse como el terror clásico de los años 80, pero también es fresco. También está *Cadáver exquisito*, de Agustina Bazterrica, que trata sobre una distopía en la que ahora consumimos carne humana. Hay buen terror de sobra que se está publicando ahora.

Para los lectores que se acerquen a *Ciertas cosas oscuras* después de haber leído *Gótico* y *Gods of Jade and Shadow*, ¿qué les resultará familiar? ¿Y qué podría sorprenderlos?

Me encantan los diálogos y los personajes complicados, así que creo que eso es una constante en todos mis libros. Pero hay muchos más matices de gris en *Ciertas cosas oscuras* que en algunos otros de mis libros porque es un *noir.* Escribo mucho sobre México y espero que la gente pueda leer mis libros sin buscar emociones exóticas, y que entienda que intento construir una visión policromática de mi país. Me gusta lo mundano, me gusta lo fantástico, me gusta el terror, pero también me gustan la fantasía y la ciencia ficción y lo *noir.* Quiero contar muchas historias, no solo una.

¿En qué está trabajando ahora? ¿Qué pueden esperar sus lectores?

Mi segunda novela policiaca, *La noche era terciopelo.* Está ambientada en el trasfondo de la represión y la masacre de manifestantes estudiantiles perpetrada por el gobierno en la Ciudad de

México de 1971. Y luego sigue a dos personajes en búsqueda de una mujer desaparecida. El otro libro que está en el horizonte es *The Daughter of Doctor Moreau*, que está ambientado en el siglo XIX en el sur de México. La gente siempre puede esperar que escriba algo completamente diferente la próxima vez.

NUNCA BEBO... VINO

«Somos nuestra hambre».

Así es como el Revenant Bernardino describe a los vampiros al chico de la calle Domingo. La ficción vampírica debe ser sensual y la prosa de Silvia Moreno-García es satisfactoria por derecho propio, pero para cierto tipo de personas no hay nada que mejore una buena lectura como una bebida temática. Así que, para tu deleite, aquí hay dos posibles pociones para que las saborees, igual que se beben a sorbos —o se zampan para el caso— ciertas *otras* cosas en estas páginas.

—Recetas de Molly Tanzer

EL REVENANT

Cítrico y ahumado, esta versión del Reanimador de muertos N.° 2 puede que no devuelva la vida a los muertos, pero sin duda despertará tu paladar.

1 ½ oz de mezcal
1 ½ oz de vermut Lillet Rouge
¾ oz de Cointreau
½ oz de jugo de limón
8 gotas de absenta

* Combinar todos los ingredientes en una coctelera o jarra con mucho hielo y agitar hasta que esté frío. Colar y servir en una copa tipo *coupe* con un toque de naranja flameada o con una cereza Luxardo en el fondo de una copa de cóctel.

PONCHE TENAMPA

No es ningún sacrificio beber esta ofrenda virginal. Basado en parte en la rima de preparación del ponche de ron de Barbados «una medida de lo agrio, dos de lo dulce, tres de lo fuerte y cuatro de lo débil», se sirve en copas pequeñas o sobre hielo picado. Este pequeño y elegante cóctel sin alcohol es ideal para calmar la sed cuando hace calor, pero también es delicioso con vino espumoso en lugar de agua carbonatada. De cuatro a seis víctimas.

¼ taza de semillas de chía
1 ½ tazas de jugo de granada
1 taza de hojas de albahaca fresca
¼ taza de miel
3 tazas de agua hirviendo
2 limones recién exprimidos
Varias pizcas de amargo de rosas
Agua carbonatada al gusto

✳ Varias horas antes de servir, remojar las semillas de chía en el jugo de granada mezclando bien y enfriándolas en el refrigerador para que se forme un gel. Preparar la infusión de miel y albahaca poniendo la miel y las hojas de albahaca en el fondo de un tazón o jarra resistente al calor, y verter el agua caliente por encima. Revolver para mezclar completamente, dejar en infusión a temperatura ambiente durante una hora, luego desechar la albahaca y enfriar bien la mezcla.

✳ Combinar la mezcla de granada y chía y la infusión de miel y albahaca, añadir el jugo de dos limones y un chorrito generoso de amargo de rosas. No añadir el agua carbonatada (o vino es-pumoso) hasta el momento de servir. El ponche es para beberlo sin prisa, así que sugiero ser exigente con el servicio para ga-rantizar que siempre esté perfectamente frío y espumoso. He aquí algunas ideas:

* Para una presentación más formal, servir en una ponchera. Asegurarse de congelar una semiesfera de hielo (se derrite más lentamente que un anillo de hielo) llenando un bol con agua y congelándolo hasta que se solidifique. Descongelarlo un poco pasándolo por agua caliente para sacarlo con facilidad y colo-carlo en la ponchera. Verter la mitad de la mezcla de la infusión sobre la semiesfera de hielo y completar con 2 tazas de agua carbonatada. Probar y añadir un poco más de jugo de granada al gusto. Llenar con la segunda mitad de la mezcla y el agua carbonatada cuando se esté acabando.

* Si se quiere servir de manera más informal, mezclar la base en una jarra bonita y enfriarla bien (sin hielo; si no, se aguará), y colocarla junto a una elegante botella de agua mineral con gas en una hielera con mucho hielo. De esta forma, la gente podrá mezclar sus propias copas sobre la marcha.

PREGUNTAS PARA DISCUSIÓN

1. ¿Cuáles son las ventajas y los inconvenientes de ser un vampiro Tlāhuihpochtli? ¿De qué manera la identidad de Atl es claramente diferente de la de todos los demás personajes de la novela?

2. ¿La capacidad de enamorarse de Domingo lo hace más fuerte o más vulnerable? ¿Cómo cambia su razón de ser cuando conoce a Atl, incluso cuando ella se aprovecha de su pobreza? ¿Estarías dispuesto a servir como Renfield?

3. Casi al final del capítulo 14, Elisa le dice a Atl: «La mayoría de los gobiernos los consideran una plaga». ¿Qué similitudes has notado entre los intentos de erradicar a los vampiros en el libro y los intentos de erradicar una pandemia en la vida real? En la novela, ¿cuán fructíferas fueron las respuestas del gobierno (pasaportes, una ciudad-estado amurallada) y la naturaleza humana en el manejo de una amenaza para la comunidad?

4. La habilidad forense de Ana la hace una dura oponente contra Atl. Si bien ambas mujeres son igual de decididas y valientes, sus propósitos son opuestos. ¿Te decantaste por una de ellas o por las dos?

5. Los titulares relacionan a los vampiros con la guerra contra el narcotráfico, pero el hambre de sangre de Atl está ligada a su supervivencia, no a la adicción. ¿Cómo reinventa la novela nuestras suposiciones sobre el narcotráfico?

6. En la novela, ¿qué tiene más poder: la violencia, el dinero o la sabiduría? ¿Qué otras fuerzas poderosas determinan quién sobrevive?

7. Atl recuerda su legado familiar y los tiempos en que sus antepasadas fueron sacerdotisas. ¿Cómo mantiene viva esta condición de nobleza en su sentido de sí misma? ¿Por qué es apropiado que su nombre signifique tanto «agua» como «guerra»?

8. Describe las formas en que Ciudad de México se presenta como si fuera un personaje, desde el antiguo Zócalo donde se reunían los aztecas hasta la vida nocturna moderna de la Zona Rosa. ¿Cómo refleja la ciudad a las personas que la habitan? ¿Cómo ha evolucionado junto con los personajes de la novela, cansados y formidables a la vez?

9. ¿Qué impulsa a Atl a triunfar en lo que su madre (Centehua) y su hermana (Izel) no pudieron? Si fueras Elisa, ¿habrías estado dispuesta a ayudar a Atl?

10. ¿Cómo sería convivir con criaturas sobrenaturales que ven a los humanos como inferiores? ¿Viste alguna verdad metafórica en las creencias aztecas sobre el origen de la fuerza y la naturaleza del mal?

11. Al ver a Rodrigo tratar de manejar a Nick Godoy, el vampiro Necro adicto a la comida basura, mientras persiguen a Atl —mientras Ana los persigue a todos ellos a su vez—, ¿qué distinciones se establecen entre los personajes masculinos y femeninos en la novela?

12. ¿Cómo reaccionaste al epílogo? ¿Qué dice sobre la potencia de la memoria y la imaginación?

13. Discute las diez subespecies descritas en la Enciclopedia Vampírica. ¿Cómo se han adaptado a lo largo de los siglos? ¿A qué subespecie te gustaría servir (o cuál te gustaría ser)?

14. ¿De qué manera *Ciertas cosas oscuras* mejora tu experiencia respecto de otras novelas de Silvia Moreno-García? ¿Qué tiene de peculiar su visionaria narrativa?

Guía escrita por Amy Root Clements

SOBRE LA AUTORA

Silvia Moreno-García es la autora superventas de *The New York Times* de las novelas *La noche era terciopelo, Gótico, Gods of Jade and Shadow, Untamed Shore, The Beautiful Ones* y *Signal to Noise*. Ha sido editora de varias antologías, entre ellas *She Walks in Shadows* (también conocida como *Cthulhu's Daughters*), ganadora del premio World Fantasy. Vive en Canadá.